W0352686

Par le feu

Casterman
Cantersteen 47
1000 Bruxelles

www.casterman.com

ISBN : 978-2-203-16845-9
N° d'édition : L.10EJDN002051.N001

Publié en Grande-Bretagne par Usborne Publishing Ltd.,
sous le titre : *After the fire*

Achevé d'imprimer en janvier 2019, en Espagne par Liberdúplex (Carretera BV-2249 km.
7,4, Polígono Industrial Torrentfondo, 08791 Saint Llorenç d'Hortons, Barcelone, Espagne).
Dépôt légal : février 2019 ; D.2019/0053/41
Déposé au ministère de la Justice, Paris (loi n° 49.956 du 16 juillet 1949
sur les publications destinées à la jeunesse).

Will Hill

PAR LE FEU

Traduit de l'anglais (américain)
par Anne Guitton

casterman

Go tell that long tongue liar,
go and tell that midnight rider,
tell the rambler, the gambler, the backbiter,
tell'em that God's gonna cut'em down.

Chant traditionnel

Allez dire à ce menteur invétéré,
Allez dire à cet oiseau de nuit,
Dites à ce vagabond, ce joueur, ce faux-jeton,
Que la fureur de Dieu s'abattra sur eux.

Je traverse la cour à toute vitesse, les yeux pleins de larmes, le cœur battant à cent à l'heure.

Le bruit des coups de feu est assourdissant, j'entends littéralement les balles siffler à mes oreilles, j'entends leur bourdonnement d'insecte, mais je ne ralentis pas, je ne dévie pas de ma course pour autant. La Chapelle est ravagée par les flammes, son toit n'est plus qu'un immense brasier d'où s'élève une épaisse colonne de fumée noire. La voix amplifiée de l'Agent résonne au-dessus du camp, hurlant ses ordres en boucle :

— POSEZ VOS ARMES ET AVANCEZ LENTEMENT, LES MAINS EN L'AIR !

Personne ne l'écoute. Ni les autres Agents ni aucun de mes Frères et Sœurs.

Au loin, près du Grand Portail, le tank écrase les piètres grillages sous ses chenilles et retourne la terre du désert. Quelque part, derrière le grondement des moteurs et le fracas incessant des armes à feu, je distingue des cris de douleur et des appels à l'aide. Je me force à les ignorer, les yeux rivés sur les cabanes en bois situées à l'extrémité ouest de la Base.

Je trébuche sur quelque chose.

Un violent élancement m'irradie l'épaule lorsque je heurte le bitume fissuré de la cour, mais je me relève en serrant les dents. Puis je me retourne pour voir ce qui m'a fait tomber.

Alice gît sur le dos, les mains crispées sur son ventre.

Son tee-shirt est teinté de rouge. La flaque de sang qui s'étale autour d'elle paraît beaucoup trop grande pour provenir d'une seule personne. Elle est toujours en vie. Son regard vitreux cherche le mien, un regard impossible à décrire. J'y lis de la souffrance, beaucoup de souffrance, mais aussi de la surprise, et de la peur. Et quelque chose qui ressemble à de la confusion, comme si elle ne comprenait pas comment on en est arrivés là.

Je voudrais rester auprès d'elle, lui dire que tout va bien, qu'elle va s'en tirer, mais ce serait faux. Rien ne va bien. Je ne m'y connais pas vraiment en blessures par balle, mais je ne suis pas du tout certaine qu'elle s'en sorte.

Je suis même presque sûre qu'elle va mourir.

Je la dévisage, perdant de précieuses secondes, jusqu'à ce que la partie de mon cerveau qui fonctionne encore me hurle de me dépêcher. Je repars vers les cabanes. Lorsque je me détourne d'elle, les yeux d'Alice s'écarquillent, mais ils n'expriment pas de colère. Je crois qu'elle comprend.

En tout cas, c'est ce que je me dis.

Une silhouette émerge d'un nuage de fumée. Je m'arrête net, les mains levées. Heureusement, ce n'est pas un Agent avec casque noir, masque et fusil. C'est Amos. Il a les yeux rouges et bouffis, un bras qui pend sur le côté, inerte, et l'autre main serrée sur un pistolet.

— Où est le père John ? me demande-t-il d'une voix rauque. Tu l'as vu ?

Je secoue la tête et tente de le contourner, mais il m'en empêche.

— Où est-il ? Où est le Prophète ?

— Je n'en sais rien !

Je dois crier pour me faire entendre, car le tank vient d'entrer dans la cour et les rafales redoublent d'intensité. L'incendie se propage de bâtiment en bâtiment, plus vite que mes yeux ne peuvent le suivre.

Je repousse Amos de toutes mes forces, ce qui le fait tituber. Le temps qu'il braque son arme sur moi, je suis déjà repartie. Les détonations claquent dans mon dos sans qu'aucune des balles n'atteigne sa cible. Puis je plonge dans la fumée.

C'est presque impossible de respirer. J'ai beau plaquer ma main sur ma bouche et mon nez, le nuage âcre s'infiltre entre mes doigts et me fait tousser. Je zigzague entre les corps des Frères et Sœurs tombés autour de moi. Quelques-uns remuent encore, se traînent sur le sol, convulsent comme en pleine crise d'épilepsie.

Mais la plupart sont immobiles.

Les baraques ouest surgissent devant moi, leurs murs et leurs toits plats enveloppés de volutes sombres. Le rythme des coups de feu ne faiblit pas. Avec toutes ces balles qui fusent, ce n'est plus qu'une question de temps avant que l'inévitable se produise. Mais tant que je parviens à ouvrir les baraques avant, je m'en fiche.

Complètement.

La fumée se dissipe un peu lorsque j'approche de la première cabane et je sors mon passe-partout de ma poche. Au moment où je m'empare du cadenas fixé à la poignée, il y a comme un grésillement. Je mets une fraction de seconde à comprendre ce qui se passe, jusqu'à l'explosion de douleur. Je lâche aussitôt le cadenas incandescent, mais une bonne partie de ma paume reste collée sur le métal. Je tombe à genoux, pressant ce qui reste de ma main gauche contre mon ventre, pendant qu'un cri inhumain jaillit de mes lèvres.

La souffrance me submerge.

J'ai l'impression que ma main est plongée dans un bocal d'acide. Tandis que mon cerveau tente de surmonter cette torture, tout le reste disparaît : l'odeur de la fumée, la chaleur de l'incendie, les coups de feu. Ma vue se brouille, tous mes sens s'affaiblissent. Puis quelqu'un me pousse violemment dans le dos et la réalité reprend ses droits en même temps que je m'étale à plat ventre.

Un Agent se tient devant moi, le visage dissimulé par son masque, son arme pointée entre mes deux yeux.

— Les mains en l'air ! (C'est une voix d'homme.) J'ai dit les mains en l'air !

Je m'exécute en tremblant.

— S'il vous plaît. Les enfants. Il y a des enfants dans ces baraques. S'il vous plaît.

— La ferme ! Pas un mot de plus !

— S'il vous plaît. Dans les baraques. Il faut les sauver.

L'Agent jette un coup d'œil vers les bâtiments. J'ai le vertige, envie de vomir et l'impression que je vais tomber dans les pommes. Mais je me l'interdis. Je me concentre sur sa silhouette sombre.

— Les cadenas, je marmonne en lui tendant le passe-partout. S'il vous plaît…

Mes forces m'abandonnent. Les yeux de l'Agent se posent sur la baraque la plus proche. Puis sur moi. Puis sur la baraque.

— Et merde ! s'écrie-t-il en m'arrachant le passe.

Je le vois saisir le cadenas de sa main gantée, glisser la clé à l'intérieur. Durant un bref instant de cauchemar, je me demande si tout cela n'était qu'une perte de temps, s'il existe des serrures impossibles à forcer. Enfin, l'Agent ouvre la porte. Mes Frères et Sœurs se précipitent à l'extérieur en toussant, les yeux rouges et pleins de larmes.

— Allez au Grand Portail, je leur lance. Restez ensemble. Levez les mains…

À l'arrière du groupe, je reconnais Honey. Une sensation indescriptible m'envahit la poitrine, me faisant oublier la douleur de ma main. Elle a les paupières gonflées, le teint pâle, mais les lèvres et la mâchoire crispées par la détermination. Et surtout, elle respire.

Je n'étais pas sûre que ce serait le cas.

Elle aide les derniers enfants paniqués à sortir avant de les guider vers le Grand Portail au sud. L'Agent court à la deuxième baraque en réclamant des renforts dans sa radio. Quelque chose se libère en moi, une vague de soulagement si intense que je la ressens physiquement. Elle insuffle un regain d'énergie dans mes muscles épuisés. Je parviens à m'asseoir.

Les enfants traversent la cour, leurs petites mains tendues au-dessus de leur tête. Le nuage de fumée crache un groupe d'Agents qui les prennent dans leurs bras pour les faire sortir par les trous béants du grillage. Je les entends crier, appeler leurs parents. Mon cœur se brise, mais ils sont vivants, ils sont toujours vivants. Et c'est tout ce qui compte maintenant que le monde est en feu.

Un hurlement suraigu s'élève soudain au milieu des rafales et du grondement de l'incendie. Je tourne la tête dans sa direction. Près des ruines fumantes de la Chapelle, deux Agents tiennent Luke par les bras et les jambes. Il se débat comme un diable en exigeant qu'ils le lâchent, qu'ils le laissent partir avec les autres, qu'ils le laissent faire son Ascension.

Sa voix emplie de fureur, de ferveur, de désespoir et d'affolement est la dernière chose que j'entends avant de sombrer dans le noir.

APRÈS

... Je dérive...

... ma main est comme rongée par le feu. Je soulève mes paupières, tout est blanc, un bip régulier résonne et une ombre sans visage flotte devant moi. J'essaie de crier mais rien ne sort de ma bouche, j'ai tellement peur que je ne peux même plus réfléchir. Mes yeux se révulsent et...

... un homme se penche sur moi, deux yeux au-dessus d'un masque blanc, il brandit une énorme aiguille que je contemple, pétrifiée, et quand il l'enfonce dans mon bras, je ne sens rien car la douleur de ma main est toujours si intense qu'elle occulte tout le reste. Je sais que c'est un docteur, je me souviens d'en avoir vu à la télé quand j'étais petite et que c'était encore autorisé, mais je n'en avais jamais rencontré. Le Prophète hurle dans ma tête que ce sont des AGENTS DU GOUVERNEMENT, tous autant qu'ils sont, des SERVANTS DU SERPENT, et ses rugissements me font mal au crâne et me retournent l'estomac. Je suis si terrorisée que je ne peux même plus respirer. Le docteur scotche sur ma peau l'aiguille toujours plantée dans mon bras puis la relie par un tube à un sachet de liquide blanc laiteux. Il me dit quelque chose que je ne comprends pas, le liquide se met à couler, je le vois descendre le long du tube, mais je suis incapable de bouger un muscle. Une pensée prend forme dans mon esprit par-dessus les hurlements du père John, l'inquiétude de ce qui va se passer lorsque le liquide blanc se propagera dans mon corps, la crainte de ne plus être moi-même la prochaine fois que je me réveillerai...

... les lumières braquées sur moi sont aveuglantes, mais la douleur a beaucoup diminué et le sachet en plastique à l'autre bout du tube est vide. Je réussis à lever la tête, juste assez pour apercevoir le gros bandage qui entoure ma main gauche. Parfois, un docteur vient se planter près de mon lit, parfois j'entends des éclats de voix au loin, et parfois je me mets à pleurer sans plus pouvoir m'arrêter. J'ai trop chaud, trop froid, rien ne va, je voudrais seulement rentrer chez moi, parce que même ça, ce serait mieux qu'être ici. Un homme en casquette et en uniforme me demande mon nom, mais la voix du père John m'interdit de répondre, alors je ne réponds pas. Il me repose la question, toujours sans résultat, lève les yeux au ciel puis s'en va...

... une femme en uniforme commande à quelqu'un de me faire asseoir. Des mains se glissent sous mon corps, enfonçant leurs doigts dans ma peau, et me hissent vers le haut du lit pour m'adosser à un oreiller. La femme en uniforme dit : « C'est mieux », et je manque d'éclater de rire, car on est loin, très loin du « mieux ». « Sais-tu qui a allumé le feu ? » m'interroge-t-elle. Je fais non de la tête. « Qui a distribué les armes ? », je fais non de la tête. « As-tu vu John Parson après le début de la fusillade ? », je fais non de la tête. « Que s'est-il passé dans la maison ? Pourquoi y es-tu allée ? », je fais non de la tête. Elle me dévisage avant de reprendre la parole d'un ton dur. « Des gens sont morts, tu sais. Des tas de gens. Il va falloir que tu nous parles. » Elle se penche sur moi et comme j'ignore ce qu'elle va faire, je baisse le nez. Mes yeux se posent sur une plaque dorée à sa ceinture, frappée des mots « Département du shérif – comté de Layton ». Mon cœur cesse de battre et je me mets à hurler, la femme en uniforme recule d'un bond, les yeux écarquillés, puis j'entends des bruits de pas qui accourent et mon cœur redémarre. Je me débats de toutes mes forces sur le lit, je hurle, je hurle, je hurle, des mains m'empoignent par les bras et les jambes, un docteur approche avec une aiguille, et...

... les visages de mes Frères et Sœurs jaillissent de l'obscurité, des visages que je connais depuis toujours, les cheveux en feu, la peau en train de fondre sur le crâne, et ils crient les mêmes mots encore et encore et encore : « C'EST TA FAUTE TA FAUTE TA FAUTE TA FAUTE TA FAUTE. » Je leur tourne le dos, j'essaie de courir, mais le sol se transforme en sable mouvant sous mes pieds, je m'enfonce jusqu'aux chevilles, des doigts me frôlent les épaules et la nuque. Malgré ma terreur, je ne peux pas hurler, parce que ma bouche refuse de s'ouvrir. Tout ce que je peux faire, c'est dériver dans ce noir d'encre, me traîner de mon mieux et chercher le chemin du retour...

... un homme en costume sombre se tient près de mon lit, je suis en nage, ma main me fait très mal, comme si elle était couverte de fourmis rouges, et je n'ai jamais été aussi fatiguée de ma vie. Mon corps me paraît lesté de plomb et de béton, mes paupières sont la chose la plus lourde au monde. L'homme m'informe qu'on va me transférer, je voudrais savoir où mais tout ce qui sort de ma bouche, tandis que le père John me rappelle *qu'on ne parle pas aux Étrangers, jamais, sous aucun prétexte*, c'est un chuchotement rauque. L'homme me répond qu'il ne sait pas, alors je rassemble mes dernières forces pour lui demander qui d'autre a survécu. Il fait simplement la grimace avant de s'éloigner…

… j'ai un pinceau dans la main, dégoulinant de peinture bleue, je sais que c'est un rêve mais je m'en moque, car je ne veux pas me réveiller. Je peins le mur en bois qui se trouve devant moi, je perçois le bruit des vagues qui s'écrasent au pied de la falaise en contrebas, je sens la fumée qui s'échappe par la cheminée, et je sais que si je baisse les yeux, je verrai de l'herbe verte sous mes pieds. Mais je ne les baisse pas. Je continue à peindre une planche, puis une autre, puis une autre, puis une autre…

… un nouvel homme vêtu du même costume sombre me lit des noms notés sur un morceau de papier. En entendant ceux de Honey, de Rainbow, de Lucy et de Jeremiah, je fonds en larmes, des larmes de soulagement, et l'homme m'adresse le premier sourire auquel j'ai eu droit depuis que je suis couchée sur ce lit. Il continue sa lecture, mais pas longtemps, et mon soulagement cède la place au désespoir tandis que mes larmes redoublent, car cette liste est beaucoup, beaucoup trop courte…

… deux docteurs poussent mon lit le long d'un couloir dont le plafond défile, jusque dans une boîte métallique qui vibre et cliquète et me donne envie de vomir. J'étends les bras pour me tenir aux parois, mais l'un des docteurs les replace sur le lit en me faisant atrocement mal à la main. Comme je crie, il dit « Désolé », le regard froid et la bouche invisible derrière son masque. Il y a un *bip*, une secousse, une bouffée d'air frais, et on recommence à avancer. J'aperçois un fragment de ciel, aussi bleu que le mur de mon rêve, avant d'être soulevée et rangée dans une nouvelle boîte métallique, bordée cette fois d'étagères, de cartons, de bouteilles et d'appareils que je n'ai jamais vus. Le sol vibre, un moteur démarre, tout près, on dirait un peu celui du pick-up rouge d'Amos, mais en nettement plus fort et plus rageur…

… une femme au visage doux en uniforme blanc m'aide à me lever du lit sur lequel je suis allongée depuis mon réveil, pour m'installer sur un autre matelas, dans une pièce blanche et carrée percée d'une unique fenêtre, tout en haut d'un mur. Elle m'indique un bouton orange près de la porte, sur lequel je peux appuyer pour l'appeler. Une grosse boule se forme dans ma gorge, je lui demande de ne pas me laisser seule, elle me prend dans ses bras, je recommence à pleurer et la voix dans ma tête s'énerve parce que je n'avais pas pleuré comme ça depuis toute petite. Mais c'est plus fort que moi. La femme au visage doux me console, elle me caresse les cheveux, me dit que ce n'est rien, que tout va bien se passer, qu'elle sera juste à côté si j'ai besoin d'elle. Puis elle se détache délicatement de moi, me sourit une dernière fois et quitte la pièce en refermant la porte derrière elle. Au moment où je m'allonge sur le lit, j'entends le déclic métallique d'une serrure qu'on verrouille...

... je dérive...

APRÈS

Je suis assise sur un canapé rouge bordeaux, mes jambes ne cessent de trembler et ma main me fait horriblement mal. J'ai beau me répéter de ne pas avoir peur, je suis terrorisée, parce que j'ignore ce qui va m'arriver.

Je ne sais même pas où je suis.

La pièce dans laquelle je me trouve est plus grande que ma chambre sur la Base, mais tout de même assez petite, avec des murs gris clair et une moquette gris foncé. Elle ne contient que le canapé rouge, une grande table et deux chaises placées de l'autre côté, face à moi. Tout est lisse et propre. Il y a un appareil électronique sur la table et une caméra au-dessus de la porte. Quand la femme au visage doux vêtue d'un uniforme blanc – *l'infirmière Harrow*, murmure la petite voix dans ma tête, *elle t'a dit que c'était son nom* – m'a conduite ici il y a cinq minutes, j'ai aperçu les mots « Salle de consultation 1 » sur la porte.

Avant de partir, elle m'a demandé si j'avais besoin de quoi que ce soit. Je n'ai pas su quoi lui répondre.

Je retiens mon souffle en entendant une clé tourner dans la serrure. Un homme entre, petit, avec une grosse barbe, des cheveux clairsemés et des rides au coin des yeux. Il a un regard gentil. Il est en chemise blanche et cravate, une sacoche en cuir sur l'épaule. Après s'être installé, il sort une pile de carnets et de stylos qu'il aligne soigneusement sur la table devant lui. Une fois satisfait du résultat, il presse un des boutons de l'appareil, attend qu'une petite lumière verte s'allume, puis me sourit.

— Bonjour, dit-il.

Je ne réagis pas.

Il y a quelque temps, quand j'étais allongée sur mon lit, à la dérive, je me suis laissée aller à poser une question à l'homme en costume. Mais j'ai retrouvé mes esprits. Certaines convictions sont si ancrées en moi que je ne me souviens même plus avoir pensé autrement. Malgré tout ce qui s'est passé, elles conditionnent encore mon raisonnement.

On ne parle pas aux Étrangers. Jamais.

— Je suis le Dr Robert Hernandez, se présente l'homme. Je dirige le service de psychiatrie de l'hôpital pédiatrique universitaire d'Austin, au Texas. Sais-tu ce que cela signifie ?

Je ne réponds pas.

— Cela signifie que je suis spécialisé dans la prise en charge des enfants, et plus particulièrement de ceux qui ont vécu des expériences traumatisantes. Je les écoute, et j'essaie de les aider.

Dans ma tête, le père John hurle que les Étrangers ne cherchent qu'à me faire du mal, à me torturer et à me tuer.

— Je me doute que cette situation est extrêmement effrayante pour toi. Tu as traversé une épreuve terrible, et tu souffres encore le martyre. Quoi qu'on ait pu te raconter, je ne suis pas ton ennemi. Je te jure que je ne te veux aucun mal. Je suis là pour t'aider. Mais pour cela, tu vas devoir me faire confiance. Au moins un tout petit peu. Penses-tu en être capable ?

Je le dévisage. Si j'en crois la lueur optimiste dans ses yeux, il n'a pas la moindre idée de ce qu'il me demande.

— Pourquoi ne pas commencer par quelque chose de très simple ? Veux-tu me dire comment tu t'appelles ?

Je ne bronche toujours pas. Mes yeux restent rivés aux siens.

— Aucun problème. Ça ne fait rien. Je te propose autre chose : je vais te poser une question, et tu n'auras qu'à faire oui ou non de la tête. Tu n'as pas besoin de parler.

Je ne bouge pas d'un cil.

Le sourire du Dr Hernandez vacille légèrement.

— Non ? Tu ne veux pas essayer ?

Je me contente de cligner des yeux, parce qu'ils commencent à se dessécher.

Il note quelque chose dans l'un de ses carnets. Je regarde le stylo courir sur le papier, mourant d'envie de savoir ce qu'il écrit sur moi. Mais je refuse de lui demander.

— OK, reprend-il en posant son stylo. Je ne veux surtout pas te forcer à quoi que ce soit. J'imagine à peine à quel point tu dois te sentir perdue. Pour le moment, je crois que la meilleure chose à faire est de te laisser regagner ta chambre. Nous réessaierons demain. Tu n'es pas obligée de me parler, et je te promets que personne, surtout pas moi, ne t'y contraindra. Mais si je n'étais pas sincèrement convaincu que cela te ferait du bien, je ne serais pas ici.

Je résiste à l'envie de hocher la tête. Le père John s'époumone sous mon crâne, il me traite d'Hérétique, m'accuse d'avoir été Fausse.

Le Dr Hernandez me sourit à nouveau, puis replace carnets et stylos dans sa sacoche.

— Très bien, conclut-il. Repose-toi. On se voit demain.

L'infirmière Harrow me raccompagne à ma chambre. Bien que je ne décroche pas un mot le long des couloirs gris, elle me sourit quand même avant de refermer la porte.

Je jette un coup d'œil circulaire à mon nouveau chez-moi. Ce n'est pas immense, mais plus grand que la plupart des chambres sur la Base. Et celle-ci dispose d'un lavabo, de toilettes, d'un bureau et d'une chaise.

Toutefois, dans la mesure où la porte est verrouillée de l'extérieur, c'est la même chose.

Hier soir, à mon arrivée, j'ai trouvé une pile de vêtements sur le bureau, à côté d'une rame de papier et d'un pot de stylos, de feutres et de crayons de couleur. Pantalons, sous-vêtements, tee-shirts et sweats gris, baskets. La majorité encore sous plastique, et portant l'étiquette du prix. J'en ai enfilé quelques-uns ce matin.

C'est la première fois que j'ai des vêtements neufs.

Au-dessus de la porte, une horloge digitale indique 10:17. L'infirmière m'a informée que le petit déjeuner était servi à 9 heures et le déjeuner à 12h30, mais je n'ai pas la moindre idée de ce que je suis censée faire entre-temps.

Allongée sur mon lit, je contemple le plafond un moment, puis je me lève et je fais les cent pas jusqu'à en avoir mal aux jambes. Ma main me brûle sous le bandage. Je m'assieds au bureau.

Mis à part la Bible, aucun livre n'était autorisé sur la Base après la Purge. Il n'y avait pas non plus de papier ni de crayons. Mais j'avais conservé un cahier à dessin que le père Patrick m'avait donné quand j'étais petite. Les Centurions devaient connaître son existence, car je ne le cachais pas, et pourtant ils ne me l'ont jamais confisqué. J'avais tellement dessiné sur chaque page que le papier était creusé par les lignes que je traçais et effaçais sans relâche. Il se trouvait dans ma chambre quand l'incendie s'est déclaré. Il a probablement brûlé.

Je prends une feuille dont je caresse la surface du bout des doigts. Elle est lisse, vierge. Flambant neuve.

Sans histoire ni passé.

Je fixe le mur blanc devant moi jusqu'à ce que le vide se fasse dans ma tête, puis j'attrape un crayon dans le pot.

Depuis très longtemps, je n'ai plus le moindre contrôle sur ce que je dessine. Je pourrais décider de représenter un chien, un vaisseau spatial ou une île déserte, le résultat serait toujours le même. C'est comme si le crayon prenait vie entre mes doigts, comme s'il connaissait mes intentions mieux que moi. Grâce à la télévision et aux livres, qui étaient autorisés autrefois, je sais en quoi consiste le travail d'un psychiatre – même si je ne l'ai pas avoué au Dr Hernandez. Il dirait certainement que mes dessins sont l'expression de mon subconscient, et il aurait sans doute raison. Mais comme je n'ai pas l'intention de les lui montrer, ça n'a aucune importance.

Dès les premiers traits, l'image habituelle commence à apparaître sur le papier. Je troque le crayon pour des feutres de couleur et me laisse bercer par la monotonie de ces gestes si souvent répétés. Pendant que mes mains travaillent toutes seules, des fragments de souvenirs désordonnés défilent dans ma mémoire…

… mon père, même si je sais que ce n'est pas vraiment lui, mais une image reconstituée à partir d'une vieille photo. Il me sourit, et je me demande si c'est à cela que ressemblait son sourire. Il y a une grande différence entre un être vivant et un portrait figé…

… le feu, qui fait exploser les fenêtres de la Chapelle et galope sur la terre du désert comme un animal sauvage traquant sa proie, avec des grésillements de plaisir féroce…

… Honey, lorsqu'elle a dit non au père John et l'a regardé droit dans les yeux en proférant des paroles Hérétiques…

… ma mère, la dernière fois que je l'ai vue. Assise à l'arrière du pick-up rouge, me fixant, toutes ses possessions rassemblées dans un pauvre sac en plastique…

… Nate, penché sur moi dans le noir, le front plissé, la voix inquiète, les mains pleines d'objets interdits…

… la porte fermée à clé au sous-sol de la Maison…

… le père John, alors que ses prophéties devenaient réalité et que les Servants du Serpent étaient à nos trousses. J'ai beau chercher sur son visage une trace de la certitude sur laquelle reposait toute la Légion, la certitude qui motivait mes Frères et Sœurs – et moi aussi, pendant si longtemps –, la certitude que le Seigneur nous protégerait et nous conduirait à la victoire… je ne trouve rien…

… Alice, les mains crispées sur son ventre…

… le tank qui avance…

… le sang…

… les coups de feu…

… tellement de sang…

… les derniers instants du monde que j'ai toujours connu…

Saisie d'un frisson, je baisse les yeux vers la feuille de papier où je découvre la même image que d'habitude.

La majeure partie de la surface est occupée par de l'eau bleue parsemée de moutons blancs. Je ne sais pas exactement ce que c'est, un lac, un océan, une rivière ou autre chose, car le plus grand plan d'eau que je connaisse, c'est la fontaine de Layfield. Quoi que représente mon dessin, ce n'est donc pas un souvenir.

Au sommet d'une falaise abrupte s'étend une vaste pelouse d'un vert luxuriant, à mille lieues de la poussière orange et desséchée du désert. Une petite maison se dresse un peu à l'écart. Elle a des murs bleus, un toit blanc et une cheminée dont s'échappe un délicat panache de fumée grise, qui ondule dans un ciel presque de la même couleur que l'eau.

Deux silhouettes se tiennent près de la maison. Elles sont très sommaires, mais je sais parfaitement de qui il s'agit.

La première, c'est moi.

Et l'autre, c'est ma mère.

APRÈS

Je me réveille dans des draps trempés de sueur, un cri coincé dans la gorge.

Des cauchemars. Le feu, Luke, le père John.

Je regarde l'horloge au-dessus de la porte.

8:57.

Je ne me souviens pas avoir déjà dormi aussi tard. Les seules fois où cela a dû m'arriver, c'est quand j'étais malade. Si l'infirmière Harrow ne m'a pas menti, elle devrait m'apporter mon petit déjeuner dans trois minutes.

Bien sûr qu'elle t'a menti ! tonne le Prophète sous mon crâne. *C'est une Étrangère ! Ils mentent tous ! Ils ne savent faire que ça !*

J'ai soudain la chair de poule. La puissance de sa voix me terrifie encore, après tout ce qui s'est passé. Elle incarne la certitude absolue d'une autorité écrasante, qui ne tolérait pas la moindre contradiction. Refermant les yeux, je tente de me concentrer sur l'eau, la falaise et la maison bleue. La voix finit par s'éteindre, mais je sais que je n'en serai jamais débarrassée.

Je m'assieds au bord du lit. Ma main me fait de plus en plus mal. Horizon disait souvent que la douleur est signe de guérison. J'espère que c'est vrai, parce que j'ai l'impression que quelqu'un est en train de faire courir une flamme le long de mes doigts, et lorsque je les gratte doucement à travers les épaisseurs de bandage, c'est quasiment la fin du monde.

J'ignore à quelle heure j'ai fini par m'endormir hier. Une fois mon dessin terminé, j'ai pleuré pendant un moment, jusqu'à ce que l'infirmière m'apporte une assiette de saucisses et de galettes de pommes de terre sur un plateau en plastique. Elle avait toujours la même expression douce. J'ai continué à pleurer après son départ, les joues inondées de larmes tandis que je picorais mon déjeuner.

Ensuite, je ne sais pas au bout de combien de temps, je me suis allongée et j'ai fermé les yeux. Après un rapide calcul mental, j'estime que j'ai dû dormir près de dix-huit heures. Je ne me sens pas reposée pour autant. Je suis épuisée, usée, distendue comme un vieil élastique sur lequel on a trop tiré.

Vide.

Une clé tourne dans la serrure en même temps qu'on frappe à la porte. Cette précaution me paraît superflue : qui que ce soit, je n'ai aucun moyen de lui interdire d'entrer. Mais ce doit être une question de politesse.

L'infirmière Harrow apparaît, un nouveau plateau dans les mains. Œufs brouillés au bacon, pommes de terre sautées, salade de fruits et un gobelet en plastique rempli de jus d'orange. Ma première réaction, immédiate, consiste à me dire que je ne vais pas pouvoir y toucher. Parce que, même si les fruits sont dans un récipient à part, ils font clairement partie du même repas que les pommes de terre. Or, il est *strictement* interdit de consommer des fruits et des légumes au cours du même repas. Les règles de la Légion, établies par le père John qui les a entendues de la bouche de Dieu, sont gravées au scalpel dans mon esprit.

J'essaie de rester immobile malgré mon ventre qui crie famine. Je parviens même à sourire à l'infirmière lorsqu'elle pose le plateau sur mon bureau. Elle jette un coup d'œil au dessin que j'ai fait hier, après mon entretien avec le Dr Hernandez, et les battements de mon cœur s'accélèrent. Je ne veux pas qu'elle le regarde ; c'est comme si je me retrouvais nue devant elle.

— Très joli, me complimente-t-elle. Où se trouve cette maison ?

— N'y touchez pas.

Ce sont les premiers mots que je prononce depuis qu'on m'a amenée ici. Ma voix n'est plus qu'un croassement. Dans ma tête, le père John me traite de tous les noms. *Stupide, idiote, faible.*

— S'il vous plaît.

Elle hoche la tête et recule d'un pas.

— Ne t'inquiète pas, je n'y toucherai pas. Je reviens d'ici vingt minutes. Je voudrais changer ton bandage avant que tu ailles voir le Dr Hernandez. Tu es d'accord ?

Je lui fais signe que oui. Le sourire aux lèvres, elle sort et referme la porte derrière elle. Une fois certaine qu'elle est partie, j'attrape mon dessin, je le plie en deux et je le presse contre ma poitrine en cherchant un endroit où le cacher.

Il n'y en a pas.

Évidemment qu'il n'y en a pas. Les chambres aux portes verrouillées de l'extérieur et aux fenêtres inatteignables ne sont pas dotées de cachettes. Je repense à la planche mal fixée sous mon lit à la Base, et au renfoncement sombre qu'elle dissimulait. Mais le sol sur lequel je me tiens est recouvert de dalles de plastique lisse ; les murs sont plats et nus.

La solution la plus simple serait de détruire cette feuille de papier. Après tout, je peux redessiner la maison, la falaise et l'eau n'importe quand. Mais je n'en ai pas envie. C'est comme ça. C'est la seule chose dans cette pièce qui m'appartienne.

Alors j'ouvre ma taie d'oreiller et je glisse le dessin plié à l'intérieur, côté matelas, pour qu'on ne distingue pas sa forme rectangulaire. C'est la pire cachette du monde. Même s'il n'y a pas de caméras – en tout cas, je n'en ai pas vu –, il ne faudrait pas plus de cinq secondes à l'infirmière ou à n'importe qui pour le trouver.

Mais je n'ai pas de meilleure solution.

— Je vais te faire une proposition, dit le Dr Hernandez. Tu veux bien ?

Je suis de retour sur le canapé de la salle de consultation 1. Le psychiatre est accoudé à la table, ses carnets et ses stylos bien alignés devant lui, la lumière verte allumée sur l'appareil à ses côtés. À peine entré, il m'a demandé comment je me sentais ce matin. Je n'ai pas répondu, bien que j'aille un peu mieux – physiquement, du moins – depuis que l'infirmière Harrow a refait mon bandage et appliqué une crème grasse sur ma peau brûlée.

Là encore, je garde le silence.

— Je vais prendre ça pour un oui. Alors voilà : j'aimerais te proposer un marché. Tu me poses une question, et j'y réponds. Puis je te pose une question, et tu y réponds. Qu'en penses-tu ?

Dans ma tête, le père John me met en garde contre cette ruse grossière destinée à piéger les êtres stupides, crédules et *Faux*. Je l'ignore de mon mieux, mais ce n'est pas facile. Sa voix tonne et gronde et rugit, et pendant des années, c'était la seule voix qui comptait, l'unique source de vérité dans un monde peuplé de mensonges. J'essaie malgré tout, car même si j'ai peur de parler au Dr Hernandez ou à qui que ce soit d'autre, si je n'ai aucune envie de répondre à ses questions, il y a deux choses que j'ai besoin de savoir. Deux choses à propos desquelles je ne peux pas rester plus longtemps dans le noir.

Sois courageuse, me souffle une petite voix qui n'est pas celle du père John. Elle ressemble beaucoup à la mienne, sauf qu'elle dit des choses que je n'oserais jamais prononcer.

— D'accord. Mais à une condition : c'est moi qui commence.

Le Dr Hernandez sourit. Il craignait peut-être que je ne reparle plus jamais.

— Bien sûr. Je t'écoute. Demande-moi ce que tu veux.

Je prends une grande inspiration.

— Où est ma mère ?

Son sourire s'efface, cédant la place à une expression de pitié. Je déteste qu'on ait pitié de moi, mais je ne peux pas le lui dire, parce que je redoute tellement ce qu'il s'apprête à m'annoncer que j'en ai le souffle coupé.

— Je suis désolé. Nous ne disposons malheureusement d'aucune information à son sujet.

Je respire. Sa réponse, ou plutôt son absence de réponse, est plus ou moins ce que j'espérais, bien que ça fasse mal de l'entendre.

Ça pourrait être pire, murmure la petite voix. *Il aurait pu t'annoncer qu'elle était morte.*

C'est vrai, ça aurait été pire. Ou peut-être pas. Ne pas savoir, c'est terrible. Même après tout ce temps.

— Je suis désolé, répète-t-il.

— Elle n'est pas ici ?

Ma voix est toujours rauque et faible.

— Non. Elle n'est pas ici.

— Elle est toujours en vie ?

— Je ne sais pas.

— Vous ne savez pas ?

— Non. J'aurais aimé t'apporter une bonne nouvelle, ou te mentir pour que tu te sentes mieux, mais je suis convaincu que l'honnêteté est essentielle à notre démarche. Plus tard, quand tu seras prête, d'autres personnes voudront te parler. Il est possible qu'elles sachent davantage de choses à ce sujet.

Ce « sujet ». C'est de ma mère que tu parles, connard.

Le gros mot me fait rougir, bien que je sois la seule à l'avoir entendu. Le Dr Hernandez fronce les sourcils.

— Tout va bien ?

— Quand ?

— Pardon ?

— Quand est-ce que je verrai ces gens qui veulent me parler ?

— Quand le moment sera venu.

— C'est-à-dire ?

— Quand tu seras prête.

— Et qui décide si je suis prête ou pas ?

— Moi, en concertation avec mes collègues. Je ne peux pas te communiquer de planning précis à ce stade, mais je peux te promettre une chose. Tout à l'heure, après notre entretien, je contacterai les différentes agences qui travaillent sur l'affaire pour leur demander des informations sur ta mère. Est-ce que ça te convient ?

Je hausse les épaules. Il voudrait que je dise oui, mais c'est hors de question.

Il me dévisage longuement, puis note quelque chose dans un carnet. Il en a quatre, de taille différente, ainsi que trois blocs de papier. Je ne comprends pas pourquoi il a besoin de tout ça.

— D'accord, conclut-il en posant son stylo. À mon tour de te poser une question. Si notre marché tient toujours, bien sûr.

Un marché est un marché.

Je hausse une nouvelle fois les épaules.

— Bien. Formidable. Comment t'appelles-tu ?

— Moonbeam.

Il sourit.

— « Rayon de lune ». C'est un très joli nom.

Je ne réponds pas.

— En as-tu d'autres ?

— D'autres quoi ?

— D'autres noms.

— Je suis censée en avoir plusieurs ?

— La plupart des gens en ont au moins deux.

— Certains de mes Frères et Sœurs en avaient même six ou sept. Mais pas moi.

— D'accord. Parfait.

Je le regarde. Il semble attendre que j'ajoute quelque chose, mais je ne sais pas quoi.

— Si tu me dis que tu n'as qu'un prénom, je te crois, reprend-il.

C'est faux. Vous ne me croyez pas. Même si je ne vois pas pourquoi je mentirais sur ça.

— OK.

— Et John Parson ? Comment t'appelait-il ?

— Le père John m'appelait Moonbeam.

— Est-ce qu'il...

— Je ne veux pas parler de lui.

— Aucun problème. (Il lève les mains en un geste d'apaisement qui me donne envie de lui fracasser la tête sur la table.) Je t'assure, tout va bien. Nous n'avons pas à parler de lui, ni d'aucun sujet qui pourrait te mettre mal à l'aise. Pas avant que tu sois prête. D'accord ?

J'acquiesce presque imperceptiblement, mais il a l'air soulagé.

— Formidable. À ton tour.

— Qu'avez-vous fait de ma lettre ?

— Pardon ?

— J'avais une lettre dans ma poche. Pendant l'incendie. Où est-elle passée ?

— Je ne suis pas au courant. Une lettre importante ?

C'était la chose la plus importante au monde.

Je scrute son visage afin de savoir s'il me ment. J'ai toujours été plutôt douée pour déchiffrer les gens, surtout après ce qui est arrivé à ma mère. Mais tout ce que je discerne chez lui, c'est de l'inquiétude.

— Tant pis, laissez tomber.

Il acquiesce, sceptique.

— OK. Tu peux me poser une autre question, si tu veux. Celle-ci ne comptait pas réellement.

— Je n'ai pas d'autre question.

— Aucune ? Vraiment ?

Vous n'avez même pas répondu aux autres.

— Non.

— Dans ce cas, je pourrais peut-être t'expliquer un peu ce qui se passe. Cela pourrait t'inspirer d'autres questions, ou t'aider à te sentir mieux ici.

J'en doute fort.

— Si vous voulez.

— Formidable. (Je commence à m'apercevoir qu'il dit ça très souvent.) Alors, nous nous trouvons actuellement dans le centre municipal George W. Bush. À Odessa, c'est-à-dire à quatre-vingts kilomètres environ de là où tu vivais. Connais-tu George W. Bush ? Non ? Il a été président des États-Unis. Sais-tu ce que ça signifie ?

— C'était le chef du gouvernement.

— Tout à fait. George W. Bush a été président durant huit ans. On a donné son nom à ce bâtiment à la fin de son mandat, en 2009. Cette pièce fait partie d'une unité spéciale où les patients sont traités en toute sécurité. Sais-tu où tu étais avant ?

— À l'hôpital.

— En effet. Au Mercy Memorial, à une dizaine de kilomètres d'ici. Tu y as passé quatre jours.

Quatre jours ? C'est tout ? Comment est-ce possible ?

J'ai la tête qui tourne. Je pensais être restée des mois dans ce lit.

— Je sais que, là-bas, quelqu'un t'a posé des questions auxquelles tu n'étais pas en état de répondre. Je le regrette sincèrement. Cela n'aurait jamais dû se produire.

À compter d'aujourd'hui, personne te ne demandera plus rien sans que je sois là pour m'assurer de ton accord. Je m'y engage.

J'opine du chef pour la centième fois. Je sens bien que ce n'est pas assez, que je devrais réagir autrement, mais je ne sais pas quoi faire d'autre. Je pourrais essayer de sourire, toutefois je ne suis pas certaine d'être très convaincante.

— Tu n'es pas prisonnière. Il est très important que tu le saches. Étant donné que les portes sont fermées à clé, qu'on te dit quoi faire et où aller, c'est tout à fait naturel que tu te sentes frustrée. Mais tu dois me croire quand je te dis que ta sécurité et ton bien-être sont notre première préoccupation. Tu n'as rien fait de mal.

Je me retiens d'éclater de rire.

Si vous saviez...

— Alors je peux partir ?

— Ah, je savais bien que tu aurais d'autres questions !

Je le fixe en silence.

— La réponse est oui, enchaîne-t-il lorsqu'il constate que je reste insensible à sa « plaisanterie ». Je suis ici pour t'aider à reprendre le cours de ta vie le plus vite possible.

— Mais je ne peux pas partir tout de suite.

— Eh bien, non. Pas dans la minute.

— Alors quelle différence avec une prisonnière ?

Il y réfléchit quelques secondes.

— Tout est une question de point de vue. Je dois t'accompagner dans un long processus qui serait impossible sans quelques limites. Nous avons besoin d'un espace sécurisé afin d'explorer ensemble certaines des choses que tu as vécues, et de te fournir les clés pour les surmonter. Ensuite seulement, lorsque je serai sûr que tu vas bien et que tu es prête, tu pourras t'en aller.

Je n'y crois pas une seconde, mais je ne vois pas l'intérêt de le lui dire.

— Ça va prendre combien de temps ?

— Plus vite nous commencerons, plus vite ce sera terminé.

— D'accord.

— Formidable. (Il ouvre l'un de ses carnets.) Quel âge as-tu, Moonbeam ?

Un marché est un marché.

— Dix-sept ans.

— Quelle est ta date de naissance ?

— J'aurai dix-huit ans en novembre. Le 21.

— Je t'enverrai une carte.

Encore une plaisanterie. Je le regarde. Il baisse les yeux et prend quelques notes. J'attends.

— Y a-t-il autre chose dont tu souhaiterais discuter aujourd'hui ? reprend-il. N'importe quoi ?

— Non.

— Tu es sûre ?

— Je ne suis pas une menteuse.

— Je n'ai jamais dit ça. (Encore ce geste d'apaisement qui, cette fois, me donne envie de lui briser les poignets. Vu les circonstances, je me trouve déjà extrêmement calme.) Dans ce cas, raconte-moi quelque chose. Ce que tu veux. Ça n'a pas besoin d'être important.

— Comme quoi ?

— À toi de voir. Ce qui te passe par la tête.

Je réfléchis. Je sais de quoi il *voudrait* que je parle : de la même chose que ce qui intéressait la femme en uniforme à l'hôpital. Mais je n'irai pas sur ce terrain, ni avec lui ni avec personne, parce que je ne tiens pas à passer le reste de ma vie derrière des barreaux.

Je ne suis pas stupide. Si c'est ce qu'il croit, il se trompe.

Il ne me laissera jamais partir si je ne lui dis rien.

Vois ça comme une étape du fameux «processus», murmure la petite voix dans ma tête.

Alors je prends une profonde inspiration, et je me lance.

AVANT

Le nuage de poussière qui s'élève au-dessus de la route, au-delà du Grand Portail, est trop petit pour être causé par une voiture. Les quatre Centurions s'approchent néanmoins de l'entrée, l'arme au poing. On ne reçoit pas beaucoup de visiteurs, et ils sont rarement les bienvenus.

Les panneaux « Propriété privée » suspendus autour du grillage ne suffisent pas toujours à décourager les curieux. Plusieurs années de suite, à l'automne, nous avons eu des problèmes avec des étudiants de première année de Midland et d'Odessa. Leurs camarades de fraternité les défiaient de voler quelque chose sur la Base. Je ne crois pas qu'un seul ait réussi à mener sa mission à bien. Les Centurions les faisaient généralement fuir avant même qu'ils aient atteint le grillage, puis les regardaient détaler en hurlant dans le désert. Mais à deux reprises au moins, on a dû secourir des types à moitié nus et complètement soûls accrochés aux barbelés. Ils sanglotaient, pâles et couverts de sang. Après les avoir enveloppés dans des couvertures, on a chargé Amos de les déposer à Layfield avec le pick-up rouge. Au bout d'un moment, ça s'est calmé. Les étudiants ont dû se lasser et se trouver de nouveaux défis. Allez savoir.

Mais ça m'étonnerait que ce nouveau visiteur représente la moindre menace pour nous, puisqu'il marche vers la Base en plein jour, et se tient au milieu de la route. Les étudiants venaient en général de l'ouest, après avoir laissé leur voiture au niveau du grand virage de la nationale.

Du moins, c'est ce que supposait Horizon. Et bien sûr, ils ne se risquaient ici que de nuit.

Je m'approche du grillage avec la foule grossissante de mes Frères et Sœurs : Iris, Alice, Luke, Martin, Agavé et une demi-douzaine d'autres. J'éprouve un petit frisson d'excitation en voyant la rangée de Centurions debout face au Portail, un pas derrière Horizon. S'il n'y a pas de quoi s'inquiéter, l'événement a le mérite d'être inhabituel et de rompre la monotonie de notre journée.

Les Centurions ont déverrouillé la porte de ma chambre juste après l'aube. J'ai pris le même petit déjeuner que chaque matin dans la Salle des Légionnaires : deux moitiés de pamplemousse, deux œufs durs – les œufs n'étant pas un légume, c'est autorisé – et un bol de muesli aux raisins secs. Puis j'ai travaillé quelques heures au potager, juste derrière la Maison, et je m'apprêtais à rapporter mes outils dans la réserve quand Iris a remarqué le nuage de poussière et appelé le Centurion le plus proche.

Cachée derrière les larges épaules de Bear et d'Horizon, je jette un coup d'œil à travers les barreaux du Grand Portail. Soudain, ma peau me brûle, comme si j'étais restée trop longtemps au soleil.

Un homme s'avance sur le chemin de terre. Le vent du désert rabat ses longs cheveux blonds sur son visage. Son tee-shirt est si moulant qu'il semble avoir été peint sur son torse, et ses muscles si bien dessinés qu'on pourrait compter ses abdominaux, même de loin. Il porte un jean délavé, des boots poussiéreuses et un sac marin sur l'épaule. Lorsqu'il sourit, mes genoux menacent de se dérober sous mon poids.

— Oh là là, souffle Alice. Seigneur, ne me soumets pas à la tentation.

Je suis la première surprise par la bouffée de colère que ces mots suscitent en moi. Alice a vingt ans, soit cinq de plus que moi, et déjà deux enfants. Une partie complètement puérile de mon esprit, dont j'ignorais encore l'existence il y a cinq secondes, a envie de hurler : « JE L'AI VU AVANT TOI ! » Mais je ne le fais pas, parce que ce serait ridicule. Je me contente de regarder, le cœur battant, l'homme qui s'arrête à une distance respectable des Centurions, les mains levées en un geste pacifique.

— Pas de panique, lance-t-il d'une voix grave et traînante. Je viens en paix.

Je suis prise d'un violent désir d'ouvrir le Portail, de courir vers lui et de me jeter à son cou, alors que c'est un Étranger, qu'il pourrait être dangereux, qu'il est beaucoup plus vieux que moi et que la Troisième Proclamation m'interdit formellement ce genre de pensées.

— Si tu permets, ça sera à nous d'en juger, déclare Horizon d'un ton sévère mais pas entièrement dénué d'amabilité. Qu'est-ce qui t'amène ?

— Je me pose pas mal de questions et j'ai entendu dire que cet endroit pourrait m'apporter les réponses que je cherche.

— Possible. Ou pas. Comment tu t'appelles, l'ami ?

— Nate. Nate Childress.

— Et tu viens d'où, Nate Childress ?

— De Lubbock. Enfin, à l'origine. Là, j'arrive d'Abilene.

Il pointe du menton la route derrière lui.

— Qui t'a dit que tu pourrais trouver des réponses ici ?

— Une serveuse du *diner* de Layfield. Bethany, je crois. On a discuté un peu et elle m'a conseillé de venir vous voir.

Merci, Bethany. Merci du fond du cœur.

— Ça m'étonne. Nous avons très peu de contacts avec les gens de là-bas.

— C'est ce qu'elle m'a dit. Mais, d'après elle, quand elle était petite, elle parlait souvent aux enfants de chez vous. Elle regrette d'ailleurs qu'ils ne viennent plus en ville.

Horizon hoche la tête. Les trois autres Centurions gardent le silence, lui laissant le soin de mener l'interrogatoire.

— D'accord, conclut-il. Si tu cherches des réponses, il y a un homme que tu dois rencontrer. Mais je te préviens en toute amitié que si ton cœur est Faux, il le verra. Personne ne peut lui mentir ni le tromper, alors si c'est ce que tu avais en tête, rebrousse chemin et retourne là d'où tu viens.

— Merci, mais je vais quand même tenter ma chance.

— Qu'il en soit ainsi. (Horizon défait le cadenas du Grand Portail.) Bienvenue dans la Sainte Église de la Légion du Seigneur. Si tu as trouvé la Voie Juste, ton séjour parmi nous pourrait être long et profitable. Mais ce n'est pas à moi d'en décider.

Nous reculons tous pour lui permettre d'ouvrir le portail. Nate entre d'un pas lent et salue chacun de mes Frères et Sœurs d'un signe de tête. Lorsque mon tour arrive et qu'il me sourit, je sens mon visage devenir aussi rouge et brûlant que la surface du soleil. Je voudrais dire quelque chose de drôle et de spirituel, mais rien ne me vient. Je le regarde passer sans un mot.

— Je vais t'escorter jusqu'à la Chapelle, annonce Horizon en tendant le cadenas à Bear. Tu y attendras le père John.

— Je te suis.

Horizon remet son fusil en bandoulière avant de se diriger vers le grand bâtiment qui occupe le centre de la Base. Le reste du groupe leur emboîte le pas. Une fois dans la cour bitumée, Amos bifurque vers la Maison non sans jeter un dernier coup d'œil par-dessus son épaule. Horizon pénètre dans la Chapelle avec Nate et referme la porte derrière eux.

— Aïe aïe aïe, mon pauvre petit cœur ! s'exclame Alice avec un regard si concupiscent que je m'éloigne d'un pas. Si le Prophète refuse qu'il reste, je repars avec lui !

— Attention à ce que tu dis, grogne Jacob.

— Pourquoi voudrais-tu qu'il refuse ? je m'étonne.

— Parce que c'est louche, intervient Luke. Personne ne débarque jamais ici comme ça. Il va nous causer des problèmes.

— Tais-toi donc, réplique Alice. Tu ne sais pas de quoi tu parles.

— On verra.

— C'est ça. On verra.

Au nord de la cour, le père John apparaît sous le porche de la Maison, Amos sur les talons. Le silence se fait lorsqu'il approche, ses longs cheveux noirs flottant sur ses épaules. Il porte une chemise grise et un jean poussiéreux. Malgré son air sévère, il prend le temps de nous adresser un signe de tête avant d'entrer dans la Chapelle. Amos nous rejoint, le front plissé.

— Alors, qu'a dit le Prophète ? le questionne Luke.

— Il ne partage pas ses réflexions avec des gens comme moi. Il va rencontrer le nouveau, en discuter avec le Seigneur, puis nous informer de leur décision.

— Moi, je trouve qu'on devrait le garder, affirme Alice.

— Ah oui ? lance Amos. Je me demande bien avec quelle partie de ton corps tu réfléchis.

— Pas la peine de me parler sur ce ton.

Il lui tourne le dos en haussant les épaules. Nous demeurons tous là, immobiles et silencieux, à attendre que le père John nous communique le jugement du Seigneur sur la personne de Nate Childress. Les minutes défilent sous le soleil de plomb tandis que nous tendons l'oreille pour essayer de distinguer ce qui se passe à l'intérieur de la Chapelle.

Après ce qui nous semble une éternité, la porte de bois s'ouvre enfin sur le père John, impassible. Horizon et Nate le suivent jusque dans la cour, où il s'arrête face à la foule de mes Frères et Sœurs.

— Un homme a été guidé jusqu'à nous, déclare-t-il, et sa voix enfle, portée par la brise, grave, empreinte d'une autorité naturelle. Reste à déterminer s'il peut devenir un Frère de la Légion du Seigneur, ou s'il s'agit d'un Servant du Serpent que nous devrons expulser. *Cela reste à déterminer*, mais aucun de ceux que je vois rassemblés ici n'est en mesure de le faire. Par conséquent, cet homme passera la nuit entre nos murs, pendant que nous prierons pour avoir une réponse. Au matin, je ne doute pas que le Seigneur m'aura fait connaître Sa volonté. Car le Seigneur est Bon.

— Le Seigneur est Bon, répètent tous les présents, moi y compris.

Le Prophète se tourne vers Horizon.

— Il y a un lit disponible dans le Bâtiment Douze. Donnez-lui une couverture et de quoi manger.

— Oui, Père.

Sur un dernier hochement de tête, le Prophète repart vers la Maison. Nate contemple l'attroupement avec un sourire qui, à mes yeux, manque un peu d'assurance.

— Vous avez entendu le père John, lance Horizon. Quelqu'un peut-il...

— Moi ! je m'écrie. Je vais le conduire au Bâtiment Douze.

Nate se tourne vers moi, étonné, et je sens le regard furieux d'Alice me brûler la nuque.

— Très bien, conclut Horizon. Nate, Moonbeam va te montrer où poser tes affaires. Tu vois ce bâtiment tout en longueur à l'est de la Chapelle ? C'est la Salle des Légionnaires. On se retrouve là-bas dans une demi-heure pour le déjeuner.

La foule commence à se disperser. Tout le monde discute à mi-voix d'un air excité. Ce n'est pas très étonnant : il y a plus de deux ans que, les nouveau-nés mis à part, personne n'était venu grossir les rangs de la Légion. Nate me rejoint, son sac sur l'épaule.

— Moonbeam, dit-il. C'est joli.

Oh, Seigneur, faites-moi mourir maintenant. Permettez-moi de faire mon Ascension, car rien ne sera jamais plus beau que cet instant.

— Merci.

Tout à coup, je prends conscience de ma voix ridiculement haut perché, tremblante et éraillée comme un miaulement de chat. Pourquoi personne ne me l'a jamais dit ? Alors que j'envisage très sérieusement de ne plus jamais prononcer un mot, une autre voix, moqueuse celle-là, m'ordonne intérieurement de me calmer. Je prends une grande inspiration avant de tendre mon doigt vers le nord.

— C'est par là.

— Je te suis. Il y a une baignoire et de l'eau chaude, j'espère ?

— Euh… c'est une cabane en bois. Il y a un lit. Et peut-être des étagères.

Il éclate d'un rire qui me fait fondre.

— Toi et moi, je sens qu'on va bien s'entendre.

APRÈS

— Quand Nate Childress est-il arrivé dans le camp de la Légion ? me demande le Dr Hernandez.

Je grimace.

— Je n'aime pas ce mot.

— Lequel ? « Camp » ? Désolé. Je ne l'emploierai plus.

— Merci.

Il note quelque chose dans un carnet.

— Alors, à quel moment Nate est-il arrivé ?

— Pas cet été, mais celui d'avant.

Il prend une nouvelle note, puis se laisse aller contre le dossier de sa chaise.

— Pourquoi m'as-tu raconté cela, Moonbeam ?

— Je croyais que ça n'avait pas d'importance ?

— En effet. Je voulais juste savoir si c'était un bon souvenir.

Je réfléchis à sa question. Tous mes souvenirs sont entachés par ce qui s'est passé ensuite, noircis, déformés, corrompus. Mais en me concentrant, je me rappelle encore la joie que j'ai ressentie lorsque le père John a annoncé que Nate pourrait rester.

— Oui. C'est un bon souvenir.

— Pourquoi ?

— Parce que Nate était mon ami.

Il y a un long silence durant lequel il m'observe avec un demi-sourire. Est-ce le genre d'histoire qu'il voulait entendre ? Est-ce que ça lui suffit, au moins pour le moment ? Le père John se déchaîne dans ma tête, il me reproche de m'être confiée à un Étranger, un *psychiatre*, en plus. Le Dr Hernandez paraît sincère, mais son expression est très difficile à lire. C'est certainement voulu, bien que je trouve ça très frustrant. Enfin, après cette pause interminable, il consulte sa montre.

— Il est encore un peu tôt, mais je propose que nous nous arrêtions là pour aujourd'hui. Si ça ne te dérange pas, bien sûr.

Je tente de dissimuler mon soulagement.

— Non, ça ne me dérange pas.

— Avant de conclure, je dois te poser une question. Peux-tu me dire où tu vivais au sein du... de la base ?

— Pourquoi ?

— Un certain nombre d'effets personnels ont été retrouvés dans les bâtiments après l'incendie. Nous essayons d'en restituer un maximum à leurs propriétaires.

Mon cœur tambourine dans ma poitrine.

— Quoi, par exemple ?

— Tu penses à une chose en particulier ?

— Non.

C'est un mensonge.

— Alors, où vivais-tu ?

— Dans le Bâtiment Neuf. Celui qui se trouve dans le coin sud-ouest. Ma chambre était tout au bout du couloir, côté grillage.

Il le note. Puis il relève la tête, toujours souriant.

— Je suis très satisfait de tes progrès. C'est un excellent début et tu peux être fière de la façon dont tu t'es ouverte ce matin. Tu as été capable de me poser des questions et de répondre aux miennes, ce qui va constituer la base de nos entretiens à venir. Qu'en penses-tu ?

— Rien.

C'est la vérité.

— Je comprends. (Il en est sûrement persuadé, même s'il n'y a aucune chance qu'il me comprenne vraiment.) Dans la mesure du possible, j'aimerais que nos séances durent une heure entière. Aujourd'hui est une exception. Et je te demanderai de venir me voir chaque matin. Tu es d'accord ?

— Est-ce que j'ai le choix ?

— Bien sûr. Mais il me paraît important d'établir une forme de routine qui… quoi ?

Je n'ai pas pu m'empêcher de sourire.

— Rien.

Il incline la tête sur le côté.

— Tu es sûre ?

— Oui.

— OK… Comme je le disais, il est important d'établir une routine pour maximiser tes progrès. Or, nous espérons tous les deux te voir sortir d'ici au plus vite, n'est-ce pas ?

Amen.

— Formidable. Y a-t-il autre chose que tu souhaites me demander avant de partir ?

Après une ou deux secondes de réflexion, je me rends compte que oui.

— Vous parlez aussi à mes Frères et Sœurs ?

— Personnellement, je suis responsable de toi et de deux autres survivants. Mes collègues s'occupent des seize autres.

— Lesquels ?

— Pardon ?

— Vous voyez qui à part moi ?

— Je ne peux malheureusement pas te le dire. Mais l'atelier que je m'apprête à te proposer devrait rapidement te permettre de le deviner.

— Quel atelier ?

— Nous nous verrons chaque matin à 10 heures, après ton petit déjeuner. Le déjeuner est servi à 12 h 30. Ensuite, j'aimerais que tu participes à ce que nous appelons des sessions d'Interaction Sociale Supervisée, ou ISS.

— Qu'est-ce que c'est ?

— Une sorte de thérapie de groupe. Cela nous permet, à mes collègues et moi, d'observer les interactions entre les victimes d'expériences traumatiques, en leur offrant un environnement sécurisé où les échanges peuvent se dérouler sans entraves.

Je le dévisage. Il y a *beaucoup* de mots compliqués dans cette phrase.

— Donc il y aura juste vous, moi et vos collègues ?

Il secoue la tête en souriant.

— Pas tout à fait.

À 12 h 30 précises, l'infirmière Harrow m'apporte mon déjeuner. Aujourd'hui, c'est pain de viande et purée, accompagnés d'une sauce rouge vif tellement sucrée qu'on dirait du caramel. Affamée, je me jette dessus tout en réfléchissant à ce que m'a dit le Dr Hernandez.

Je ne lui fais pas confiance. Une partie de moi en meurt pourtant d'envie, mais je ne peux pas. Pas parce que c'est un Étranger, même si c'est la première chose qui me vient à l'esprit quand je pense à lui. Non, si je ne peux pas lui faire confiance, c'est parce que j'ignore encore ce qu'il me veut.

J'aimerais vraiment croire qu'il n'a pas d'autre intention que de m'aider à aller mieux. Mais c'est trop risqué. Il y a eu trop de morts – soixante-sept, si la liste des survivants que l'on m'a lue à l'hôpital était exacte. Et je sais des choses, j'ai *fait* des choses, dont le Dr Hernandez et les autres voudront que je parle. Alors que c'est impossible.

Soixante-sept morts, répète la voix dans ma tête.

Ma gorge se noue.

Mais dix-huit survivants. Dix-neuf avec toi. Ça n'est pas rien.

Je ferme les yeux, car ce n'est pas le moment de réfléchir à tout ça. Le visage du Dr Hernandez m'apparaît. Surprise, je me concentre sur celui-ci jusqu'à ce que la boule dans ma gorge se dissipe, que mes idées redeviennent claires et que je me sente mieux.

Deux choses m'ont étonnée au cours de la séance d'aujourd'hui. D'abord, je me suis rendu compte que j'avais *envie* de me confier au Dr Hernandez. Et ensuite, que ça n'était peut-être pas si grave. Bien que le père John ait clairement stipulé après la Purge que toutes les méthodes de soin autres que la prière étaient des instruments du Serpent, j'ai une vague notion de ce qu'est un psy. Ma mère en parlait parfois malgré l'interdiction, dans les rares moments où elle évoquait mon père. Avant leur arrivée à la Base, il en voyait un chaque semaine. Enfin, elle employait le mot « thérapeute », mais je suis quasiment sûre que c'est la même chose. Elle m'a expliqué que le travail de cette personne consistait à aider les gens, en les poussant à aborder des sujets douloureux ou pénibles.

À LES INTERROGER, OUI ! hurle le père John. *À FOUILLER DANS LEUR ÂME, À LES SONDER, LES DÉCHIRER ! LES VIOLER ! LES CONDAMNER À L'ENFER !*

Sa voix me fait frissonner, alors que je sais très bien qu'elle n'est pas réelle. Je lui ordonne en silence de se taire, parce que je *veux* croire que le Dr Hernandez m'a dit la vérité, qu'il n'est pas mon ennemi, qu'il ne me veut aucun mal. Je veux vraiment le croire. Mais je n'y arrive pas.

Pas encore.

Mon repas terminé, je m'allonge sur mon lit. Par la petite fenêtre, volontairement placée trop haut pour que je puisse l'atteindre, j'aperçois un rectangle de ciel. Je repense à celui de la Base, vaste étendue bleue le jour, si éblouissante qu'on pouvait à peine la regarder, et obscurité infinie la nuit, quand les étoiles descendaient jusqu'à l'horizon et illuminaient les cieux d'un milliard de points lumineux.

Les larmes roulent sur mes joues tandis que la petite voix intérieure me murmure d'être forte. Je sais qu'elle a raison, mais ça ne suffit pas à me consoler. Parce qu'être forte ne signifie pas que mes Frères et Sœurs, que le ciel, le soleil et le désert me manquent moins. Ces deux réalités peuvent cohabiter. Rien n'est jamais complètement bon ni mauvais, on se situe toujours quelque part entre les deux.

Lorsque j'entends le bruit familier de la clé dans la serrure, je me redresse. Les chiffres lumineux de l'horloge indiquent 13 : 55. L'infirmière Harrow me demande si le Dr Hernandez m'a parlé de l'ISS et m'annonce qu'il est temps d'y aller.

Je la suis jusqu'à un couloir ponctué de portes toutes identiques. Elle s'arrête devant l'une d'elles, sur laquelle est écrit « Thérapie de groupe ». Durant de longues, très longues secondes, je reste immobile dans le couloir gris, à écouter.

Les voix qui sortent de cette pièce n'appartiennent pas à des adultes. Ce sont les cris aigus et surexcités de jeunes enfants.

Soudain, j'en reconnais une, puis une autre, et encore une autre, et mon cœur se gonfle dans ma poitrine. Je me précipite à l'intérieur, plantant l'infirmière sur place. Mais j'ai à peine le temps de découvrir les visages de mes petits Frères et Sœurs que Luke surgit devant moi et veut savoir ce que j'ai raconté aux Étrangers.

Le mensonge sort tout seul.

— Rien. Pas un mot.

— J'espère bien. Tu as plutôt intérêt à la fermer.

Il est encore plus énervé qu'à son habitude, ce qui n'est pas peu dire. Tout rouge, il serre les poings et me fusille du regard. Par-dessus son épaule, j'aperçois Honey, Lucy, Rainbow, Jeremiah et les autres, debout le long du mur. La pièce, beaucoup plus vaste que celle où me reçoit le Dr Hernandez, est remplie de tables, de chaises, de coffres à jouets et de jeux de société. En les voyant là, si souriants, je suis transportée de bonheur et de soulagement. Pourtant, la voix dans ma tête me conseille de faire attention.

Très attention.

— Je viens de te dire que je n'ai pas parlé. Fiche-moi la paix, Luke.

Il me serre le bras tellement fort que les jointures de ses mains blanchissent. Malgré la douleur, je reste impassible.

— Lâche-la, intervient Honey. Tu n'as pas à l'interroger. Personne ne t'a demandé de jouer les petits chefs.

Il se tourne brusquement vers elle.

— Toi, la ferme ! Tu devrais être en Enfer après ce que tu as fait ! Je n'ai pas envie d'entendre tes Hérésies !

— Peut-être, mais je suis ici. Alors laisse-la tranquille. Tu ne nous impressionnes pas.

— On n'aurait jamais dû te laisser sortir de ce coffre, sale traînée. Tu aurais dû crever là-dedans.

Je suis sous le choc, mais Honey soutient son regard sans broncher. À seulement quatorze ans, c'est la personne la plus courageuse que je connaisse. Bien plus courageuse que moi.

— Ça suffit, Luke, je reprends d'une voix faussement posée. Calme-toi. Je n'ai pas parlé.

Lorsqu'il me fait face, je vois clairement passer dans ses yeux la folie dont je n'ai pris conscience que trop tard.

— Le Seigneur nous met à l'épreuve, déclare-t-il. Il écoute toutes nos paroles. *Il est ici, dans cette pièce, en ce moment même.*

— Je te crois. Maintenant, tu peux me lâcher, s'il te plaît ? Je voudrais dire bonjour à mes Frères et Sœurs.

Il enfonce ses doigts un peu plus profondément dans ma peau avant de me libérer. Aussitôt, je cours serrer Honey dans mes bras. Juste avant que les autres nous rejoignent, je lui murmure à l'oreille :

— Tu as sûrement des questions. Sur l'incendie. Mais n'oublie pas le premier « S ».

Puis je m'écarte. Elle m'adresse un hochement de tête entendu alors que nos Frères et Sœurs se jettent sur nous. Ils se marchent presque dessus dans leur précipitation à m'embrasser et à me répéter combien ils sont contents de me voir. Ils croyaient que j'avais fait mon Ascension avec les autres et sont ravis que ça ne soit pas le cas. En découvrant les hématomes bleus et violets qui ornent le visage de Lucy, les larmes me montent aux yeux pour la seconde fois de la journée. Non seulement parce que j'en suis responsable, mais aussi parce que ce qui s'est passé n'est pas *Juste*. Le fait qu'un groupe d'enfants soit enfermé dans ce bâtiment au milieu de parfaits inconnus, ce n'est pas *bien*, ça n'aurait jamais dû exister.

On n'aurait jamais, jamais dû en arriver là.

— Qu'est-ce qu'ils t'ont demandé ? veut savoir Aurora, une des filles d'Alice.

L'image d'une flaque de sang sur la terre du désert envahit mon esprit tandis que je prends conscience que sa sœur Winter et elle sont désormais orphelines.

Seigneur.

Elles ont six et cinq ans, et elles n'ont plus de maman.

Seigneur.

Je détache la dizaine de petites mains qui s'agrippent à moi avant de lui répondre.

— Ils ne m'ont pas encore interrogée. J'étais à l'hôpital jusqu'à avant-hier.

Aurora désigne les bandages qui entourent ma main.

— Tu as été brûlée ?

Je lui fais signe que oui.

— Tu as mal ?

— Ça va. (J'enrobe mon mensonge d'un sourire courageux.) Du coup, je n'ai parlé à personne avant hier matin. Et toi, qu'est-ce qu'ils t'ont dit ?

— Ils m'ont posé des questions sur notre vie. Ce qu'on faisait, ce qu'on mangeait, des trucs comme ça.

— C'est le Dr Hernandez qui s'occupe de toi ?

— Non, le Dr Kelly. Elle est gentille pour une Étrangère. Elle me propose tout le temps de dessiner.

— Et tu dessines quoi ? s'inquiète Luke.

— N'importe quoi. Ce que je veux.

— Comme quoi, par exemple ? je m'enquiers.

— Une licorne.

Je souris.

— Et quoi d'autre ?

— Le père John. Je l'ai dessiné sur un cheval doré, en train de piétiner les Servants du Serpent.

Un large sourire apparaît sur le visage de Luke en même temps que le mien s'efface.

— Et qu'est-ce qu'elle a pensé de ça, l'Étrangère ?

— Rien. Elle l'a rangé dans un dossier et puis elle m'a parlé de l'école.

— Bravo, la félicite Luke. Il ne faut *rien* leur dire. Reste sur la Voie Juste, quoi qu'ils fassent. Le Seigneur est Bon.

— Le Seigneur est Bon, répète Aurora, les yeux brillants.

La plupart des autres – mais pas tous – lui font écho. Luke me fixe d'un regard mauvais jusqu'à ce que je les imite.

— Les Étrangers sont des menteurs, prêche-t-il aux enfants. Écoutez-moi bien. *Les Étrangers sont des menteurs.* Ils sont rongés par une maladie, par une noirceur que le Serpent lui-même a placée dans leur âme. Un miracle s'est produit devant leurs yeux : l'Ascension de nos Frères et Sœurs, qui sont allés prendre la place qui leur revient aux côtés du Seigneur. Mais l'ont-ils vu ? Sont-ils tombés à genoux ? Ont-ils renoncé à leur Hérésie ? Ont-ils imploré notre pardon ? Non, rien de tout cela, car leurs esprits empoisonnés les ont empêchés d'accepter ce dont ils venaient d'être témoins. Vous pouvez avoir pitié d'eux, mais n'oubliez jamais qui ils sont et qui ils servent. Ils vont essayer de rompre le lien qui vous unit au Seigneur. Ils vont essayer de vous écarter du droit chemin, celui que nous seuls, les Justes, avons le droit d'arpenter. Mais nous ne les laisserons pas faire. *Nous ne les laisserons pas faire*, car nous savons que la Gloire éternelle nous attend. Notre Foi est mise à l'épreuve, mais nos tourments prendront bientôt fin si nous restons forts et *Fidèles* au Seigneur. Notre heure viendra.

Luke s'interrompt. Horrifiée, je supplie silencieusement Honey de se taire. Elle fait la grimace, incapable de cacher son dégoût. Si le Dr Hernandez et ses collègues nous observent, ils ne laisseront sans doute pas la situation dégénérer. Mais, pour l'instant, j'ai du mal à voir dans cette ISS l'environnement sécurisé qu'il m'a promis, et je ne veux pas savoir jusqu'où Luke pourrait aller si on le contredisait.

Il contemple les visages subjugués de nos Frères et Sœurs, puis se tourne vers un coin de la pièce, où je découvre une caméra pointée sur nous.

— Aux Servants du Serpent, je dis ceci, continue-t-il. Vous pouvez essayer de nous corrompre, de détruire notre Foi et de nous traîner dans la boue. Nous l'accepterons, parce que nous sommes Justes et que nous n'avons pas peur. Nous nous tenons ici, devant vous. Et quand le Seigneur le jugera bon, nous ferons notre Ascension jusqu'à Lui pendant que vous ramperez dans les flammes de l'Enfer pour l'éternité.

Il fixe la caméra durant de longues secondes avant de s'agenouiller.

— Prions ensemble.

Les enfants forment aussitôt un cercle autour de lui. Honey choisit la place la plus éloignée possible, mais elle se joint à eux. Je lui en sais gré, pour elle comme pour moi. J'espère qu'elle a compris ce que je lui ai chuchoté tout à l'heure. Il y a des choses qu'elle doit savoir, des choses que je suis la seule à pouvoir lui dire, mais pas maintenant. Il y a trop d'oreilles indiscrètes.

Je m'agenouille entre Aurora et Rainbow, qui me prennent doucement les mains. Avant de fermer les yeux et de baisser la tête, Luke me dévisage longuement. Le message est très clair.

Je t'ai à l'œil.

Je ne lui en veux pas. Vraiment pas. Il me soupçonne depuis longtemps, depuis bien avant l'incendie, et il a raison. Parce que ce que personne ne sait, ce que je ne peux confier ni au Dr Hernandez ni à personne, c'est qu'Aurora, Winter et tous nos Frères et Sœurs sont orphelins à cause de moi. C'est à cause de moi que tant de gens sont morts.

Tout est ma faute.

APRÈS

J'ai encore fait des cauchemars. Moins violents que la dernière fois, mais effrayants quand même. Il y avait du feu, du sang.

Lorsque j'ai regagné ma chambre hier après l'ISS, j'ai trouvé un sac posé sur mon bureau. Je l'ai fixé un long moment avant de l'ouvrir d'une main tremblante. À travers le plastique translucide, je reconnaissais des objets qui provenaient de ma chambre sur la Base. Il n'y avait ni les canifs au manche sculpté, ni la photo de mes grands-parents, ni la page du journal de mon père. Ils ont dû être réduits en cendre. Ma lettre non plus n'y était pas, ce qui ne m'a pas étonnée. Mais le coquillage a survécu, ainsi que la montre arrêtée qui a appartenu à mon père.

Lorsque je me suis réveillée, la tête encore pleine de mauvais rêves, j'ai caressé son cadran du bout des doigts. Puis j'ai tout remis dans le sac et j'ai attendu que l'infirmière m'apporte mon petit déjeuner.

Je n'ai pas mangé grand-chose.

Quand elle est revenue me chercher pour me conduire en salle de consultation 1, elle m'a demandé si j'allais bien. J'ai répondu que oui. Je ne pense pas qu'elle m'ait crue, mais, à mon grand soulagement, elle n'a pas insisté.

— Comment vas-tu, ce matin ? m'interroge le Dr Hernandez.

Je me tortille un peu sur le canapé avant de hausser les épaules.

— Tu as bien dormi ?

Je fais non de la tête.

— Tu as…

— Vous nous observiez ? Hier, quand on était tous ensemble ?

— Oui, les ISS sont toujours surveillées.

— Alors c'est comme ça que c'est censé se passer ? Ça vous a paru normal ?

— Il n'est rien « censé » se passer. C'est une séance d'interaction spontanée. Les participants décident du cours qu'elle doit prendre.

— Mais le but, c'est de nous aider, non ?

— En effet. Puis-je savoir ce qui te tracasse, Moonbeam ? C'est à cause de ce que Luke a dit ?

Évidemment.

— Je ne vois pas trop l'intérêt pour les petits d'écouter ce genre de bêtises.

— Je comprends. Mais le processus de guérison de Luke est différent du tien, et de celui de Honey, de Rainbow, ou de n'importe qui. Chacun surmonte son traumatisme à sa façon.

— Vous ne trouvez pas ça dangereux de le laisser parler comme ça ?

Il se laisse aller contre le dossier de sa chaise.

— Est-ce vraiment dangereux, ou simplement difficile à entendre parce que tu n'y crois plus ?

Le père John hurle dans ma tête que seule une Hérétique stupide, crédule et *Fausse* pourrait tomber dans un piège aussi flagrant.

— Si le comportement de Luke m'inquiétait, reprend finalement le docteur, je vous aurais interrompus. Je t'ai promis un environnement sécurisé, et cela reste notre priorité absolue. Les ISS occasionnent souvent des débats houleux, voire des disputes, qui peuvent ensuite donner lieu à des échanges intéressants. Mais tout est constamment sous contrôle. Tu n'as aucune raison de t'en faire.

— OK.

Je n'en crois pas un mot, mais ça ne servirait à rien de le lui dire. Je n'ai plus qu'à espérer qu'il a raison, et que c'est moi qui me trompe.

— Souhaites-tu encore en discuter ? s'enquiert-il. Si oui, je t'écoute.

Je secoue la tête.

— D'accord, reprend-il. Formidable. Dans ce cas, j'aimerais…

— Vous avez des enfants ?

La question m'est venue hier soir, avant de m'endormir. Si je ne la lui pose pas maintenant, je l'aurai oubliée quand nous aurons fait le tour du sujet qu'il s'apprêtait à aborder.

— Pourquoi ?

— Vous m'avez dit que votre travail consistait à aider les enfants. Du coup, je me demandais si vous en aviez.

— Je vois. C'est une question tout à fait légitime. La réponse est non, je n'ai pas d'enfants. Est-ce un problème ?

Je ne m'attendais pas à ça. Je pensais le mettre mal à l'aise, qu'il n'apprécierait pas que *je* l'interroge sur *sa* vie privée. Mais il ne semble pas du tout gêné.

— Moonbeam ?

Réponds. Est-ce un problème pour toi ? Sois honnête.

— Non, pas vraiment. (J'y ai déjà réfléchi hier.) On n'a pas besoin d'avoir des animaux de compagnie pour être un excellent vétérinaire.

Il réprime un gloussement, prend un air horrifié, puis part d'un fou rire qui le laisse tout rouge. Même s'il se moque de moi, ça fait plaisir à entendre.

— Pardon, s'excuse-t-il après avoir retrouvé son calme. Et ne va surtout pas croire que je me moque de toi. C'est juste que je ne vois pas de meilleure justification de mon choix de carrière. Je m'en resservirai.

Je lui souris.

— Je vous en prie. Comment se fait-il que vous n'ayez pas d'enfants ?

— Ma femme a été malade à l'adolescence. Aujourd'hui, elle est guérie, mais elle ne peut plus avoir d'enfants.

Mon sourire s'est effacé.

— Je suis désolée.

— Il n'y a pas de quoi. Mais je te remercie.

— Vous êtes mariés depuis longtemps ?

— Tu es bien curieuse, ce matin !

— Je croyais que je pouvais vous poser toutes les questions que je voulais.

— C'est vrai. J'ai rencontré mon épouse à l'université. Nous sommes mariés depuis seize ans.

— Elle s'appelle comment ?

— Marion.

— Elle est jolie ?

— C'est la plus belle femme du monde.

— Sans vouloir vous vexer, ça m'étonnerait.

— Je ne suis pas vexé. On dit que l'amour rend aveugle, mais c'est une chose positive. Quand je regarde Marion, mon cerveau a conscience qu'elle n'est pas *objectivement* la plus belle femme du monde. Ce qui ne change rien au fait qu'elle l'est pour moi.

Ça doit être agréable de vivre avec quelqu'un qui pense ainsi. De savoir qu'il n'y a personne sur la planète avec qui il préférerait être. Puis je revois la façon dont le père John regardait Esme, Bella, Agavé et toutes les autres, et je me rembrunis.

Le Dr Hernandez s'en aperçoit.

— Ça va, Moonbeam ?

— Oui, oui.

— As-tu d'autres questions ?

— Oui. Deux.

— Je crois que je devine la première. Elle concerne ta mère, n'est-ce pas ? J'ai envoyé une demande d'information au responsable de l'unité spéciale qui enquête sur la Légion du Seigneur. Il en a accusé réception, mais je n'ai pas encore eu de nouvelles. Je te tiendrai au courant.

— Merci. C'est gentil.

J'ignore ce qu'est une « unité spéciale », mais je lui suis reconnaissante d'avoir tenu sa promesse.

— Je m'y étais engagé. Et j'étais sincère quand j'ai dit que je ne te mentirai jamais.

Je ne sais pas trop quoi en penser. Les gens promettent toujours de ne pas mentir, mais ils finissent généralement par le faire. Il doit le savoir aussi bien que moi, étant donné qu'il est beaucoup plus vieux et qu'il a vécu toute sa vie dans ce monde.

— Quelle était ta seconde question ?

Je prends une grande inspiration avant de me lancer.

— Qu'est-ce qui va m'arriver ?

— Comme je te l'ai expliqué hier, nous allons suivre tout un processus ensemble. Ensuite, nous…

— Non, je ne parle pas de ce qu'on fait ici, dans cette pièce. Mais du reste.

— Je ne...

— Vous avez parlé d'autres gens qui voulaient m'interroger. Qu'est-ce qui va m'arriver quand vous les y autoriserez ?

Nous nous dévisageons en silence pendant une éternité. Je me force à rester immobile sur le canapé jusqu'à ce qu'il me réponde.

— Je ne sais pas, avoue-t-il finalement. Et j'en suis navré. Ma mission se limite à t'aider à surmonter ce que tu as vécu, pour que tu puisses vivre ta vie, quelle qu'elle soit. Tout le reste échappe à mon contrôle.

— Est-ce que je vais aller en prison ?

La prison, c'est encore bien trop doux pour toi ! tonne le père John. *Après ce que tu as fait, ta place est en Enfer !*

— Pourquoi irais-tu en prison ?

Une vague de panique déferle sur moi.

— Pour rien. Oubliez ça.

Il hésite un moment.

— On ne va pas en prison à moins d'avoir commis un crime. As-tu quelque chose à m'avouer, Moonbeam ?

Oui.

Je fais non de la tête.

— Tu es sûre ?

— On peut changer de sujet ? S'il vous plaît ?

Ma voix a pris un horrible ton suppliant. Il écrit longuement dans l'un de ses carnets.

— Bien sûr. C'est même une excellente idée. Alors, j'ai repensé à quelque chose après notre séance d'hier. Il m'a semblé que tu réagissais lorsque j'ai mentionné l'importance de la routine. N'est-ce pas ?

Sans blague.

Il s'installe plus confortablement sur sa chaise.

— Et si tu m'expliquais pourquoi ?

AVANT

Amos est la seule personne autorisée à aller Dehors.

Tous les vendredis matin, il embarque dans le pick-up rouge que Dezra a laissé après son Départ. Il revient cinq ou six heures plus tard, la remorque pleine de fruits en conserve, de paquets de farine, de bidons d'essence, de sachets de pâtes, de haricots et de gros sacs de graines. Amos n'est pas un Centurion, mais le Prophète et lui ont été appelés ensemble à rejoindre la Voie Juste. C'est pour cette raison que la tâche de l'approvisionnement, un « mal nécessaire », comme dit Horizon, lui a été confiée. Le Seigneur a assuré au père John qu'Amos était le moins susceptible de se laisser corrompre par le monde qui s'étend au-delà des limites de la Base.

Le père John ne peut pas s'en charger lui-même, car les Servants du Serpent sauteraient sur la moindre occasion de l'assassiner. Le Dehors représente un danger pour tous les Légionnaires, y compris les plus Justes : il est toxique, séduisant, et sa noirceur peut s'infiltrer dans le cœur le plus pur. Aussi, à chaque retour d'Amos, pendant que les Frères et Sœurs déchargent le pick-up, le père John s'enferme avec lui dans la Chapelle pour le purifier et le bénir. Il est important que ses pieds restent fermement ancrés sur la Voie Juste.

Amos est arrivé dans le désert avec le Prophète il y a de nombreuses années. Il explique souvent que tout ce qu'il a connu Dehors, c'est le désespoir. Il m'a répété des centaines de fois que le père John avait sauvé son âme de la damnation et qu'il donnerait sa vie pour lui sans hésiter.

J'espère qu'il n'aura pas à aller jusque-là.

Aujourd'hui est un vendredi comme les autres. Tout le monde a dit au revoir à Amos peu après le petit déjeuner, avant de vaquer aux travaux et corvées qui assurent le bon fonctionnement de la Base, ainsi que la santé et le bonheur de notre Famille. J'ai passé l'après-midi avec Honey à retourner un lopin de terre sèche dans le jardin est. Puis nous avons empilé toutes les pierres que nous avions déterrées près de la Chapelle. Concentrée sur cette tâche pénible, je ne me suis pas aperçue de l'absence d'Amos avant de retourner vers ma chambre, en nage et épuisée. Le jour décline déjà quand Nate s'interroge à voix haute sur ce qui a bien pu le retenir.

Il y a un long silence. La plupart de mes Frères et Sœurs sont rassemblés dans la cour, comme à leur habitude en fin de journée avant que sonne la cloche du dîner. Ils froncent les sourcils et jettent des regards inquiets vers la route.

— Il est plus de 18 heures, nous signale Bear. On devrait peut-être prévenir le père John ?

Au même instant, on entend un bruit de moteur au loin. Le chemin de terre qui relie la Base à la nationale fait près de deux kilomètres. Le grondement atteint donc nos oreilles bien avant que nous distinguions la lumière des phares.

Lonestar court ouvrir le Grand Portail. Moins de trente secondes plus tard, Amos entre si vite qu'il manque de le renverser. Le pick-up s'arrête au milieu de la cour dans un crissement de pneus, en faisant voler la poussière. Amos en descend, l'air choqué et le tee-shirt taché de sang.

— J'ai été agressé ! hoquète-t-il. Par trois types, devant le magasin de bricolage !

Nate s'avance, son beau visage plissé par l'inquiétude. Il reste toujours calme et rassurant, même quand il se passe quelque chose de grave.

— Tu es blessé ?

Amos prend une grande inspiration.

— Non, je vais bien. J'ai pris quelques coups avant de réussir à m'enfuir, mais rien de trop méchant. Ils m'ont poursuivi. Vous vous rendez compte ? Ils avaient deux pick-up. Ils m'ont pourchassé quasiment jusqu'à Lubbock avant de se lasser et de faire demi-tour.

— Mais pourquoi ? s'étonne Nate.

Il a la mâchoire crispée et les pommettes rouges, comme chaque fois qu'il se met en colère. Alors que je devrais me préoccuper d'Amos, à qui il est arrivé quelque chose d'horrible, je n'ai d'yeux que pour Nate.

Comme trop souvent.

— Je n'avais rien fait, reprend Amos. J'étais en train de ranger mes sacs quand un de ces types m'a demandé d'où je venais. Ce n'était pas une vraie question. Il connaissait déjà la réponse.

— Qu'est-ce qu'il a dit exactement ?

— Il voulait savoir si j'étais un de ces « dégénérés de la Légion de Dieu ». (Il rougit à ce souvenir.) Et si je m'étais « tapé ma fille » aujourd'hui.

Un concert de cris outragés s'élève de la foule qui entoure le pick-up. J'entends les mots « Hérésie » et « Serpent ». Plusieurs de mes Frères et Sœurs ferment les yeux pour prier.

— Tu as répondu quoi ?

— Que je n'avais pas de fille.

Le rire de Nate résonne au-dessus de la cour.

— Bien vu. Et c'est là qu'il t'a agressé ?

— Oui. Avec ses copains.

— As-tu rendu les coups ?

Cette question posée d'une voix grave ne vient pas de Nate. D'un seul mouvement, nous nous retournons vers la Maison. Le père John se tient sous le porche, ses longs cheveux flottant dans la brise du soir. Il porte la même chemise grise, le même jean et les mêmes bottes que d'habitude. Son regard perçant est rivé sur Amos.

— Non, Père. Je leur ai échappé, et je me suis enfui.

— C'est bien. (Il lui adresse un sourire crispé.) Tu as servi ton Seigneur avec la loyauté que j'attends de toi.

Du coin de l'œil, je vois Luke froncer les sourcils. Il a dix-sept ans, soit un mois de plus que moi, et il a passé toute sa vie sur la Base. Le père John nous répète chaque dimanche matin que seuls les Fidèles et les Justes sont autorisés à servir la Légion. Car le Seigneur ne commet pas d'erreur, et songer autrement serait une Hérésie. Pourtant, je ne suis pas certaine que Luke soit Fidèle et Juste.

Je suis même sûre du contraire.

Quand nous avions douze ans, je l'ai surpris en train de torturer un opossum derrière les cabanes à outils. Il l'avait mis dans un tel état qu'Amos a dû abréger les souffrances de la pauvre bête d'un coup de fusil. Luke a été puni – le père John nous rappelle régulièrement que toutes les créatures du Seigneur méritent notre respect, à l'exception bien sûr des Étrangers. Je crois que Luke ne m'a jamais pardonné de l'avoir dénoncé. Il m'observe souvent d'une manière qui ne me plaît pas du tout.

— Les Servants du Serpent s'en sont pris à l'un de nos Frères ! s'insurge-t-il. Ils l'ont frappé, blessé et poursuivi jusqu'à l'autre bout du comté ! Demain à la première heure, allons à Layfield leur faire goûter à la vengeance du Seigneur !

Un murmure parcourt la foule. La plupart des gens sont contre l'idée de Luke, mais pas tous.

Loin de là.

— C'est ce que tu voudrais faire ? l'interroge le père John.

Sa voix est plus grave que jamais, mais presque douce. Je frissonne dans le silence qui s'ensuit.

— Oui, Père. Absolument. Et je le ferai, si vous m'en donnez l'ordre.

— Tu obéirais à mon ordre ?

— Bien sûr, Père.

— Sans hésiter ?

— Oui, Père.

— Alors, pourquoi, quand je félicite Frère Amos d'avoir tendu l'autre joue, viens-tu réclamer vengeance ? Devant tes Frères et Sœurs rassemblés dans ce lieu que nous avons bâti ensemble ? Prétends-tu connaître mieux que moi la volonté du Seigneur ? Oses-tu faire preuve d'une telle arrogance ?

Luke tressaille, mais ne baisse pas les yeux.

— Doutes-tu de moi ?

Pas de réponse. Le Prophète s'avance au bord du porche, le teint livide.

— Je t'ai posé une question, Luke. (Sa voix enfle et éclate comme un fracas de roche brisée.) Je t'ai posé une question et AU NOM DU SEIGNEUR ET DE CE QU'IL A DE PLUS

SAINT, TU VAS ME RÉPONDRE OU TU CONTEMPLERAS L'INTÉRIEUR D'UN COFFRE JUSQU'À LA BATAILLE FINALE !

Son rugissement est presque surnaturel. Il gronde, roule et tempête comme le tonnerre. Luke se recroqueville sur lui-même, terrorisé. Certains de mes Frères et Sœurs reculent d'un pas pour échapper à la fureur du Prophète.

— RÉPONDS !

— Non, Père, chuchote Luke. Je ne doute pas de vous. Je suis désolé.

— Reconnais-tu ton arrogance ?

La voix du père John a retrouvé un volume normal aussi soudainement qu'elle avait explosé. Luke baisse les yeux vers le sol de bitume.

— Oui, Père.

— As-tu conscience que remettre en cause la volonté du Seigneur est une Hérésie ?

— Oui, Père.

— Bien. Que cela ne se reproduise pas. Car Il n'est pas aussi indulgent que moi.

Luke ne dit plus un mot. Son visage est couleur de cendre.

— Frères et Sœurs de la Légion du Seigneur, continue le père John en se tournant vers nous. Ma Famille, que j'aime plus que tout sur cette planète rongée par la malédiction et le péché. Vous êtes Fidèles et vous êtes Justes, et votre résistance face à l'Hérésie m'emplit chaque jour d'humilité. Je remercie le Seigneur qui nous a regroupés, je le remercie pour Sa sagesse, Sa bienveillance et le parfait exemple qu'Il nous offre. Frères et Sœurs, depuis des années, nous savons que la Fin des Temps est proche.

Le Seigneur a jugé bon de nous rappeler que nos heures sont comptées. Ceux d'entre nous qui auront eu l'honneur d'arpenter la Voie Juste devront bientôt livrer bataille contre les Servants du Serpent, et lorsque ce moment viendra, la vengeance du Seigneur sera un spectacle redoutable. *Un spectacle redoutable*, mes Frères et Sœurs, aussi merveilleux que terrible. Mais le jour de cette révélation finale ne dépendra pas d'un mortel, que ce soit moi ou n'importe qui d'autre ici. *Le Seigneur lui-même en décidera.* Doutez-vous de moi ?

Au milieu du chœur assourdissant de « NON ! » qui s'élèvent, les lèvres de Luke restent scellées. Je le sais, car je ne l'ai pas quitté des yeux.

Le père John sourit.

— Le Seigneur est Bon. Julia, occupe-toi des blessures d'Amos, et demande à Becky de lui faire couler un bain. Centurions, allez m'attendre dans la Maison. Nate, assure-toi que les provisions sont déchargées et mes colis déposés dans mon bureau. Quant aux autres, vous pouvez disposer.

Un brouhaha de conversations emplit la cour. Julia se dirige vers la cabane qu'elle partage avec Becky derrière la Chapelle et qui sert aussi d'infirmerie. Bear, Horizon et les autres Centurions entrent dans la Maison. Sous le porche, le père John reste parfaitement immobile.

Ce n'est pas fini, murmure la petite voix dans ma tête.

En le voyant fixer Luke d'un regard soupçonneux, je comprends qu'elle a raison.

— Luke ? reprend le Prophète.

Les autres se figent. Le garçon qui commençait à partir fait volte-face.

— Oui, Père ?

— Accompagne-moi dans la Chapelle. J'aimerais prier avec toi.

Tête basse, mon Frère s'exécute. Il sait exactement ce qui l'attend, et nous aussi. Tout le monde s'éloigne, soudain pressé de vaquer à ses occupations.

Becky prend Amos par la main pendant que Nate ouvre l'arrière du pick-up pour faire le tri parmi les sacs et les cartons. Lorsqu'il soulève une palette de tomates en boîte, les muscles de ses bras se tendent dans la lumière déclinante.

— Tu veux un coup de main ? je propose.

Son sourire a le don de me liquéfier tout en me donnant horriblement chaud.

— Ça va aller. Tu peux filer.

Je n'en fais rien. Plantée près de lui, je le regarde poser sa palette et attraper un carton.

— Luke n'avait pas l'air content.

— C'est un homme de Foi. Enfin, un garçon de Foi. Il aurait sans doute besoin de quelques conseils sur la meilleure façon de la canaliser, mais les questions spirituelles ne sont pas de mon ressort.

— Tout est une question spirituelle. (C'est l'une des phrases préférées du père John.) Tout ce que nous faisons concerne le Seigneur.

— Ce n'est pas moi qui te dirai le contraire. Tu veux vraiment m'aider ?

Si tu savais.

— Bien sûr.

— Alors, tiens, fait-il en soulevant deux cartons entourés de scotch bleu et rouge. Apporte ça dans la Maison.

Ils sont très lourds, presque trop pour moi, mais je ne l'avouerai jamais.

— Tu vas t'en sortir ? s'inquiète-t-il comme s'il lisait dans mes pensées.

— Sans problème.

— Sûre ?

— Qu'est-ce que je viens de dire ?

Il me sourit à nouveau. Mon ventre fond un peu plus, alors que la température de mon visage se rapproche dangereusement de celle du soleil.

— D'accord. Merci.

— Je t'en prie.

Je me tourne vers la Maison, les bras serrés autour des cartons. Pendant que je traverse la cour d'un pas chancelant, je jette un coup d'œil aux étiquettes de la Poste. Elles portent le nom que le père John utilise pour toutes ses commandes.

James Carmel.

APRÈS

— Trouvais-tu cela étrange ? me demande le Dr Hernandez. Ce nom sur les étiquettes ?

Penché sur la table, il a rempli quatre pages de carnet pendant que je parlais.

— Un peu.

— Sur le moment, ou seulement maintenant, avec le recul ?

Je réfléchis avant de répondre.

— Sur le moment, je crois. Tout le monde savait pourquoi il le faisait, mais… c'était quand même bizarre. On ne vivait pas non plus sur une Base secrète.

— Sais-tu ce qu'il y avait dans ces cartons ?

— Non.

Il ajoute quelques lignes à ses notes. J'attends patiemment, bien que je déteste le voir écrire comme ça alors que je suis en face de lui. C'est comme s'il parlait de moi derrière mon dos. Lorsqu'il a terminé, il repose son stylo et m'adresse un sourire encourageant.

— Il nous reste encore vingt minutes. Est-ce que tu…

— Ça va.

AVANT

Luke a des marques de ceinture sur les épaules pendant près d'une semaine.

Cela ne surprend personne, bien qu'il n'essaie pas de les cacher. Il les exhibe même fièrement alors qu'elles passent du bleu au violet, puis au noir, se promenant en débardeur ou torse nu pour que tous admirent les preuves de son châtiment.

Le vendredi suivant, Amos est plus motivé que jamais pour aller faire les courses à Layfield.

— Ils ne m'auront pas deux fois, clame-t-il à qui veut l'entendre. Maintenant, je suis prêt. Ils vont voir ce qu'ils vont voir.

Il n'aura finalement pas l'occasion de le montrer, car le père John a décidé d'étendre l'interdiction de sortir à tout le monde, sans exception, et ce jusqu'à nouvel ordre. La déception d'Amos est palpable, mais il n'oserait pas plus contester une décision du Prophète que critiquer le Seigneur en personne. Sa résignation lui vaut le respect de la majorité de nos Frères et Sœurs, qui compatissent devant son désir de rendre service à la Famille. Ils y voient un signe supplémentaire, s'il en fallait un, de la profondeur de sa Foi et de son dévouement.

Je ne partage pas tout à fait leur point de vue.

Pour ma part, je le soupçonne surtout d'être déçu parce que, contrairement à ce qu'il prétend, il *aime* sortir et attend avec impatience de franchir le Grand Portail au volant du pick-up. Je n'en ai jamais parlé à personne, pas même à Nate ou à Honey. Techniquement, c'est une Hérésie. La Première Proclamation stipule que le Royaume Terrestre est divisé entre le domaine Sacré de la Légion du Seigneur et le monde du Dehors ; entre ceux qui arpentent la Voie Juste et les Servants du Serpent. Il n'y a pas de zone grise, pas d'entre-deux. Mais si j'ai vu juste au sujet d'Amos, comme j'en suis quasiment persuadée, je ne lui jette pas la pierre. Parce que – et là, c'est de l'Hérésie pure et dure –, le Dehors me manque à moi aussi.

Quand j'étais petite, avant la Purge, on allait régulièrement Dehors. À l'époque, on ne disait d'ailleurs pas Dehors. On disait « en ville », ou « à Layfield ».

Layfield, Texas. Fondée en 1895. 2 147 habitants.

Le père Patrick, dont je ne devrais même pas me souvenir ni prononcer le nom, envoyait trois voitures en ville chaque matin, à l'exception du dimanche. Je montais toujours à l'arrière de la deuxième avec Lizzie et Benjamin, mes deux meilleurs amis. La mère de Lizzie se garait devant le cabinet juridique où elle travaillait comme réceptionniste. Avant d'entrer, elle nous embrassait sur le front et nous rappelait d'être sages. Nous promettions toujours de l'être.

Pendant les trois heures qui suivaient, nous parcourions la rue principale, en distribuant des prospectus qui invitaient les gens à écouter *La Parole du Seigneur*. Nous acceptions aussi avec gratitude les dons qu'on voulait bien nous faire. Et nous vendions des objets fabriqués durant les longs après-midi sur la Base, où la mère de Lizzie nous ramenait durant sa pause déjeuner : des attrape-rêves en brindilles et rubans tressés, des fleurs séchées dans des cadres en argent, des extraits des Psaumes rédigés à la main et illustrés avec des feutres.

Bon nombre des habitants nous ignoraient, en particulier ceux qui nous croisaient tous les jours. Certains nous lançaient même parfois des mots durs. Mais, dans l'ensemble, la population de Layfield était plutôt gentille. À leur façon, ces gens craignaient le Seigneur – et le craignent toujours, j'en suis sûre. Ils respectaient donc notre Foi, aussi différente fût-elle de la leur. Après la Purge, quand le père John a déclaré qu'aller Dehors était trop dangereux, j'ai pleuré sur mon oreiller. J'étais loin d'être la seule. Les collègues de la mère de Lizzie lui ont fait un gâteau en disant qu'elle allait leur manquer.

Son Départ avec sa fille deux semaines plus tard n'a surpris personne.

Le Prophète nous mettait en garde contre les habitants : même s'ils avaient *l'air* amicaux, c'était une stratégie bien connue du Serpent. Il déguise ses loups en agneaux pour s'immiscer dans les rangs des Justes, afin de profiter de leur grandeur d'âme.

Je me demande si les agresseurs d'Amos sont les mêmes qui, à l'époque, me glissaient des billets d'un dollar ou me complimentaient sur ma robe.

Le père John répondrait certainement que oui.

Les courses ayant été annulées, ce vendredi perd soudain beaucoup de son intérêt.

L'une des règles les plus importantes au sein de la Légion est qu'on ait toujours des réserves de nourriture suffisantes pour tenir trois mois, au cas où les Servants du Serpent assiégeraient la Base. Personne ne risque donc de mourir de faim si Amos cesse d'aller en ville durant quelques semaines. Mais en général, il ne se contente pas d'acheter les produits essentiels à notre survie.

En plus de l'essence, de la farine et des fruits en conserve, il nous rapporte toujours quelques friandises : petits pains, cookies, donuts ou bonbons multicolores. Tous les mois, il remplit également deux sacs de vêtements à la friperie qui se trouve à l'entrée de Layfield – des chaussures, des jeans et des tee-shirts tachés qui ont connu des jours meilleurs, mais qui présentent l'attrait de la nouveauté.

Officiellement, le père John n'approuve pas ces extras – bien qu'aucune Proclamation ni aucune règle ne nous interdise de manger une tablette de chocolat ou un beignet à la pomme. Et puis, il a conscience qu'accorder ces petits plaisirs à sa Famille est un moyen supplémentaire de s'assurer son amour.

Car les Frères et les Sœurs de la Légion du Seigneur aiment le père John. De tout leur cœur.

On ne sait pas grand-chose de sa vie avant que le Seigneur l'appelle dans le désert. Ceux qui étaient là à son arrivée sont presque tous partis durant la Purge. Au cours des quelques journées chaotiques où ils ont emballé leurs affaires et quitté la Base pour toujours, ils ont dit beaucoup de choses sur lui. Des choses horribles, des Hérésies. Mais comme ils venaient de prouver qu'ils avaient le cœur Faux, personne ne les a écoutés.

Ceux qui sont restés, qui ont résisté aux séductions du Serpent et qui sont demeurés Justes, connaissent maintenant le père John depuis huit ans. Ce sont les plus dévoués et les plus Fidèles d'entre nous. La vie passée du Prophète a si peu d'importance à leurs yeux qu'ils préféreraient encore s'asperger d'essence et craquer une allumette que spéculer à ce sujet.

Cela n'empêche pas quelques rumeurs de circuler. J'ai ainsi entendu dire qu'avant de s'installer sur la Base, le père John était musicien à Los Angeles ou San Francisco. Que c'était un prêtre itinérant qui avait consacré son existence à chercher la Voie Juste et avait enfin vu sa Foi récompensée. Que c'était un ancien alcoolique, ou même un *criminel*, piétiné par le Serpent avant d'être Sauvé. Quand j'ai été assez grande pour comprendre que les adultes surveillent beaucoup moins leurs paroles en présence d'enfants que d'autres adultes, j'ai tendu l'oreille. Des dizaines d'histoires ainsi grappillées, j'ai tiré une conclusion simple et évidente.

Personne ne sait qui était le père John avant de devenir le père John.

Tout ce qui compte, c'est qu'il l'est aujourd'hui.

Après avoir appris qu'Amos n'irait pas en ville, je traverse la cour d'un pas lent. Je suis censée retourner jardiner, mais je ne suis pas pressée de m'y mettre. Je déambule donc un moment au sein de l'endroit où j'ai grandi.

La Base – comme on l'a toujours appelée, même avant la Purge – est composée de plus de vingt-cinq bâtiments. Il y a d'abord la Chapelle, un léger euphémisme pour cette église qui peut accueillir deux cents personnes ; la Maison, où vivent le père John, ses femmes et leurs enfants ; deux ensembles de constructions en forme de L ; deux longues rangées de baraquements en bois ; la Salle des Légionnaires ; la cuisine et les réserves ; et toute une série d'appentis qui vont de la simple cabane à la grange.

De l'autre côté de la cour, j'aperçois Nate qui se dirige vers le potager. Je presse le pas pour le rattraper. La voix dans ma tête se moque de la façon dont je lui cours littéralement après, mais je me fiche de son avis.

Il ne s'est jamais rien passé entre Nate et moi, et il ne se passera jamais rien.

Je l'ai toujours su, depuis le jour de son arrivée. Notamment parce que je dois épouser le père John dans moins d'un an. Je ne suis pas idiote. Et pourtant, il me trouble et me donne l'impression d'être un puzzle auquel il manque des pièces. Contrairement à certains hommes plus âgés, il me regarde comme une petite sœur, ce qui me fait plaisir et m'attriste à la fois. Il n'est jamais venu me voir après l'extinction des feux – ce qui ne m'empêche pas de rester parfois éveillée jusqu'à l'aube, rongée par la culpabilité et priant pour qu'il le fasse.

Mais ça ne vaut pas que pour Nate : personne ne vient jamais me voir la nuit. Alice, Star, Liza ou d'autres Sœurs plus jolies que moi ont régulièrement droit à ce genre de visites, bien que ces dernières ne soient pas censées exister. La Troisième Proclamation est très claire à ce sujet et définit tout aussi clairement le châtiment encouru. Mais les Centurions, qui sont les seuls à avoir la clé des baraquements, n'ouvriraient jamais les chambres de mes Sœurs sans la permission du Prophète.

Ma porte à moi demeure toujours fermée, sans doute parce que le père John serait furieux d'apprendre que l'on a touché à l'une de ses futures Épouses. Cela suffit à tenir mes Frères éloignés de moi. C'est en tout cas ce que je me dis : que c'est à cause du règlement. Ma mère m'a plusieurs fois mise en garde contre mes Frères plus âgés. D'après elle, les hommes auraient une espèce d'interrupteur dans la tête qui s'activerait en présence de jolies filles et les rendraient complètement stupides et imprévisibles.

Je lui ai demandé un jour si mon père en avait un. Elle m'a répondu qu'il n'en avait pas besoin, car il était constamment stupide et imprévisible. Ça m'a fait de la peine de l'entendre parler comme ça, mais elle l'avait très bien connu, et moi quasiment pas. Je devais donc la croire sur parole. Et puis, j'étais flattée qu'elle me considère comme une « jolie fille », même si elle l'avait dit de manière détournée.

Bref.

En m'entendant approcher, Nate se retourne pour me décocher un de ces sourires qui me donnent des palpitations.

— Coucou, Moonbeam. J'étais sûr que c'était toi.

— Pourquoi ?

— Ton pas est très reconnaissable. Il a un côté sérieux et… honnête.

— Qu'est-ce que tu racontes ?

— Aucune idée. Mais je t'assure. Tu devrais t'écouter marcher à l'occasion.

— N'importe quoi !

Il éclate de rire.

— Tu veux m'aider à ramasser les concombres ?

— Bien sûr.

Je l'accompagne en silence jusqu'au grillage ouest. Le soleil brille au-dessus de nos têtes, illuminant toute la Base d'un éclat si aveuglant que le monde paraît flambant neuf. Et soudain, une prise de conscience douloureuse me frappe comme un coup de poing.

J'ai été heureuse ici. Pendant longtemps, je l'ai vraiment été.

Quoi que le père John en dise, la Base n'est pas un paradis. Loin de là. Mais comme mes Frères et Sœurs, il fut un temps où j'étais prête à croire tout et n'importe quoi si l'on m'assurait que c'était la vérité. Aujourd'hui, contrairement à la plupart d'entre eux, j'en suis revenue.

Ce n'est pas la faute du père John, du moins ça ne l'était pas au début. Comme il nous le rappelle souvent, il n'est qu'un être humain, aussi faillible et fier que n'importe qui. Nous avons beau avoir été créés à l'image de notre Créateur, nous ne pouvons prétendre à la Sainteté, la Grâce et la Perfection qui le caractérisent. J'ai donc toujours senti au fond de moi que les paroles du Prophète ne pouvaient être acceptées comme une vérité irréfutable. Et plus j'ai grandi, plus c'est devenu clair.

Il est tout bonnement *impossible* que l'ensemble des humains vivant hors de la Base soient mauvais. Tout comme il est illusoire de croire que l'ensemble de mes Frères et Sœurs sont bons. Le bien et le mal, le Juste et le Faux, ne sont pas les deux seules réalités qui existent, mais les deux extrêmes d'un éventail de comportements. Car la vie n'est pas si simple. Les gens ne sont pas si simples. Ce serait tellement plus facile autrement…

Le père John en a sûrement conscience lui aussi, mais il ne l'avouera jamais. Et c'est pour cette raison qu'il se présente comme un simple messager. Pendant très longtemps, ça ne m'a pas dérangée. Lorsqu'il parlait, même si je n'étais pas convaincue par ses mots, je *croyais*.

J'avais parfois des questions, des pensées que je ne confiais à personne car on les aurait qualifiées d'Hérésies, mais j'avais surtout la Foi. Foi en lui, en mes Frères et

Sœurs et en la Légion. Jusqu'à ce qu'il fasse ce qu'il a fait à ma mère.

— À quoi tu penses ? me demande Nate lorsque nous atteignons la grille qui entoure le potager.

— À rien d'intéressant.

— Je vois bien que quelque chose te tracasse. Allez, Moonbeam, crache le morceau.

Il a raison : quelque chose me tracasse depuis vendredi dernier, et ce n'est pas la nostalgie d'un temps où j'étais plus heureuse. Or, il n'y a qu'à lui que je peux en parler.

— C'est Luke.

— Qu'est-ce qu'il a encore fait, ce petit con ?

J'en reste bouche bée. Personne n'est censé insulter ses Frères et Sœurs. Jamais.

— Tu ne peux pas dire ça !

Il va me prendre pour une gamine effarouchée...

— Si, parce que c'est ce qu'il est, réplique-t-il avec un grand sourire. Malheureusement, le fait d'appartenir à la Légion du Seigneur n'empêche pas d'être un con.

Je ne peux réprimer un gloussement tandis qu'il enchaîne :

— Tu ne vas pas me dénoncer à un Centurion pour si peu, si ? Revenons-en à Luke. Qu'est-ce que tu voulais me dire ?

— Il a remis en question une décision du père John. Devant tout le monde.

— Ce qui lui a valu une bonne raclée. Ça te dérange ?

— Non.

— Alors ?

Je prends le temps de peser mes mots.

— Il crée toujours des problèmes. Et par moments… je me demande s'il ne le fait pas exprès.

— Il a dix-sept ans. Bien sûr qu'il le fait exprès. Il essaie de trouver sa place, ce qui implique de dépasser les bornes de temps à autre. Il n'y a pas de quoi s'inquiéter.

— Tu n'étais pas là la dernière fois. J'ai juste une impression de déjà-vu. C'est tout.

— Tu parles de la Purge ?

— Je ne sais pas trop… oui, sans doute.

— Tu as peur ?

— Pas vraiment, mais je n'ai pas confiance en Luke. Enfin, désolée. Je ne voulais pas en faire tout un plat.

— Aucun problème. Encore une fois, Luke est un petit con qui aurait mérité d'être remis à sa place depuis longtemps. Mais je ne crois pas qu'il soit dangereux, ni pour le père John ni pour personne. Sinon, je serais déjà intervenu.

— Pour faire quoi ?

Son sourire s'efface soudainement.

— Je l'aurais étranglé dans son sommeil. Allez, viens. Ces concombres ne vont pas se ramasser tout seuls.

Je réprime un frisson avant de le suivre dans le potager.

APRÈS

Le Dr Hernandez a cessé de prendre des notes. Il ne me quitte pas des yeux.

— Tu crois que Nate aurait fait ce qu'il a dit ?

— Non.

— Comment peux-tu en être sûre ?

Je hausse les épaules. Je n'en suis pas sûre, pas à cent pour cent. Et je sais, pour l'avoir vu de mes propres yeux, que Nate n'aurait pas hésité à s'en prendre à Luke. Mais je préfère garder ça pour moi pour l'instant. Je ne pense pas qu'il serait allé jusqu'à le tuer, donc, techniquement, j'ai dit la vérité.

— Les membres de la Légion étaient-ils punis s'ils proféraient des Hérésies ?

— Non.

Ça, c'est un mensonge. Un mensonge si énorme que je redoute d'être dévorée sur place par les flammes de l'Enfer.

— Et s'ils ne respectaient pas les règles ?

— Non.

— Donc vous n'aviez pas peur ?

Je ne réponds pas.

Le Dr Hernandez plisse les yeux.

— Moonbeam ? Aviez-vous peur du père John ?

— Qu'est-ce que tu lui as dit ? siffle Luke comme un serpent. Qu'est-ce que tu as dit à l'Étranger ?

Son visage n'est qu'à deux centimètres du mien. Il m'a plaquée contre le mur, sous le regard inquiet de mes Frères et Sœurs. Je pense au Dr Hernandez et à ses collègues censés surveiller l'ISS. Combien de temps faudrait-il que ça dure avant que quelqu'un intervienne ?

— Rien du tout. J'ai essayé de lui expliquer que le Prophète valait mille fois l'homme qu'il sera jamais, mais il n'a pas voulu m'écouter. Il m'a renvoyée dans ma chambre. C'est tout, Luke. Je te jure.

Il recule d'un pas. Après m'avoir fixée pendant une éternité, il me sourit et me caresse la joue du dos de la main. Je réprime une grimace.

— Bravo. Tu as bien réagi. Ils essaient de nous monter les uns contre les autres, alors qu'il est plus important que jamais que nous restions soudés. Mais on ne les laissera pas faire. N'est-ce pas ?

Je secoue la tête. La lueur de folie qui brille dans ses yeux me donne envie de vomir. J'ai vu la même dans ceux du père John à la fin, quand tout brûlait autour de lui.

— Vous m'entendez ? reprend-il en se tournant vers les enfants. On ne les laissera pas gagner. Le Prophète a fait son Ascension, comme on nous l'avait promis. Nos Frères et Sœurs ont fait leur Ascension, *comme on nous l'avait promis*. Vous les avez vus monter au Ciel de vos propres yeux, et si vous pensez avoir été oubliés, vous vous leurrez. C'est une épreuve destinée à prouver notre Foi et à déterminer si nous méritons de siéger aux côtés du Seigneur avec notre Famille. Vous comprenez ?

Il y a un murmure d'assentiment dans la pièce. Presque inaudible.

— Je n'ai pas entendu. *Vous comprenez ce que je vous dis ?*

Nouveau murmure, à peine plus fort que le précédent. L'enthousiasme qui les a brièvement envahis la dernière fois que Luke leur a parlé de l'Ascension a disparu. Peut-être parce que ses mots, si semblables à ceux qu'utilisait le père John, ont perdu de leur force face à la réalité de leur situation. Ou peut-être parce que l'envie de se battre a fini par les déserter. Sous les néons de cette vaste pièce, ils ressemblent exactement à ce qu'ils sont : des enfants effrayés qui se trouvent très loin de chez eux. Je les contemple, le cœur serré. Luke serre les poings et avance d'un pas.

— Je sais que vous souffrez, lance-t-il. Je sais que vous avez peur. Et je sais que vos parents vous manquent. C'est naturel, même s'il ne faut pas oublier que ce monde de péché n'est que temporaire. *Mais ce n'est pas le moment de vous décourager, mes Frères et Sœurs*. Ici, aujourd'hui, nous devons nous accrocher plus que jamais à notre Foi, être Fidèles aux paroles du Prophète et prouver que nous méritons de le rejoindre par l'Ascension. Nous devons avoir confiance en lui. Ayez confiance, et je vous promets qu'il ne nous abandonnera pas.

Willow se met à pleurer. La pauvre n'a que dix ans, et elle a vu sa mère se prendre une balle en pleine tête. N'en déplaise à Luke, sa Foi a de quoi être ébranlée.

Il s'agenouille devant elle pour la consoler. La douceur n'a jamais été sa plus grande qualité, mais il a le mérite d'essayer. Les larmes de Willow s'arrêtent au bout de deux minutes, bien que son visage reste crispé par le chagrin. Comment peut-on espérer qu'elle comprenne ce qu'elle a vécu ? Comment espérer qu'elle s'en remette un jour ?

Luke lui prend les mains.

— Le père John m'a transmis certaines choses, reprend-il d'une voix grave. Certaines capacités. Certains *pouvoirs*. Des choses que les Servants du Serpent sont incapables de concevoir. Si notre Ascension n'a pas lieu bientôt, je n'hésiterai pas à m'en servir. Je nous libérerai tous de cet endroit et nous bâtirons une nouvelle communauté, ailleurs, en attendant l'Appel du Prophète.

Willow hoche la tête avec un sourire timide.

— Arrête de raconter n'importe quoi, Luke, intervient Honey. Arrête de lui mentir.

Le sourire de Willow disparaît. Elle lève vers Luke des yeux immenses et pleins d'incertitude. Il ne la regarde même pas.

— Tu verras, lance-t-il à Honey. Oh oui, tu verras bientôt. Tu n'as pas la moindre idée de ce dont je suis capable.

— Au contraire. Je ne le sais que trop bien.

Il la scrute d'un air mauvais avant de reporter son attention sur Willow.

— Ne l'écoute pas, affirme-t-il. Tout va très bien se passer. Tu n'as pas à avoir peur.

Je le dévisage.

Sans un mot.

Parce que je ne suis pas d'accord avec lui.

Même aujourd'hui, après le feu, les balles et le sang, nous avons tous une raison d'avoir peur.

Et cette raison, c'est lui.

APRÈS

Le Dr Hernandez ouvre la porte de la salle de consultation 1 à 10 h 02. Mais au lieu d'aller s'asseoir comme il le fait d'habitude, il reste planté sur le seuil, l'air crispé.

— Bonjour, Moonbeam. Comment vas-tu ce matin ?

— Très bien. Vous n'entrez pas ?

— Si, bien sûr. Seulement, si tu es d'accord, notre séance d'aujourd'hui va se dérouler un peu différemment. Tu te souviens que je t'ai parlé d'autres personnes qui souhaitaient te rencontrer ?

Mon ventre se noue.

— Oui, je m'en souviens.

— Formidable. Eh bien... l'une de ces personnes aimerait discuter avec toi. Qu'en penses-tu ?

— Qui est-ce ?

— L'agent Andrew Carlyle. Il travaille pour le FBI. Sais-tu ce que c'est ?

UN AGENT ! hurle le père John dans ma tête. *UN AGENT DU GOUVERNEMENT ! NE LUI DIS RIEN ! COURS ! SAUVE-TOI !*

Mais le Dr Hernandez n'a pas besoin de savoir que, presque tous les dimanches, le Prophète accusait le FBI et les autres agences gouvernementales d'être des Servants du Serpent.

— Il s'agit du Bureau fédéral d'investigation, m'explique-t-il. Son rôle est d'enquêter sur des crimes très graves, trop importants ou trop compliqués pour que les forces de police locales s'en chargent seules. Attention, tu n'es pas soupçonnée de quoi que ce soit et personne ne t'obligera à répondre à ses questions. Mais si tu acceptais au moins de l'écouter, cela ferait beaucoup avancer l'enquête sur ce qui est arrivé à tes frères et sœurs. En toute franchise, je pense même que tu pourrais en retirer quelque chose.

— Pourquoi moi ? Je ne suis au courant de rien.

— Il veut simplement savoir ce que tu as vu. Ce qui s'est passé durant l'incendie, et avant. Alors, qu'en dis-tu ? Tu es d'accord ?

— J'ai le choix ?

— Toujours. Si tu coopères, cela facilitera grandement le travail que nous faisons ensemble, toi et moi. J'ai conscience qu'on dirait du marchandage, et c'en est peut-être, mais c'est aussi la vérité.

— *Quid pro quo*, je murmure.

— Donnant-donnant. Exactement. Comment connais-tu cette expression ?

C'est Horizon qui me l'a apprise. Quand j'étais petite et qu'on avait encore le droit d'apprendre des choses.

— Je ne sais pas. J'ai dû lire ça quelque part.

— Acceptes-tu de parler à l'agent Carlyle ?

— Si vous voulez.

Avec un sourire aussi forcé qu'à son arrivée, il repart en fermant la porte derrière lui. J'en profite pour tenter de ralentir les battements de mon cœur.

Du calme. Tu es la seule à connaître la vérité. Ils ne peuvent pas te forcer à l'avouer. Ils ne savent rien. Du calme.

Enfin, le Dr Hernandez revient dans la salle, accompagné d'un homme qui porte une chaise en plastique. Il est plus grand que le psychiatre, a des cheveux sombres séparés par une raie sur le côté et des yeux bleus. Sa peau bronzée suggère qu'il passe beaucoup de temps à l'extérieur. Il est vêtu d'un costume gris foncé et d'une chemise blanche. Il me salue d'un signe de tête.

— Moonbeam, je te présente l'agent Carlyle.

— Enchanté, dit le Servant du Serpent. Comment vas-tu ?

— Ça va. Et vous ?

— Très bien, merci. Et merci d'avoir accepté de me rencontrer.

Comme si j'avais eu le choix.

— Je vous en prie.

Pendant que le Dr Hernandez dispose ses carnets et ses stylos sur la table, l'Agent Carlyle retire sa veste pour la suspendre au dossier de la chaise. Lorsqu'il se retourne vers moi, je distingue une forme noire angulaire sous son aisselle. Une forme que je reconnais aussitôt. Pendant une seconde, je le fixe sans réagir, avant de me reculer brusquement contre les coussins du canapé, les yeux écarquillés. Ma main bandée heurte le mur, me faisant atrocement mal. Mais je n'y prête pas attention, car je suis trop occupée à retenir le hurlement qui monte dans ma gorge.

— Moonbeam ? s'inquiète le Dr Hernandez. Quelque chose ne va pas ?

Je me contente de secouer la tête. Si j'ouvre la bouche, je vais crier. Je ne vois plus que le pistolet de l'Agent Carlyle, je n'entends plus que le tonnerre des armes automatiques, le sifflement des balles, les cris de mes Frères et Sœurs. Une odeur âcre de brûlé m'emplit les narines, le monde tangue autour de moi et je suis soudain persuadée que je vais m'évanouir.

Le Dr Hernandez suit mon regard afin de comprendre ce qui me met dans un tel état. Tout à coup, il bondit de sa chaise et empoigne l'Agent Carlyle par les épaules.

— Hé ! proteste ce dernier, tout rouge.

Le psychiatre le pousse violemment vers la sortie en lui sifflant à l'oreille :

— Votre arme, espèce d'abruti !

L'Agent Carlyle s'immobilise, très pâle, et se laisse conduire hors de la pièce. Le Dr Hernandez claque la porte si fort qu'elle rebondit et reste entrouverte. Je la contemple, le cœur battant, avant de m'apercevoir que je suis en apnée depuis le début de la scène.

C'est comme si on avait coulé du béton dans mes entrailles. Les yeux rivés sur la mince bande de couloir gris que j'entrevois par l'ouverture, je tente de reprendre mes esprits. Au bout d'un long moment, je parviens à inspirer un petit filet d'air. Je me sens un peu mieux. Je ne vais peut-être pas m'évanouir, finalement. Je prends une deuxième inspiration, puis une troisième. Le poids qui m'oppressait la poitrine disparaît, mes oreilles cessent de siffler et je distingue des voix dans le couloir.

— Bon sang, mais à quoi vous pensiez ? s'offusque le Dr Hernandez. Il faut vraiment que je vous explique pourquoi une arme n'a rien à faire dans une séance de thérapie ?

— C'est une habitude, je n'ai pas réfléchi ! Je la glisse dans son étui le matin et je ne la retire que le soir. Je suis désolé.

— Vous êtes désolé. Formidable. Je peux vous poser une question ?

— Bien sûr.

— Avez-vous la moindre idée de ce que cette jeune fille a vécu ? Vous avez lu les rapports, non ? Vous savez à quoi elle a assisté !

Je grimace dans la pièce vide. Une partie de moi leur en veut de discuter de mon cas comme si j'étais un rat de laboratoire. Mais une autre se réjouit d'entendre le psychiatre prendre ma défense. Ça faisait longtemps que personne n'avait été de mon côté, ne serait-ce qu'un instant.

— D'accord, d'accord. Je m'en débarrasse. Voilà.

— La prochaine fois, vous avez intérêt à y penser avant. Je vais être très honnête avec vous, agent Carlyle. Si vous faites *quoi que ce soit* qui risque d'entraver les progrès de Moonbeam, je n'hésiterai pas à en référer à votre responsable de section. Je ne plaisante pas.

S'ensuit un long silence. Assise au bord du canapé, je tends l'oreille.

— Vous avez raison. Je suis désolé. Ça ne se reproduira pas.

La voix du Dr Hernandez retrouve un peu de sa chaleur habituelle :

— Merci. N'oubliez pas où vous êtes ni à qui vous avez affaire, d'accord ? Elle est plus forte qu'on ne pourrait croire, mais il ne faut pas sous-estimer la gravité de sa situation. Elle est encore extrêmement fragile.

— ESPT ?

— Mon évaluation n'est pas terminée. Je n'exclus encore aucun diagnostic, y compris, en effet, l'ESPT. Alors allez-y doucement.

L'Agent Carlyle pousse un gros soupir.

— Compris. À six mois près, elle a l'âge de ma fille, vous savez.

— Rangez ça dans un coin de votre tête : apporter vos bagages personnels ici ne donnera rien de bon, ni pour vous ni pour elle.

Quand il reprend la parole, j'ai presque l'impression que l'Agent Carlyle sourit :

— Je suis entré au FBI il y a dix-huit ans. Depuis tout ce temps, j'ai conduit plus de sept cents interrogatoires.

— Où voulez-vous en venir ?

— Nulle part. Je me disais juste que ça pourrait vous intéresser. On y retourne ?

Nouveau silence. Je me demande ce qui peut bien se passer derrière cette porte. Est-ce qu'ils se défient du regard ? Le Dr Hernandez a-t-il besoin de réfléchir à la question, ou veut-il simplement montrer à l'Agent que c'est lui qui commande ? Bien utilisé, le silence peut être une arme redoutable. Il rend les gens nerveux, il les pousse à dire des choses qu'ils n'auraient pas dû pour faire retomber la pression. Le père John maîtrisait *très bien* cette technique.

— Soit, lâche finalement le Dr Hernandez. Allons-y.

Je me dépêche de reprendre ma position habituelle, recroquevillée dans un coin du canapé, les genoux contre la poitrine. Les questions se bousculent dans mon esprit. *C'est quoi, l'ESPT ? Et pourquoi il a dit que j'étais « encore extrêmement fragile » ? Est-ce que je vais craquer ?*

La porte se rouvre en grand. Le Dr Hernandez contemple la poignée, puis moi, en fronçant les sourcils. Je prends une expression aussi innocente que possible. Enfin, il va s'asseoir. L'Agent Carlyle l'imite, sans son arme cette fois.

— Je suis vraiment désolé, s'excuse-t-il. Je n'ai pas réfléchi. J'imagine que tu as vu assez d'armes à feu pour toute une vie, hein ?

Je hoche la tête.

— Ça ne se reproduira pas.

— C'est juste que je ne m'y attendais pas.

— Évidemment, intervient le Dr Hernandez. Ta réaction était tout à fait légitime.

— Je suis désolé, répète l'Agent.

— Ne vous en faites pas. C'était un Glock 22, non ?

— Pardon ?

— Dans votre étui. On aurait dit un Glock 22.

— En effet.

Le Dr Hernandez paraît contrarié.

— Je ne suis pas certain que ce soit un sujet de conversation appro…

— Tu t'y connais bien en armes ? me demande l'Agent Carlyle.

Si vous saviez…

AVANT

Le lundi, le mercredi et le vendredi matin, ainsi que le samedi après-midi, nous avons entraînement.

C'est l'une des deux choses – avec le sermon du père John le dimanche matin – auxquelles nous devons *absolument* assister. Peu importe nos autres corvées et les éventuels problèmes de santé de chacun. En pleine épidémie de grippe, j'en ai vu certains s'effondrer au beau milieu d'un exercice, puis se redresser en titubant, le visage déterminé.

Les entraînements débutent toujours par un discours du père John, qui nous rappelle que le mal rôde Dehors et que nous devrons, un jour, affronter des ennemis monstrueux.

Lorsque viendra la Fin des Temps, nous verrons affluer des créatures démoniaques au corps ailé couvert d'écailles et aux dents acérées, qui surgiront de terre pour prendre la forme de ceux que nous aimons. Ainsi que des animaux grotesques dotés de dizaines de têtes crachant du feu, qui laboureront le sol de leurs sabots. Quand la Bataille Finale commencera, le Seigneur accordera aux plus Justes d'entre nous le pouvoir de vaincre les forces de l'ombre. À l'issue de cette victoire, nous ferons notre Ascension sur des colonnes de lumière pour aller siéger à Ses côtés.

Mais en attendant ce jour glorieux, nous devons nous protéger contre d'autres ennemis – des hommes corrompus et rongés par le péché, dont le père John parle avec un mépris venimeux.

Les Agents du gouvernement.

Il va sans dire que ce sont tous des Servants du Serpent, et à l'entendre, ils sont presque aussi mauvais que leur maître. Ce sont des rats à figure humaine, des abominations sans âme qui haïssent le Seigneur et feront tout ce qui est en leur pouvoir pour détourner les Fidèles de la Voie Juste. Ils n'hésiteront pas une seconde à nous assassiner, mes Frères et Sœurs et moi, à la moindre occasion. Rien ne leur ferait plus plaisir que de nous enfermer et de nous torturer pour l'éternité. Les Agents prennent de nombreuses formes – FBI, ATF[1], CIA, département du shérif, police, Sécurité intérieure – qui ne sont que les multiples têtes de l'Hydre, un monstre tentaculaire dont la seule ambition est d'asseoir la domination du Serpent sur la Terre.

Je traverse la cour en direction de la Maison. Je ne me presse pas, bien que la majeure partie de ma Famille soit déjà rassemblée sur le champ de tir de l'autre côté. Être en retard est pourtant passible de punition. Mais à cause de Nate et de ma mère, j'ai déjà l'impression que tout le monde m'observe et chuchote dans mon dos. Alors autant leur donner une bonne raison de me juger.

Après avoir contourné la Maison, je me poste à l'arrière du groupe. Honey me sourit, ce qui me fait plus chaud au cœur qu'elle ne peut l'imaginer. À part elle, personne ne semble s'apercevoir de mon arrivée. Debout au milieu du champ, le père John a déjà commencé son laïus. Les traits crispés, les yeux plissés, il nous explique en détail ce que nous risquons si nous avons le malheur de baisser notre garde ne serait-ce qu'une seconde.

---

1. Bureau américain de l'alcool, du tabac, des armes à feu et explosifs.

Les Agents ont des hélicoptères qui déverseront de l'essence enflammée sur quiconque s'aventurera Dehors, loin de la protection du Prophète.

Les Agents assassineront nos jeunes Frères et Sœurs, puis feront rôtir leurs cadavres dans les flammes de l'Enfer avant de se repaître de leur chair.

Les Agents féconderont les Sœurs de la Légion avec des parasites qui les dévoreront de l'intérieur.

Les Agents nous couperont les bras et les jambes, nous coudront les lèvres et nous regarderont mourir de faim en riant.

À la fin du discours, plusieurs enfants sanglotent doucement à côté de leurs parents gênés. La faiblesse n'est pas tolérée au sein de la Légion du Seigneur. Honey fixe le Prophète droit dans les yeux avec une expression indéchiffrable.

Maintenant que le sermon est terminé, il est temps de passer à l'entraînement proprement dit.

Le champ de tir est situé le plus loin possible du Grand Portail, dissimulé aux regards curieux par la Maison, le potager et une rangée de cabanes à outils. Il est absolument *vital* – le père John ne cesse de nous le rappeler – que nos ennemis ignorent jusqu'au dernier moment à quel point nous sommes préparés.

À l'exception des Centurions, qui gardent les leurs en permanence, les membres de la Légion du Seigneur ne sont pas autorisés à porter des armes. Du temps du père Patrick, la plupart des adultes possédaient au moins un fusil. Encore une chose qui a changé après la Purge. Les armes que nous utilisons pour l'entraînement viennent du sous-sol de la Maison. C'est Amos qui va les chercher, qui les compte soigneusement au début et à la fin de chaque session, puis qui les remet sous clé.

Nous tirons pendant près d'une heure sur des silhouettes grossières portant le sigle FBI sur la poitrine, des cibles de tir à l'arc, des boîtes de conserve, des bouteilles, des flacons en plastique et à peu près tout ce qui traîne. Le bruit des coups de feu est assourdissant. Une fumée âcre et épaisse recouvre bientôt le champ et nous prend à la gorge.

Glock 17 et 22, Desert Eagle, Smith & Wesson calibre 45, Sig Sauer P226, Beretta 9 mm, MP5, AK47, M4, M16, Remington à double canon et des dizaines et des dizaines d'autres armes. Les enfants de moins de huit ans n'ont pas le droit de les manipuler, mais *tout le monde*, quel que soit l'âge, doit être présent. Les plus jeunes d'entre nous savaient probablement lister vingt-six modèles d'armes à feu avant de connaître les vingt-six lettres de l'alphabet.

Je regarde dans le viseur de mon M4, un fusil que je me souviens avoir eu du mal à soulever la première fois qu'on me l'a donné, et je presse la détente. J'encaisse le recul en prenant appui sur ma jambe avant, la crosse bien calée contre mon épaule. Mon bras tressaille à peine. Puis je recommence, je tire encore et encore. Les coups de feu résonnent comme une batterie métallique, faisant voler des éclats d'écorce dans les airs.

Au moment de recharger, je jette un œil au père John. Debout sous le grand chêne blanc qui marque la limite du jardin ouest, il contemple sa Famille d'un air bienveillant. Brusquement, je prends conscience du pouvoir de l'objet que je tiens entre mes mains. L'idée qui me traverse alors l'esprit est tellement *au-delà* de l'Hérésie que je la repousse de toutes mes forces, craignant qu'elle transparaisse sur mon visage.

Une fois la séance de tir terminée, Amos rassemble les armes pendant que nous nous préparons au combat rapproché. C'est le père John qui forme les binômes. Nous devons tous nous battre durant trois minutes, sans retenir nos coups, en utilisant tout ce que nous pouvons : nos mains, nos pieds, nos ongles, nos dents, des cailloux ou des branches.

Comme le reste de l'entraînement, cet exercice n'est pas optionnel. Mais pendant le tir, au moins, on peut s'économiser : à moins qu'on nous surveille de près, personne ne s'apercevra qu'aucune de nos balles ne touche sa cible.

En combat rapproché, c'est impossible. Si un Centurion trouve qu'on est trop doux avec notre adversaire, il peut nous donner une raclée devant tout le monde. Pour l'exemple. Il n'y a pas de place pour la pitié dans la Légion du Seigneur. Comme la faiblesse et la désobéissance, c'est une transgression sévèrement punie. Quiconque doté d'un minimum d'intelligence le comprend très vite.

Le père John murmure ses instructions aux Centurions, puis attend que ces derniers nous disposent en deux longues lignes qui se font face. Je me retrouve aujourd'hui contre Lucy, la plus gentille et la plus délicate des petites filles de la Légion.

Ça ne peut pas être un hasard.

Il faudrait vraiment que je sois idiote pour ne pas saisir ce qui se passe. Le Prophète a décidé de tester, en public, ma capacité à blesser un être cher juste parce qu'il me le demande. Pour voir si j'obéis toujours aux ordres. Pour vérifier que je suis toujours digne de confiance.

J'ai l'impression d'être jugée par un tribunal sans savoir de quoi on m'accuse. Enfin, j'en ai tout de même une vague idée.

Ça a un rapport avec ma mère.

Et avec Nate.

Lucy a douze ans, elle mesure trente centimètres de moins que moi et doit peser dans les trente-cinq kilos toute mouillée. Je pourrais la mettre KO en cinq secondes, et c'est exactement ce que je devrais faire. M'acquitter de cette horrible tâche le plus vite possible, en lui causant le moins de souffrances possible. Mais je ne peux pas.

Je ne veux pas.

J'essaie de le cacher, et j'y arrive assez bien la plupart du temps, mais je suis en colère contre Nate, contre ma mère et contre moi-même. Une colère brûlante et dure qui s'accompagne de pensées nauséeuses, des pensées que l'on m'a appris à refouler si je ne voulais pas être condamnée aux flammes de l'Enfer. Or, si les choses ont changé, si *moi*, j'ai changé, je suis encore un peu cette personne qui croit devoir être châtiée pour ce qui lui a effleuré l'esprit tout à l'heure, alors qu'elle tenait le M4, et pour tout ce qui l'empêche de dormir et empoisonne ses rêves.

N'importe quoi, chuchote la voix dans ma tête. *Tu n'as rien...*

Je la fais taire. Parce que je mérite d'être punie, même si personne ne le sait. Je suis effrayée, furieuse, seule, et j'ignore ce qui va m'arriver.

Tout ce que je veux, en cet instant, c'est ressentir quelque chose.

Alors, quand Bear crie : « Allez ! » et que Lucy lance faiblement son poing dans ma direction, je ne cille pas. Je le laisse s'écraser sur mon nez, savourant l'onde de choc qui résonne douloureusement sous mon crâne.

Les larmes me montent aux yeux en même temps qu'un goût de sang m'envahit la bouche. Une expression paniquée se peint sur le visage de Lucy, mais elle n'a rien à craindre : je n'ai pas l'intention de riposter. J'attends, aussi immobile qu'une statue, qu'elle comprenne la situation et recommence à me frapper.

Son troisième coup, bien plus fort que les premiers, me fait trébucher et tomber à la renverse. Lucy se penche sur moi, ses traits doux tordus par l'excitation viscérale de la violence, le plaisir primitif que l'on éprouve à faire souffrir un autre être vivant. Je lui réponds par un sourire ensanglanté qui doit être horrible à voir. Durant une fraction de seconde, elle redevient elle-même, avant que Jacob Reynolds l'écarte brutalement.

— Debout ! me crache-t-il.

Tous les autres se sont arrêtés. Sous le chêne blanc, le père John m'observe sans bouger. On dirait presque qu'il est curieux de voir la suite. Je me redresse lentement, consciente d'être devenue le centre de l'attention.

— Si tu te comportes comme ça à la Fin des Temps, tu mourras, déclare Jacob. Tu m'entends ? Tu ne feras pas ton Ascension, tu ne siégeras pas aux côtés du Seigneur, tu seras juste morte et ton âme pourrira en Enfer. C'est ça que tu veux ?

Après un long silence, je secoue imperceptiblement la tête.

Il désigne Lucy, qui me contemple d'un air navré. Je voudrais lui dire que ce n'est pas sa faute, qu'elle n'a rien fait de mal. Mais ça ne ferait qu'aggraver les choses.

— Tu crois lui rendre service en refusant de te battre ? continue Jacob. Tu crois la protéger ? Tu te trompes. Si elle n'apprend pas à encaisser les coups, le Seigneur ne pourra pas l'accompagner jusqu'au bout de la Bataille Finale. Elle finira en Enfer avec toi. Tu es en train de la *condamner*.

Je crache une giclée de sang sur le sol. Lorsque je relève les yeux, c'est comme si je voyais Jacob sous son vrai jour pour la première fois. Il est gras, laid, cruel, et je ne comprends pas comment j'ai pu croire à un seul mot sortant de sa bouche.

— Frappe-la, m'ordonne-t-il.

— Non.

Autour de moi, mes Frères et Sœurs retiennent leur souffle. Personne ne parle à un Centurion de cette façon, même à un Centurion de second choix comme lui.

Personne.

Il s'avance vers moi.

— Frappe-la, ou c'est moi qui le ferai.

— Vas-y, Moonbeam, murmure Lucy d'une voix tremblante. C'est bon.

— Non !

Jacob se crispe. Il parcourt la foule du regard, rouge de honte et de colère mêlées.

— Dernière chance, gronde-t-il.

— Va en Enfer.

Un silence pesant s'installe. Jacob me dévisage, écarlate, la poitrine secouée de halètements sous sa chemise en jean. Puis, d'un mouvement bien plus leste que je ne l'aurais cru possible chez un homme de sa corpulence, il pivote sur la gauche et assène un coup de poing à Lucy en pleine figure. Elle s'envole dans les airs, les membres inertes, avant d'atterrir sur le dos.

– NON !

Je plonge en avant, prête à enfoncer mes doigts dans les yeux de Jacob pour les lui arracher.

J'y arrive *presque*.

Presque.

Lonestar me rattrape au vol. Lorsqu'il me plaque au sol, mes poumons se vident de leur air comme un ballon qu'on dégonfle. Ma tête heurte durement la terre du désert. Je vois encore des étoiles quand il me remet sur pied et me tord les bras dans le dos. Bear le rejoint en courant et, à eux deux, ils me soulèvent sans difficulté par les chevilles et les poignets. Je les maudis, je me débats, je leur hurle de me lâcher – « Lâchez-moi pour l'amour de Dieu ! » –, mais ils m'emportent sans un mot.

Mes Frères et Sœurs s'écartent de notre chemin en prenant soin de ne pas croiser mon regard. Sous le chêne blanc, le père John semble profondément déçu.

Derrière moi, des bruits de coups et d'affreux hurlements retentissent tandis que Jacob se charge de donner à Lucy la leçon que je lui ai refusée.

APRÈS

Lorsque je me tais enfin, les deux hommes assis face à moi sont tout pâles.

Ça ne m'étonne pas, même si je parie que c'est exactement ce que l'Agent Carlyle et, dans une certaine mesure, le Dr Hernandez attendaient : la violence, les punitions, les armes. Les récits sanglants se terminent souvent mal, mais ils font aussi les meilleures histoires.

— Quand cela est-il arrivé à ton amie ? s'enquiert l'Agent d'une voix tendue.

— Trois jours avant l'incendie.

— C'était donc le dernier entraînement de la Légion du Seigneur ?

Un frisson me parcourt le dos. Je n'y avais jamais réfléchi.

— Oui.

— Je croyais que vous n'étiez pas punis lorsque vous enfreigniez les règles, s'étonne le Dr Hernandez d'un ton presque enfantin, comme s'il se retenait de bouder. Que les hommes et les femmes de la Légion n'avaient pas peur. Pourquoi m'avoir menti ?

Je hausse les épaules. Je pourrais lui expliquer que je ne lui faisais pas assez confiance et que ce n'est toujours pas complètement le cas. Mais à quoi bon ?

Durant une fraction de seconde, il pose sur l'Agent Carlyle un regard étrangement teinté de jalousie. Puis il écrit longuement dans l'un de ses carnets. Lorsqu'il reporte enfin son attention sur moi, il a retrouvé son masque neutre et professionnel.

— Que t'est-il arrivé ensuite ?

— Bear et Lonestar m'ont enfermée dans ma chambre. J'étais persuadée qu'on me conduirait à la Maison dès la fin de l'entraînement, mais non. Bear m'a laissée sortir pour le dîner.

— Pourquoi penses-tu avoir échappé à la punition ?

— Peut-être que le père John craignait que ça donne une mauvaise image de lui, vu que j'étais une future Épouse. Ou peut-être qu'il n'avait pas encore décidé quoi faire de moi. Je ne sais pas.

Il prend une note en hochant la tête.

— Tu as mentionné plusieurs fois ces fameux centurions. Peux-tu nous en dire plus à leur sujet ?

— C'est comme ça que le père John appelait les quatre membres de la Légion qui lui étaient les plus dévoués.

— Il a eu une drôle de façon de les remercier à la fin, commente l'Agent Carlyle. Tu es bien placée pour le savoir.

Mon cœur fait un bond dans ma poitrine.

— Comment ça ?

— Je parle de ce qui s'est passé dans la maison pendant l'incendie. De ce que tu as vu.

Le Dr Hernandez fronce les sourcils.

— Hum, je crois que nous devrions...

— Je ne suis pas entrée dans la Maison pendant l'incendie.

— Tu en es sûre ?

— Oui.

L'Agent du FBI me dévisage. Je m'interdis de détourner les yeux.

Reste calme. Il ne sait rien. Il ne peut pas savoir. Alors reste calme.

— D'accord, finit-il par céder. Si tu le dis, je te crois.

— Attention..., le prévient le psychiatre.

— Ton père était un centurion, n'est-ce pas ? reprend l'Agent.

— Comment le savez-vous ?

— Peu importe.

— Si. Pour moi, c'est important.

— Pourquoi ?

— Parce que je n'apprécie pas qu'on parle de ma famille derrière mon dos.

— Es-tu...

La colère bouillonne en moi.

— Arrêtez de me prendre pour une idiote. Les seuls qui ont pu vous donner des informations sur le rôle de mon père dans la Légion sont d'anciens membres partis durant la Purge. Tous les autres sont morts.

— À l'exception de tes jeunes frères et sœurs. Et de toi.

Je le fusille du regard. Je me doute bien qu'il en sait beaucoup plus qu'il ne veut l'admettre, et le docteur aussi. Ça ne me dérange pas dans la mesure où moi aussi, je leur cache un certain nombre de choses. Mais c'est cruel de me balancer comme ça au visage le souvenir de mon père – car, s'ils savent qu'il était Centurion, ils doivent aussi savoir qu'il est mort.

— Personne ne peut rien me dire sur ma mère, et maintenant vous voulez qu'on parle de mon père ? C'est injuste.

— En effet. Tu as raison.

— Je t'ai expliqué que je n'avais encore aucune nouvelle, me rappelle le Dr Hernandez. Tu ne me crois pas ?

Je hausse les épaules.

— OK, reprend l'Agent Carlyle. Ton père était-il centurion, oui ou non ?

— Vous savez déjà tout. (Malgré mes efforts pour contenir ma frustration, elle commence à poindre dans ma voix.) À quoi ça sert que je vous le dise ?

— Ce qui m'intéresse, ce sont les raisons pour lesquelles tu refuses de le dire.

— Allons, allons, intervient le docteur. Calmez-vous, tous les deux. Une discussion animée peut avoir des vertus, mais vous n'arriverez à rien en étant agressifs.

— Désolé, s'excuse l'Agent.

Je vois dans ses yeux qu'il n'en pense pas un mot.

— Mon père est mort il y a quatorze ans.

— Je sais. Et j'en suis navré.

— Qu'est-ce que ça peut vous faire qu'il ait été Centurion ?

— Cela influençait peut-être l'opinion que tu avais d'eux.

— Non. Mon père était l'un des tout premiers Centurions, du temps du père Patrick. Ça n'avait rien à voir.

— Rien à voir avec ce qu'ils sont devenus après l'arrivée du père John ?

— Tout a changé après la Purge.

— D'après toi, ce terme désignait les serviteurs les plus dévoués du père John. Mais ils étaient aussi les seuls à pouvoir porter des armes, ils ont regardé sans rien dire Jacob Reynolds tabasser ton amie et ils t'ont enfermée dans ta chambre alors que tu n'avais rien fait de mal.

Je secoue lentement la tête. La frustration se propage en moi tel un feu de forêt qui menace de tout réduire en cendres.

— Pourquoi vous ne m'expliquez pas ce que vous attendez de moi ? On gagnerait du temps.

— Ce n'est pas notre but, soupire le Dr Hernandez. Je suis désolé que nous t'ayons donné cette impression. Nous aimerions seulement que tu nous fasses part de tes souvenirs, de tes pensées, de ton ressenti. Aussi honnêtement que possible. La dernière chose que nous voulons, c'est parler à ta place.

Je suis au bord des larmes.

Il me fixe d'un air si gentil et si compatissant que je me retiens de hurler. Quant à l'Agent Carlyle, il ne me voit pas comme un être humain mais comme un dossier vivant rempli d'informations. Tout en moi rugit et enrage. Je les hais tous les deux, je hais le monde entier.

À commencer par moi.

ET C'EST BIEN MÉRITÉ ! tonne le père John. *CAR TU NE VAUX RIEN ! TU ES FAUSSE !*

— Peux-tu nous parler des centurions ? insiste le Dr Hernandez.

— Je viens de le faire.

— Rien ne t'oblige à continuer si tu n'en as pas envie. Mais je crois que tu ne nous as pas tout dit.

— Je n'en ai pas envie.

Un voile de déception passe sur son visage. C'est très fugace, mais pas au point de m'échapper.

— Aucun problème. Nous reprendrons demain.

L'Agent Carlyle fronce les sourcils. Il n'a sans doute pas l'habitude de mettre fin à un interrogatoire juste parce que le sujet n'a pas envie de répondre.

Le Dr Hernandez pose son sac sur le bureau et entreprend d'y ranger soigneusement ses carnets et stylos. Puis il se lève.

— À demain matin, Moonbeam. J'espère que l'ISS de cet après-midi se passera bien. Je vous observerai.

— Comme un Centurion.

C'est sorti tout seul. Le feu en moi est presque éteint, mais quelques braises subsistent encore.

Il s'arrête net.

— Pourquoi dis-tu cela ?

Je reste silencieuse.

Il se rassied près de l'Agent Carlyle, qui n'a pas bougé.

— Si les centurions étaient simplement les membres les plus dévoués de la Légion du Seigneur, en quoi est-ce une insulte de me comparer à eux ?

— Parce que vous pensez qu'ils étaient cruels.

— En effet. C'est exactement ce que je pense.

— Cette histoire avec Lucy, c'est arrivé à la toute fin. Juste avant que tout dégénère. Ça n'a pas toujours été comme ça. *Ils* n'ont pas toujours été comme ça.

Tu es pathétique, murmure la petite voix dans ma tête. *Tu te mens à toi-même. Qui essaies-tu de protéger ? Eux, ou toi ?*

— Je te crois sur parole. Mais, dans ce cas, pourquoi ne pas nous expliquer qui ils étaient vraiment ?

AVANT

Les règles sont essentielles. C'est ce que dit toujours le père John. Sans règles, le monde s'écroule.

Mais ce n'est pas le tout d'en avoir ; encore faut-il que les gens les suivent. La plupart du temps, il suffit de leur expliquer qu'elles sont bénéfiques à tous et permettent de se sentir en sécurité. Parce que ce sont des êtres respectueux qui comprennent comment la société fonctionne. Mais d'autres, moins respectueux, ont tendance à ne penser qu'à eux. Ils ont besoin d'une motivation supplémentaire. Et comme on ne peut pas les récompenser à chaque fois qu'ils agissent correctement, le mieux est de retourner le problème en sanctionnant lourdement le fait de ne *pas* suivre les règles.

La Légion du Seigneur repose sur ce principe.

Les Centurions sont au nombre de quatre. Depuis leur création, il n'y en a eu que six en tout, car c'est une responsabilité à vie. Bien qu'ils n'aient ni badge ni uniforme, tout le monde sait qui ils sont, et pas seulement grâce aux armes qu'ils portent à la ceinture ou à l'épaule. Les Frères et Sœurs qui nous ont rejoints après la Purge ont appris deux choses dès leur arrivée : que la parole du père John était irrévocable et que les Centurions étaient chargés de l'appliquer.

Certains, en colère parce qu'ils avaient été punis pour s'être mal comportés, ont parfois comparé les Centurions à la police du Dehors. J'ai déjà vu des policiers dans des séries télé et j'ai du mal à voir le rapport. Les Centurions n'espionnent pas leurs Frères et Sœurs, ils ne les interrogent pas, ils n'essaient pas de les piéger, et ils sont toujours humbles. Ils ne se mettent jamais en avant. Mais dès qu'il se passe quelque chose, dès que quelqu'un s'écarte un tant soit peu de la Voie Juste, ils apparaissent comme par magie pour rétablir la justice divine.

Telle que le père John la conçoit, bien sûr.

Quand j'avais douze ans, un dénommé Shanti a battu sa fille de quatre ans, Echo, avec un manche à balai après l'avoir trouvée en train de boire de l'eau de Javel dans la cuisine. Le bruit a résonné à travers toute la Base : le claquement du bâton, les hurlements d'Echo, les cris de rage de Shanti et les supplications terrifiées de sa femme Lena, qui lui demandait d'arrêter, « pour l'amour de Dieu ».

Horizon et Bear se sont précipités, l'arme à la main. Les cris et les hurlements ont redoublé d'intensité. Puis ils ont traîné Shanti jusqu'à l'un des trois coffres en métal installés au coin nord-est de la cour. Il a eu beau se débattre et protester de toutes ses forces, ils n'ont pas cédé. Ils l'ont enfermé dans le coffre, avant de retourner voir comment allaient Echo et Lena. Elles avaient fini par sortir à leur tour, le visage pâle et les vêtements ensanglantés.

Shanti a passé dix jours et dix nuits là-dedans, avec seulement une demi-miche de pain et deux litres d'eau par jour.

Pendant la journée, quand le soleil tape sur le désert, le métal devient si brûlant qu'on ne peut pas le toucher à mains nues. Mais dès que la nuit tombe, les températures chutent si bas qu'on trouve du givre sur le dessus des coffres jusqu'au mois de mai ou juin.

Le premier jour, Shanti a crié, pleuré et tambouriné contre les parois, comme un roulement de tambour rappelant à nos esprits que la justice de la Légion est implacable. Dès le lendemain, il s'est limité à quelques séries de coups toutes les heures. Le troisième jour, il n'y avait plus un bruit.

Le soir du cinquième jour, le père John a ordonné qu'on ouvre le coffre. Après avoir longuement regardé à l'intérieur, il a demandé à Lena si elle voulait qu'il gracie son mari. Elle a serré Echo dans ses bras en répondant que c'était bon pour les faibles. Le père John l'a embrassée sur le front. Puis il lui a rappelé que le Seigneur est Bon et il a laissé les Centurions refermer le coffre.

Lorsqu'ils l'ont rouvert pour de bon, au bout de presque deux cent cinquante heures, l'homme qui a émergé dans la lumière vive du matin n'avait plus rien à voir avec celui qui y était entré. Shanti ne pouvait plus marcher sans assistance. Sa peau avait viré au gris, elle pendait sur ses os comme celle d'un veau trop maigre. Ses yeux creux et sans vie semblaient incapables de regarder en face les Frères et Sœurs rassemblés pour assister à sa libération.

Il a fallu trois mois à Julia et Becky, encadrées par les Centurions, pour le remettre sur pied. Trois mois à le garder alité et à lui faire manger du bouillon à la petite cuillère. Trois mois durant lesquels Lena et Echo ne lui ont pas rendu visite une seule fois. Dès qu'il a eu la force de s'asseoir au volant d'une voiture et d'appuyer sur les pédales, nous avons assisté à son Départ dans un tourbillon de poussière.

Sa femme et sa fille ne lui ont même pas dit au revoir. Moins d'un mois plus tard, le père John a annoncé que le

Seigneur avait choisi Lena pour devenir sa nouvelle Épouse. Echo et elle se sont installées dans la Maison.

Mais il était très rare que des gens se retrouvent dans des situations aussi graves ou reçoivent des punitions aussi sévères. Le pire auquel j'ai eu droit, c'est trois jours de jeûne pour avoir quitté mon poste durant ma première garde de nuit. J'avais pris peur à cause d'un bruit dans le désert qui s'était avéré être un chat errant.

C'était difficile, mais mérité. De sa voix grave et douce, Horizon m'a longuement expliqué pourquoi. Les Servants du Serpent auraient pu franchir le Grand Portail, entrer dans la Maison et assassiner le Prophète. Tout ça à cause de moi.

Il avait raison. Ça m'a servi de leçon.

Par la suite, je n'ai plus jamais abandonné mon poste lorsque j'étais de garde.

APRÈS

— Ils t'ont laissée mourir de faim pendant soixante-douze heures pour avoir quitté un poste arbitraire pendant deux minutes ? s'offusque l'Agent Carlyle.

— Je ne suis pas morte de faim. Et c'était une punition. Pour mon propre bien.

Ne fais pas ça, me prévient la voix dans ma tête. *Ne leur cherche pas d'excuse.*

Le Dr Hernandez écrit quelque chose dans un carnet, puis me regarde avec l'expression que je déteste le plus. De la pitié.

— À quels autres châtiments avaient recours les centurions ?

Silence. *Reste calme.*

Il pose son stylo.

— Moonbeam ? Tu ne souhaites pas répondre à cette question ?

Je fais non de la tête.

Reste calme.

— Pourquoi ?

— Parce que rien de tout ça n'est réel pour vous !

Je suis la première surprise par mon soudain accès de colère, mais je refuse de me sentir gênée. Je préfère savourer l'air choqué du docteur tout en poursuivant :

— Rien ! Vous êtes assis là, avec vos carnets, à prendre des notes sous mon nez comme si je ne me doutais pas de ce que vous écrivez. Vous êtes toujours tellement *calme*, vous posez des questions tellement *raisonnables*, parce que vous voyez ça comme une simple énigme à élucider. Mais vous ne comprenez rien ! Je ne vous raconte pas ces histoires pour vous divertir, ni parce que c'est ce que vous voulez entendre. Tout ça, je l'ai vécu. C'était *ma vie* ! On dirait que ça vous dépasse !

L'Agent Carlyle me dévisage de ses yeux bleus perçants. Je l'ignore, entièrement concentrée sur le Dr Hernandez.

— Je suis désolé, s'excuse-t-il après un silence qui me paraît durer des heures. Il m'est en effet impossible de réellement *comprendre* ce que tu as traversé. Et je ne nierai pas qu'il m'arrive de commettre des erreurs. Mais tout cela fait partie du processus dont je t'ai parlé. Il y a beaucoup de choses que tu ignores à propos du monde dans lequel tu as grandi et de celui qui s'étendait au-delà du grillage. Des réalités sur lesquelles tu dois réussir à ouvrir les yeux. Je sais que ce n'est pas toujours évident, mais j'essaie de t'accompagner en douceur dans cette démarche. Je n'ai aucune intention de minimiser ton ressenti, et encore moins d'entraver tes progrès. D'accord ?

Mon cœur tambourine dans ma poitrine, ma peau me brûle et ma main recommence à me lancer sous les bandages. Cependant, je perçois de la sincérité dans sa voix. Et je ne crois pas, je ne veux pas croire qu'elle soit feinte.

— D'accord. Je vous demande pardon.

— C'est moi qui te demande pardon. Et puisque nous avons crevé l'abcès et que nous nous exprimons ouvertement, laisse-moi te poser une question. Sais-tu que, dans la majeure partie du monde, un adulte risquerait la prison pour avoir privé un enfant de nourriture pendant trois jours ?

— Pourquoi ?

— On pourrait l'accuser de négligence, de maltraitance ou d'un crime similaire. Comprends-tu ces concepts ?

Je ne réponds pas. Je n'ai jamais entendu ces mots de ma vie.

— La négligence, c'est lorsqu'une personne ne prend pas soin comme elle le devrait d'un être dont elle est responsable. Comme lorsqu'un parent ou un tuteur ne donnent pas de vêtements propres à un enfant, ou ne l'envoient pas à l'école. Ou oublient de le nourrir pendant trois jours.

— C'était une *punition*, je répète.

Je n'ai pas respecté les règles, donc j'ai été punie. C'est aussi simple que ça.

Tu n'y crois pas vraiment. Tu y as peut-être cru un jour, mais plus maintenant.

— La ferme, je murmure.

— Pardon ?

— Rien. Ma mère était là. Quand le père John a annoncé mes trois jours de jeûne. Elle était d'accord.

Les deux hommes se taisent.

— Est-ce qu'on peut arrêter là pour aujourd'hui ? S'il vous plaît ?

J'ai un peu honte de les supplier ainsi.

— Bien sûr, répond le Dr Hernandez. Ça me paraît être une bonne idée.

L'infirmière Harrow me sourit avant de refermer la porte. J'essaie de lui rendre la pareille, sans grand succès.

Après être restée plantée deux secondes au milieu de ma chambre, je m'allonge sur mon lit en contemplant le plafond. Je m'efforce de chasser de ma mémoire l'expression de Shanti lorsqu'il est enfin sorti du coffre – une expression atroce de soulagement et de désespoir.

Je n'ai pas envie d'y penser. Je ne veux plus penser à ce genre de choses aujourd'hui. Je ne le supporterais pas.

Alors, à la place, je tente de me représenter mon père.

Je ne devrais pas me souvenir de lui, car j'avais à peine trois ans quand il est mort. Et pourtant, je le revois clairement, depuis un angle qui me fait dire que j'étais assise sur ses genoux ou en train de jouer à ses pieds. Cette image ne peut pas être vraie. J'ai dû la recréer *a posteriori* et l'enfouir si profondément dans mon esprit que je ne parviens plus à la distinguer de la réalité.

C'est une sensation troublante que de ne pas pouvoir se fier à ses propres souvenirs. À plusieurs reprises, j'en suis même venue à douter de l'existence de mon père. Peut-être était-ce une légende inventée de toutes pièces par ma mère. Mais je ne veux pas croire qu'elle m'aurait menti sur un sujet aussi fondamental que ma naissance. La seule photo que j'avais de lui a brûlé avec tout le reste dans l'incendie de la Base, mais il me reste encore sa montre. Et j'ai longtemps conservé ses canifs, même si j'ignore ce qu'ils sont devenus. Des objets réels, concrets, ayant appartenu à une personne réelle et concrète.

C'est finalement plus difficile d'accepter le fait qu'il a bien existé et qu'il est mort beaucoup trop jeune.

Plus difficile et plus douloureux.

Mais c'est la vérité.

AVANT

— Tu t'y prends mal, dit ma mère. Donne.

Je lui tends la ficelle et le bocal de perles, puis je la regarde alterner bleu, blanc et jaune pâle. Elle laisse tomber les perles au fur et à mesure le long de la ficelle, enroulée sur son pouce.

Je n'ai jamais été douée pour les travaux manuels. Quand j'étais petite, avant la Purge, Alice et les autres filles confectionnaient de ravissants bracelets et colliers qui faisaient l'admiration des femmes de Layfield et leur valaient des compliments attendris.

J'étais jalouse de les voir encaisser dollar après dollar pour leurs créations alors que je faisais les cent pas sur le trottoir brûlant, une liasse de prospectus dans ma main moite, en quête de quelqu'un avec qui discuter de la Parole du Seigneur. La plupart des gens refusaient. En général, ils restaient polis, parce que nous n'étions que des enfants et que les adultes font un peu plus d'efforts dans ces cas-là. Ils marmonnaient : « Non merci » et poursuivaient leur chemin sans un regard pour moi.

Mais lors des rares occasions où une personne s'arrêtait, c'était autre chose. Car à défaut de savoir fabriquer des bijoux, faire sécher des fleurs ou coller des paillettes, j'étais extrêmement douée pour parler aux gens. Ils engageaient la conversation par ennui, ou parce que ça les amusait de débattre avec une petite fille. Sauf que le dialogue ne se déroulait généralement pas comme ils s'y attendaient.

Je commençais toujours par une question piège à laquelle ils ne pouvaient répondre que par l'affirmative. « Avez-vous peur de l'Enfer ? » ou « Croyez-vous en la puissance du Seigneur ? » fonctionnaient assez bien, car presque tous les habitants de Layfield se disaient croyants, même s'ils étaient encore loin de la Voie Juste. Et une fois que je les avais ferrés, je ne les lâchais plus.

Je leur parlais du Serpent et de ses Servants, de la Fin des Temps, de la Bataille Finale, je leur donnais prospectus sur prospectus, puis je les invitais à venir visiter la Base pour se faire leur propre idée. Ça paraît inconcevable aujourd'hui, puisque la Première Proclamation du père John interdit tout contact entre la Légion et le Dehors. Mais du temps du père Patrick, la messe du dimanche matin était ouverte à tous et des habitants des villes voisines y assistaient régulièrement. Certains faisaient le déplacement par curiosité, d'autres parce qu'ils n'avaient rien de mieux à faire. Presque toutes les semaines, nous découvrions une poignée de visages inconnus au fond de la Chapelle. Et très souvent, c'étaient des gens à qui j'avais parlé.

Le père Patrick me surnommait sa petite évangéliste. Ça me faisait sourire de fierté.

Ma mère enfile une dernière perle, pose l'attache et me tend le collier.

— Tiens. Ce n'est pas bien difficile, Moon. Ça demande juste un peu d'entraînement.

Je hoche la tête. Il n'y a pas grand-chose à répondre ; on n'a tout simplement pas la même conception de ce qui est « difficile ». Je mets aussitôt le collier, dont les perles lourdes et lisses roulent sur ma peau.

— Il est très beau. Merci, maman.

— OK.

C'est sa façon à elle de répondre « de rien » sans vraiment le dire.

Nous sommes assises sur un banc à l'extrémité ouest de la Base, sous le frêne qui a été frappé par la foudre deux ans auparavant. Ses branches mortes pointent vers le ciel comme des doigts cassés. Un cercle de terre sèche s'étend au pied du tronc où plus rien ne pousse, pas même les mauvaises herbes. Au-dessus de nos têtes, le ciel est d'un bleu infini, sans le moindre nuage. Les rayons du soleil me picotent les bras. Nous avons fini de déjeuner depuis une heure et devrions déjà avoir repris le travail, mais c'est dimanche, et le dimanche est un jour de repos. Le père John souhaite que nous en profitions pour méditer sur la semaine que nous venons de passer à arpenter la Voie Juste et pour remercier le Seigneur de ses bienfaits.

Je me tourne vers ma mère. Elle a les yeux dans le vague, ce qui est assez habituel chez elle. Une pointe d'agacement mêlée de culpabilité me serre le ventre.

Attention, n'allez pas croire que je n'aime pas ma mère.

Je l'aime de tout mon cœur.

Parce qu'elle est belle et intelligente, qu'elle veille sur moi et qu'elle fait tout pour me garder sur le droit chemin. Mais pour être tout à fait honnête, bien qu'il m'en coûte de l'avouer, je ne l'*apprécie* pas beaucoup. Et j'ai souvent l'impression que c'est réciproque.

Elle n'est jamais méchante avec moi, du moins pas intentionnellement. Certains de nos Frères et Sœurs se montrent tellement cruels avec leurs enfants que je me demande pourquoi ils ont décidé d'en avoir. Ils leur crient dessus, les insultent et, lorsque les Centurions les y autorisent, ils les punissent sévèrement au moindre écart. Ma mère, elle, n'est pas comme ça.

J'ai du mal à expliquer ce que je lui reproche. Disons qu'il y a des moments, bien trop fréquents à mon goût, où elle n'est pas vraiment là. Comme si la femme que je côtoie chaque jour n'était que l'ombre d'une vraie personne, comme si elle avait été vidée de sa substance et de son énergie, comme s'il ne restait plus d'elle qu'une coquille, qui marche, parle, rit, mais ne *ressent* rien.

Ce n'est pas nouveau. Pendant longtemps, j'ai cru que cette distance était liée à la mort de mon père. Mais ça remonte maintenant à plus de dix ans. Il doit bien y avoir une limite à la période de deuil. Sinon, comment feraient les gens pour continuer à vivre ? Un beau matin, on doit se réveiller et constater qu'on ne souffre plus, comme quand j'avais sept ans et que je me suis cassé le bras en tombant du toit d'une voiture. Dans le cas contraire, je ne comprends pas pourquoi on s'embêterait à tomber amoureux, à se marier ou à avoir des enfants, alors qu'on risque d'être tellement malheureux qu'on ne s'en remettra jamais. Je ne vois pas l'intérêt.

— À quoi tu penses ?

Elle baisse les yeux vers moi.

— Hein ?

— À quoi tu penses, maman ?

— Oh... Désolée. J'étais partie à des kilomètres.

Comme d'habitude.

— J'ai vu. Tu pensais à quoi ?

— À ton père. Il adorait cet endroit.

Je me raidis. Elle ne parle presque jamais de lui, même quand je le lui demande.

— Pourquoi ça ?

— Parce qu'il était idiot.

Voyant mon sourire s'effacer, elle se reprend :

— Excuse-moi. Ce n'est pas ce que je voulais dire. C'est juste qu'il se laissait facilement impressionner.

— Par quoi ?

— Par tout. Les gens, l'art, la musique, les livres, les endroits. Surtout les endroits. Il a grandi à Chicago, c'était un vrai gars de la ville. Quand on s'est installés à Santa Cruz, il n'arrêtait pas de s'extasier sur la beauté du Pacifique. Au moins une fois par jour. Comme s'il le découvrait chaque matin pour la première fois. Mais ce n'était rien comparé à son amour du désert. Pour lui, c'était la preuve irréfutable de l'existence de Dieu, car seul le Seigneur pouvait avoir créé un espace aussi incroyable, tout en dotant nos cerveaux de la capacité de s'en accommoder. Il disait que le désert était l'endroit le plus Saint qu'il avait jamais vu.

— Tu étais d'accord avec lui ?

Elle hausse les épaules.

— C'est juste un désert. Aussi brûlant et vide que n'importe quel autre. Plutôt joli le matin et le soir, et très paisible, c'est vrai. Mais juste un désert. Les lieux ne sont que des lieux. Ce sont les gens qui leur donnent de la profondeur.

— Tu ne voulais pas venir ici ?

Je ne lui ai encore jamais posé cette question, ni aucune autre de ce genre, mais elle semble d'humeur inhabituellement bavarde. Autant en profiter.

— Tu t'aventures sur un terrain dangereux, ma petite Moon. Me soupçonnes-tu d'avoir eu des pensées Hérétiques ?

De ne pas avoir accueilli comme il se doit l'Appel de la Voie Juste ?

Une grosse boule se forme dans mon ventre.

— Non, maman, pas du tout. Pardon. Je ne...

Son air sévère cède la place à un doux sourire.

— Je te taquine. Mais je voudrais que tu me promettes de ne jamais demander ça à personne d'autre.

— D'accord.

— Promets-le-moi.

— C'est promis, maman.

— Bien. Je vais te dire la vérité : non, je ne voulais pas venir ici. J'adorais notre maison de Santa Cruz, j'adorais l'océan, même si je ne le répétais pas aussi souvent que ton père. Tu avais à peine dix-huit mois et tu n'étais pas un bébé facile. Je n'étais pas là lorsqu'il a assisté au discours d'Horizon dans la salle paroissiale près de la promenade. Il est rentré au moment où je te mettais au lit, en m'annonçant qu'il venait de rencontrer un messager du Seigneur et que nous devions partir pour le Texas.

— Tu as répondu quoi ?

Elle éclate de rire. C'est un son très plaisant que je n'entends pas souvent.

— Que c'était ridicule. Que je n'allais certainement pas déraciner notre famille pour m'installer au milieu de nulle part, juste parce qu'un prêtre itinérant le lui avait conseillé.

— Mais on est quand même venus.

Son regard s'assombrit.

— Ton père savait se montrer... très persuasif. Comme il se doutait que je ne changerais pas d'avis, il a fait semblant de laisser tomber. Mais il n'arrêtait pas de mentionner des choses qu'Horizon avait dites, des choses plutôt sensées, je devais bien le reconnaître. Alors, quand il m'a proposé de venir passer un week-end ici, juste pour voir, et m'a assuré que ça ne nous engageait à rien, j'ai accepté.

— Et ?

— On est venus. Et on n'est jamais repartis. Le dimanche après-midi, j'ai emménagé avec toi dans le Bâtiment Neuf pendant qu'il retournait chercher nos affaires à Santa Cruz.

— Qu'est-ce qui t'a fait changer d'avis ?

— J'ai entendu le père Patrick et quelques autres s'exprimer. J'ai parlé à plusieurs de nos Frères et Sœurs. Et, encore une fois, ton père savait se montrer très persuasif.

APRÈS

Le plafond de ma chambre est composé de dalles grises carrées d'environ soixante centimètres de côté.

Quatre d'entre elles se rejoignent juste au-dessus de ma tête, en un point que je contemple depuis je ne sais pas combien de temps. Une auréole orangée s'y dessine sur le matériau, quel qu'il soit. Il doit y avoir une fuite quelque part qui s'étend un peu plus chaque jour, millimètre après millimètre.

Je n'ai pas l'habitude de penser à ma mère sans craindre que quelqu'un s'en rende compte et me dénonce à un Centurion. Après son Départ, elle a rejoint la longue liste de ceux dont le nom est tabou, ceux qui ont été relégués au rang de non-personnes, comme s'ils n'avaient jamais existé. Pourtant, elle a existé, et on ne peut pas m'interdire de penser à elle.

Je tourne les yeux vers la petite fenêtre en me demandant si elle est là, Dehors, quelque part, en train de vivre sa vie sans moi. Est-ce qu'elle s'est sentie soulagée lorsqu'on l'a Bannie ? Est-ce qu'elle était heureuse d'avoir une excuse pour tout laisser en plan, y compris sa fille et le fantôme de son mari ? Pendant très longtemps, j'ai cru de tout mon cœur qu'elle reviendrait me chercher. Qu'un jour, j'entendrais appeler mon nom, qu'elle serait là, derrière le Grand Portail, et que je n'aurais plus qu'à l'escalader pour me jeter dans ses bras et partir avec elle sans un regard en arrière.

Mais ça n'est jamais arrivé.

Dans la pénombre de ma chambre du Bâtiment Neuf, après la fermeture des portes et l'extinction des feux, j'ai beaucoup réfléchi aux raisons qui pouvaient l'empêcher de revenir. Peut-être avait-elle peur du père John, de ce qu'il pourrait lui faire, ou me faire à moi ? Ou alors – ce qui serait bien plus terrible – peut-être qu'elle ne m'avait jamais aimée ? Les pires craintes empoisonnaient mon esprit dans mes moments de faiblesse.

Le plus dur dans tout ça était que je n'avais personne à qui me confier. Même les Frères et Sœurs dont je me sentais proche m'auraient aussitôt dénoncée. À contrecœur, sans doute, mais ils l'auraient fait.

Désormais, j'ai quelqu'un à qui parler. Mais je ne sais toujours pas si je peux faire confiance au Dr Hernandez. Il dit peut-être la vérité quand il prétend ne pas savoir ce que ma mère est devenue, ni où elle est, ni même si elle est toujours en vie. Il a peut-être réellement interrogé ses collègues à son sujet, et s'ils finissent par lui répondre, il me transmettra ces informations comme il l'a promis. Ou alors…

Peut-être qu'il sait où elle est mais qu'il me le cache, parce qu'il y a plus de chance que je coopère si j'attends quelque chose de lui.

Peut-être qu'elle est morte et qu'il ne veut pas me l'avouer pour ne pas me perturber, vu que je suis « encore extrêmement fragile ».

Mes larmes sont sur le point de déborder quand j'entends des pas s'arrêter juste derrière ma porte. Je m'essuie promptement les yeux, car je ne veux surtout pas que l'infirmière Harrow me voie pleurer en m'apportant mon déjeuner. Mais c'est plus fort que moi. Maintenant que les vannes se sont ouvertes, impossible de les refermer.

Une pensée me vient tandis que je m'assieds au bord du lit, une pensée à la fois très profonde et parfaitement évidente, une pensée que je me suis rarement autorisée à avoir.

Ma mère me manque.

Elle me manque terriblement.

Deux heures plus tard, en entrant dans la salle de thérapie de groupe, je cherche Luke du regard avant même que la porte se soit refermée.

La partie de moi qui a passé les mois précédant l'incendie à regarder par-dessus son épaule est convaincue qu'il va m'agresser. C'est ridicule, je sais, ne serait-ce que parce que le Dr Hernandez et ses collègues ne le laisseraient jamais me faire de mal. Mais c'est comme ça. Je jette un coup d'œil à droite, puis à gauche, comme si je m'apprêtais à traverser la rue. Aucun signe de lui. Je me détends un peu.

— Bonjour, Moonbeam, me dit Rainbow.

Elle est assise en tailleur par terre avec Lucy et Winter. Toutes les trois dessinent avec application au pastel sur une immense feuille de papier. Je n'ai pas la moindre idée de ce que leur œuvre peut bien représenter. De là où je me tiens, on dirait une espèce de poulpe géant satanique. Ça me fait plaisir de les voir s'amuser ensemble, bien que j'aie toujours aussi mal au cœur face au visage tuméfié de Lucy.

— Bonjour, Rainbow. Bonjour, tout le monde.

La plupart de mes Frères et Sœurs sourient et me saluent à leur tour. Je continue à inspecter la pièce, en commençant à croire que Luke n'est pas là. Puis Jeremiah se lève pour faire voler un avion en papier avec un gargouillement censé imiter le moteur. Et c'est là que je le vois.

Il est assis dans le coin le plus éloigné de la porte, les jambes repliées contre la poitrine, les bras autour des genoux. Je me fige, persuadée qu'il m'observe, avant de m'apercevoir qu'il a les yeux dans le vague. Il a de gros cernes, comme s'il n'avait pas dormi depuis des jours.

— Il est comme ça depuis que je suis arrivée.

C'est Honey, qui vient de surgir derrière moi.

— Il a dit quelque chose ?

— Pas un mot.

Je fais la grimace. Des rires et des éclats de voix enjoués s'élèvent autour de nous. Aurora poursuit Jeremiah avec ce qui ressemble à un serpent en pâte en modeler. Sunset et Violet, assises à une petite table, chantent une chanson dont l'air m'est familier mais que je ne parviens pas à resituer. Puis elles s'interrompent, le temps que Sunset écrive quelques mots sur une feuille de papier. Je comprends alors qu'elles inventent les paroles au fur et à mesure.

Aucun d'entre eux ne prête attention à Luke. D'un côté, je suis contente qu'ils vaquent à leurs occupations, jouent, chantent et se comportent comme des enfants normaux ; mais de l'autre, je suis un peu gênée qu'ils restent aussi indifférents au malaise évident de l'un des leurs.

Ce ne sont que des enfants, me rappelle la voix. *Ils n'ont pas conscience de tout ça. Réjouis-toi plutôt qu'ils aillent bien.*

— Ça va ? me demande Honey, comme si elle avait lu dans mes pensées.

— Oui, pourquoi ?

— On dirait que tu as pleuré.

Mes larmes se sont finalement taries environ quinze minutes avant que l'infirmière vienne me chercher pour l'ISS. Je n'ai rien pu faire pour atténuer la rougeur de mes yeux, aussi brûlants que le désert.

— Ça va.

Elle n'insiste pas. Je désigne Luke du menton.

— Je vais lui parler.

— Pourquoi ?

— Il faut bien que quelqu'un se dévoue.

— Quelqu'un le fait déjà. Tous les matins, à 10 heures, comme pour toi, moi et les autres. Tu n'es pas responsable de lui.

Je me retiens de lui rétorquer qu'elle se trompe, que, sans moi, il ne serait pas là. *Sans moi, aucun d'entre eux ne serait là.*

— Je vais quand même essayer.

— Fais comme tu le sens.

Il s'écoule encore un long moment avant que je me décide à bouger. Je n'ai pas *envie* de parler à Luke. C'est même la dernière chose que je veux. Pourtant, je ne peux pas le laisser dans son coin sans rien faire.

Rassemblant tout mon courage, je m'approche lentement de lui. S'il me voit arriver, il ne le montre pas. Il ne cille même pas quand je me laisse glisser le long du mur à côté de lui.

— Salut.

Pas de réponse.

— Luke ? Ça va ?

Rien.

— Je vais juste rester assise là, d'accord ? Tu n'es pas obligé de me parler.

Ses paupières tressaillent presque imperceptiblement. Au bout d'un moment, il marmonne quelque chose.

J'incline la tête vers lui.

— Tu peux répéter ?

— Pourquoi on est encore ici ? me demande-t-il d'une voix rauque. Pourquoi le Prophète n'est pas revenu nous chercher ?

— Je n'en sais rien.

Il n'est sans doute pas prêt à entendre la seule réponse que j'ai à cette question.

— Je ne méritais pas de faire mon Ascension. C'est forcément ça. Il n'y a pas d'autre explication. Ma Foi n'était pas assez forte.

— Luke…

— Je n'étais pas assez bon.

— Arrête. S'il te plaît. Ne dis pas ça.

Très lentement, il se tourne vers moi.

— On s'est écartés de la Voie Juste. Je ne sais pas comment, mais c'est ce qui a dû arriver. On s'est perdus en route.

Je le dévisage, impuissante. En dépit de tout ce qu'il a fait et de toutes les raisons que j'ai de le haïr, j'ai de la peine pour lui. Parce que le garçon qui se trouve devant moi n'est pas celui qu'il aurait dû devenir. Il avait le potentiel pour être quelqu'un d'autre. Mais le père John a fait de lui sa création la plus aboutie, un être brisé, rempli à ras bord de mensonges et de peurs.

— Prie avec moi. Prie avec moi, Moonbeam. Il n'est peut-être pas trop tard, chuchote-t-il.

— Non, Luke. Je ne vais pas prier.

Un sourire inquiétant se dessine sur ses lèvres.

— Tu n'as jamais vraiment été l'une des nôtres, n'est-ce pas ? Tu n'as jamais eu la Foi. Tu n'as jamais été Juste.

— C'est faux. J'avais la Foi. Je l'ai eue pendant très longtemps.

— Et maintenant ?

Je reste muette. Libre à lui d'en tirer les conclusions qu'il souhaite.

Nous nous regardons en chiens de faïence pendant quelques secondes. Puis il plisse les yeux et son sourire disparaît.

— C'est ta faute, murmure-t-il.

Je frissonne.

Est-il au courant de ce que j'ai fait ?

Non, c'est impossible, me répond la voix. *Mais sois prudente. Très prudente.*

J'ai soudain une conscience aiguë du peu d'espace qui nous sépare, mais je ne peux pas prendre mes distances sans qu'il s'en aperçoive.

— Je n'ai rien fait, Luke.

Il me contemple avec de grands yeux.

— Si. C'était toi. Pourquoi je ne l'ai pas compris plus tôt ?

— Je vais te laisser. Je venais juste m'assurer que tu allais bien.

Il me retient par le bras.

Du calme. Reste calme.

— Lâche-moi.

Il resserre son étreinte.

— Luke. Lâche-moi.

La lueur de folie est de retour dans ses yeux et, cette fois, c'en est trop. Je me dégage brusquement. Rouge de colère, il se dresse devant moi tel un crotale prêt à mordre.

— Toi ! crie-t-il.

Le silence se fait autour de nous. Nos Frères et Sœurs interrompent leurs activités. Du coin de l'œil, je vois Honey s'avancer vers nous, le visage inquiet.

— Je n'ai rien fait, Luke. Tu n'as aucune raison de t'énerver.

Ces mots le prennent de court, car le fait est qu'il a toutes les raisons de s'énerver. Mais il retrouve rapidement ses esprits.

— Ta mère était une Hérétique ! tonne-t-il, et j'ai l'impression de recevoir un coup de poing dans le ventre. Avec ton meilleur ami, l'espion Étranger, ils ont fait de toi une Servante du Serpent ! C'est pour ça que les autres ne sont pas revenus nous chercher ! Parce que tu es là ! C'est ta faute ! C'EST À CAUSE DE TOI QU'ON EST COINCÉS ICI !

Je recule face à ce torrent de haine. Je ne conteste pas ce qu'il dit, je n'essaie pas de discuter avec lui. De toute façon, je n'aurais pas d'arguments. Parce qu'il a raison.

La porte s'ouvre alors sur deux infirmiers que je n'avais encore jamais vus.

— Allons, allons, du calme, avertit l'un d'eux.

Luke fait volte-face, ses yeux lancent des éclairs.

— Va en Enfer ! Tu ne vois pas, sale Étranger ? Tu ne vois pas le Serpent qui se tient devant toi ?

— Ce que je vois, c'est que tu es très agité. Ou tu réussis à te contrôler jusqu'à la fin de la séance, ou nous te ramenons dans ta chambre.

Luke crache par terre, les traits déformés par le mépris.

— Je refuse de rester dans la même pièce qu'elle. Sa puanteur me donne envie de vomir.

Il sort d'un pas décidé, sans se retourner. Les infirmiers le suivent et referment la porte derrière eux.

Je demeure plantée au milieu de la pièce, incapable de regarder mes Frères et Sœurs en face. Je voudrais leur dire que tout va bien, mais je ne peux pas, parce que c'est faux.

Rien ne va bien.

Et j'ignore si ça ira mieux un jour.

APRÈS

L'Agent Carlyle est de retour. Il est entré dans la salle de consultation 1 à 10 heures tapantes avec le Dr Hernandez. Avant de s'asseoir, il m'a souri.

Comme on pouvait s'en douter, je n'ai pas bien dormi. Le visage de Luke flottait devant mes yeux dans le noir, déformé par la fureur alors qu'il comprenait – ou se persuadait – que j'avais empêché son Ascension. Épuisée, le cerveau réduit à l'état de bouillie brûlante, je ne sais même pas si je suis contente de voir l'Agent du FBI.

Si je me fonde sur notre séance d'hier, il attend de moi des réponses plus directes que le psychiatre. Qu'est-ce qui s'est passé, qui a fait quoi, et pas seulement ce que je ressens ou ce que je pense. Sa simple présence me rend nerveuse. Le Dr Hernandez travaille pour un hôpital, il est marié et il semble à peu près normal. Alors que l'autre, quelle que soit sa vie, reste avant tout un Agent.

Je sais que ça ne devrait plus avoir d'importance, du moins pas autant que le père John le prétendait. Mais certaines choses ne sont pas rationnelles, parce qu'elles ont été gravées dans mon âme, hors d'atteinte du Dr Hernandez, de ses collègues et de leur « processus ».

J'ignore si je sortirai un jour de cet endroit. J'ai envie de croire que oui, que le docteur m'a dit la vérité, que je sentirai à nouveau le soleil sur mon visage, que je pourrai démarrer une nouvelle vie, très loin d'ici. Mais même si c'est possible, je ne sais pas dans combien de temps, ni qui prendra la décision de me libérer. Je commence à penser que l'Agent Carlyle aura son mot à dire.

Méfie-toi, me conseille la petite voix. *Tu n'es pas la seule à en savoir plus que tu ne veux l'admettre. Il est intelligent, il voit clair dans ton jeu. Et le psy aussi.*

— Bonjour, Moonbeam, me salue le Dr Hernandez tout en sortant son matériel. Comment va...

Je lui coupe la parole, parce que je suis fatiguée, que j'ai mal à la main et que j'attends ce moment depuis que je suis réveillée.

— Je n'ai pas envie de parler des Centurions aujourd'hui. Ni de Nate, ni de ma mère, ni de rien de pénible. Alors, franchement, je ne suis pas sûre que ça vaille la peine que je reste.

— Aucun problème. C'est tout à fait compréhensible. Je suis navré que notre session d'hier t'ait mise mal à l'aise.

— Comment va Luke ?

— Nous travaillons ensemble. Je suis certain que nous aboutirons à un résultat positif.

Je l'espère.

— Tant mieux. Je peux retourner dans ma chambre ?

L'Agent Carlyle jette un coup d'œil au Dr Hernandez, qui n'a pas bougé.

— Et si on se contentait de discuter ? me propose le psychiatre. Pas de questions pièges, pas de programme, pas d'objectifs. Juste une petite conversation.

— À propos de quoi ?

— Tu es persuadée que nous nous sommes déjà fait un avis sur la Légion du Seigneur. Un avis forcément négatif. Alors pourquoi ne pas nous parler de ses bons côtés ?

— Comment ça ?

— Parle-nous de l'époque où tu étais heureuse. Raconte-nous une journée normale, un souvenir qui te fait sourire. Quelque chose de positif.

— Pourquoi ? Ce n'est pas ça qui vous intéresse.

— C'est faux. L'agent Carlyle enquête sur une affaire à laquelle tu es mêlée malgré toi. Et en ce qui me concerne, tous les aspects de ta vie m'intéressent, les bons comme les mauvais.

— Je n'ai aucun souvenir positif.

Ce n'est même pas un mensonge.

— Ça m'étonnerait. Réfléchis bien.

J'ai beau fouiller dans ma mémoire, ce n'est pas évident.

Pas évident du tout.

La façon dont les choses se sont terminées a entaché tout le reste, comme si l'incendie était retourné en arrière pour tout brûler, tout détruire, tout noircir. Le présent a empoisonné le passé.

Je me rappelle quelques *moments* agréables, pour la plupart très anecdotiques. Une plaisanterie de Honey. Le vendredi après-midi où Amos nous a rapporté des churros. Le visage de Nate quand le soleil l'éclairait sous un certain angle. Mais rien qui vaille la peine d'être raconté.

Et avant la Purge ? me chuchote la voix. *Avant que le père John prenne la tête de la Légion ?*

Je continue à chercher, à creuser, jusqu'à ce qu'une image surgisse de nulle part. Je souris en y repensant, et parce que c'est un souvenir sans danger. Le Dr Hernandez et l'Agent Carlyle auront quelque chose à se mettre sous la dent, sans qu'on s'approche de trop près des réalités que je préfère taire.

Ça me semble plutôt honnête, comme marché.

AVANT

Les guirlandes lumineuses rouge, blanc et bleu scintillent entre les arbres et les bâtiments tandis que le père Patrick lance la balle de baseball.

Horizon la regarde approcher d'un air concentré. Puis il frappe avec une telle force qu'il manque de perdre l'équilibre. Mais sa batte ne rencontre que de l'air. La balle rebondit contre le mur de la Chapelle derrière lui sous les vivats, les huées et les cris de joie des spectateurs. Il la ramasse pour la renvoyer d'où elle vient, un grand sourire aux lèvres.

— Joli coup !

Le père Patrick incline une casquette imaginaire dans sa direction, les lumières du 4 Juillet se reflétant sur ses cheveux roux. Je suis assise en tailleur sur le bitume chaud de la cour, entourée de ma mère, d'Alice et de Honey qui, à quatre ans, se moque pas mal du baseball. Elle s'amuse à courir après les balles perdues sous la surveillance d'Alice. Je ne sais pas où est sa mère – sans doute dans sa chambre, en proie à une migraine. Elle en a très souvent.

La mienne termine l'un des hamburgers que l'on a fait griller au barbecue avant le début du match. Elle a de la moutarde plein le menton et du ketchup sur le bout du nez. Je ne le lui dis pas, parce que je trouve ça drôle. Je me demande combien de temps elle va rester comme ça avant de s'en apercevoir.

J'ai englouti deux hamburgers, je ne sais combien d'ailes de poulet, de la salade de pommes de terre, du riz et une cuillerée de sauce verte préparée par Bear. Elle avait un drôle de goût d'herbe, mais je l'ai mangée quand même pour lui faire plaisir, parce que je l'aime beaucoup. Les adultes boivent du Coca et de la limonade. Normalement, je n'ai pas droit au soda, mais Bella m'en a donné une gorgée en cachette.

— Deuxième prise ! crie ma mère en levant deux doigts. Il va t'avoir, Horizon !

La cour est noire de monde. Une fois la partie terminée, certains iront se coucher pour digérer leurs grillades, d'autres se rassembleront dans la Salle des Légionnaires afin de regarder un vrai match de baseball à la télévision, et d'autres encore écouteront de la musique dans le jardin. Mais, pour l'instant, nous sommes tous réunis au même endroit. Alors que le père Patrick soupèse la balle dans sa main, je promène mon regard sur les hommes, les femmes et les enfants assis par terre en un grand rectangle. Quelques-uns attendent patiemment leur tour de lancer ou de frapper. Je souris, parce qu'il fait beau et chaud, et que je suis entourée de ma Famille.

Horizon secoue la tête en marmonnant :

— C'est ce qu'on va voir.

Ma mère agite la main, un grand sourire aux lèvres. Ça fait plaisir à voir. D'habitude, elle ne sourit jamais. J'ai cessé de lui demander comment elle allait depuis qu'elle s'est mise en colère et m'a répliqué que je serais la première informée si ça n'allait pas. Ça m'étonnerait que ce soit vrai. Elle voulait juste que je lui fiche la paix.

Horizon se met en position, la batte levée. Le père Patrick se prépare pour un nouveau lancer, mais alors que son bras s'élève, un *énorme* rot résonne au-dessus de la cour. Il s'arrête en plein geste, déséquilibré, et tout le monde se retourne pour voir qui a fait ça.

Luke n'essaie même pas de se cacher. Il sourit jusqu'aux oreilles, rose de fierté et les yeux brillants. Après quelques secondes de silence stupéfait, Horizon éclate d'un rire tonitruant qui s'étend bientôt au reste de l'assemblée. Nos Frères et Sœurs viennent taper dans le dos de Luke ou lui ébouriffer les cheveux, sous le regard admiratif des plus jeunes.

— Je vois que tu as fait honneur à notre barbecue, commente le père Patrick avec un sourire qui fait danser ses taches de rousseur. Et maintenant, pourrais-je mettre une raclée à Horizon sans être dérangé ?

— Bien sûr, Père, ricane Luke.

— Merci. C'est très aimable à toi.

Les rires se calment enfin et la partie reprend. Cette fois, il n'y a aucun bruit. Le père Patrick fait un grand pas en avant et propulse la balle vers Horizon, qui se déplace presque trop vite pour que mes yeux puissent le suivre.

Tchac !

Après avoir rebondi sur la batte, la balle file comme une fusée vers le ciel d'un bleu immaculé. Une dizaine de mes jeunes Frères et Sœurs se précipitent à sa suite dans un nuage de poussière, en poussant des cris ravis. La balle atterrit avec un bruit mat près des cabanes à outils. Horizon garde la pose un long moment avant de passer la batte à Bear sous nos applaudissements et nos acclamations.

Le père Patrick secoue la tête d'un air faussement dépité.

— C'était monstrueux. Durant une seconde, j'ai cru qu'elle allait passer par-dessus le grillage.

— Le Seigneur est Bon, mon père.

Près des cabanes, les enfants se battent pour récupérer la balle. Aja parvient à mettre sa petite main potelée dessus et court à toute allure en la brandissant au-dessus de sa tête, poursuivi par une dizaine de silhouettes couvertes de poussière. Riant comme un fou, il la lance de toutes ses forces vers la cour. Elle atteint à peine le bitume, puis rebondit et roule doucement jusqu'aux pieds d'Horizon. Mais celui-ci ne réagit pas lorsqu'elle heurte sa chaussure. Il a les yeux rivés sur le Grand Portail.

— Voiture, annonce-t-il.

La plus grande partie de la foule, moi y compris, se lève et se tourne vers le sud.

Malgré son nom pompeux, le Grand Portail se résume à trois planches de bois clouées en Z, au milieu d'une clôture faite de grillage à poules maintenue par des piquets de bois. L'ensemble est censé empêcher les coyotes et autres animaux de s'introduire dans la Base, mais j'en vois suffisamment se promener le soir pour savoir que ce n'est pas très efficace.

Dans la poussière qui retombe, une voiture blanche est arrêtée juste devant, sur le chemin de terre. Comme obéissant à un ordre silencieux, tout notre groupe s'avance dans sa direction. Horizon, Bear et le père Patrick marchent en tête.

Enfin, *presque* tout notre groupe.

En jetant un coup d'œil par-dessus mon épaule, j'aperçois John Parson et Amos Andrews en plein conciliabule devant la Chapelle. Je risque d'avoir des ennuis s'ils voient que je les observe, alors je m'éloigne rapidement. Mais, quelques pas plus loin, ma curiosité l'emporte et je me retourne une nouvelle fois.

Les deux hommes ont disparu.

Je fronce les sourcils. Si ce qu'ils font ne me regarde pas, je ne comprends pas pourquoi ils ne nous ont pas suivis. Et puis, ils avaient un drôle d'air. Au moment où je m'apprête à prévenir ma mère, un homme sort de la voiture blanche.

Je le déteste instantanément.

Il est gros, avec un visage rougeaud couvert de sueur et un nez pointu qui me rappelle celui d'un rat. Il sourit au père Patrick et aux Centurions.

— Bonsoir.

Il extrait de sa poche arrière l'un des prospectus que je distribue chaque matin en ville avec mes Frères et Sœurs, celui qui dit : « CONNAISSEZ-VOUS LA BONNE NOUVELLE ? »

— Je suis tombé sur ça il y a quelques semaines, déclare-t-il. Et depuis, ça m'obsède. Il faut absolument que je rencontre son auteur.

— C'est moi, répond le père Patrick. Et je serais ravi que nous en discutions ensemble. Comment t'appelles-tu, l'ami ?

— Jacob Reynolds. Enchanté.

APRÈS

Le Dr Hernandez se laisse aller en arrière sur sa chaise.

— Pardon, dit-il, mais je suis un peu perdu.

— Moi aussi, avoue l'Agent Carlyle.

— Pourquoi ?

— Tu es sûre que c'est un bon souvenir ? L'arrivée de Jacob Reynolds ?

— Pas ça, mais la journée qui a précédé. Tout a changé quand le père John s'est retrouvé à la tête de la Légion. Ce 4 Juillet est le dernier moment vraiment heureux dont je me souvienne.

Les deux hommes échangent un regard.

— Il y a quand même quelque chose qui m'échappe, déclare l'Agent Carlyle. Il nous manque peut-être quelques éléments de contexte.

Soudain, je comprends d'où vient le problème, et je me sens étrangement soulagée. Ils ne savent donc pas tout !

— Le père John a pris le pouvoir le lendemain de l'arrivée de Jacob.

— C'est ce que tu appelles la purge ? me demande le docteur.

— Oui. Le père John, Amos et Jacob se connaissaient déjà. Je ne sais pas d'où, mais ils avaient tout planifié. C'était un coup monté. Personne ne s'en est rendu compte sur le moment, mais avec le recul, c'est évident.

— Jacob Reynolds a-t-il été bien reçu ? s'enquiert l'Agent.

— Bien sûr. Le père Patrick était un homme très accueillant.

— Que s'est-il passé exactement, le lendemain? Comment le père John a-t-il renversé son prédécesseur ?

— Contrairement à ce que vous pensez, il n'y a pas eu de violence. Pas de bagarre, pas de coups de feu, rien. Le père John est juste monté sur les marches de la Chapelle et nous a annoncé que le Seigneur lui était apparu dans la nuit pour lui transmettre un message.

— Et laisse-moi deviner : ce n'était pas une très bonne nouvelle pour le père Patrick.

— Non, pas vraiment. Le Seigneur estimait que la Légion devait désormais être menée par le père John. Il nous a expliqué que le père Patrick était un Fidèle Serviteur du Seigneur, un homme doux et gentil, mais que la douceur et la gentillesse ne suffisent pas à gagner des guerres. Or, comme nous le savions tous, la Bataille Finale contre le Serpent approchait. Il nous a demandé d'écouter nos cœurs et de le rejoindre sur les marches si nous pensions qu'il disait la vérité. Les premiers à s'avancer ont bien sûr été…

— Amos et Jacob, termine le Dr Hernandez.

— Ils sont allés se poster de chaque côté du père John. Ils n'ont pas prononcé un mot, mais…

— Ils étaient armés, murmure l'Agent Carlyle. N'est-ce pas ?

Je hoche la tête.

— Tu nous as dit l'autre jour qu'à l'époque, les armes étaient autorisées.

— Oui, mais les gens ne les portaient pas en permanence à la ceinture comme des cow-boys. Elles étaient rangées dans les chambres et les baraquements.

— Comment ont réagi les centurions ? veut savoir l'Agent du FBI.

— Bear, Angel et Lonestar n'ont pas hésité. Horizon a réfléchi quelques secondes, et puis il y est allé aussi.

— Et le père Patrick, où était-il ?

— Juste là, avec nous.

Je revois encore son expression lorsque ses Centurions lui ont tourné le dos pour s'allier au père John. Ce n'était ni de la colère ni de la déception, mais une grande tristesse. Ça lui a brisé le cœur.

— Il n'est pas intervenu ?

Je fais non de la tête.

— Il n'a rien dit ?

— Non, rien. C'était déjà trop tard, de toute façon. Certains d'entre nous ont suivi le mouvement parce qu'ils n'avaient pas le choix, mais la plupart étaient ravis. Ils croyaient vraiment ce que prétendait le père John.

— À savoir ? m'interroge le docteur.

— Qu'il était l'interprète du Seigneur. Son messager sur cette Terre.

Un long silence suit cette déclaration.

— Comment a-t-il réussi un tel tour de force ? s'étonne l'Agent Carlyle. Comment a-t-il pu convaincre tous ces gens ?

JE NE LES AI CONVAINCUS DE RIEN ! ILS ONT VU LA VÉRITÉ DE LEURS PROPRES YEUX ! LE SEIGNEUR NE COMMET PAS D'ERREUR !

— C'est difficile à expliquer à quelqu'un du Dehors. Tout le monde aimait le père Patrick, moi la première. J'ai toujours pensé que c'était un homme bon, et j'en suis plus persuadée que jamais. Il était gentil, honnête et se souciait plus des autres que de lui-même. Il avait consacré sa vie au service du Seigneur.

— Et le père John ? continue le Dr Hernandez.

Je réfléchis un peu avant de répondre.

— Par moments, il devenait presque surhumain. Il avait quelque chose de sauvage et d'imprévisible. Vous savez, c'était un membre dévoué de la Légion depuis trois ans. Mes Frères et Sœurs l'aimaient. Il était charmant, intelligent, il connaissait la Bible encore mieux que le père Patrick. À l'époque, tout le monde pouvait prendre la parole à la Chapelle, et il le faisait souvent. Il avait toujours des choses intéressantes à dire. Il allait se planter derrière le pupitre, avec sa chemise en jean sale, ses cheveux longs, ses yeux verts et son doux sourire. Et, tout à coup, il se mettait à crier, à cracher et à taper du poing sur le lutrin jusqu'à s'en faire saigner les doigts. Il parlait du Seigneur comme on parle d'un vieil ami avec qui on vient juste de discuter. Il nous mettait en garde contre les batailles à venir, et contre les Étrangers, encore et encore. Il disait que le temps nous était compté, que nous étions le dernier rempart capable d'empêcher la victoire du Serpent.

— Était-ce aussi ce que vous enseignait le père Patrick ? me demande le Dr Hernandez.

— Plus ou moins. Le père Patrick croyait au Livre des Révélations et à l'Armageddon. C'est pour ça qu'il avait créé la Légion. Il nous répétait aussi que la fin était proche et que les Fidèles devaient s'y préparer. Mais la vision du père John était plus… extrême.

— Le père Patrick ne s'est pas méfié ? insiste l'Agent Carlyle. Face à un tel orateur, aussi populaire et agressif, il aurait pu sentir son autorité menacée.

— Bonne question. Je pense que certains l'ont vu venir, parce qu'il y a eu plusieurs Départs dans les mois qui ont précédé la Purge. Mais quand le père John a pris le pouvoir, c'était déjà lui que la plupart des gens consultaient quand ils avaient des doutes, et c'étaient ses réponses qu'ils écoutaient. En public, il se présentait toujours comme un Légionnaire loyal.

— Il n'y a vraiment eu aucune violence ?

— Aucune.

— Personne n'est allé chercher son arme pour l'empêcher d'agir ?

— Non.

— Qu'est-il arrivé à ceux qui sont restés fidèles au père Patrick ? veut savoir le Dr Hernandez. Après l'accession au pouvoir du père John ?

— Tout s'est passé très vite. Il y a eu des cris et des bousculades pendant qu'ils chargeaient leurs voitures, mais rien de plus.

— Pourquoi des cris ?

— Le père Patrick avait beau nous supplier de rester calmes, certains laissaient derrière eux des membres de leur famille. C'était assez tendu. Les autres pleuraient, les traitaient d'Hérétiques et d'Infidèles, priaient, essayaient de les convaincre de rester.

— C'est à ce moment-là qu'il est parti lui aussi ? s'enquiert l'Agent Carlyle.

— Oui. En tête du groupe.

— T'es-tu parfois demandé ce qu'ils étaient devenus ? me questionne le Dr Hernandez. Lui et les autres ?

— Non. C'était interdit de penser à eux.

— Et maintenant ?

Je revois le visage bienveillant et les taches de rousseur du père Patrick, la foule qui se pressait autour des voitures en sanglotant et en se disputant. Tout ce qu'il avait bâti s'effondrait devant ses yeux.

— J'ai surtout de la peine pour lui. Il considérait la Légion comme l'œuvre de sa vie. Sur le moment, je n'ai pas vraiment eu conscience du déchirement que ça devait représenter.

— Le père Patrick a été interrogé dans le cadre de notre enquête, m'informe l'Agent Carlyle. Si tu veux, je pourrais me renseigner sur ce qui lui est arrivé.

— Non, ce n'est pas la peine.

— D'accord. Si tu changes d'avis, n'hésite pas.

— Merci.

— OK, revenons-en à John Parson : que faisait-il pendant ce temps ?

— Il est resté assis sous le porche de la Maison et il les a regardés partir. Sans un mot.

— Pourquoi, à ton avis ?

— Parce qu'il avait gagné.

— Tu l'as compris à ce moment-là ?

— Non, un peu plus tard, je crois.

— Tu es drôlement futée.

— Je dirais plutôt observatrice. Mais peu de gens le sont.

— Je ne te le fais pas dire... Avez-vous reparlé de la purge après ça ?

— Oui, tous ensemble, sur l'insistance du père John. La Légion au grand complet s'est rassemblée dans la Chapelle le lendemain matin. On nous a demandé de dire absolument tout ce que nous avions sur le cœur.

— Et ensuite ?

— C'est devenu tabou.

— Tu n'en as donc jamais discuté avec ta mère ? Ou plus tard avec Nate Childress ?

Je le dévisage sans répondre.

— Quoi, qu'est-ce que j'ai dit ? s'étonne l'Agent.

— Agent Carlyle, intervient le Dr Hernandez, Moonbeam nous a prévenus en arrivant qu'elle ne souhaitait pas aborder certains sujets aujourd'hui. Merci de respecter sa décision.

L'Agent hoche la tête sans me quitter des yeux.

— C'est vrai. Je suis désolé.

Va en Enfer.

— Ça ne fait rien.

— J'aimerais en savoir un peu plus sur la période qui a précédé la purge, reprend le psychiatre. Si tu es d'accord.

— OK.

— Du temps du père Patrick, les membres de la Légion du Seigneur avaient le droit de regarder la télévision, d'écouter la radio, de jouer à des jeux de société, de lire des livres et de manger ce qu'ils voulaient, n'est-ce pas ?

Je hoche la tête.

— Et après la purge, tout cela s'est arrêté.

Nouveau hochement de tête.

— Ça n'a poussé personne à se rebeller contre le père John ?

— Pas vraiment. Je n'étais pas dans la tête des autres, mais il s'est justifié en disant que nos vies trop confortables nous avaient rendus fainéants et faibles. Il voulait que nous redevenions forts, et la plupart des gens étaient d'accord.

— Forts en vue de la bataille finale ? suppose l'Agent.

— C'est ça.

— Donc, ça convenait aussi à ta mère, puisque vous êtes restées toutes les deux.

— Bon, ça suffit ! décrète le psychiatre. Agent Carlyle, ce n'est pas correct de votre part d'essayer d'influencer cette conversation. Je ne vous laisserai pas faire.

Il m'adresse un sourire qui signifie : « Je suis de ton côté. » Mais je ne réagis pas. La colère enfle en moi, parce que je déteste qu'on essaie de me manipuler. Je déteste qu'on me prenne pour une idiote.

— Oui, j'imagine que ça lui convenait, je réponds, les yeux rivés sur l'Agent. Ou peut-être pas tant que ça, vu qu'elle a fini par partir.

— Par être bannie, tu veux dire.

Je reste pétrifiée par ce mot, aussi violent qu'un coup de couteau.

— Pardon ?

— Ça fera trois ans le 22, continue-t-il comme s'il ne m'avait pas entendue. Je me trompe ?

— Agent Carlyle, s'énerve le Dr Hernandez. Dernier avertissement !

— Vous ne savez rien sur ma mère ! Rien du tout !

Ma voix tremble de rage. Je me demande qui a bien pu leur raconter la pire chose qui me soit arrivée avant l'incendie.

L'Agent Carlyle regarde son voisin d'un air entendu.

— Je suis navré, s'excuse le docteur. Tu nous as clairement spécifié que tu ne voulais pas parler de ta mère, ce qui est ton droit le plus absolu.

Une vague de chaleur me submerge.

— Et si j'avais changé d'avis ?

— Le moment me semble mal choisi pour avoir cette conversation.

— Pourquoi ? Parce qu'*il* est là ?

— Entre autres, oui. Mais pas seulement. N'oublie pas que tout ceci fait partie d'un…

— Par pitié, ne dites pas « processus ». Je n'en peux plus de ce mot. Tout ce que j'ai appris depuis une semaine, c'est que je n'ai pas le droit de partir d'ici. Alors expliquez-moi. Je suis prisonnière, c'est bien ça ? De quoi est-ce qu'on m'accuse ?

— C'est faux. Personne ne t'accuse de rien, m'assure l'Agent du FBI. Calme-toi.

J'en suis incapable. Et je n'en ai pas envie.

— Soyez un peu honnêtes, pour une fois. Dites-moi ce que je fais ici et ce qui va m'arriver. S'il vous plaît.

— Nous allons nous arrêter là pour aujourd'hui, déclare le docteur. Je suis désolé que ça te mette dans un tel état, Moonbeam. Sache que tout ce que nous faisons est dans ton intérêt.

— Vous me l'avez déjà expliqué.

Ma colère est retombée aussi vite qu'elle avait éclaté. Les larmes me montent aux yeux, mais je les refoule de toutes mes forces. Je refuse de pleurer encore devant lui.

Je.

Ne.

Pleurerai.

Pas.

— Et c'est la vérité, insiste-t-il. Tu as vécu un épisode extrêmement traumatisant, sans parler des années qui l'ont précédé. La force et la résilience dont tu fais preuve ne cessent de m'impressionner. Je ne te le répète sans doute pas assez, et c'est un tort. Mais tu dois comprendre qu'il y a des règles et des étapes à respecter. Aussi pénible que ce soit, c'est pour ton bien.

Je ne peux pas m'empêcher de rire.

— « Pour mon bien. » Vous savez combien de fois j'ai entendu ça ?

— Non, je ne sais pas. Et j'aimerais que tu me le racontes. Mais nous devons avancer avec précaution, en prenant notre temps.

— Moi aussi, je pense qu'on devrait arrêter là, intervient l'Agent Carlyle. On a tous besoin de souffler un peu.

Après avoir enfilé sa veste, il se tourne vers moi.

— Tu ne risques rien, promis. Va te reposer. On en reparlera demain.

— Et si je n'en ai pas envie ?

C'est une question idiote, car mes envies n'entrent pas en considération. Ça n'a jamais été le cas.

— On en reparlera demain.

Le Dr Hernandez range ses affaires sans me quitter des yeux. J'ai l'impression qu'il essaie de me dire quelque chose, de me faire passer un message, mais lequel ?

Pitié, compassion, inquiétude… quoi que je lui inspire, ça m'est insupportable.

Une fois seule, je ferme les yeux et respire profondément en attendant qu'on me ramène dans ma chambre.

Tout va bien, me chuchote la voix. *Tu t'en es bien sortie. Ça va aller.*

Dès que l'infirmière Harrow tourne la clé dans la serrure, je m'assieds à mon bureau devant une nouvelle feuille de papier.

L'eau. La falaise. La maison aux murs bleus.

Moi. Et ma mère.

Première Proclamation de la Sainte Église de la Légion du Seigneur, fidèlement transmise par Son plus humble messager, le père John Parson

Dans son infinie et parfaite sagesse, le Seigneur a montré la Voie Juste à celles et ceux dont la Foi est forte et dont le cœur est pur. Il leur a indiqué que la Voie Juste est longue, ardue et bordée de ténèbres.

Certaines choses m'ont été révélées afin que mes Frères et Sœurs puissent servir au mieux la Gloire du Seigneur.

CEUX QUI SONT PARTIS DOIVENT ÊTRE OUBLIÉS. Il n'y a pas de place dans le cœur des Justes pour les Hérétiques. Ils ne doivent plus être mentionnés, ni infiltrer les pensées des Fidèles.

La corruption et l'impiété qui règnent Dehors sont des poisons capables de corrompre même la Foi la plus forte. AUCUNE INTERACTION NE SERA AUTORISÉE AVEC LE MONDE DU SERPENT, en dehors des échanges essentiels à notre survie dans l'attente de notre Ascension. Aucun membre de la Légion ne mettra en péril son Âme Éternelle en se risquant Dehors, où monstres et démons rôdent et où la Parole Juste du Seigneur est rejetée par ceux dont les yeux et les cœurs ont été scellés.

Les vrais Justes doivent renoncer à leurs préoccupations terrestres. Tout ce qui est mortel est Impie, tout ce qui est humain est vicié.

Le Seigneur est Bon.

AVANT

Il fait très chaud, même selon des critères texans, le jour où Amos retourne enfin à Layfield.

Le soulagement est palpable parmi les hommes et les femmes de la Légion du Seigneur. Le père John ne manque jamais de nous rappeler qu'au-delà des limites de la Base, tout le monde nous hait et nous veut du mal. Mais vivre avec cette certitude n'est jamais évident, et la possibilité d'une attaque imminente du Dehors a lourdement pesé sur les esprits durant le confinement.

Lorsque Amos monte dans le pick-up rouge et franchit le Grand Portail, certains Frères et Sœurs se laissent aller à pousser des cris de joie. Mais au fur et à mesure que l'après-midi s'étire et que l'heure de son retour approche, l'euphorie cède la place à de la nervosité.

Le soleil vient de plonger derrière le toit pointu de la Chapelle quand j'entends le bruit du moteur au loin. Je suis en train de balayer les douilles, les cailloux et les feuilles mortes qui jonchent le champ de tir derrière la Maison. Bien que je n'aie jamais vraiment cru qu'Amos soit en danger, je suis contente de le savoir rentré.

La plupart de mes Frères et Sœurs sont déjà dans la cour, les yeux tournés vers le Grand Portail. Un nuage de poussière s'élève au-dessus de la colline qui masque la route de terre. Le vrombissement se rapproche. Je fronce les sourcils, éblouie par le soleil, et soudain, le pick-up apparaît. Un poids dont je n'avais même pas conscience s'envole de mes épaules.

Luke et Bear ouvrent le Portail pour laisser entrer Amos, qui se gare au milieu de la cour. La montagne de cartons et de sacs qu'il rapporte déclenche un concert de louanges. Tout le monde se presse autour de lui pour lui taper dans le dos, lui souhaiter la bienvenue ou récupérer les chips et les bonbons qui nous ont tant manqué.

— Bande de vautours, se moque une voix à côté de moi.

Je me tourne vers Nate en souriant.

— Arrête. Ils sont juste heureux de le voir revenir sain et sauf.

— Mais bien sûr ! C'est évident.

Je lui fais les gros yeux, sans grande conviction.

— Tu ne sous-entends quand même pas que nos Frères et Sœurs sont plus intéressés par les friandises que par le bien-être d'Amos ?

Nate est le seul membre de la Légion devant qui j'ose tenir ce genre de discours. Le seul devant qui je peux ne serait-ce que *penser* le faire.

Il ricane.

— Jamais de la vie ! Ce serait très grave.

— En effet. Je serais obligée de te dénoncer aux Centurions. Ça me ferait de la peine de te voir enfermé dans un coffre en métal.

— Heureusement que je n'ai pas dit ça, alors. N'est-ce pas ?

Il me passe un bras autour des épaules et, tout à coup, je ne peux plus respirer.

Je suis pétrifiée par le contact de ses doigts calleux sur ma peau nue, par la chaleur de son bras dans mon dos. J'essaie de répondre quelque chose, n'importe quoi, mais je n'y arrive pas. Mon cerveau est réduit en bouillie et mes cordes vocales ne fonctionnent plus. Nate m'entraîne vers le pick-up comme si de rien n'était. S'est-il aperçu de mon trouble ?

Bien sûr que non, raille la petite voix dans ma tête. *Pourquoi ferait-il attention à toi ? Il te voit comme une sœur. Il n'y a rien de gênant à prendre sa sœur par les épaules.*

Je fais taire la voix, parce qu'elle a raison. Je sais que Nate me considère comme sa petite sœur. Et la plupart du temps, ça ne me dérange pas. Mais je ne peux pas empêcher certaines pensées d'infiltrer mon esprit, même si elles me font rougir et me retournent le ventre.

— Dépêche-toi, me lance-t-il. Avant qu'il n'y ait plus rien.

Le temps que nous atteignions le pick-up, il ne reste qu'une pyramide de colis UPS brun et jaune adressés à James Carmel. Amos surgit entre nous, le visage illuminé de l'humble fierté du héros qui rentre au bercail. On dirait qu'il vient de combattre le Serpent à mains nues, et pas juste de faire un aller-retour en ville.

— Il faut livrer tout ça dans la Maison. Au boulot, petite.

Avec un soupir, je m'empare du carton le plus proche. Il est tellement lourd que j'ai du mal à le soulever. Nate m'offre aussitôt son aide, mais je refuse d'un signe de tête. En m'éloignant, j'entends Amos entamer le récit de son voyage épique, de sa quête périlleuse au supermarché de Layfield.

Une fois sous le porche, je frappe à la porte du bout du pied. Il y a des bruits de voix à l'intérieur. Les bras tétanisés, j'attends que quelqu'un finisse par m'ouvrir. C'est Bella.

— Tiens, Moonbeam ! Amos est revenu ?

— Oui, il y a cinq minutes.

— Le Seigneur est Bon. Qu'est-ce que c'est que ça ?

— Un colis pour le père John.

Comme si ce n'était pas évident...

— C'est très gentil de nous l'apporter. Mais tes Frères plus grands et costauds que toi auraient pu s'en charger !

— Je voulais aider.

En réalité, je voulais manger un beignet ou un bonbon, et, comme il n'y en avait plus, j'ai décidé d'impressionner Nate. Mais mon mensonge sonne mieux.

— Je te reconnais bien là. Entre, ma Sœur.

Je franchis le seuil en titubant. Le rez-de-chaussée de la Maison est constitué d'une seule grande pièce, avec la cuisine d'un côté, et la cheminée, les canapés et les fauteuils de l'autre. Comme toujours, il y a plein de monde. Esme, Lena et Star me saluent. Une demi-douzaine de jeunes enfants s'arrêtent de courir, de rire ou de crier pour me jeter un coup d'œil, avant de conclure rapidement que je ne suis pas digne d'intérêt.

Les murs sont ornés de leurs dessins multicolores, de photos en noir et blanc du désert, de citations de la Bible encadrées et des versions originales des Proclamations, transcrites par Jacob Reynolds. Des tapis de toutes les formes et de toutes les couleurs couvrent le sol, certains si élimés que l'on voit le plancher à travers. Des jouets sont éparpillés dans tous les coins – petites voitures, puzzles, livres, ballons, avions... Cette seule pièce contient dix fois plus de jeux que tout le reste de la Base.

Ça a du bon d'être l'un des enfants du père John, me glisse la voix. *Même quand on ne l'est pas vraiment.*

L'ampleur de ma propre Hérésie me fait suffoquer. J'avale ma salive de travers et je me mets à tousser.

— Ça va, Moonbeam ? s'inquiète Bella.

— Oui, oui. Je pose ça où ?

— C'est pour le père John, non ? (*Évidemment.*) Tu sais où est son bureau. Vas-y. Il sera content de te voir.

Je me dirige lentement vers l'escalier. Je ne suis pas du tout sûre de réussir à monter avec ce fichu carton sans me casser la figure. Mais Bella et les autres me regardent, alors je prends mon courage à deux mains.

Au bout de cinq marches, soit moins de la moitié du parcours, mes jambes tremblent tellement que j'ai peur qu'elles se dérobent sous moi. Encore six marches. Je suis à deux doigts de fondre en larmes de douleur et de frustration. Lorsque j'atteins enfin le palier de l'étage, j'ai l'impression que les os de mes bras ont été remplacés par des tiges de métal chauffées à blanc.

Je dépose mon fardeau sur une petite table avec un soulagement indescriptible. J'ai des fourmis partout, mais c'est une sensation merveilleuse comparée à la torture qui les a précédées. Je jette un coup d'œil autour de moi en attendant que mes bras ballants reviennent à la vie.

Le premier étage de la Maison abrite le bureau du père John, sa chambre et celles de ses Épouses, qui sont six pour l'instant. On devine facilement l'ordre de préférence du Prophète. L'une d'elles partage son lit, une autre dort dans la pièce voisine, et les quatre dernières se partagent les deux chambres du bout du couloir. Bien qu'on ne soit pas censés en discuter, j'ai entendu dire qu'elles déménageaient toutes les semaines, voire tous les jours, en fonction des envies de leur mari.

Tu auras vite l'occasion de le vérifier, murmure la voix. *Quand tu t'installeras ici. C'est pour bientôt...*

Aujourd'hui, elle a visiblement décidé de me rappeler des réalités douloureuses. Mais je ne suis pas d'humeur à l'écouter.

Un second escalier conduit au grenier où se trouvent les dortoirs des enfants. Je n'y suis jamais montée, mais il paraît qu'il y a deux pièces remplies de lits superposés : une grande pour les garçons, et une beaucoup plus petite pour les filles. Ils sont onze au total.

Tous sont nés après l'arrivée du Prophète sur la Base et, d'après la version officielle, ce sont tous les siens, même ceux dont il n'avait pas encore épousé la mère. J'ai bien dit la version *officielle*. Dans les faits, c'est un peu plus compliqué.

Car malgré le caractère sacro-saint de la Troisième Proclamation, les gens restent humains.

D'après les rumeurs, certains de mes Frères entreraient dans la Maison après la fermeture des portes, avec la permission du père John.

D'après les rumeurs, les mêmes Frères rendraient visite à Alice, Lena et certaines Sœurs plus jeunes après l'extinction des feux, même si les Centurions sont les seuls à avoir les clés.

D'après les rumeurs, il se passerait des choses qui ne sont pas supposées exister.

Les sensations commencent à revenir dans mes mains et mes bras. Mais, dès que je reprends le colis UPS, mes muscles protestent violemment. Les dents serrées, je traverse le palier pour aller frapper à la porte du bureau.

— Entrez.

Comme toujours, je suis émerveillée par la puissance de sa voix. Elle supplante tous les autres bruits, elle les écrase, on est presque *physiquement* obligé de l'écouter.

De lui obéir.

Calant mon chargement contre la porte, je plie les genoux afin d'atteindre la poignée. Mais je n'y parviens pas et mes jambes refusent désormais de se tendre. Je suis coincée.

— J'ai dit : entrez ! crie le père John.

Je ne peux ni tourner la poignée ni lâcher le carton. Comment expliquer ça au Prophète ? Je finis par m'accroupir, l'épaule appuyée contre l'encadrement de la porte. Puis j'entends du mouvement à l'intérieur : le raclement d'une chaise sur le sol, suivi de pas lourds.

Le battant s'ouvre d'un coup sur la silhouette massive du père John. Il paraît contrarié, mais son expression se radoucit lorsqu'il comprend la situation. Il m'adresse un sourire si bienveillant que mon cœur fait un bond dans ma poitrine. Car, au fond de moi, malgré ce qui est arrivé à ma mère et tout le reste, je cherche toujours désespérément son approbation.

Pathétique, raille la voix dans ma tête. *Complètement pathétique.*

— Moonbeam ! s'exclame-t-il en me prenant le colis des mains comme s'il ne pesait pas plus lourd qu'une plume. Qui t'a demandé de m'apporter ça ? Qui a été trop fainéant pour le faire lui-même ? Dis-moi !

— Personne, mon père. C'est moi qui me suis proposée.

— Brave petite. Brave et serviable. Viens, entre.

— Merci, mon père.

J'ai les bras en compote, une douleur sourde au bas du dos et un début de migraine. Je réussis néanmoins à franchir le seuil sans grimacer et tente de reprendre mon souffle.

Le Prophète contourne son bureau et pose le carton près de la grosse Bible à reliure de cuir qu'il nous lit le dimanche matin.

— Ça va aller, Moonbeam ? Tu as besoin de t'allonger un peu ?

— Non, non, ça va. Donnez-moi juste une minute.

Je suis presque convaincante, enfin, je crois.

— C'est Amos qui a récupéré ça en ville ?

— Oui, mon père. Il y en a d'autres.

— Le Seigneur est Bon.

— Le Seigneur est Bon.

Le sourire aux lèvres, il s'assied dans son fauteuil en cuir usé.

— As-tu vu ce qui était écrit sur l'étiquette ?

J'hésite, car je ne suis pas certaine de la réponse qu'il attend. Il suffit de lui parler ne serait-ce qu'une ou deux fois pour comprendre que c'est rarement ce que l'on croit. Son sourire s'élargit.

— Ne t'inquiète pas. Tu ne risques rien. Tu as vu l'étiquette, n'est-ce pas ?

Je hoche la tête.

— À qui était-elle adressée ?

— James Carmel.

— Est-ce mon nom ?

— Non, mon père.

— Exact. Peux-tu deviner pourquoi je me suis fait envoyer ce colis sous un faux nom ?

Cette fois, c'est assez évident.

— Parce que ça pourrait être dangereux.

— Quoi donc ?

— Si les Étrangers voyaient votre vrai nom sur un colis, ils pourraient le voler. Ou y glisser quelque chose avant qu'Amos vienne le chercher.

Il me dévisage longuement de son regard vert. Au moment précis où je commence à craindre d'avoir dit une bêtise, il acquiesce d'un air satisfait. Malgré les protestations de la voix dans ma tête, une joie coupable m'envahit.

— Tout à fait, Moonbeam. C'est exactement le genre de tactiques qu'emploient les Servants du Serpent. Bien vu. Très, très bien vu.

Je rougis.

— Merci, mon père.

— Tu es une fille futée. Dommage que le Seigneur n'ait jamais nommé de femme au rang de Centurion. Notre Famille serait chanceuse avec une personne comme toi pour veiller sur elle.

Je ne réponds rien, car la simple hypothèse qu'une femme puisse devenir Centurion constitue une Hérésie.

— Tu n'es pas une Hérétique, me rassure le père John comme s'il lisait dans mes pensées. N'en déplaise à certains de nos Frères et Sœurs moins tolérants. Tu n'es pas une Hérétique, et je n'en suis pas un non plus. Mon rôle n'est pas d'interpréter la volonté du Seigneur ni de négocier Ses commandements. Je me contente de les transmettre dans toute leur perfection, car le Seigneur ne commet pas d'erreur. Tu comprends, n'est-ce pas ?

— Oui, mon père.

— Il y aura bientôt un nouveau Centurion. Cela nous a été clairement annoncé. Le Seigneur mettra bientôt un terme aux souffrances terrestres de notre Frère pour qu'il fasse son Ascension. Puis, lorsqu'Il le jugera bon, Il me dira par qui le remplacer. Qui va-t-il choisir, selon toi ?

— Je ne peux me prononcer sur ce genre de choses, mon père.

Le sourire du Prophète me semble soudain moins chaleureux. Le ventre noué, je m'interdis de détourner le regard.

— Si, tu peux. Parce que je t'y autorise. Ce n'est pas un test, il n'y a pas de bonne ni de mauvaise réponse. Je te demande simplement ton avis. Ce que tu me diras ne sortira pas de cette pièce. Alors, réponds-moi : qui pourrait être le nouveau Centurion ?

Je me creuse la tête, car, contrairement à ce qu'il prétend, il y a toujours une bonne et une mauvaise réponse. *Surtout* quand on nous assure le contraire.

— Luke ?

Il hoche la tête.

— Intéressant. Luke est un homme de Foi dont la loyauté ne fait aucun doute. Il lui manque encore la sagesse qui vient avec les années, mais il possède la vigueur de la jeunesse. Je ne serais pas surpris que le choix du Seigneur se porte sur lui.

Je laisse échapper un petit soupir de soulagement.

— Et que penses-tu de Nate Childress ?

Mon ventre se noue un peu plus.

— Comment ça, mon père ?

— Ferait-il un bon Centurion ?

Je déglutis.

— Je n'oserais pas…

— Tu es une brave fille, Moonbeam, me coupe-t-il d'une voix sèche. Tu as prouvé aujourd'hui ta gentillesse et ta loyauté. Ne me déçois pas en me forçant à me répéter.

Attention, lance la voix. *Fais très attention !*

— Je suis désolée, mon père. Pardonnez-moi.

— Je te pardonne. Maintenant, je t'écoute.

— Je crois que oui, Nate ferait un bon Centurion. Mes Frères et Sœurs plus âgés le connaissent mieux que moi, mais il paraît honnête et je suis certaine que sa Foi est Juste.

— Tu l'aimes beaucoup, n'est-ce pas ?

— C'est mon Frère. Je l'aime de tout mon cœur.

Son sourire se transforme en un rictus déplaisant.

— Évidemment. C'est bien normal. Mais ne crains-tu pas que le Seigneur trouve qu'il a rejoint les rangs de la Légion trop récemment pour qu'on lui confie une telle responsabilité ?

J'ai l'impression que les lattes du parquet se transforment en sables mouvants sous mes pieds.

— Je ne peux imaginer quelles sont Ses réflexions, mon père. (Voyant ses sourcils se froncer, je m'empresse de poursuivre.) Mais vous m'avez toujours enseigné que le Seigneur récompense ceux qui le méritent, indépendamment de leur situation. Et que s'Il nous assigne une tâche, c'est que nous sommes en mesure de l'effectuer.

Aussitôt, le visage du Prophète se déride, envahi par une expression de fierté.

— Tu as raison. Si tu savais comme tu as raison...

Je baisse les yeux avec humilité. Je ne désire désormais rien de plus au monde que sortir de cette pièce, me trouver un petit coin tranquille et ne plus avoir l'impression de marcher en équilibre au bord d'un précipice.

Le père John pose une main sur le colis que je lui ai apporté.

— Veux-tu savoir ce qu'il y a là-dedans ?

Non. Oui.

— Seulement si vous souhaitez me le dire, mon père.

— Peut-être que non, avoue-t-il après un long silence. Tu n'es peut-être pas prête à découvrir cette vérité.

— Vous avez sûrement raison, mon père.

Je ne suis pas idiote au point de le supplier de me confier un secret, alors qu'il peut me faire mariner aussi longtemps qu'il le voudra.

— Tu n'es pas prête, répète-t-il à mi-voix.

Son regard se voile, comme s'il contemplait quelque chose au loin. Puis il revient vers moi.

— Merci de m'avoir livré mon colis, c'était très aimable à toi. J'ai beaucoup apprécié notre petite conversation. Tu peux y aller, maintenant.

— Merci, mon père.

Après m'avoir congédiée d'un geste de la main, il se plonge dans la lecture de sa Bible. J'attends encore une seconde ou deux, au cas où il changerait d'avis, mais il m'ignore superbement. Comme si j'étais tout à coup devenue invisible.

Je recule lentement vers la porte, envahie par un soulagement que je peine à contenir. Une fois dehors, je laisse enfin libre cours à ma joie de m'en être tirée. C'est dans un état second que je traverse la cour bitumée pour rejoindre ma chambre.

Tout va bien. Respire. Tu es en sécurité. Il ne va rien t'arriver.

APRÈS

Le Dr Hernandez et l'Agent Carlyle me fixent comme si j'étais une extraterrestre, mais ça ne me fait plus rien. Je suis habituée à leurs réactions.

J'ai commencé mon histoire avant même qu'ils s'asseyent, avant que le psychiatre ait fini de me saluer. Je me doutais qu'il voudrait revenir sur notre session d'hier, et je n'y tenais pas. J'ai très mal dormi. Je me suis réveillée en sueur, la tête bourdonnant d'angoisses de toutes sortes.

Luke n'était pas à l'ISS hier après-midi. Honey et Lucy s'en sont réjouies, ce que je peux comprendre. Quant aux autres, ils ont à peine remarqué son absence. Ils ne sont pas responsables de lui. C'est moi qui suis responsable d'eux, à cause de ce que j'ai fait. Par conséquent, je veux – je *dois* – savoir ce qui lui arrive. Et en échange, je dois donner quelque chose au Dr Hernandez.

Quid pro quo, me répétait la voix tandis que l'infirmière Harrow me conduisait à la salle de consultation 1.

Un marché est un marché.

— Merci d'avoir accepté de nous parler du père John, déclare-t-il. C'est une belle preuve de confiance. Je me doute que cela n'a pas dû être facile.

Je hausse les épaules. Il y a des sujets bien pires. Bien, bien pires.

— Je peux vous poser une question ?

— Bien sûr. Tout ce que tu veux.

— Comment va Luke ?

— Nous nous occupons de lui.

J'attends qu'il poursuive, mais il n'ajoute rien.

— C'est tout ?

— Tout ce que je peux te dire pour le moment, oui.

— Il n'était pas à l'ISS hier.

— Je sais.

— Mais il va bien ?

Il y a une note de désespoir dans ma voix.

— Nous nous occupons de lui. Si tu le permets, j'aimerais que nous revenions à ce que tu viens de nous raconter.

Pourquoi vous ne voulez pas qu'on parle de Luke ? Qu'est-ce que vous me cachez ?

Le Dr Hernandez s'avance sur sa chaise.

— Moonbeam ? Es-tu d'accord pour en discuter, ou veux-tu arrêter ?

Comme si j'avais voix au chapitre. Si on s'arrête maintenant, vous recommencerez demain, et après-demain, et ainsi de suite. Jusqu'à ce que vous en ayez fini avec moi.

— Je m'en fiche. On n'a qu'à continuer.

Il me dévisage longuement, sceptique.

— Très bien, intervient l'Agent Carlyle. Dans ce cas, allons-y. Tu disais que le père John avait six épouses à l'époque.

Je hoche la tête.

— Ça ne t'a jamais paru étrange ?

— Pas vraiment. J'imagine que ça l'est, sinon vous ne me poseriez pas la question. Mais non. Je trouvais ça normal.

— À part lui, certains hommes avaient-ils plusieurs femmes ? Ou certaines femmes plusieurs maris ?

— Non.

— Pas même le père Patrick ?

— Le père Patrick n'était pas marié.

— Et le père John ? Avant la purge, je veux dire ?

Je lui fais signe que non.

— Quand est-ce que les choses ont changé ?

Je grimace.

— Je voudrais changer de sujet.

Il incline la tête sur le côté.

— Pourquoi ?

— Parce que. Il faut forcément une raison ?

— Disons que ça m'aiderait à comprendre.

— Agent Carlyle, le reprend le psychiatre. Vous n'êtes pas en train d'interroger un suspect. Merci de mesurer vos propos.

— Ce n'est pas à vous que je m'adresse. C'est à Moonbeam. Et j'aimerais savoir pourquoi elle ne veut plus parler de ça.

Tais-toi, me supplie la voix. *Ne réponds pas...*

— Qu'est-ce que ça peut vous faire ? Vous êtes jaloux ? Vous aussi, vous voudriez avoir six femmes ?

Il sursaute comme si je l'avais giflé. Nous nous défions du regard un long moment. Le Dr Hernandez nous observe, très pâle.

Puis l'ombre d'un sourire apparaît sur le visage de l'Agent.

— Tu n'as pas ta langue dans ta poche, toi. Attention à ne pas marcher dessus.

Ma colère retombe.

— Techniquement, on ne peut pas se marcher sur la langue.

— « Techniquement », répète-t-il d'un air amusé.

— Qu'est-ce que ça a de drôle ?

— Rien, intervient le docteur. C'est tout à fait...

— Il n'y a pas beaucoup d'ados de dix-sept ans qui emploient ce genre de mots.

— Peut-être parce que les ados que vous connaissez ne sont pas très malins.

Il éclate de rire.

— C'est fort possible. En fait, c'est même très probable.

— Je crois que nous devrions essayer de…

Le Dr Hernandez est interrompu par un coup à la porte. Une infirmière que je ne connais pas passe la tête à l'intérieur.

— Désolée de vous interrompre. Docteur Hernandez, j'ai un appel d'Austin pour vous.

— Prenez le message.

— J'ai déjà essayé. Apparemment, c'est très urgent.

Le psychiatre se lève en soupirant.

— D'accord. Attends ici, Moonbeam. Je reviens dans deux minutes.

— Je croyais que vous ne me laisseriez jamais seule avec quelqu'un d'autre ?

Ça, c'était mesquin. Super mesquin, ricane la voix.

Il s'arrête quelques mètres avant la porte, piégé par sa propre promesse.

— Je vais sortir aussi, propose l'Agent Carlyle.

— Je rigolais. Ça ne me dérange pas.

— Tu es sûre ? s'enquiert le docteur. Tu aurais parfaitement le droit de l'exiger.

— Non, non, ça va.

L'Agent Carlyle se rassied, amusé.

— D'accord, admet le psychiatre. Vous pouvez rester ici tous les deux. Agent Carlyle, je vous rappelle que

Moonbeam est sous ma responsabilité. Merci de ne pas l'interroger en mon absence.

— Compris.

— Bien, réplique le docteur comme s'il essayait de se convaincre lui-même. Je reviens tout de suite.

L'infirmière referme la porte derrière lui. L'Agent m'adresse un sourire qui se veut rassurant, mais il a l'air un peu stressé de se retrouver en tête à tête avec moi.

— Si je comprends bien, on n'a plus qu'à l'attendre en silence, déclare-t-il.

— Le Dr Hernandez vous a interdit de m'interroger. Pas l'inverse.

— Tu as quelque chose à me demander ?

— Oui. Est-ce que je vais aller en prison ?

Son sourire s'efface.

— Je t'ai déjà répondu.

— Vous avez dit que non.

— Alors pourquoi me reposes-tu la question ?

— Parce que je ne vous crois pas.

Il me dévisage longuement.

— Je vais essayer de formuler ça le plus simplement possible. Le docteur a raison, le travail que vous accomplissez ensemble est très important, et je ne voudrais pas tout gâcher. Mais il y a un point qu'il est temps que tu comprennes. Tu n'es pas une criminelle, Moonbeam. Tu es une *victime*. La victime d'une bonne centaine d'infractions. C'est clair ?

Oui.

Je fais non de la tête.

— Évidemment, soupire-t-il. C'est ça le pire dans toute cette histoire. Tu ne te rends pas compte.

Je saisis bien plus de choses que tu ne crois.

— Pas compte de quoi ?

— Ce n'est pas à moi de… enfin, je ne… (Il se penche en avant, les coudes sur les genoux.) Écoute, tu n'iras pas en prison, d'accord ? Pour autant que je sache, tu n'as rien fait de mal. Je me doute bien que tu nous caches des choses, et ce n'est pas un problème pour l'instant. Mais quand bien même tu aurais commis un crime, n'importe quel avocat un tant soit peu compétent s'assurerait que tu ne passes pas un seul jour derrière les barreaux. Surtout que tu es mineure.

— Mineure ?

— Une enfant, si tu préfères.

— Je ne suis pas une enfant.

— Toi, en tant que personne dotée d'un cerveau et d'un cœur, non. Je suis on ne peut plus d'accord. Mais, légalement, tu es encore une enfant. Jusqu'à tes dix-huit ans.

— Qu'est-ce qui se passera ce jour-là ? Je vais me transformer subitement ?

— Bien sûr que non. Tu deviendras simplement une adulte aux yeux de la loi.

— C'est un peu arbitraire, vous ne trouvez pas ?

— Non. Enfin, si. Peut-être. Il faut bien placer la limite quelque part.

— Donc, cette règle existe juste parce qu'il faut une règle ?

— On peut voir ça comme ça.

— Un peu comme les Proclamations du père John.

Il sourit.

— Tu es bien trop maligne pour moi. Après chacune de nos discussions, j'ai une furieuse envie d'aller m'allonger un moment dans le noir.

— Désolée.

— Ne t'excuse pas. Je travaille au FBI depuis dix-huit ans. Tu le savais ?

Oui, parce que je l'ai entendu le dire au Dr Hernandez quand ils croyaient que la porte était fermée. Mais je ne veux pas qu'il soit au courant.

— Non.

— Dix-huit ans. Dix-huit ans pendant lesquels je me suis retrouvé face à des violeurs, des meurtriers, des terroristes et Dieu sait qui d'autre. Des hommes et des femmes qui risquaient la prison à vie ou même la peine de mort. Et tu sais quoi ?

Je secoue la tête.

— Ils étaient *tous*, sans exception, plus faciles à décrypter que toi. Ça ne ressemble pas à un compliment, mais c'en est un.

— Merci.

Il a raison : ça ne sonne pas du tout comme un compliment.

C'est le moment que choisit le Dr Hernandez pour revenir dans la pièce. Il jette un regard soupçonneux à l'Agent Carlyle, puis m'observe avec attention.

— Tout va bien ?

— Très bien, oui.

— Parfait. Où en étions-nous ?

— Moonbeam refusait de nous parler des épouses du père John, lui rappelle l'Agent en me faisant un clin d'œil.

C'est très discret, à peine un tressaillement de la paupière gauche, mais ça me donne envie de rire.

— En effet, acquiesce le docteur. Et c'est son droit. Passons donc à autre chose. J'aimerais aborder la façon dont le père John exerçait son autorité sur la Légion du Seigneur. D'accord, Moonbeam ?

— D'accord.

— Formidable. Merci. Donc, le père John édictait toutes les règles concernant votre mode de vie ?

— Non, pas toutes. Beaucoup existaient déjà avant la Purge.

— Tu peux me donner un exemple ?

— Du temps du père Patrick, on suivait une routine quotidienne bien établie. Prières avant le petit déjeuner, cours jusqu'à midi, travail et corvées tout l'après-midi, puis prières, lecture de la Bible, et extinction des feux à 22 heures. C'est resté à peu près pareil ensuite.

— Avec quelques changements ?

— Oui. Les cours ont été supprimés. Après la Purge, on s'est mis à travailler matin et après-midi.

— Pourquoi ?

— Le père John disait que la Bible renfermait tout ce qui valait la peine d'être appris.

Le Dr Hernandez prend des notes.

— Et à part les cours ?

— On nous a confisqué la télévision. Et nos radios, et tous nos livres.

— Vous n'aviez plus le droit de lire ?

Je fais non de la tête.

— Pourquoi ?

— Parce que les livres venaient du Dehors. Comme les émissions de télé et les chansons. La Première Proclamation a interdit tout ça.

— Spécifiquement ?

— Non. Mais c'est vite devenu évident.

— Cette Première Proclamation stipulait aussi que plus personne, à l'exception d'Amos Andrews, n'avait le droit de sortir du camp ?

Je fais la grimace. Il sait que je déteste ce mot.

— Oui.

— La Légion du Seigneur a donc cessé de recruter activement de nouveaux membres ?

— Comment ça ?

— Je parle des prospectus que tu distribuais à Layfield avec tes sœurs. Et des adultes qui tentaient d'évangéliser les foules, comme Horizon quand ton père l'a rencontré.

— Ah, oui. Ça aussi, ça s'est arrêté.

— Était-ce courant, avant la purge ?

— Presque tout le monde sortait. Même le père Patrick allait prêcher en ville au moins deux fois par an. Le père John aussi, au début.

— Était-il doué ?

— Je vous ai déjà parlé de ses talents d'orateur. Je ne l'ai jamais vu de mes yeux, mais ça devait fonctionner sur les Étrangers. Dans les semaines qui suivaient ses sorties, on avait beaucoup de nouveaux arrivants.

— Est-ce ainsi qu'il a fait la connaissance de Jacob Reynolds ? s'enquiert l'Agent Carlyle.

— Sans doute.

— Alors, après la purge, vous n'avez plus accueilli de nouveaux membres ? reprend le docteur.

— Si, quelques-uns. Le père John disait que le Seigneur saurait guider jusqu'à la Base ceux qui méritaient de rejoindre la Voie Juste.

— Ça s'est produit ?

— Quelques personnes, comme Nate, se sont présentées devant le Grand Portail après avoir entendu parler de nous. Mais pas beaucoup. Et le père John en a refusé la plupart.

— Un portail qui était devenu plus imposant, n'est-ce pas ? Tu as dit l'autre jour qu'à l'époque du père Patrick, il se résumait à trois planches.

— Oui, on l'a renforcé après la Purge. Le père John ne le trouvait pas assez solide. Il a ordonné aux Centurions d'y ajouter des barres de métal et du fil barbelé.

— Donc, personne ne pouvait sortir, et quasiment personne n'entrait.

— C'est ça.

— Ce qui signifie que tes frères et sœurs nés après la purge…

— … ne savent rien du monde du Dehors. À part ce qu'on leur en a raconté. Moi, je m'en souvenais, comme Luke et deux ou trois autres. Mais pas les plus jeunes.

Les deux hommes échangent un regard. Pendant qu'ils digèrent ce que je viens de dire, je songe au premier coup de fil qu'a dû recevoir le Dr Hernandez, quand on l'a convoqué ici. Sur le moment, a-t-il vraiment compris dans quoi il s'engageait ?

Il écrit longuement dans l'un de ses carnets avant de pousser un gros soupir.

— OK. Y a-t-il eu d'autres changements ?

— Les portes étaient fermées à clé la nuit. Encore une idée du père John.

— C'était dans l'une des Proclamations ?

— Je parie que vous les avez lues.

— En effet.

— Alors pourquoi me demander ce qu'elles contiennent ?

— Parce que je ne m'intéresse pas seulement aux faits. Je suis curieux d'entendre tes réponses, de savoir ce qui te gêne ou pas. De connaître tes limites.

Mes limites ?

— En gros, vous essayez de me piéger ?

Doucement, me souffle la voix. *Calme-toi.*

Une expression de surprise plutôt convaincante se peint sur son visage.

— Pas du tout ! Ne crois surtout pas ça. Tu as parfaitement le droit de laisser de côté certains aspects de ce que tu as vécu. Les limites sont une bonne chose. Mon travail consiste à t'aider à les repousser peu à peu, jusqu'au moment où tu seras capable de parler de tout. Y compris des expériences que tu n'as pas envie de partager pour le moment. Parce que ce serait un réel progrès.

Je ne comprends plus rien. C'est comme s'il s'exprimait dans une langue étrangère.

— Donc, vous vous en fichez que je vous mente ?

— Je veux juste que tu sois aussi honnête que possible. Il me semble avoir été clair sur ce point depuis le début.

L'Agent Carlyle lève la main comme s'il était à l'école.

— Moi aussi, je vote pour l'honnêteté, lance-t-il. Ça me facilite sacrément la vie.

Le Dr Hernandez ne parvient pas à masquer son demi-sourire. Je secoue la tête d'un air désapprobateur.

— Bon, si vous avez fini de faire les clowns, on pourrait peut-être continuer ?

Le Dr Hernandez se reprend aussitôt.

— Bien sûr. Alors, comme ça, vous étiez enfermés dans vos chambres la nuit ? D'après mes souvenirs, ce n'est pas explicitement mentionné dans les Proclamations.

— Pas tous les soirs. Le couvre-feu était à 22 heures, sauf quand le père John en décidait autrement. Parfois, les Centurions verrouillaient les portes, parfois non. Mais quand ils le faisaient, ils ne les rouvraient pas avant le matin.

— Y avait-il un schéma ?

— Comment ça ?

— Je ne sais pas, une semaine sur deux, ou du lundi au vendredi mais pas le week-end ?

Je fais non de la tête.

— Donc, vous ne saviez jamais à l'avance si vous alliez être enfermés ou pas ?

Nouveau non de la tête.

— Excellente technique de contrôle, commente l'Agent Carlyle. Leur faire croire que c'était une faveur de ne *pas* les enfermer.

Le psychiatre prend des notes.

— Les chambres des centurions étaient-elles aussi fermées à clé ?

— Non.

— Et celle du père John ?

Je me retiens d'éclater de rire.

— Bien sûr que non !

— Cette règle ne le concernait pas ?

— Pas plus que les autres, devine l'Agent Carlyle.

— Voilà.

— Étaient-elles affichées quelque part ? me demande le Dr Hernandez. Pour que vous puissiez les lire ?

— Les Proclamations, oui.

— Et le reste, tout ce qui relevait du quotidien ?

— C'était inutile. Tout le monde connaissait les règles par cœur.

— Comment les nouvelles règles étaient-elles mises en place ?

— Le père John faisait une annonce.

— Pendant son sermon du dimanche matin ?

— Pas toujours. Parfois, il nous convoquait exprès.

— Et il vous informait qu'il instaurait une autre règle ?

— C'est ça.

— Parce que Dieu le lui avait ordonné ?

— Oui.

— Tu y croyais ?

Je le regarde. Les secondes s'étirent en silence.

Dis-lui la vérité. Sois courageuse.

— Moonbeam ?

— Oui, j'y croyais.

— Et maintenant ?

Des images défilent devant mes yeux…

… ma mère dans le salon de la Maison, le visage en sang…

… Honey dans l'ombre de la cabane à outils, terrorisée…

… Nate dans ma chambre au milieu de la nuit, les mains pleines d'objets interdits…

Sois courageuse, répète la voix.

Mais je n'y arrive pas.

Parce que je ne le suis pas.

Je savais depuis le début que la question de ma Foi, en le père John, la Légion et tout le reste, finirait par venir sur le tapis. Mais, en cet instant, dans cette pièce, je préférerais encore que ces deux hommes m'arrachent le cœur pour le disséquer.

— On peut s'arrêter là ?

En attendant que l'infirmière Harrow m'apporte mon déjeuner, je m'allonge sur mon lit pour réfléchir à ma situation.

Depuis que je me suis réveillée à l'hôpital, la main enveloppée de bandages et l'esprit paniqué, j'ai avancé à l'instinct. J'ai pris les choses comme elles venaient, l'une après l'autre, sans refréner mes émotions.

… désorientation…

… peur de l'avenir…

… méfiance paranoïaque…

… culpabilité…

Il faut que tu restes calme. Tu es plus forte que tu ne crois. Tiens bon.

Mais ce n'est pas si facile. La voix a beau avoir raison, mes réserves d'adrénaline commencent à diminuer.

Je ne suis pas sûre de tenir encore longtemps.

Réfléchis. Allez, réfléchis.

J'ai la sensation que le Dr Hernandez essaie de me contrôler, de m'amener quelque part sans me dire où ni pourquoi. Et j'ai horreur de ça. Pourtant, je crois qu'il est sincère, qu'il veut vraiment m'aider à reprendre le cours de ma vie.

Je *dois* le croire. Sinon, autant refuser de lui parler et me résigner à contempler ces quatre murs gris pour le restant de mes jours.

J'ignore à quoi ressemblera ma vie Dehors, et je doute qu'il en sache davantage. Mais il ne cesse de me féliciter pour mes progrès. Et que ce soit lié au « processus » ou pas, quelque chose a effectivement changé depuis l'incendie : désormais, je suis beaucoup moins terrifiée à l'idée de me retrouver seule. Beaucoup moins qu'à l'époque où ma mère a été Bannie, quand j'avais la tête farcie de mensonges et que je vivais dans la peur. Le monde du Dehors me paraissait alors aussi dangereux que l'endroit dans lequel je me sentais pourtant piégée.

Bravo, me félicite la voix. *C'est bien. C'est déjà ça.*

Les yeux rivés au plafond, je chasse le Dr Hernandez de mon esprit pour me concentrer sur celui qui l'accompagne chaque matin. L'Agent Carlyle a compris que je détenais des informations cruciales, et c'est sans doute la principale raison de sa présence ici. Mais je ne crois pas que ce soit la seule.

Plus maintenant.

Peut-être que je me fais des idées, mais le petit clin d'œil qui a suivi notre entretien en privé, ses sourires et ses hochements de tête lorsque j'aborde un sujet pénible, tout cela me laisse penser qu'il est de mon côté. À moins qu'il fasse semblant ? Mais ça ne sert à rien d'aller par-là. Je n'ai aucun moyen de le vérifier, et il ne l'avouerait jamais de toute façon.

Deux choses, en revanche, n'ont pas changé. Les deux choses dont je ne peux pas leur parler, à savoir ce qui s'est passé dans la Maison pendant l'incendie, et ce que j'ai fait la veille.

Et tout le reste, alors ?

Je m'étais juré de ne rien leur révéler sur le père John. Je les ai même prévenus. Pourtant, j'ai fini par le faire. Et je suis toujours là. Je respire encore.

Alors, peut-être que...

Peut-être que le Dr Hernandez a raison. Peut-être que ça me ferait du bien de leur dire la vérité sur Luke, sur Nate, sur ma mère...

Peut-être.

Il va bien falloir que je leur parle un jour de l'incendie. L'Agent Carlyle n'attend que ça, et j'ai beau commencer à lui faire confiance, je me doute que sa patience a des limites. Mais je sens encore la chaleur des flammes. J'entends encore les coups de feu. Je ne suis pas prête à y retourner. Pas encore. Alors je vais essayer de gagner un peu de temps.

Le père John affirmait que la frontière qui sépare le mensonge de la vérité est une grosse ligne noire, solide et immuable. Il avait tort, comme sur tant d'autres choses. Cette ligne est parfois tellement floue qu'on ne sait plus de quel côté on se tient. On peut tout à fait dire la vérité en omettant un détail important, ou raconter un mensonge qui contient une part de vérité.

Par exemple, j'ai déclaré au Dr Hernandez et à l'Agent Carlyle qu'il y avait toujours eu quatre Centurions. Ce qui est vrai. Mais, durant l'année qui a précédé l'incendie, ils n'étaient plus que trois, parce que le quatrième se mourait lentement.

Je leur en parlerai demain.

AVANT

Debout dans la cour devant la Maison, Honey et moi écoutons le bruit rauque et humide de la mort qui approche.

— Il n'y en a plus pour longtemps, hein ? murmure Honey.

— Je ne crois pas.

— Tant mieux. Au moins, il ne souffrira plus.

— Espérons-le.

Je suis presque surprise de me rendre compte à quel point je le pense.

Horizon est membre de la Légion du Seigneur depuis le tout début, bien avant l'arrivée du père John, bien avant la Purge et tout ce qui a suivi. Je le connais depuis longtemps, et je l'ai toujours vu comme un géant, à la fois de corps et d'esprit. Horizon, c'est une silhouette imposante au dos large et aux épaules noueuses, une crinière de cheveux bruns qui lui descendent parfois jusqu'à la taille, une grosse barbe et une bouche capable d'émettre le rire le plus tonitruant et le plus contagieux que j'ai jamais entendu. C'est un être hors normes, une créature de conte de fées débordant de chaleur, de sagesse et d'une infinie gentillesse.

Tous les enfants qui ont grandi au sein de la Légion l'adorent, moi la première. Quand j'étais petite, mes Frères, mes Sœurs et moi le suivions partout pendant des heures, collés comme des sangsues à ses jambes aussi grosses que des troncs d'arbre. On était persuadés qu'il pourrait nous porter tous ensemble sur ses épaules et on le suppliait d'essayer.

Il nous laissait faire sans se plaindre, parce que c'était un homme d'une grande bonté. Il comptait parmi les quatre premiers Centurions du père Patrick. Lorsqu'il a enfermé Shanti dans le coffre en métal pendant dix jours, il ne faisait que son devoir ; je sais qu'il n'y a pris aucun plaisir. Après que Lena a refusé de gracier son époux, Alice m'a confié l'avoir vu prier seul dans la Chapelle, le visage baigné de larmes. Julia et Becky se sont chargées de remettre Shanti sur pied, mais personne n'a passé autant de temps à son chevet qu'Horizon. Il est resté assis des heures à son côté, à lui donner de la soupe et à lui lire la Bible.

Il y a dix-huit mois, il a commencé à tousser.

Au début, quand on lui demandait s'il allait bien, il balayait les questions d'un revers de la main.

— J'ai dû prendre froid. Ça va passer.

Mais ce n'était pas un coup de froid. Et ça n'est pas passé.

Ça n'a fait qu'empirer, jusqu'à ce que la moitié de la Base soit réveillée la nuit par le bruit caverneux qui provenait du baraquement des Centurions, à l'ouest de la cour. Chaque matin, on en sortait un sac poubelle rempli de mouchoirs ensanglantés.

Du temps du père Patrick, on se rendait au centre médical de Layfield pour tous les problèmes dépassant les compétences de Julia et Becky. C'est là que je me suis fait poser une attelle après m'être cassé le bras, par exemple. Encore une chose qui a changé après la Purge. Pour le père John, tous les médecins sont des Servants du Serpent, et les médicaments, des armes conçues par les Agents du gouvernement pour détruire l'esprit des Justes. Malgré tout, mes Frères et Sœurs l'ont supplié de laisser Amos conduire Horizon chez le médecin. Après deux nuits de prière, il a fini par céder. Horizon a franchi le Grand Portail à bord du pick-up rouge, et il est revenu quarante-huit heures plus tard, après un détour par l'hôpital de Midland, avec une nouvelle qui nous a brisé le cœur.

Cancer du poumon de stade quatre.

Avec un traitement intensif, il en avait pour deux ans maximum. Et sans traitement, s'il avait *beaucoup* de chance, pour un an.

Les gens ont prié, pleuré, ils se sont frappé la poitrine et ont prié encore. Ils ont demandé au père John de faire quelque chose, *n'importe quoi*. Mais Horizon les a simplement remerciés pour leur soutien en disant qu'il était prêt à rejoindre le Seigneur dès que Celui-ci le jugerait bon. Il n'avait aucun regret ; il avait trouvé la Voie Juste avant qu'il soit trop tard, et il était extrêmement fier de la vie qu'il avait menée. Le moment venu, il ferait son Ascension le sourire aux lèvres.

Pendant quelque temps, les choses sont revenues à la normale.

La toux retentissante d'Horizon faisait désormais partie des bruits du quotidien, comme le grondement des générateurs de la Base. À moins de s'interrompre pour l'écouter, on n'y prêtait plus attention. Horizon était très pâle, même après une journée passée au soleil, et il se déplaçait moins vite qu'auparavant. Ce qui ne l'empêchait pas de s'atteler à chaque journée avec sa bonne humeur et son enthousiasme habituels.

Il était en train de mourir. Et tout le monde le savait.

À sa demande, le père John avait interdit que l'on discute de sa maladie devant lui. Il n'était pas question de le traiter différemment. Mais le cancer planait sur nous tel un nuage sombre. Plus les mois passaient, plus le Centurion se ratatinait sous nos yeux, et plus nos Frères et Sœurs l'évitaient. C'était trop pénible, disaient-ils, de le voir s'éteindre à petit feu.

Je trouvais ça insupportable. Horizon ne se plaignait jamais, il n'avait jamais un mot plus haut que l'autre, mais si on avait le courage de soutenir son regard, on y lisait un immense chagrin. Le chagrin de voir ceux qu'il aimait se détourner de lui, tout en prétendant – et ils étaient sûrement sincères – qu'ils tenaient trop à lui pour le voir souffrir.

La toux s'élève à nouveau des baraquements, épaisse, rauque et grasse. Lorsqu'elle s'arrête, le silence retombe autour de nous.

— Ça y est ? me demande Honey. Il est parti ?

Je ne réponds pas. La Base n'est jamais complètement silencieuse, même au milieu de la nuit. Pourtant, durant de longues secondes, je n'entends plus que le chant des cigales et le bruissement du vent dans les arbres. Puis, comme un moteur récalcitrant qui se décide enfin à démarrer, l'affreuse toux reprend.

Honey me saisit la main.

— Viens. Allons-y.

— Où ça ?

— N'importe où. Ailleurs.

Je me laisse entraîner vers le jardin. Le soleil tape fort, ma peau me brûle et la question que le père John m'a posée dans son bureau tourne en boucle dans ma tête : après l'Ascension d'Horizon, qui reprendra son poste de Centurion ?

D'après ce que j'ai compris, trois candidats se dégagent. Ma conversation avec le Prophète pourrait indiquer que Nate est une quatrième option, mais il voulait peut-être juste voir ma réaction.

Le premier des trois noms qui reviennent le plus souvent est celui de Joe Nelson, un ancien Mormon. On ne juge jamais personne sur la vie qu'il ou elle a menée avant d'entendre l'Appel de la Voie Juste. Joe possédait une petite ferme dans le nord de l'Utah ; depuis très longtemps, il s'occupe donc des récoltes et de l'entretien des terres de la Légion. Moins d'un an après son arrivée, il avait transformé le petit carré de légumes jonché de pierres en six belles parcelles bien alignées, sauvé le verger moribond, construit et rempli quatre poulaillers, et fait de notre petit troupeau de vaches maigres de généreuses productrices de lait.

À force de travailler dur sans jamais se plaindre, Joe s'est bâti une réputation d'homme ingénieux et motivé, soucieux du bien-être de ses Frères et Sœurs. Durant la majeure partie de l'année, il n'est pas concerné par le couvre-feu de 22 heures. Il est généralement le premier debout, quittant sa chambre située à côté des cabanes à outils bien avant l'aube pour la regagner longtemps après le coucher du soleil. Toutes ces raisons font de lui quelqu'un de très populaire.

On ne peut pas en dire autant de Jacob Reynolds, que la plupart des gens – en tout cas, ceux qui acceptent d'en parler – pensent être le mieux placé pour remplacer Horizon. Le fait qu'il soit arrivé comme par hasard la veille de la Purge a toujours paru étrange, même à celles et ceux qui étaient ravis de voir le père John prendre le contrôle de la Légion. Beaucoup le voient comme un retardataire qui ne mérite pas une telle proximité avec le Prophète, même si personne n'ose le formuler à voix haute.

Il est extrêmement gros, presque aussi large que haut, avec des cheveux clairsemés et un visage rougeaud. De nature colérique, il se montre très intolérant envers les membres de la Légion qu'il considère comme Frivoles. (Il le prononce de cette façon, insistant sur le *f* comme s'il était en majuscule.) Il vit seul, dans un vieil abri à moitié en ruine à l'extrémité ouest de la Base, aussi loin que possible des autres. À ma connaissance, aucun de mes Frères et Sœurs ne le considère comme un ami. Mais c'est un vrai croyant, un homme profondément, fanatiquement, Fidèle au Prophète.

C'est lui qui a retranscrit les Proclamations du père John, restant jour et nuit à ses côtés tandis que le Seigneur s'exprimait par sa bouche. C'est aussi lui qui prépare la Chapelle pour le sermon du dimanche matin. Il arrive même que le Prophète, trop occupé, lui envoie certains membres en quête de conseils spirituels. Ce simple détail en fait un candidat sérieux au poste de Centurion, dont le rôle premier est de montrer l'exemple au reste de la Légion.

Donc.

Joe Nelson. Jacob Reynolds.

Il n'en manque plus qu'un, celui auquel j'ai tout de suite pensé lorsque le père John m'a posé sa question.

APRÈS

— Luke avait-il manifesté le désir de devenir centurion ? m'interroge l'Agent Carlyle.

Je confirme d'un signe de tête.

— Comment ?

Je gratte les bandages propres qui recouvrent ma main gauche. L'infirmière Harrow a changé mon pansement lorsqu'elle est venue récupérer le plateau de mon petit déjeuner. Elle m'a dit que ça cicatrisait bien. Je la crois sur parole, car je suis encore incapable de regarder.

— C'était évident, même s'il ne pouvait pas le dire tout haut. Parce que… bref, vous savez.

— Parce que les centurions étaient choisis par Dieu, complète le Dr Hernandez. Se mettre en avant aurait été considéré comme de l'hérésie.

— Voilà. Et Luke n'était pas si bête. Il préférait parler de responsabilité, du fait qu'il était temps pour la nouvelle génération de s'impliquer davantage dans la Légion, en nous rappelant qu'il était le porte-drapeau de cette génération. Tout le monde comprenait ce que ça signifiait.

— Ce sont ses mots, ou les tiens ? me demande l'Agent.

— Les siens. Je l'ai entendu les prononcer plusieurs fois.

— « Le porte-drapeau de sa génération ». Drôle de formule pour quelqu'un qui plaque les filles contre les murs en les traitant de traînées. Pourquoi voulait-il devenir centurion ?

— Ne faites pas ça.

— Quoi donc ?

— Vous n'avez pas le droit d'utiliser ce qui se passe pendant les ISS. À part Honey et moi, personne ne sait que vous nous observez. Les autres ont l'illusion que nous sommes entre nous, et c'est important pour eux.

— Tu as raison, je n'aurais pas dû. Mais j'aimerais que tu répondes à ma question.

— Quelle question ?

— Pourquoi Luke voulait-il devenir centurion ?

Pour pouvoir donner des ordres aux autres. Pour pouvoir les punir quand ils désobéissaient. Pour pouvoir leur faire du mal.

— Il était ambitieux.

— La Légion du Seigneur était au service de Dieu, n'est-ce pas ? intervient le psychiatre. La gloire personnelle n'y avait donc pas sa place.

— Non. Mais les gens sont humains. Ils aiment être au centre de l'attention.

— Était-ce le cas de Luke ?

— Vous l'avez vu en ISS. Qu'est-ce que vous en pensez ?

— Je pense que c'est un jeune homme extrêmement perturbé qui regrette d'avoir survécu à l'incendie.

Un lourd silence s'installe. L'Agent Carlyle observe son collègue du coin de l'œil, surpris par sa franchise. Moi non plus, je ne m'y attendais pas. Des taches roses se dessinent sur les joues du Dr Hernandez, comme si lui-même regrettait de s'être laissé emporter.

— Vous l'aidez ?

— Nous faisons tout notre possible, oui.

— Il n'était pas à l'ISS ces derniers jours. Pourquoi ?

— Eh bien... Après votre discussion à propos de « l'ascension », il était très agité. Nous avons dû le mettre sous sédatifs. Tu t'en doutes, cela a fait écho chez lui aux mises en garde du père John sur le monde extérieur. La reprise de contact est un peu... difficile.

— Est-ce qu'il va s'en sortir ?

— Nous espérons aboutir à un résultat positif.

— Vous m'avez déjà dit ça.

— Je sais. Et je continue à y croire. Il devrait se joindre à vous cet après-midi.

— Mais vous ne pouvez pas me garantir qu'il va s'en sortir.

— Non, avoue-t-il.

L'image de Luke donnant des coups de pied et hurlant pendant que les Agents l'emmènent hors de la Base flotte devant mes yeux. Je frissonne.

— Merci de votre honnêteté.

— Je n'aurais peut-être pas dû te confier tout ça. Il est très important que tu gardes ces informations pour toi. Je suis désolé de te mettre dans une position compliquée, mais c'est pour le bien de tout le monde.

Donc, maintenant, je dois garder vos secrets en plus des miens ? Génial. Merci beaucoup.

— Je ne dirai rien.

Il me remercie d'un petit sourire.

— Pourquoi as-tu menti à Luke quand il t'a demandé ce que tu nous avais raconté ? intervient l'Agent Carlyle. Pourquoi ne pas lui avoir dit la vérité ?

— Parce que ça ne le regarde pas.

— Tu as peur de lui ?

Oui.

— Plus maintenant. Il me fait plutôt de la peine. Mais pendant très longtemps, oui, j'ai eu peur de lui.

— Pourquoi ?

— Je craignais qu'il fasse du mal à quelqu'un.

— Il était violent ?

Oui.

— Parfois.

— Envers toi ?

Je hoche la tête.

— Et envers tes frères et sœurs ? m'interroge le Dr Hernandez.

— Oui.

— Il n'était pourtant pas centurion, souligne l'Agent.

— Non.

— Donc, il n'avait aucune autorité.

— Non.

— John Parson le punissait-il quand il était violent ?

— Parfois, oui.

— Mais pas toujours ?

— Non.

Le Dr Hernandez a rempli une demi-page de carnet durant cet échange. Il repose son stylo.

— Comment était-il considéré par les plus jeunes membres de la Légion ?

— Qui ça, Luke ?

— Oui.

— Vous pouvez préciser ?

— Était-il apprécié ? Populaire ? Avaient-ils peur de lui ?

— Ça dépendait des jours. Parfois ils l'appréciaient, parfois non. C'est valable pour tout le monde. Les gens sont humains.

— Les gens sont humains, répète l'Agent.

— C'est ça.

— Et toi ? me demande le psychiatre.

— Quoi, moi ?

— Est-ce que tu appréciais Luke ?

— Je vous l'ai dit, il me fait surtout de la peine.

— Non, pas maintenant, mais à l'époque. Avant l'incendie.

— C'était mon Frère. Donc je l'aimais.

— Est-ce que tu l'appréciais ? insiste-t-il en souriant.

Je le haïssais. J'avais peur de lui, et je le haïssais.

— Non. Je ne l'appréciais pas.

TRAÎTRESSE ! s'époumone tout à coup le père John dans ma tête. *HÉRÉTIQUE ! TU N'AS JAMAIS AIMÉ TES FRÈRES ET SŒURS ! TU AS TOUJOURS ÉTÉ FAUSSE ! TA FOI N'ÉTAIT QU'UNE FAÇADE !*

Je me recroqueville au fond du canapé, car je n'avais plus entendu sa voix depuis un moment. Je commençais presque à espérer qu'elle avait disparu pour de bon.

— Tu ne l'appréciais pas ?

— Non. Et c'était réciproque, vous pouvez me croire. C'est même un euphémisme. J'avais souvent l'impression qu'il me détestait.

— C'est aussi ce que tu ressentais pour lui ?

J'opte pour le mensonge.

— Non.

— Pourquoi penses-tu qu'il te détestait ? me demande le docteur.

— Pourquoi déteste-t-on quelqu'un, à votre avis ?

— Pour des tas de raisons. Parce qu'on a réellement quelque chose à lui reprocher, parce qu'il nous a blessé, nous ou quelqu'un qui nous est cher. Parce qu'on éprouve un sentiment de rejet irrationnel, lié à une couleur de peau ou une orientation sexuelle. Et parfois, il n'y a même pas de raison.

— Disons que c'était un peu tout ça à la fois.

— Pourquoi ?

J'hésite, car je sens que nous nous engageons sur un terrain dangereux. Mais la voix dans ma tête me rappelle alors ce que j'ai conclu la veille, en fixant le plafond de ma chambre.

Ça me ferait peut-être du bien d'avouer le plus de vérités possible.

— Moonbeam ? Ça va ?

— Luke était le premier bébé de la Légion. Il est né sur la Base, à peine un an après le début du projet du père Patrick. La première pierre de la Chapelle n'était pas encore posée. Il ne faut pas oublier qu'avant la Troisième Proclamation, les choses étaient très différentes. Les gens pouvaient...

Je m'interromps. Comment aborder un sujet pareil avec eux ?

— Les rapports sexuels étaient moins encadrés ? suggère le Dr Hernandez.

Soulagée, je le remercie d'un signe de tête.

— Exactement. *Beaucoup moins* encadrés, à tel point que personne n'a jamais su qui était le père de Luke, même à l'époque. Quant à sa mère, de nombreuses personnes devaient la connaître, puisqu'elle a accouché sur la Base. Mais tout le monde a gardé le secret, elle la première.

— Elle l'a abandonné à la naissance ? s'étonne l'Agent Carlyle.

— Tout ce que je sais, c'est qu'elle ne l'a pas reconnu. Luke posait beaucoup de questions sur ses parents, même après la Purge, alors que c'était interdit de mentionner le passé. Il n'a jamais obtenu de réponse.

— Que lui disait-on ?

— Qu'il était un enfant du Seigneur. Qu'il avait été élevé par ses Frères et Sœurs, que c'étaient eux sa Famille. Au fil des ans, j'ai entendu des rumeurs, bien sûr. Des noms de femmes qui étaient parties, ou qui vivaient toujours avec nous et à qui Luke parlait tous les jours.

— Selon toi, pourquoi personne ne lui a jamais dit la vérité ? me demande le docteur. Alors que certains savaient qui était sa mère ?

— Elle leur avait sans doute fait promettre de se taire.

— Imaginez un peu que vous voyez votre enfant souffrir tous les jours, s'énerve l'Agent. Vous savez que vous pouvez l'aider, mais vous ne faites rien. Quel genre de parent se comporte de cette façon ?

— Ne la jugez pas, le réprimande le Dr Hernandez. Nous ne savons pas ce qu'elle a vécu, ni à quels choix difficiles elle a été confrontée. (Son voisin fait la grimace mais n'insiste pas.) Moonbeam, pourquoi penses-tu que l'enfance de Luke a influencé de manière négative l'opinion qu'il avait de toi ?

— Je n'ai pas dit qu'il y avait un lien. Je réfléchissais tout haut. Mais, moi, je ne suis pas née au sein de la Légion. Dès le départ, ça a créé une différence entre nous.

— Ne te sens pas obligée de parler de ta mère.

— Ça ne me dérange pas. (Et c'est vrai, du moins pour le moment.) Ma mère m'a raconté leur vie avant d'arriver à la Base. Elle était institutrice et mon père travaillait pour un organisme caritatif d'aide à l'enfance. Vous vous seriez bien entendus. (Le docteur me sourit.) Ils étaient mariés depuis huit ans quand je suis née. Maman m'appelait son petit miracle, parce que les médecins lui avaient dit qu'elle ne pourrait jamais avoir d'enfant.

Son sourire s'efface, et je me rappelle alors ce qu'il m'a confié sur sa femme. Mon cœur se serre pour lui. Pour eux deux.

— Est-ce pour cette raison que ton père a été si touché par les paroles d'Horizon à Santa Cruz ? me demande l'Agent Carlyle. Parce qu'il était convaincu, comme ta mère, que tu étais un don de Dieu ?

— Bonne question. Je n'ai jamais eu l'occasion de la lui poser.

— J'imagine que tes souvenirs ne remontent pas aussi loin, continue le Dr Hernandez. Pas jusqu'à votre installation sur la base.

Je fais non de la tête, bien que je revoie le jour de notre arrivée comme si c'était hier. Ce ne sont que des bribes d'images : le squelette de la Chapelle qui se détache sur le ciel bleu, des visages souriants qui saluent mes parents, se penchent sur moi en roucoulant et caressent mes petites mains, la chaleur et la sécheresse d'un lieu totalement inconnu. Ça ressemble à un souvenir, même si c'est impossible puisque je n'avais que dix-huit mois. En tout cas, c'est un moment heureux, et mon père est présent. Alors je le garde précieusement.

— Luke était donc le premier enfant de la Légion, reprend l'Agent du FBI. Et toi la deuxième.

— Certains membres sont venus avec leurs enfants lors de la création de la Légion. Mais on a été les deux premiers à l'intégrer une fois qu'elle existait officiellement.

— Y en a-t-il eu beaucoup d'autres ?

— Oui, plein. Les premières années, on voyait débarquer des gens tous les mois. Ils ne restaient pas tous, mais chaque fois qu'on tournait la tête, on découvrait un nouveau visage. Vous vous souvenez de Lizzie, mon amie dont la mère travaillait à Layfield ?

— Celle qui est partie après la purge ?

— C'est ça. Elle devait avoir cinq ou six ans quand je l'ai rencontrée. Honey en avait trois, Alice sept, Isaac presque quatorze. Il y en avait de tous les âges. Mais, oui, Luke et moi étions les premiers.

— Et tu avais des parents, alors que lui, non.

J'acquiesce.

— Le reste de la Légion se comportait-il de la même façon avec vous deux ?

Je repense à l'époque où Luke et moi étions petits, quand le père Patrick était encore là et que l'ambiance était différente. Moins stricte. Plus douce. *Meilleure.*

Vraiment ? chuchote la voix dans ma tête. *Ce n'est pas parce que tu as envie d'y croire que c'est la vérité. Ne sois pas si naïve.*

— Pas tout à fait. Mais pas au sens où vous l'entendez. On ne me traitait pas mieux que lui. La Légion tout entière s'occupait de l'éducation de Luke et veillait sur lui. C'était pareil pour moi, sauf que j'avais une mère auprès de qui retourner. Ça a dû être perturbant pour lui quand il a eu l'âge de comprendre et de poser des questions. Il devait se demander s'il croisait ses parents tous les jours sans le savoir, il devait se sentir...

— Rejeté ? fait le docteur.

J'essaie d'imaginer la frustration, l'impuissance et l'immense déception que ça a dû susciter en lui. Il était facile de conclure que ses parents avaient de bonnes raisons de l'avoir abandonné, que c'était sa faute. Et tout cela ne pouvait que se transformer en colère avec le temps.

— Quand j'étais petite, je croyais juste qu'il était méchant et qu'il avait une dent contre moi. Mais avec le recul, je me dis qu'il était simplement jaloux et très seul. J'aurais peut-être dû être une meilleure amie. Une meilleure Sœur.

— Tu n'étais toi-même qu'une enfant. Tu n'es pas responsable de la façon dont Luke a été élevé.

— Non, bien sûr.

— Tu as déclaré que, par moments, tu avais l'impression qu'il te détestait, enchaîne l'Agent Carlyle. Était-ce lié à une attitude générale ou à des incidents spécifiques ?

Le souvenir surgit de ma mémoire, aussi froid et tranchant qu'une lame de couteau.

— Il y a eu un... un incident, oui.

— Peux-tu nous en parler ? me demande le docteur.

C'est une bonne question. Une *très* bonne question. Puis-je leur parler de la seule fois – à part pendant l'incendie, bien sûr – où j'ai cru que j'allais mourir ?

Dis-leur, me presse la voix. *Vas-y.*

— Je n'en ai pas envie. Mais je vais le faire quand même.

— Très bien. Prends ton temps, et reste à l'écoute de tes émotions. Nous nous arrêterons dès que tu en ressentiras le besoin.

J'inspire et j'expire profondément, plusieurs fois.
— Ça va aller, Moonbeam ?
Je le rassure d'un signe de tête avant de me lancer.
— Ça s'est passé un dimanche…

AVANT

Le sermon du père John – sur les dangers de l'addiction et la manière dont les Agents du gouvernement utilisent les drogues et l'alcool pour nous écarter de la Voie Juste – résonne encore à mes oreilles lorsque j'accompagne Nate dans le jardin.

J'ai un peu tendance à le suivre partout. J'en ai conscience. Ça fait d'ailleurs ricaner et jaser certaines de mes Sœurs.

Mais je m'en fiche. Nate est mon ami, et il ne me regardera jamais comme j'aimerais qu'il me regarde, parce qu'il est beaucoup plus vieux que moi. Je ne fais donc rien de mal. Elles peuvent ricaner autant qu'elles veulent.

Joe Nelson nous remet un sac de graines de laitues à semer. Nate n'est pas de très bonne humeur aujourd'hui. Après une quinzaine de minutes où je tente de lui faire la conversation, il me demande de le laisser respirer. Il a l'air coupable et semble épuisé. Bien que ça me brise le cœur, je sors du potager avec un sourire contrit.

Le soleil brille très haut dans le ciel. Il fait si chaud que je sens la sueur me dégouliner dans le dos tandis que j'erre sur le bitume brûlant de la cour. Je ne sais absolument pas quoi faire. On ne s'ennuie pourtant jamais au sein de la Légion du Seigneur ; dès qu'on a terminé une tâche, une nouvelle liste de corvées apparaît comme par magie. En théorie, je devrais aller voir l'un des Centurions pour qu'il me donne du travail. Mais pour le moment, il n'y a pas un chat en vue. On dirait que toute la Base s'est endormie.

Après avoir longé la Chapelle, je dépasse les baraquements est pour me retrouver dans un coin de désert stérile, simple bande de terre orange jonchée de feuilles mortes. Au loin, scintillant dans la chaleur, le grillage surmonté de barbelés s'étend vers le nord et le sud, avec ses panneaux « Propriété privée » suspendus à intervalles réguliers. Entre nous se dresse une rangée de cabanes et d'abris branlants où sont remisés la plupart des outils et des machines de Joe Nelson : tondeuses, tronçonneuses, faux, haches, houes, pelles, etc. Je m'avance lentement dans leur direction, obsédée par l'expression de Nate lorsqu'il m'a demandé de le laisser tranquille.

Je ne suis pas une gamine idiote qui croit au grand amour et aux contes de fées. Je sais depuis le jour de notre rencontre que Nate me considère comme une petite sœur qui a du mal à cacher son béguin pour lui. Je sais aussi qu'il ne se passera jamais rien entre nous.

La voix dans ma tête ne manque jamais une occasion de me rappeler qu'il ne partage pas mes sentiments. Même si c'était le cas, la Troisième Proclamation lui interdirait de faire quoi que ce soit. Et s'il était tenté d'enfreindre cette règle fondamentale, si l'amour lui faisait oublier toute précaution, ce serait encore plus risqué avec moi qu'avec n'importe quelle autre fille de la Légion. Parce que, comme Nate lui-même ne cesse de le mentionner, j'ai été désignée comme future Épouse du Prophète quand j'avais dix ans.

Nous sommes cinq dans ce cas : Zara, Lily, Hanna, Colibri et moi. Je suis la plus âgée, et Lily la plus jeune.

Elle a dix ans ; le Seigneur l'a choisie quand elle en avait six. Être une future Épouse est un grand honneur, presque aussi grand que celui d'être nommé Centurion. Concrètement, ça ne change pas grand-chose. Nous ne vivrons dans la Maison qu'après notre mariage, qui aura lieu à nos dix-huit ans. Pour l'instant, c'est donc un vague projet d'avenir dont je ne sais que penser.

J'entends encore ma mère répéter au père John quelle bonne Épouse je ferais pour lui. Nate aussi en parle souvent, y compris quand ça n'a aucun rapport avec la conversation. Comme s'il voulait s'assurer que personne n'oublie mon statut particulier.

Et moi, dans tout ça ? J'ai bien compris ce que le Seigneur attend de moi, mais ça ne suffit pas à rendre la chose réelle. Surtout qu'il me reste encore trois ans à attendre, et que tous mes Frères et Sœurs, à commencer par le père John, sont convaincus que la Bataille Finale contre le Serpent aura lieu avant.

Mais si ça n'arrive pas ? Si tu dois l'épouser et t'installer dans la Maison, dans sa chambre, dans son lit... ?

Je fais taire la voix, parce que je n'ai pas envie d'y penser. Alors que j'atteins la première cabane, simple plaque de tôle posée en équilibre sur quatre murs de branches, j'entends un drôle de bruit derrière les bâtiments. Il y a des crotales sur la Base, qui semblent parfois se promener par dizaines. Bien qu'on ne les voie quasiment jamais, on apprend vite à faire un détour lorsqu'on reconnaît leur sonnette.

Mais là, ça n'y ressemblait pas. On aurait plutôt dit un grognement ou un soupir. Immobile, je tends l'oreille.

Quelques secondes plus tard, ça recommence. Plus fort que la première fois. Ça vient de derrière la cabane située sur ma gauche. Je m'en approche à pas de loup, en prenant soin de ne pas faire craquer de branche ou de feuille morte sous mes chaussures. Puis je me penche pour jeter un coup d'œil à l'angle du bâtiment.

Aussitôt, le rouge me monte aux joues. Luke se tient là, dans l'ombre, son jean sur les genoux et son engin à la main. Les sourcils froncés, il agite son poing d'avant en arrière en poussant le grognement que j'ai entendu.

La scène n'a vraiment rien de drôle. Luke sera furieux s'il me surprend en train de l'observer. Et pourtant, je suis prise d'une terrible envie de rire. Il a l'air tellement *ridicule*, tellement concentré… J'ai conscience d'assister à un moment intime, mais je ne peux pas m'empêcher de regarder.

Puis je distingue une silhouette derrière lui, et mon fou rire s'étrangle dans ma gorge. Honey émerge de l'obscurité, gênée. Elle n'a clairement aucune envie d'être là.

— Touche-le, ordonne Luke.

Elle le fixe avec de grands yeux effrayés, sans bouger d'un pouce.

— Vas-y, siffle-t-il. Tu dois le faire.

Elle le dévisage encore longtemps avant de baisser la tête. À la seconde où elle tend la main, mon corps se remet en mouvement sans que je lui en aie donné l'ordre.

— Retourne dans la cour, Honey, je lance en me plantant devant eux.

Luke se détourne avec un cri de surprise, pressé de reboutonner son jean.

— Dégage ! crie-t-il. On ne faisait rien de mal !

Honey paraît immensément soulagée, comme si elle avait du mal à croire que je sois là.

— Vas-y. Ne t'inquiète pas. Tu n'as rien à te reprocher.

Elle détale en courant, les semelles de ses chaussures claquant sur la terre sèche. Puis Luke me fait face et je comprends, trop tard, que j'aurais dû filer moi aussi. Car ce n'est ni de la colère ni de la honte que je lis sur ses traits.

C'est une envie de meurtre.

Il se jette sur moi et me plaque contre le mur de la cabane. Mes talons dérapent sur le sol tandis que ma tête heurte le métal. Je vois des étoiles, des galaxies entières. Il me frappe du plat de la main, juste sous l'œil, et la douleur me fait recouvrer mes esprits. J'ai un goût de sang dans la bouche. Je me mets à hurler, mais sa main étouffe mon cri dans ma bouche. Il se colle contre moi, les yeux brillants de haine.

— Pour qui tu te prends ? grogne-t-il. À espionner les gens comme ça ? À te mêler de ce qui ne te regarde pas ?

J'ai beau me dire qu'il essaie seulement de me faire peur et que tout ira bien, rien dans son attitude ne semble l'indiquer.

Rien du tout.

— Troisième... Proclamation..., je halète entre ses doigts.

Il éclate de rire et relâche un peu la pression.

— Attends, tu comptes m'expliquer à *moi* le contenu des Proclamations ? Alors que je les connais mieux que n'importe qui, hormis le Prophète ?

— Si tu les connais si bien, pourquoi tu les enfreins ?

Je me moque de sa réponse ; j'essaie juste de gagner du temps, afin de reprendre mon souffle et de trouver un moyen de fuir.

— Je n'enfreignais rien du tout. Honey doit faire ce que je lui dis. Tu comprends ? C'est son travail de me satisfaire. Et le tien aussi.

Son autre main remonte le long de ma cuisse. Avant même que je puisse crier, il écrase à nouveau ses doigts sur ma bouche, encore plus fort qu'avant.

— Je sais que tu es promise au père John, souffle-t-il, le regard haineux. Et que tu dois rester pure jusque-là. Mais quand il en aura fini avec toi, je viendrai te voir, la nuit, pour qu'on s'amuse un peu. Je vais te…

Ses mains me lâchent soudain tandis qu'il titube en arrière, l'air stupéfait, et s'écroule sur le sol. Mes jambes se dérobent sous mon poids. Je me laisse glisser le long du mur, les yeux pleins de larmes, juste à temps pour voir la botte de Nate s'enfoncer dans les côtes de Luke. On dirait le bruit d'un hachoir s'abattant sur une pièce de bœuf. Luke pousse un hurlement et se met à ramper. Nate continue à le frapper, encore, et encore, et encore, jusqu'à ce qu'il arrête de bouger. En voyant Nate lever une nouvelle fois le pied, je retrouve la parole.

— Arrête ! Ne fais pas ça !

Il suspend son geste. L'expression de rage pure que je lis sur ses traits me pétrifie. Enfin, il se radoucit et pose le pied par terre.

— Moonbeam… ça va ? Il t'a fait du mal ?

Au sol, Luke pousse un gémissement. Je secoue la tête.

— Tu es sûre ?

— Je vais bien. Je te jure, Nate.

C'est pourtant loin d'être vrai.

— D'accord. Retourne dans la cour.

— Qu'est-ce que tu vas faire ?

Il regarde Luke, qui a les yeux exorbités et le visage cramoisi.

— Je vais régler ça. Allez, file. Et n'en parle à personne tant que je ne serai pas venu te trouver.

Je me redresse tant bien que mal et m'éloigne d'un pas chancelant. Ce n'est qu'une fois arrivée dans la cour que je me laisse tomber à genoux sur le bitume, secouée de sanglots incontrôlables.

APRÈS

— Jésus Marie Joseph, souffle l'Agent Carlyle.

Il m'a écoutée avec un air de plus en plus incrédule et me regarde maintenant avec une telle compassion que je dois détourner la tête pour ne pas fondre en larmes.

— Quel âge avait Honey ? s'enquiert le Dr Hernandez.

— À l'époque ?

— Oui.

— Onze ans.

Il y a un long silence. Mes mots planent entre nous tel un nuage toxique. L'Agent Carlyle se reprend le premier.

— Qu'est-il arrivé à Luke ?

— Rien. Je ne sais pas ce que Nate lui a dit ou fait après mon départ, mais il n'en a plus jamais reparlé. Et Honey non plus.

— Elle était allée prévenir Nate ? C'est pour ça qu'il est venu à ton secours ?

J'acquiesce.

— Brave petite.

Vous n'avez pas idée.

— Oui, elle est très courageuse.

Le psychiatre se masse le front, plus pâle qu'à son habitude. L'histoire que je viens de leur raconter semble lui causer une souffrance presque physique. Il baisse les paupières quelques secondes, puis sort une chemise de sa sacoche.

— J'ai ici une copie de la Troisième Proclamation. Je suppose qu'elle a été transcrite par Jacob Reynolds ?

Je me souviens encore de la longue nuit d'été durant laquelle le père John a reçu ce message du Seigneur. Il avait les yeux révulsés, les membres agités de spasmes et l'écume aux lèvres comme un chien. Jacob Reynolds est resté à ses côtés jusqu'au bout, un stylo à la main.

— « La vérité m'a été révélée, lit le Dr Hernandez. Le Seigneur est l'Avenir, et l'Avenir est en moi. Tout est plus clair que jamais. Il ne peut y avoir ni semence gâchée, ni ventre gâché, car nous sommes trop peu et nos ennemis trop nombreux. Une nouvelle génération de Légionnaires doit se lever, une génération de Guerriers Fidèles nés sur la Voie Juste. Car seuls seront autorisés à entrer dans ce monde dépravé les Justes qui porteront en eux la Lumière du Seigneur. Et c'est moi, Son plus Fidèle messager, qui la leur transmettrai. Le reste n'est qu'Hérésie. »

Un frisson me parcourt. La Légion tout entière s'était rassemblée devant la Maison au lever du soleil, après la conversation du père John avec le Seigneur. En silence, nous l'avons écouté nous lire ces lignes pour la première fois. Le Prophète paraissait épuisé, comme s'il n'avait pas dormi depuis des années. Mais sa voix tonitruante était plus assurée que jamais.

— Que signifiait cette proclamation d'après toi ? me demande le psychiatre.

— C'est-à-dire ?

— Comment l'as-tu comprise ?

— Ça me semble assez clair, non ? Tous les hommes de la Base devaient faire vœu de chasteté, à l'exception du père John. Parce que lui devait engendrer une nouvelle génération de Frères et de Sœurs.

— Et les couples mariés ? Tous ceux qui étaient monogames ?

— C'était aussi valable pour eux.

— Juste parce que John Parson l'avait décrété ? s'étonne l'Agent.

J'AI PORTÉ LA PAROLE DU SEIGNEUR TOUT-PUISSANT AUX OREILLES DES MORTELS ! J'AI TRANSMIS SA SAGESSE AUX JUSTES QUI MÉRITAIENT DE L'ENTENDRE ! J'AI ÉLOIGNÉ LEUR ÂME DU SERPENT !

J'ignore la voix du Prophète.

Oui, juste parce qu'il l'avait décrété. Il ne leur en fallait pas plus.

— Donc, les hommes de la Légion se sont vus contraints à la chasteté, reprend le docteur. Et les femmes ?

— Elles devaient rejeter toutes les avances qu'on leur ferait.

— Mais pas celles du père John.

— Non, elles devaient s'y soumettre sans discuter. Pour le bien de la Légion.

L'Agent Carlyle serre les poings. La fureur que je lis dans ses yeux me fait sursauter.

— Désolée. Je vous jure que c'est la vérité.

— Je te crois. Tu t'en sors incroyablement bien. Je suis très fier de toi.

Je ne sais pas comment le remercier. Je ne peux pas parler, à cause de l'énorme boule qui s'est formée dans ma gorge.

— Comment la Légion a-t-elle réagi à la Troisième Proclamation ? continue le docteur.

Je déglutis. Une fois, deux fois, trois fois, jusqu'à être de nouveau capable d'émettre un son.

— Certains ont eu du mal. Surtout quand on sait comment les choses se passaient au début.

— J'ai cru comprendre qu'il y avait eu des départs ?

— En effet.

— Combien ? veut savoir l'Agent.

Je repense au jour de l'annonce de la Troisième Proclamation, aux hommes furieux qui ont chargé femmes et affaires dans leurs voitures avant de franchir le Grand Portail.

— Trente, trente-cinq peut-être.

— John Parson les a laissés partir ?

— Le père John a dit que le Seigneur nous mettait à l'épreuve. Que la Troisième Proclamation avait permis de démasquer les Frères et Sœurs qui étaient Faux et dont la Foi n'était qu'un masque. Que la Légion serait plus forte sans eux.

— Et par « plus forte », il entendait bien sûr plus obéissante.

— Es-tu de cet avis, Moonbeam ? interroge le docteur. Tu nous as expliqué qu'il n'avait pas réagi lorsque les gens étaient partis après la purge, parce qu'il savait qu'il avait affirmé son autorité. Qu'il avait « gagné », pour reprendre le terme que tu as utilisé. Était-ce la même chose ?

— Je ne sais pas. Il n'avait sans doute pas envie de perdre des membres de la Légion, mais il voulait aussi s'assurer qu'il était entouré de gens loyaux.

— Loyaux envers lui ou envers le Seigneur ? raille l'Agent du FBI.

— C'est la même chose.

— Tu le penses vraiment ?

Oui. Non.

— On se fiche de ce que je pense. Ce qui compte, c'est ce que pensaient mes Frères et Sœurs. Et je vous l'ai déjà dit, la plupart le considéraient comme le messager du Seigneur sur Terre. Ils ne faisaient pas semblant, ce n'était pas pour rire. Ils y croyaient de tout leur cœur.

— Mais si…

— Qu'est-ce que vous voulez que je vous dise ? Je ne sais pas ce qui se passait dans la tête du père John. Je ne sais pas s'il était content qu'ils s'en aillent parce que ça prouvait la faiblesse de leur Foi, ou parce qu'il voulait se débarrasser des plus récalcitrants. Je ne sais même pas s'il était content, ou triste, ou en colère. Tout ce que je sais, c'est que des gens sont partis. Ils n'étaient pas prisonniers.

— D'accord. Même si Amos était le seul à pouvoir sortir du camp. Même si personne ne pouvait téléphoner ni regarder la télé ni lire. Même si des centurions armés faisaient les quatre volontés d'un homme qui pensait parler à Dieu et qui distribuait des punitions dont il fallait des mois pour se remettre.

— Je déteste quand vous appelez la Base « le camp ».

— Je sais.

— Des gens sont partis. Le père John ne les en a pas empêchés. Moi aussi, j'aurais pu partir.

— Vraiment, Moonbeam ? intervient le docteur.

Je ne lui réponds pas tout de suite. Pas parce que je m'y refuse, mais parce que je ne sais vraiment pas quoi dire.

Sois courageuse. Sois honnête envers toi-même à défaut de l'être envers les autres. Et trouve la force de regarder la vérité en face, malgré les mensonges qu'on t'a racontés.

J'obéis à la voix. Je réfléchis, j'essaie d'être forte. C'est douloureux, car pendant très longtemps, j'ai cru moi aussi tout ce que le père John disait. Avant que ma mère soit Bannie, je croyais en lui et en la Légion. Ça me manque, et ça me manquera toujours un peu, cette certitude sans faille, cette sensation de puissance et de fierté qu'on éprouve à faire partie des Justes.

Mais ensuite, je pense à ma mère, à Nate, aux cartons et à la porte fermée à clé au sous-sol de la Maison. Je pense à mes Sœurs se jetant sur les Agents, des fusils à la main. Aux cinq coups de feu. À ce que j'ai découvert. Et à ce que j'ai fait.

Je revois le sang, les flammes. La nausée m'envahit.

— Je n'ai jamais essayé de partir. Alors je ne le saurai jamais.

Le Dr Hernandez écrit longuement dans l'un de ses carnets. Pour la première fois, ça ne m'agace pas. Au contraire, je me sens étrangement *soulagée*. Parler de tout ça, de Luke, de Honey, de Nate et de la Troisième Proclamation, a remis beaucoup de choses en question. Alors que le sol tangue sous mes pieds, le voir griffonner ainsi en ma présence a quelque chose de rassurant. De familier.

— Que s'est-il passé après la vague de départs ? continue l'Agent.

— On a fait la fête.

— Pourquoi ?

— Pour célébrer le mariage du père John avec ses deuxième et troisième Épouses.

— Le soir même ? Juste après la Troisième Proclamation ?

Je confirme d'un signe de tête.

— Qui étaient les heureuses élues ?

— Bella et Agavé.

— L'une d'elles était-elle déjà mariée ?

— Elles l'étaient toutes les deux.

— Et leurs maris étaient là ?

Nouveau hochement de tête.

— Comment ont-ils réagi ? m'interroge le docteur. Ont-ils dit quelque chose ?

À votre avis ?

— Ils ont fait la fête avec nous. Le père John a conduit Bella et Agavé de la Chapelle à la Maison, et on les a tous suivis avec des cierges.

— D'après toi, à quoi pensaient leurs maris à cet instant ?

Je n'ai même pas besoin de réfléchir pour répondre. C'est évident.

— Ils priaient pour que leurs femmes servent dignement le père John.

Un long silence s'installe. Comme d'habitude, l'Agent Carlyle est le premier à retrouver l'usage de la parole.

— Il va me falloir un peu de temps pour digérer tout ça. En attendant, si tu es d'accord, j'aimerais revenir à Luke. Ça te va ?

J'acquiesce.

— Tu as dit qu'il n'y avait pas eu de suite à ce qui s'était passé entre lui, Honey, Nate et toi.

— En effet.

— Je trouve ça difficile à croire.

— Je ne vous mens pas.

Il lève les mains en un geste d'apaisement qui me donne envie de lui crever les yeux avec les stylos du Dr Hernandez.

— Ce n'est pas ce que j'ai dit. Je ne t'accuse de rien. Je me demandais juste s'il n'y avait pas un élément que tu aurais oublié de mentionner.

— D'après ce que j'en sais, Nate n'en a jamais parlé à personne. Et Luke et Honey non plus. Les Centurions ne s'en sont jamais mêlés. Officiellement, il n'y a pas eu d'incident.

— D'accord. Nate n'a pas agi de son côté ?

— Non.

— Et toi ?

J'hésite.

— Moonbeam ? As-tu fait quelque chose ?

Dis-leur. Sois courageuse. Dis-leur ce que tu as fait...

AVANT

J'attends environ une semaine.

Je ne suis pas assez bête pour croire que Luke a déjà oublié ce qui s'est passé. Il n'oubliera *jamais*, et il ne me pardonnera jamais non plus. Mais les circonstances ne me laissent pas le choix. Je n'ai plus qu'à espérer qu'il se soit écoulé assez de temps pour qu'il n'y pense plus en permanence.

Pour qu'il ait baissé sa garde.

Nous vivions sur la Base depuis à peine dix-huit mois lorsque mon père est mort. Il était en train de réparer le grillage au coin nord-ouest de la clôture, et soudain, il s'est écroulé. On l'a conduit en urgence au centre médical de Layfield. Les médecins ont expliqué à ma mère et au père Patrick qu'il souffrait d'une défaillance cardiaque impossible à détecter. D'après eux, sa mort avait été instantanée. Il ne s'était rendu compte de rien.

J'espère que c'est la vérité.

Quand j'ai eu six ou sept ans, ma mère m'a donné une boîte remplie d'objets qui lui avaient appartenu. Mais avant, elle m'a fait jurer de n'en parler à personne. J'ai accepté sans trop comprendre pourquoi.

La boîte contenait deux canifs, un coquillage ramassé sur la plage de Santa Cruz, une page de son journal visiblement prise au hasard, une photo en noir et blanc de ses parents et une montre arrêtée à l'heure exacte de ma naissance. J'ai lu et relu la page de journal des centaines de fois et je contemple souvent la photo, parce que je n'ai jamais rencontré mes grands-parents. Je ne sais même pas s'ils sont toujours en vie.

Mon père a sculpté et peint des couchers de soleil jaune et violet sur le manche en bois des canifs. Ils sont tout petits, pas très tranchants, mais j'aime les sentir entre mes mains. Mon père a dû les serrer dans les siennes durant des heures tandis qu'il les décorait à coups de burin et de pinceau. Grâce à eux, je me sens un peu plus proche de lui.

Après avoir fait le vide dans mon esprit, je glisse les canifs dans la poche de mon jean et je sors dans le petit couloir qui traverse le Bâtiment Neuf. Il y a six portes donnant sur des chambres toutes identiques. Au bout, une croix en plastique fluorescent est accrochée au mur. Ma mère vivait ici autrefois, dans la chambre voisine de la mienne. Alors que je me dirige vers la sortie, je ressens brusquement le poids de son absence. C'est une douleur presque physique. Je ne suis pas censée penser à elle, car c'est une Hérésie. Heureusement, ni les Centurions ni le père John ne savent ce qui se passe sous mon crâne, parce que ça ne leur plairait pas.

Les portes ne sont pas fermées à clé cette nuit. Je le sais car je n'ai pas fermé l'œil depuis le début du couvre-feu, trois heures plus tôt. J'aurais entendu le bruit des cadenas. Quelqu'un est venu voir Alice il y a une heure. J'ai enfoui ma tête sous mon oreiller jusqu'à ce qu'ils aient fini. Parfois, ils font l'effort de rester silencieux, et parfois non.

J'ouvre la porte d'entrée avec précaution. La lune n'est pas visible ce soir. Dans le désert, il fait très sombre, si sombre que je distingue à peine le tracé de la cour devant moi. Comme la plupart de mes Frères et Sœurs, j'ai une petite lampe-torche à la ceinture. Frissonnant dans la fraîcheur de la nuit, je décide toutefois de ne pas l'utiliser. Je ne veux pas prendre le risque d'être vue.

Guidée par la faible clarté des étoiles et mon instinct, je me dirige à pas de loup vers le coin sud-ouest de la cour. Le bâtiment qui m'intéresse fait partie d'une rangée de quatre. Si je me trompe de porte, je vais passer la matinée à répondre aux questions des Centurions, et l'après-midi dans un coffre.

J'avance en rasant les murs, concentrée sur ce que le père John nous répète toujours au sujet de la Bataille Finale : *Vous serez calmes, vous serez prudents, vous aurez confiance dans le Seigneur, et vous serez triomphants.*

Calme. Prudente. Triomphante.

Mes projets de ce soir n'ont rien à voir avec la guerre contre le Serpent, mais tout est bon pour empêcher mon cœur de bondir hors de ma poitrine.

Calme. Calme. Calme.

J'arrive devant ce que je pense – ce que j'espère – être le Bâtiment Douze. Plantée dans l'ombre, je m'accorde quelques secondes pour ralentir les battements de mon cœur. C'est sans doute inutile, car si je me suis trompée, je le saurai très vite. Et le fait que je sois calme ou pas n'aura alors plus d'importance.

Enfin, je sors les canifs de ma poche, je déplie les lames, et lentement, très lentement, je tourne la poignée. Je m'attends plus ou moins à ce que ce soit fermé à clé ou à ce que le grincement du métal réveille toute la Base. Mais le battant s'ouvre sans un bruit, comme si les gonds venaient d'être huilés. Je pénètre dans l'obscurité.

Les Bâtiments Onze à Quatorze sont de longs baraquements d'une seule pièce qui accueillent chacun trois de mes Frères. Ils sont tous agencés de la même façon. Les trois lits alignés contre le mur ne suffisent pas à me confirmer que je suis au bon endroit. J'attends donc que mes yeux s'habituent à la pénombre. Au bout d'un long moment, j'ai enfin ma réponse.

Un des trois lits est inoccupé.

Leo, le garçon de dix ans qui devrait y dormir, a eu de la fièvre ce matin. Julia et Becky l'ont installé chez elles, près de la Chapelle, afin de garder un œil sur lui. Julia était médecin et Becky étudiante en médecine quand elles ont reçu l'Appel à rejoindre la Voie Juste. Depuis dix ans, elles ont sauvé une bonne dizaine de vies.

Ce matelas vide est la preuve que je ne me suis pas trompée.

C'est bien là.

Je vais me poster devant le lit le plus éloigné de la porte. La tête de Luke repose sur l'oreiller et je l'entends ronfler doucement. Rassemblant tout mon courage, je m'agenouille à côté de lui. Puis, de la main gauche, je presse une de mes lames sur sa gorge.

Ses paupières tressaillent avant de se soulever d'un coup. Sans lui laisser le temps d'ouvrir la bouche, je lui siffle à l'oreille :

— Pas un mot, pas un geste, ou je te tranche la gorge.

Il me dévisage avec un air d'incompréhension totale. Il doit sans doute se demander s'il est en train de rêver. Car, dans la vraie vie, aucune fille n'oserait se faufiler dans sa chambre au beau milieu de la nuit pour le menacer avec un couteau. Ce genre de choses n'arrive pas aux garçons comme lui.

— Espèce de garce. Tu vas finir dans un coffre. Tu vas…

Je glisse le second canif sous la couverture, au niveau de son entrejambe. Il s'immobilise, les yeux exorbités. Son corps est aussi raide que de l'acier.

— Seulement si quelqu'un l'apprend. Et tu ne diras rien, n'est-ce pas ? *N'est-ce pas* ?

— Non, croasse-t-il d'une voix presque inaudible. Je ne dirai rien. Mais… s'il te plaît…

— Si jamais tu t'approches encore de Honey, si tu fais ne serait-ce que la *regarder* de travers, elle ou une autre de mes Sœurs, je reviendrai te voir. Et la prochaine fois, tu te videras de ton sang comme un taureau castré. Tu m'entends ? C'est bien clair ?

Des larmes perlent au coin de ses yeux. Lentement, très lentement, il acquiesce. La lame du canif de mon père frotte contre la peau de son cou.

— Parfait. Fais de beaux rêves, Luke. Le Seigneur est Bon.

Je retire les deux canifs en même temps. Le temps qu'il s'en aperçoive, je suis déjà de l'autre côté de la pièce. Juste avant que je sorte, il émet un bruit à mi-chemin entre le haut-le-cœur et le sanglot. Je repars comme je suis venue, sans me laisser gagner par l'adrénaline que je sens monter en moi, attentive à ne pas me faire repérer pour ne pas ruiner tous mes efforts.

APRÈS

— Luke a tenu sa promesse. Il n'a jamais rien dit à personne et il n'a plus jamais approché Honey.

— Avais-tu peur qu'il s'en prenne à toi ? me demande l'Agent Carlyle, dont l'expression de fierté absolue me fait sourire. Qu'il essaie de se venger ?

— Un peu. Du coup, je gardais toujours l'un des canifs sur moi. Mieux vaut prévenir que guérir.

— Ça, c'est bien vrai.

— Qu'auraient fait les centurions si Luke t'avait dénoncée ? s'enquiert le Dr Hernandez.

— Je ne sais pas trop. On risquait gros tous les deux, lui pour avoir enfreint la Troisième Proclamation, moi pour avoir menacé l'un de mes Frères. Mais est-ce qu'ils auraient été très sévères ? Et qui aurait payé le plus cher ? Difficile à dire.

— C'est sur ça que tu comptais, devine l'Agent du FBI. Tu te doutais que Luke n'oserait pas les prévenir.

— Oui. J'étais sûre qu'il se tairait.

— Les petits tyrans sont toujours des lâches. On ne te l'a jamais dit ?

— Si.

— Qui ça ?

— Nate.

Le Dr Hernandez plisse les yeux.

— Évitons ce genre de généralisation, si vous le voulez bien. Limitons-nous à ce que nous pouvons affirmer avec un certain degré de certitude. D'accord ?

— C'est vous le pro.

L'Agent du FBI me fait un clin d'œil. J'ai de plus en plus de mal à réprimer mon sourire.

— Tu as donc pris des précautions au cas où Luke se retournerait contre toi. A-t-il tenté quoi que ce soit ? reprend le Dr Hernandez.

— Non.

— Pourquoi, à ton avis ?

— Parce que c'était une petite merde qui jouait les durs, réplique l'Agent Carlyle. Dès qu'on lui a tenu tête, il a pissé dans son froc.

— Agent Carlyle… vous ne nous aidez pas.

— Désolé.

Ses yeux disent pourtant le contraire.

Le psychiatre consulte sa montre.

— Nous avons dépassé l'heure. Il ne faudrait pas que cela devienne une habitude, mais il me semble que cette séance a été extrêmement productive. N'est-ce pas, Moonbeam ?

Je lève la tête vers l'horloge qui surplombe la porte.

11 : 47.

J'ai parlé pendant près de deux heures.

La vache.

— Pardon. Je n'ai pas vu le temps passer.

— Tu n'as pas à t'excuser. Nous avons beaucoup progressé ce matin. J'aimerais revenir plus en détail sur certains sujets que nous avons abordés, mais cela peut attendre demain. Je te souhaite un bon appétit. Essaie de te reposer un peu avant l'ISS.

— D'accord.

L'infirmière Harrow pose devant moi un plateau de lasagnes et de frites, tout en me demandant comment va ma main. Je lui réponds qu'elle va bien, puis elle ressort et verrouille la porte derrière elle.

Je mange à mon bureau, plongée dans mes pensées. Est-ce que je me sens vraiment mieux grâce à tout ce que j'ai révélé ce matin – mieux, et surtout plus légère ? Ou est-ce que mon cerveau me joue des tours, comme lorsqu'on dit à quelqu'un ce qu'il a envie d'entendre, que ce soit vrai ou pas ? J'y réfléchis encore quand l'infirmière revient me chercher pour l'ISS.

Dans le couloir, je me prépare au cas où Luke serait là, et au cas où il serait absent. J'ai dit la vérité au Dr Hernandez et à l'Agent Carlyle : j'ai vraiment pitié de lui à cause de ce qu'on lui a infligé dans la Légion. Mais ça ne signifie pas que je lui fais confiance ni que je commettrais l'erreur de lui tourner le dos.

Jamais de la vie.

L'infirmière me tient la porte de la salle de thérapie de groupe. Lorsque j'aperçois Luke, debout contre le mur du fond, je retiens un hoquet de surprise. Il est méconnaissable. On dirait un cadavre ambulant.

Il a le teint gris, les yeux creux et fixes. Ses mains tremblent si fort que ça se voit depuis l'autre bout de la pièce. Il ne semble pas s'apercevoir de mon arrivée et ne montre aucun signe de vie.

— Il n'est pas mort, me rassure Honey comme si elle avait lu dans mes pensées. J'ai vérifié. Il en a juste *l'air*.

— C'est pas drôle.

Elle me jette un regard qui me fait me sentir toute petite.

— Non, Moonbeam. Rien de tout ça n'est drôle. Tu sais ce qu'il a ?

— Non.

Je m'en veux de lui mentir, mais le Dr Hernandez a raison : cela ne l'aiderait pas de découvrir que j'en sais plus qu'elle.

— En tout cas, il n'a pas l'air bien, conclut-elle. Ça va, toi ?

— Oui, et toi ?

— Très bien. Mais j'ai l'impression que je n'intéresse plus le Dr Kelly maintenant que je lui ai tout dit. Elle doit être déçue que je ne sois pas traumatisée.

— Tu ne le penses pas vraiment !

— Non, avoue-t-elle en souriant. Mais elle n'arrête pas de soupirer quand je réponds à ses questions. Comme si je l'ennuyais.

— C'est plutôt bon signe. Tu pourras peut-être bientôt sortir d'ici.

— Possible.

— Tu y penses, parfois ?

— À ma sortie ? Oui, ça m'arrive. Comme je ne sais pas trop à quoi m'attendre, par moments ça me fait peur. Mais ça sera forcément mieux qu'ici. Et mille fois mieux qu'avant.

Je hoche la tête.

Moi aussi, j'ai peur.

Nous nous asseyons par terre, dos au mur. La plupart de nos Frères et Sœurs jouent, rient et discutent à voix basse. Aucun d'eux ne prête la moindre attention à Luke.

Jeremiah et Rainbow, à quatre pattes, font rouler des petites voitures. Les autres construisent des bâtiments en Lego, font du coloriage ou tapent avec excitation sur des engins électroniques qui émettent des sons et de la lumière. Honey me confie qu'au début, quand j'étais encore à l'hôpital, ils ne touchaient pas aux jouets. Luke leur interdisait d'approcher tout ce qui provenait du Dehors. Le spectacle auquel nous assistons représente donc un réel progrès. Jeremiah a choisi une voiture verte et Rainbow un camion de pompiers rouge, avec lesquels ils tracent de grands huit en imitant le bruit du moteur. De temps en temps, ils entrent en collision et explosent de rire. Ça me fait chaud au cœur.

Aurora referme son cahier de coloriage.

— Je peux jouer avec vous ?

Les deux autres acceptent. Après avoir fouillé dans un coffre en plastique, elle revient avec une ambulance rouge et blanc. Sans cesser leur bourdonnement d'abeille, les trois enfants promènent leurs véhicules en faisant couiner les roues sur le sol. Je les observe en silence, le sourire aux lèvres.

Derrière eux, Lucy et Winter se mettent à chanter *All Things Bright and Beautiful* d'une voix douce et pure. Jeremiah se retourne pour les écouter. Profitant de son inattention, Aurora précipite son ambulance contre la voiture verte, qui valdingue contre le mur.

Jeremiah se redresse d'un bond, rouge de colère.

— Pourquoi t'as fait ça ?

— Pour rire. Désolée.

— Va la chercher !

Aurora pâlit et se lève lentement, au bord des larmes.

Honey intervient, les sourcils froncés.

— Allons, Jeremiah, du calme. Elle s'est excusée.

— Elle l'a fait exprès ! Elle doit aller la chercher !

De l'autre côté de la pièce, Luke tourne la tête pour suivre la scène.

– Du calme, répète Honey. Elle va y aller. Tu n'es pas obligé de lui crier dessus.

– Je veux qu'elle me la rapporte *tout de suite* !

Aurora nous dévisage d'un air désespéré. Je m'apprête à me lever pour désamorcer la crise, mais Honey pose une main sur mon épaule.

– C'est bon, je m'en occupe.

– Aurora, gronde Luke. Obéis à Jeremiah !

– Pourquoi ? rétorque Honey. Et de quoi tu te mêles ?

Il la regarde. Bien qu'il tienne à peine sur ses jambes, quelque chose s'allume dans ses yeux – une version atténuée de la lueur dont j'ai appris à me méfier. Un silence craintif s'installe parmi les enfants.

– Elle a fait une bêtise. Elle doit la réparer.

– Comment ça, une bêtise ? Ils jouaient. Il n'y a pas de quoi en faire toute une histoire.

– Bien sûr que si. L'obéissance et la discipline sont des vertus essentielles. Elle doit apprendre à rester à sa place.

– Quelle place, au juste ?

– C'est une *fille*, crache Luke. Elle doit faire ce qu'on lui dit !

– Parce que tu l'as décrété ?

– Pas moi. Le père John.

– Le père John est mort.

– La ferme ! (La voix de Luke monte en puissance.) Le Prophète a fait son Ascension, comme il l'avait prédit.

– Tu n'es vraiment qu'un idiot, soupire Honey. Incapable de voir la vérité qui se trouve sous ton nez. Incapable d'admettre qu'on t'a menti.

Luke s'écarte du mur, les jambes vacillantes.

— Et toi, alors, tu es quoi ? Une Servante du Serpent ? Ou juste une saleté d'Hérétique qui ferait mieux de la fermer ?

Cette fois, je ne peux plus me taire.

— Luke, s'il te plaît...

Il me jette un regard si haineux que les mots s'étranglent dans ma gorge.

— À toi de me le dire, répond Honey d'un ton presque amical. Et pendant que tu y es, raconte aussi à tout le monde ce qui s'est passé quand tu as voulu me forcer à te toucher.

Le peu de couleur qui était revenu sur les joues de Luke disparaît.

— La ferme !

— Raconte-leur comment Moonbeam t'a surpris en train d'enfreindre la Troisième Proclamation avec une gamine de onze ans. Raconte-leur comment Nate Childress t'a donné la raclée de ta vie.

— LA FERME ! FERME TA SALE GUEULE !

Il se jette en avant, les poings serrés, mais je parviens à le ceinturer et à le plaquer au sol. Honey se recroqueville contre le mur pendant qu'il roule sur le dos, vidé de la fureur qui le galvanisait. Une expression terrible de désespoir et d'incompréhension se peint sur son visage. Puis il se met à pleurer avec de gros sanglots déchirants qui semblent remonter du tréfonds de son âme, tout en portant ses mains tremblantes à son front.

Deux infirmiers entrent dans la pièce. Je retiens mon souffle, m'attendant à une nouvelle explosion de rage. Mais il ne se passe rien. Les infirmiers aident doucement Luke à se relever avant de le guider vers la porte. Il continue à sangloter, le visage enfoui dans ses mains.

Brisé, souffle la voix dans ma tête.

Personne ne dit mot. Honey évite même mon regard.

Au bout d'un moment, le Dr Hernandez apparaît, un bloc-notes à la main.

— Nous allons en rester là pour aujourd'hui, déclare-t-il. Si quelqu'un éprouve le besoin de parler de ce qui vient de se passer, mes collègues et moi serons disponibles tout l'après-midi. Vos infirmiers et infirmières viendront vous chercher dans quelques minutes pour vous raccompagner à vos chambres.

Allongée sur mon lit, je contemple le plafond.

La voix m'exhorte à ne pas pleurer, à ne pas gaspiller mes larmes pour Luke, mais je ne suis pas sûre d'y arriver. J'ai une énorme boule dans la gorge.

Pendant très longtemps, quasiment toute ma vie, ma première réaction face à quelque chose d'horrible a consisté à prier. Autrefois, j'aurais demandé au Seigneur de prendre soin de Luke et de l'aider à surmonter ses problèmes. Une partie de moi a encore envie de s'agenouiller, les mains jointes, car je me souviens à quel point ça faisait du bien.

Mais cette époque est révolue.

Mes prières n'aideront ni Luke, ni moi, ni personne.

Elles ne serviront absolument à rien.

APRÈS

— Nous nous occupons de lui, m'assure le Dr Hernandez. Nous faisons tout notre possible.

Il a le teint pâle et les yeux rouges, comme s'il n'avait pas assez dormi.

— Vous ne pouvez pas l'aider.

— Je ne suis pas d'accord, Moonbeam. Il n'existe pas de cas désespéré.

— Luke en est pourtant un. Ce n'est pas de sa faute, mais c'est comme ça.

— Alors de qui est-ce la faute ?

— Du père John. Il lui a empoisonné la tête, il l'a remplie de haine, d'horreurs et de ténèbres. Comment voulez-vous qu'il s'en sorte ?

IL MONTERA BIENTÔT S'ASSEOIR À LA DROITE DU SEIGNEUR ! IL POURRA...

Je fais appel à toutes mes forces pour chasser cette voix haineuse. Lorsqu'elle se tait enfin, je ressens une bouffée de satisfaction, un peu amère.

— On t'a enseigné les mêmes choses, me rappelle le psychiatre. Comme à Honey et à tous les autres.

— Je sais. J'y étais.

— Je ne nie pas que la vie de Luke a été chaotique. Les circonstances dans lesquelles il a grandi et l'influence à laquelle il a été soumis ont certainement exacerbé des problèmes sous-jacents. Mais je crois que nous pouvons l'aider à surmonter ça. Je *dois* le croire.

— J'aimerais vraiment que vous ayez raison.

— Mais tu penses que j'ai tort.

— Oui. Luke est brisé.

Je soutiens longuement son regard. Il ne me fera pas changer d'avis, bien que je le regrette.

L'Agent Carlyle nous observe tour à tour.

— OK, dit-il. En résumé, le docteur fait tout ce qu'il peut, Moonbeam pense que ça ne servira à rien, et tout le monde espère que Luke ira bien. Maintenant, est-ce qu'on peut passer à autre chose ?

— Avec plaisir.

— Très bonne idée, acquiesce le Dr Hernandez. À la fin de notre séance d'hier, tu as affirmé que Luke n'avait jamais essayé de se venger de toi.

Je hoche la tête.

— Était-ce la vérité ?

J'hésite. J'ai déjà décidé de quoi j'allais leur parler ce matin, parce que c'est la meilleure chose à faire et parce que j'en ai *besoin*. Mais ça me rend nerveuse.

Sois courageuse.

— Moonbeam ? insiste l'Agent Carlyle. Luke s'en est-il pris à toi ?

Je secoue la tête.

— Il n'en a pas eu le temps. Juste après ça, tout s'est enchaîné très vite.

AVANT

J'ai déjà vu des enterrements à la télévision, quand on avait encore le droit de la regarder. Et mes Frères et Sœurs m'ont raconté ceux auxquels ils ont assisté avant d'être Appelés à rejoindre la Voie Juste. C'est très triste, tout le monde est en noir, pleure et parle à voix basse.

Les enterrements de la Légion n'ont rien à voir avec ça.

Il y en a eu une demi-douzaine jusqu'ici. Ça ne fait pas beaucoup comparé au temps que j'ai passé sur la Base et au nombre de gens qui vivent ici. Mais c'est normal, car nous sommes majoritairement jeunes et en bonne santé. D'après le père John, le Seigneur n'Appelle que ceux qui peuvent se rendre utiles – des hommes et des femmes forts, capables de travailler pour Sa Gloire.

J'ai interrogé Amos à ce sujet il y a quelques années, après l'enterrement de Marcelo, le plus vieux de nos membres d'origine. Il m'a expliqué que si les enterrements du Dehors sont tristes, c'est à cause de l'égoïsme des Étrangers. Lorsqu'ils comprennent qu'ils ne reverront plus jamais celui ou celle qui vient de mourir – à moins de se retrouver dans le même coin de l'Enfer –, ils pleurent parce que ça leur rappelle que toute vie a une fin. Au fond, c'est sur leur propre sort qu'ils se lamentent.

Je ne pense pas que ma mère serait d'accord. Mais je ne le saurai jamais, parce que je ne lui ai pas posé la question quand j'en avais l'occasion.

Bref.

Au sein de la Légion, nous *célébrons* la mort de l'enveloppe corporelle. Parce que ça signifie que notre Frère ou notre Sœur a fait son Ascension et baignera à jamais dans l'aura du Seigneur. Quand on y croit vraiment, comme ça a longtemps été mon cas, comment être triste ? Comment avoir de la peine alors que quelqu'un qu'on aime vient d'accéder à la joie éternelle ?

Le jour où nous enterrons enfin Horizon, il fait un temps magnifique. L'air est doux, la brise légère, le ciel d'un bleu éclatant, comme si le Seigneur voulait honorer l'arrivée de son Fidèle serviteur en offrant ce moment de perfection à ceux qu'il laisse derrière lui.

Les Centurions ont verrouillé les portes la nuit dernière. Je suis déjà lavée et habillée quand j'entends des pas dans le couloir. Après un déclic métallique, le battant s'ouvre sur Bear, dont le visage ridé est tout pâle dans la lumière du petit matin.

— Frère Horizon nous a quittés.

Comme les cinq autres occupants du Bâtiment Neuf, je n'ai quasiment pas dormi de la nuit. La toux d'Horizon se faisant de plus en plus faible, nous nous doutions que la fin approchait. Peu avant l'aube, un silence de plomb est finalement retombé sur la Base.

— Oui, je l'ai entendu partir. Le Seigneur est Bon.

— Le Seigneur est Bon. Viens. Il est temps de lui faire nos adieux.

Nous ne tardons jamais à enterrer nos Frères et Sœurs. À quoi bon attendre ? Celui ou celle que nous aimions n'est plus là ; son âme, ses souvenirs, tout ce qui faisait sa personne est parti. Il ne reste plus qu'une coquille désormais inhabitée.

Mes Frères et Sœurs affluent des quatre coins de la Base pour se rassembler devant la Chapelle, au pied de laquelle est installée une simple table de bois.

Horizon repose dessus, les mains croisées sur la poitrine.

Il a les yeux fermés et la peau d'un gris cireux, mais il paraît si paisible que la joie emplit mon cœur. Enfin, il ne souffre plus.

Le père John émerge de la Maison. Chaque matin, nous le regardons approcher avec une certaine appréhension, car son humeur donne le ton de la journée à venir. Si le Seigneur lui a apporté de mauvaises nouvelles durant la nuit, nous devrons nous attendre à un surplus de travail et des repas frugaux ; si, à l'inverse, il a des raisons de se réjouir, des heures légères et agréables s'annoncent. Mais ce matin, il n'y a ni incertitude ni nervosité. Tout le monde, y compris le Prophète, est venu dire au revoir à notre ami.

Bear, Angel et Lonestar, les trois Centurions restants, sont alignés devant la table. Horizon a été l'un des leurs pendant plus de dix ans. Leur chagrin est palpable. Car même si leur Frère a fait son Ascension, même s'ils savent, sans l'ombre d'un doute, qu'ils le reverront après la Fin des Temps, la tristesse ne se contrôle pas. Contrairement à ce que prétend Amos, c'est un sentiment qui surgit d'un endroit mystérieux et qui nous envahit sans notre permission.

Le père John pose tour à tour sa main sur l'épaule de chacun. Puis il se plante face à la masse silencieuse de la Légion du Seigneur.

— Mes Frères et Sœurs, commence-t-il d'une voix vibrante d'émotion. Ma Famille, que j'aime plus que tout sur cette Terre. Nous sommes réunis ici en ce matin magnifique, sous le regard bienveillant du Seigneur Tout-Puissant, pour célébrer l'Ascension de notre Frère Horizon. Je sais que vos cœurs saignent, car nous sommes humains, et donc imparfaits par nature. Mais l'heure n'est pas aux lamentations. L'heure est venue de rendre hommage à la Gloire d'une vie passée sur la Voie Juste, et d'offrir nos humbles remerciements au Seigneur qui a Appelé auprès de lui Son Fidèle serviteur. Horizon ne connaîtra plus de souffrances. Notre Frère vivra désormais dans la joie, absolue et éternelle. Le Seigneur est Bon.

La foule répète ces derniers mots. Autour de moi, les gens se tiennent par la main, les yeux brillants de larmes.

— Horizon a quitté ce monde, continue le père John, mais nous savons qu'à terme, le Seigneur nous Appellera à ses côtés, où nous le reverrons. Car tous les Frères et Sœurs qui ont fait leur Ascension seront là pour nous accueillir. Le Seigneur n'a pas jugé bon de nous révéler l'heure de notre Ascension, mais je sens au fond de mon cœur qu'elle viendra bientôt. Je prie pour que ce soit le cas. Et en attendant ce jour glorieux de la Fin des Temps, en attendant de vaincre le Serpent et tous ses Servants, nous suivrons l'exemple de notre Frère Horizon. Nous ne dévierons pas de la Voie Juste. Nos cœurs seront emplis de la Lumière du Seigneur et nous Le servirons dans toute Sa Gloire. Priez avec moi, mes Frères et Sœurs.

Le père John ferme les yeux. Tout le monde l'imite aussitôt, même moi, ne serait-ce que pour éviter les problèmes. Autrefois, le marmonnement qui s'élève alors me paraissait réconfortant... Il me donnait l'impression d'être connectée à mes Frères et Sœurs, il me prouvait que je n'étais pas seule.

Mais les choses ont changé. Depuis ce qui est arrivé à ma mère, il a pour unique effet de me mettre en colère.

J'ai cessé de croire que ces hommes et ces femmes prient dans un désir sincère de communiquer avec Dieu. C'est peut-être vrai pour certains, mais sûrement pas pour tous. Je suis convaincue désormais que beaucoup le font uniquement parce que le Prophète l'ordonne, et qu'ils ont trop peur de la mort pour lui désobéir.

— Le Seigneur est Bon, conclut le père John. (Tous répètent ces mots que je hais plus que tout.) Nous devons maintenant nous pencher sur une question de la plus haute importance. Qui va remplacer notre Frère dans son rôle de Centurion de la Légion du Seigneur ? Qui se chargera de la tâche glorieuse de répandre Sa parole sur Terre ? J'ai prié longtemps et avec ferveur, comme chacun d'entre vous. Et ce matin, j'ai reçu les instructions du Seigneur au moment précis où Horizon faisait son Ascension. Encore une preuve, s'il en fallait une, que le Seigneur voit tout, qu'Il entend tout et qu'Il n'exige jamais davantage d'un homme que ce dont il est capable. Le Seigneur est Bon.

— Le Seigneur est Bon.

Je n'ai pas desserré les lèvres.

— Je n'ai jamais eu la présomption de connaître les pensées du Seigneur Tout-Puissant, reprend-il d'une voix dévote. Je L'ai servi au mieux de mes compétences, j'ai fait ce qu'Il me demandait sans la moindre question ni hésitation. Sa sagesse est infinie, Sa volonté incontestable, et *Il ne commet pas d'erreur*.

Il fait une pause pour ménager le suspense. Le ventre noué, j'entends la petite voix murmurer dans ma tête : *Tu sais qui ça va être. Tu le sais très bien.*

La voix se trompe. J'ignore qui sera le prochain Centurion. Je sais simplement qui je ne *veux pas* que ce soit.

— Le Seigneur ne commet pas d'erreur. Le moment est donc venu de vous annoncer qu'Il a choisi Nate Childress pour devenir Centurion de Sa Légion, aujourd'hui et jusqu'à l'heure de son Ascension. Où es-tu, Nate ?

Un froid glacial me saisit jusqu'aux os.

Il te l'avait dit. Il t'avait clairement indiqué qu'il pensait à Nate. Mais tu ne l'as pas cru.

Je secoue la tête, car Nate ne peut pas devenir Centurion. Il ne peut pas. Il est gentil, doux et bon, et c'est mon ami. C'est trop injuste.

Horizon aussi était gentil et doux. Tu préférerais que le nouveau Centurion soit cruel ?

Ces mots me déchirent le cœur. La voix a raison, Nate fera un excellent Centurion, si une telle chose existe. Mais ce n'est pas le problème. Le problème, c'est que tout va changer. J'aurai toujours Honey, Alice, Rainbow et les autres, mais je ne l'aurai plus, *lui*.

Tu ne l'as jamais eu. Jamais.

— Nate ? répète le père John. Montre-toi, mon Frère.

La panique s'empare de moi à la pensée que le Prophète va planter ses griffes en lui pour l'attirer dans le cœur ténébreux de la Légion. Je le vois déjà enfermer des gens dans les coffres, les battre à coups de branches de bouleau, les mettre au pain sec et à l'eau. J'ai envie de vomir.

Je voudrais lui hurler de fuir, maintenant, avant qu'il soit trop tard. Mais bien sûr, je ne le fais pas. Parce que je suis lâche.

Il y a du mouvement à l'est de la cour. La foule s'écarte devant Nate, planté sur le bitume. La mâchoire serrée, il fixe ses yeux verts sur le Prophète.

— Frère Nate. Viens rejoindre tes camarades. N'aie pas peur.

Nate ne bouge pas d'un pouce. Le père John fronce les sourcils.

— Entend-tu, mon Frère ? Le Seigneur t'a accordé un immense honneur. Tu n'oserais tout de même pas refuser ?

— Je suis désolé, mon père. C'est pourtant ce que je dois faire.

Une vague de cris outrés parcourt l'assemblée. Les yeux s'écarquillent sous le choc, les mains se plaquent sur les bouches.

— Je ne comprends pas. N'es-tu pas un Fidèle Frère de la Légion du Seigneur ? N'arpentes-tu pas la Voie Juste ?

— Si, mon père. Mais il y a d'autres hommes ici qui méritent cet honneur bien plus que moi. Ils sont…

— CETTE DÉCISION NE T'APPARTIENT PAS ! tonne le père John, dont les yeux lancent des éclairs. C'est la volonté du Seigneur Tout-Puissant ! C'est ce qu'Il exige de toi. Il n'est pas question d'accepter ni de refuser. Tu dois tomber à genoux, Lui exprimer ta gratitude et louer Sa Gloire éternelle !

Nate le regarde sans rien dire.

— À moins que tu ne sois pas un Juste ? enchaîne le père John – sa rage est retombée aussi soudainement qu'elle avait éclaté. À moins que tu sois un Hérétique envoyé par le Serpent pour semer la discorde parmi les Fidèles ? Est-ce l'explication de tout ceci ? Dans ce cas, confesse immédiatement ta traîtrise, car tu insultes celles et ceux qui ont consacré leur vie à Le servir.

— Je ne suis pas un Hérétique, mon père. Ma Foi égale celle de n'importe qui ici. Je vous demande donc l'autorisation d'aller prier avant de vous donner une réponse. Le Seigneur me guidera, comme Il l'a toujours fait.

— Je viens de te dire ce que le Seigneur attend de toi, lui rappelle le père John d'une voix coupante. N'ai-je pas été clair ? Ou mets-tu en doute la vérité de mes propos ?

— Non, Père. Mais je préfère l'entendre de Sa bouche.

Quelqu'un rit.

Les gens se retournent pour voir de qui il s'agit, mais je ne bouge pas, concentrée sur le Prophète. Si je ne compte plus le nombre de fois où il s'est mis en colère, je n'avais encore jamais vu la lueur qui vient de passer dans ses yeux.

Une lueur de doute.

Et de peur.

En cet instant, une réalité dont j'avais l'intuition depuis longtemps me frappe soudain en pleine face.

Le père John est un orateur terrifiant, un homme doté d'un charisme presque hypnotique. Il est capable d'une grande douceur comme de terribles accès de rage, souvent dans une même phrase, et il connaît les Écritures sur le bout des doigts. Les Centurions lui sont entièrement dévoués, et mes Frères et Sœurs l'aiment et le craignent tout à la fois car il incarne l'autorité absolue.

Mais ce n'est pas pour ça qu'ils obéissent à ses ordres sans poser de questions.

Le pouvoir du père John tient à la croyance primaire de la Légion, à savoir que sa voix et celle du Seigneur sont interchangeables.

Sans cette croyance, nous n'aurions aucune raison de respecter les règles qu'il nous impose.

Sans cette croyance, les Centurions ne seraient rien de plus que des brutes chargées de punir les réfractaires.

Sans cette croyance, tout s'écroulerait.

Or, Nate vient de la remettre en cause devant tout le monde.

— Tu pourras prier durant un jour et une nuit, concède le père John, soudain conscient de la précarité de sa situation. Je ne doute pas que cela te suffira à reconnaître l'évidence de ce que je viens d'énoncer. Tu sais aussi bien que moi que le Seigneur ne commet pas d'erreur. Tout le monde ici le sait. Et cela nous sera prouvé une nouvelle fois. Mais je n'interférerai pas dans la relation entre un Frère et le Seigneur, pas plus que je ne le jetterais de l'autre côté du grillage pour que les Étrangers se repaissent de sa chair. Si tu as besoin de temps, c'est ton fardeau, pas le mien. Nous prendrons connaissance de ta décision demain à l'aube, bien que je n'aie aucune inquiétude quant à l'issue de ta réflexion. Le Seigneur est Bon.

— Le Seigneur est Bon, répète la foule.

— À demain, alors.

Il s'avance, pose une main sur le torse d'Horizon et ferme les yeux. Ses lèvres remuent en silence, puis il repart vers la Maison sans rien ajouter.

Pendant un long moment, personne ne bouge. Une tension étrange plane sur la cour, comme si tout le monde retenait son souffle. Les trois Centurions se dévisagent, ne sachant pas quoi faire. Pour finir, Amos prend la parole.

— Bon, je crois qu'on a assez traîné pour aujourd'hui. Horizon sera enterré avant le déjeuner, ce qui laisse environ deux heures à ceux qui le souhaitent pour lui faire leurs adieux. En attendant, allez prendre votre petit déjeuner, puis mettez-vous au travail.

Mes Frères et Sœurs commencent à se disperser, mais ce n'est pas eux que je regarde.

Nate est demeuré immobile, planté au fond de la cour, le teint pâle et les yeux rivés au sol. Plusieurs personnes lui adressent quelques mots qu'il n'a pas l'air d'entendre. Il semble perdu dans ses pensées – ou dans ses prières ? Il ne relève même pas la tête lorsque je m'approche.

— Nate ?

Rien.

— Nate ?

Je lui attrape le bras. Il recule, le regard trouble, avant de me reconnaître et de m'adresser un sourire crispé.

— Moonbeam. Va manger. Ce n'est pas une bonne idée qu'on te voie me parler.

— À quoi tu joues ? Pourquoi tu as dit tout ça ?

— Peu importe. Fais-moi confiance. Ça va aller.

— Au contraire, ça ne va pas du tout !

— Je sais. Et j'en suis navré. Va manger. Si quelqu'un te parle de moi, traite-moi d'Hérétique, réponds que je suis le Serpent en personne. Ne me défends surtout pas. S'il te plaît.

La tristesse que je lis sur son visage me fend le cœur. Je cligne des yeux pour chasser les larmes qui sont en train de monter.

— Qu'est-ce que tu racontes ? Qu'est-ce qui se passe ?

— Je viendrai te voir plus tard, chuchote-t-il. Si je peux. Mais oublie ça, pour notre bien à tous les deux.

— Et je fais ça comment ?

— Essaie. De toutes tes forces. Si tu n'y arrives pas, fais semblant. Surtout, je t'en supplie, ne tente rien d'idiot. D'accord ?

J'ouvre la bouche pour répliquer, mais il a déjà tourné les talons. Il se dirige vers le Bâtiment Sept où se trouve sa chambre. Debout, au bord de la cour déserte, je le regarde partir pendant que la petite voix me répète : *Tu ne le reverras jamais.*

APRÈS

— Je suis désolé, dit le Dr Hernandez.

— Pourquoi ?

— Pour Horizon.

— Vous ne le connaissiez même pas.

— Non, bien sûr. Mais je suis désolé pour toi. Désolé que tu aies perdu un être cher.

— Oh. Merci.

Je sens que le rouge me monte aux joues.

— Je t'en prie. Je voulais te demander quelque chose hier, quand tu nous as parlé de sa maladie. Qui a réglé la facture d'hôpital ?

— Comment ça ?

— Ça coûte cher, de consulter un médecin. Et encore plus de faire des examens pour diagnostiquer un cancer.

— Je ne sais pas. Le père John avait dû donner de l'argent à Amos.

— As-tu déjà vu de l'argent sur la base ? Dans la maison, peut-être ?

Je secoue la tête.

— Amos en emportait-il à Layfield le vendredi ?

— Sûrement.

— Mais tu n'en as jamais vu ?

— Non.

— OK. Passons à autre chose. Je dois te poser une question qui risque de te perturber. Tu veux bien ?

Comme si mon avis comptait.

— Ça dépend.

— Tu nous as dit hier qu'Horizon était un homme bon. Tu as même beaucoup insisté là-dessus. Et tu viens à nouveau de le qualifier de doux et de gentil.

— Oui, et ?

— J'aimerais comprendre pourquoi il est resté après la prise de pouvoir du père John, si c'était quelqu'un de si bien.

— Il aimait la Légion. Il aimait ses Frères et Sœurs, qui le lui rendaient bien.

Le médecin hoche la tête en silence, espérant sans doute que je développe. Je n'ai pas envie de lui faire ce plaisir, pas envie de tomber dans ce piège. Mais la colère qui bouillonne en moi menace d'éclater malgré tout.

— Vous voulez que je vous dise quoi ? Que le fait d'être resté a fait de lui un monstre ? Je ne le dirai pas, parce que c'est faux. Ce n'est pas ce qu'il était.

— Penses-tu toujours qu'il a eu raison de te priver de nourriture pendant trois jours pour un simple abandon de poste ?

— Oui. C'était son travail.

— Comme enfermer Shanti dans un coffre en métal jusqu'à ce qu'il soit à moitié mort ?

— Oui.

— D'accord.

Ma colère se transforme peu à peu en une terrible frustration. Je suis au bord des larmes. Horizon n'était pas parfait, loin de là, mais il était gentil, il jouait avec nous, il ne se plaignait jamais et tout le monde l'aimait. Moi la première.

— Pourquoi vous faites ça ? Pourquoi vous le faites passer pour quelqu'un de mauvais ?

— Ce n'est pas mon intention ! J'essaie simplement de remettre en perspective ce que tu considères comme allant de soi, de te montrer les choses sous un nouvel angle. Je ne doute pas une seconde de la sincérité de tes sentiments pour Horizon. Et mon but n'est pas de les minimiser.

— Je l'aimais.

— Je sais.

— Non, je ne crois pas. Sinon, vous ne seriez pas en train de gâcher les souvenirs que j'ai de lui, de les empoisonner. Horizon était-il vraiment bon ? Je n'en sais rien. Et ça n'a plus d'importance, puisqu'il est mort. Pourquoi ne pas me laisser garder de lui l'image que je veux ? Quel mal y a-t-il à ça ?

L'Agent Carlyle dévisage son voisin, qui me fixe longuement avant de baisser les yeux.

— Tu as raison. Je suis désolé.

J'espère bien.

— Ça va.

— Non, insiste-t-il. Ça ne va pas. Je n'ai pas à t'imposer mes opinions sur la Légion du Seigneur et ses membres. Ça ne se reproduira pas.

Je demande à voir.

— C'est bon. On peut parler d'autre chose ?

— Bonne idée, intervient l'Agent. Revenons par exemple sur ce que tu as lu dans les yeux de John Parson quand Nate lui a tenu tête.

— D'accord.

— Nous avons déjà discuté des départs qui ont eu lieu, notamment après la Troisième Proclamation.

— Oui.

— Et du fait que Parson n'avait pas essayé de retenir ces gens.

Je hoche la tête.

— En quoi était-ce différent, cette fois ? Tout départ impliquait au fond un rejet de son autorité. Pourquoi, selon toi, le refus de Nate Childress de devenir centurion lui aurait-il fait plus peur que le reste ?

J'y réfléchis un long moment.

— Quand ces gens sont partis, le père John nous a simplement expliqué que leur Foi n'était pas assez forte, qu'ils n'étaient pas vraiment Justes et qu'ils ne méritaient pas d'appartenir à la Légion. Par comparaison, ceux qui restaient se sont sentis flattés. Ça prouvait qu'ils valaient mieux qu'eux.

— Mais ce n'est pas ce qui s'est passé avec Nate ?

— Non. Ses doutes signifiaient que le père John n'était pas… infaillible.

— Comment ça ?

— Pour la plupart des membres de la Légion, c'était un vrai Prophète. Ils croyaient sincèrement qu'il était en communication directe avec le Seigneur et qu'ils parlaient d'une seule et même voix. Le fait que Nate refuse le poste choisi pour lui ne pouvait signifier que deux choses : soit le Seigneur s'était trompé…

— … soit c'était le père John, termine le Dr Hernandez.

L'Agent Carlyle me sourit.

— Certains, comme Amos, Jacob, Luke et d'autres, auraient sans doute opté pour la première explication. Mais pas tous. Loin de là.

— Tu veux dire qu'il redoutait de se voir remis en question dans un futur proche ? suppose le psychiatre.

— Je crois, oui. Ça lui a fait prendre conscience du problème que représentait Nate.

— Peux-tu préciser ? me demande l'Agent.

— S'il ne nous annonçait pas le lendemain matin qu'il avait changé d'avis, que le Prophète avait raison et qu'il acceptait fièrement cet honneur, le père John allait se retrouver dans une position très compliquée.

— Je suis bien d'accord. Alors, comment ça s'est terminé ?

AVANT

Je suis en train de rêver d'une étendue d'eau bleue et tiède quand on me secoue pour me réveiller. Mon rêve se dissipe et m'échappe. J'ouvre les yeux. Quelqu'un est penché sur moi dans le noir.

— Maman ? je demande, l'esprit encore perdu dans les limbes qui séparent le sommeil de la veille.

— Non, c'est Nate. Chut.

— Nate ? Qu'est-ce que tu fais ici ?

— On n'a plus le temps. Ils ne vont pas tarder à venir me chercher. Il faut que je file avant.

Je me redresse brusquement, les idées aussi claires que si on venait de me jeter un seau d'eau au visage. Je distingue à peine sa silhouette au bord de mon lit.

— Filer ? Où ça ? Qu'est-ce que tu racontes ?

— Peu importe. Tu vas entendre certaines choses sur moi. Ils vont m'accuser de tous les maux. Mais tu ne dois pas les croire, d'accord ? Tu veux bien me le promettre ?

Ses mots me donnent la chair de poule.

— Quelles choses ? Qu'est-ce qui se passe, Nate ?

— Je ne suis pas celui que tu crois. Mais je n'ai jamais menti plus que nécessaire. Souviens-t'en, OK ?

Il a parlé d'une voix un peu étranglée, comme si cet aveu lui coûtait.

— Je ne... que...

Il me prend par les épaules.

— *Écoute-moi bien*, Moonbeam. Tu es une jeune fille remarquable, forte, intelligente et courageuse. Je suis fier d'avoir été ton ami. Dorénavant, je ne serai plus là pour te protéger. Alors reste proche du père John. Ne le laisse pas oublier que tu lui es promise, ne laisse *personne* l'oublier. Et tiens-toi à l'écart de Luke. Il est dangereux.

Je plisse les yeux dans l'obscurité. Comment ça, plus là pour me protéger ? Je ne lui ai jamais rien demandé.

— Tu me fais peur…

— Je sais. Je suis désolé. Mais il faut vraiment que tu m'écoutes. On n'a plus beaucoup de temps.

Mon cœur s'emballe dans ma poitrine malgré mes efforts pour ne pas céder à la panique.

— Je t'écoute.

— Bien. Prends ça, dit-il en me fourrant deux objets dans la main. Cache-les quelque part où personne ne les trouvera.

Lorsque je tends le bras vers la lampe-torche posée sur ma table de nuit, il me retient.

— Pas de lumière. Je crois qu'ils ne se sont pas rendu compte que j'étais sorti, mais on n'est jamais trop prudent.

Du bout des doigts, je caresse les objets qu'il m'a donnés. Le premier est petit, lisse et rectangulaire. Le second, emballé dans un sac en plastique, me paraît assez pointu.

— Qu'est-ce que c'est ?

— Dans ce sachet, tu trouveras un passe-partout. C'est une clé qui permet d'ouvrir n'importe quelle porte sur la Base. *N'importe quelle porte*, Moonbeam. Tu comprends ce que je te dis ?

Une image s'impose à moi : celle de la porte métallique derrière laquelle sont rangées les armes à feu, au sous-sol de la Maison.

— Oui, je comprends.

— Et l'autre, c'est un téléphone portable.

Je laisse échapper un petit hoquet de surprise. Les téléphones sont strictement interdits sur la Base. À ma connaissance, le seul que nous possédions est enfermé sous clé dans la Maison. Il n'a servi que deux fois : pour appeler une ambulance le jour où Amber s'est fait mordre par un crotale, et pour prévenir la compagnie d'électricité quand un vicieux Servant du Serpent a coupé le câble situé près de la route.

— Nate, pourquoi tu…

— *Écoute-moi.* Il est éteint, et tu ne dois l'allumer qu'en cas de gros problème. De gros, gros problème. Il te suffira d'appuyer sur le bouton vert et de maintenir la touche « 1 » enfoncée. C'est un raccourci vers un numéro préenregistré.

— Quel numéro ?

— Ne t'en sers pas à moins d'y être absolument obligée. Il se passe des choses Dehors que je ne veux pas compromettre. Mais je ne te laisserai pas seule ici sans un moyen d'appeler à l'aide. Je m'y refuse.

— Nate…

— Il faut que j'y aille.

Ses mains se posent sur mon visage. Dans d'autres circonstances, je me serais soit pétrifiée, soit liquéfiée de bonheur. Mais pas là. Je me mets à trembler, l'esprit assailli de questions au milieu desquelles une pensée tourne en boucle.

S'il te plaît, ne me laisse pas. Pas toi. S'il te plaît.

— Je sais que tu as des doutes, même si tu les caches bien. *Écoute-les*, Moonbeam. N'aie confiance qu'en toi-même, en tes yeux et en ton intelligence. Méfie-toi de tous les autres.

— Nate…

Il me serre contre lui.

— Ça va aller. Je te le promets.

J'appuie ma tête contre sa poitrine, le corps raide et les bras ballants. Il y a un million de choses que je voudrais lui dire. Mais en cet instant de cauchemar dont je crains de ne jamais me réveiller, je ne parviens à en murmurer qu'une :

— Ne pars pas.

Après une dernière étreinte, il m'embrasse sur le front. Puis il s'écarte de moi, laissant ma tête reposer dans le vide. J'entends le faible grincement de ma porte qui s'ouvre et se referme, le cliquetis métallique du cadenas. Je me retrouve dans le noir.

Toute seule.

APRÈS

— Le lendemain matin, il était parti ? devine l'Agent Carlyle.

— Oui. Les Centurions nous ont réveillés à l'aube et nous ont ordonné de nous rassembler dans la cour. Le père John se tenait déjà sur les marches de la Chapelle. Il avait l'air furieux.

— Qu'a-t-il dit ?

— Que Nate était un espion du Dehors. Qu'il avait travaillé contre la Légion depuis le jour de son arrivée. Que nous étions tous des idiots pour avoir ri et plaisanté avec ce Servant du Serpent, qui comptait nous assassiner durant notre sommeil. *Lui* prétendait avoir vu clair dans son jeu depuis le début. Il avait attendu que nous arrivions à la même conclusion, espérant que l'un d'entre nous aurait l'intelligence et la Foi nécessaires pour comprendre la vérité. Mais il avait été forcé d'agir car nous étions tous trop aveugles, trop faibles et trop stupides. Nous n'avions pas été à la hauteur de la Légion et du Seigneur. Il était écœuré et déçu.

OUI, PAR VOUS TOUS ! JE N'AI RIEN DIT QUI...

J'occulte la voix du père John. Au fond de moi, je n'en reviens pas de constater à quel point c'est devenu facile.

— Tu l'as cru ? s'enquiert le Dr Hernandez.

— J'étais partagée. La réaction de Nate avait clairement éveillé ses soupçons, mais je n'étais pas sûre que ses doutes soient plus anciens. Pourquoi lui avoir proposé le poste de Centurion s'il ne le pensait pas Juste ?

— C'était peut-être un test. Une manière de vérifier jusqu'où allait sa loyauté.

— Possible. Mais l'acte de désobéissance de Nate n'était pas très bon pour son image. Je ne suis pas certaine que ça en valait la peine.

— À ton avis, que s'est-il passé ? enchaîne l'Agent du FBI. Pourquoi Nate a-t-il agi de cette façon ?

— Aucune idée. J'y ai beaucoup réfléchi dans les jours qui ont suivi sa disparition. Au début, je me disais qu'il avait peur de devenir Centurion, qu'il ne se sentait pas capable d'assumer cette responsabilité. Et puis j'ai repensé à ce qu'il m'avait confié la nuit de sa fuite. Il avait dit que des choses se préparaient Dehors et qu'il ne voulait pas les compromettre. Il y avait aussi le téléphone et le passe-partout. Tout ça semblait donner raison au père John, même s'il avait tout intérêt à faire passer Nate pour quelqu'un d'horrible, de Faux et de dangereux. Si j'étais persuadée qu'il ne nous aurait jamais fait de mal, ça ne voulait pas dire qu'il n'était pas un espion. Mais, dans ce cas, pourquoi ne pas avoir accepté le poste de Centurion ? Il aurait été plus proche que jamais du père John.

— Il craignait peut-être que cela augmente le risque de se faire prendre. Ou alors, il n'assumait pas ce qu'on lui aurait demandé de faire. Punir les gens, les frapper, les enfermer dans des coffres... C'était peut-être trop pour lui.

— Vous ne connaîtriez pas sa véritable identité, par hasard ?

L'Agent Carlyle fait non de la tête.

— Je n'ai aucune information sur Nate Childress. Désolé.

— Si vous en aviez, vous me le diriez ?

Je connais déjà la réponse.

— Pas si c'était confidentiel.

— Au moins, vous êtes honnête. Mais du coup, je ne dois pas non plus vous croire quand vous dites ne rien savoir sur ma mère ?

— Ce n'est pas ce que…

— C'est bon. Oubliez ça.

Le psychiatre nous observe tour à tour, l'air inquiet. Au bout d'un long moment, l'Agent hoche la tête. J'ignore comment interpréter ce geste. Est-ce ça signifie que j'ai raison de ne pas croire tout ce qu'ils me racontent ? Ou qu'au contraire je peux leur faire confiance ?

— Nate a donc disparu sans laisser de traces ? reprend-il.

— Presque. Ils ont trouvé des tenailles au coin sud-ouest du grillage, qu'il avait découpé pour s'enfuir. Amos est parti à sa recherche en pick-up au cas où il serait en train de faire du stop sur la route. Personne n'a été surpris de le voir rentrer bredouille. Ce n'est pas difficile de disparaître dans le désert.

— En effet.

— Et voilà, ça s'est arrêté là. Toute la Légion a été convoquée dans la Chapelle. Le père John nous a hurlé dessus pendant des heures, en nous accusant d'avoir dévié de la Voie Juste, d'être de mauvais Fidèles, des faibles, des imbéciles qui ne méritaient pas de faire leur Ascension. À la fin, beaucoup de gens pleuraient.

— Mais pas toi.

Je souris.

— Non. Je pensais à Nate, et à ce que ma mère m'avait dit quand ils l'avaient Bannie. Pendant que le père John enrageait, l'écume aux lèvres, je l'ai vu tel qu'il était. Tel qu'il avait toujours été.

— C'est-à-dire ? m'interroge le psychiatre.

— Comme un simple mortel. Peut-être un peu plus intelligent que la moyenne et très doué pour manier les mots. Mais pas l'incarnation du Seigneur, ni même son messager. Juste un homme, aussi orgueilleux, avare et colérique que n'importe quel autre.

— C'est la première fois que tu parles de lui en ces termes.

— Ce n'est pas évident. Même aujourd'hui, j'ai l'impression de commettre un péché. Pendant longtemps, j'ai été persuadée que la moindre mauvaise pensée à son égard me vaudrait de passer l'éternité en Enfer.

— Ce n'est plus le cas ?

— Non. Ce n'est plus le cas.

Voilà. C'est bien. Dis-leur la vérité. Chasse le Démon.

La vérité.

Ça me fait bizarre de prononcer tout ça à haute voix, mais c'est bien ce dont il s'agit. La vérité.

Et tout à coup, je me trouve libérée d'un poids, comme si une grande partie du poison du père John avait été extraite de mon âme. Je ne m'étais pas sentie aussi bien depuis longtemps.

— Est-ce après le départ de Nate que tu as cessé de croire ?

— Non, c'est la goutte qui a fait déborder le vase. Mais ça avait commencé bien avant.

— Avec le bannissement de ta mère ? Pardon, je sais que tu n'aimes pas...

— Ça va. On m'a interdit de parler d'elle. Je n'avais même pas le droit d'y *penser*. Mais maintenant, je peux. Oui, ce qui lui est arrivé y a beaucoup contribué, même si c'est un peu plus compliqué que ça. Au début, ce n'est pas le père John que j'ai remis en cause. C'est terrible à dire, mais j'ai perdu foi en *elle*. Je me suis rendu compte que je ne pouvais pas faire confiance aux autres, quoi qu'on me dise, quoi qu'on fasse et quels que soient mes sentiments pour les personnes en question. Parce que tout le monde est capable de tromper ceux qu'il prétend aimer. Tout le monde ment.

— C'est une leçon douloureuse, admet l'Agent Carlyle. Lorsqu'on découvre que nos parents ne sont pas parfaits, qu'ils ont autant de défauts que n'importe qui.

— En effet, confirme le docteur. Ce n'est jamais évident.

— Même si, en général, ça ne se passe pas de cette façon. La plupart des gens ouvrent les yeux quand leur mère prend une amende pour conduite en état d'ivresse, ou en apprenant la liaison de leur père avec sa secrétaire.

— Une liaison, c'est quand on a des relations sexuelles avec quelqu'un et qu'on ne devrait pas ?

Les joues de l'Agent rosissent. Apparemment, ça le gêne d'aborder ce sujet avec moi.

— Désolée. Je ne voulais pas vous mettre mal à l'aise.

— Pas de problème.

— Non, il n'y a aucun problème, assure le Dr Hernandez. Néanmoins, je ne pense pas que ce soit le moment d'en discuter.

— Je ne suis pas d'accord avec vous. La question de Moonbeam était justifiée, et elle a besoin de comprendre le fonctionnement du monde réel. Sinon, comment fera-t-elle une fois sortie d'ici ?

— Il y a tout un processus à...

L'Agent Carlyle et moi grognons à l'unisson. Durant une fraction de seconde, le psychiatre semble furieux. Mais il se reprend très vite et nous sourit.

— Très bien. Allez-y, répondez à sa question. Avec tact si possible.

Arrêtez de parler de moi comme si je n'étais pas là. Je croyais qu'on avait dépassé ce stade.

— Pas la peine de me ménager. Je ne suis pas une poupée de porcelaine.

— D'accord. Il faut tout d'abord distinguer une liaison d'une simple infidélité, qui consiste en effet à avoir des relations sexuelles en dehors de son couple. C'est aussi ce qu'on appelle « tromper » quelqu'un, ou avoir une aventure. Une liaison, c'est un peu la même chose, sauf que ça dure dans le temps. Et que c'est un secret.

— C'est pire ?

— La plupart des gens considèrent que oui. Beaucoup acceptent de pardonner une aventure ponctuelle à leur partenaire, mais je ne connais personne qui ait pardonné une liaison.

— Vous en avez déjà eu une ?

Il ouvre de grands yeux et vire au cramoisi.

— *Là*, c'est une question déplacée !

— Ah bon ? s'étonne le psychiatre avec un sourire espiègle. Merci d'avoir posé ces limites. Moonbeam et moi vous en sommes très reconnaissants.

L'Agent Carlyle secoue la tête, amusé.

— Et maintenant, peut-on revenir à nos moutons ?

— Bien sûr, je réponds.

— Le jour du départ de Nate Childress, que s'est-il passé après le sermon dans la Chapelle ?

— Tout le monde est allé travailler. Le père John avait doublé nos horaires et ordonné un rationnement de la nourriture jusqu'à la fin de la semaine.

— C'est-à-dire ?

— Deux tranches de pain.

— Par repas ?

— Par jour.

— Par *jour* ?

Il me dévisage d'un air estomaqué.

— Est-ce qu'il mangeait la même chose que vous ?

À votre avis ? Après tout ce que je vous ai raconté, vous avez encore besoin de me poser la question ?

— Non, lui n'était pas rationné. Les Centurions non plus.

— Et ses femmes ? Elles l'étaient ?

Je hoche la tête.

— Et les enfants ? *Ses* enfants ?

Nouveau hochement de tête. Il soupire.

— Désolée si je vous choque. Mais c'est la vérité.

— Tu n'y es pour rien, Moonbeam. C'est juste que… je n'arrive pas à… Bref. Qu'as-tu fait des objets que Nate t'a donnés ?

— Je les ai cachés.

— Où ça ?

— Il y avait une latte de parquet mal fixée sous mon lit. Je les ai glissés dessous.

— Quelqu'un les a-t-il trouvés ?

— Non.

— T'en es-tu servi ?

Attention, me prévient la voix.

— Oui. Je les ai utilisés chacun une fois.

— Veux-tu nous en parler ? me propose le Dr Hernandez.

— Pas maintenant. Si ça ne vous dérange pas.

— D'accord. Je crois que tout le monde a besoin d'un peu de temps pour digérer les événements de ces deux derniers jours. Nous avons annulé l'ISS de cet après-midi. Va déjeuner, puis repose-toi.

— Je ne dors pas très bien la nuit. J'aurai peut-être plus de chance en journée.

— Je l'espère de tout cœur.

L'infirmière Harrow m'adresse son sourire habituel avant de refermer la porte.

Un rayon de lumière matinale filtre par la fenêtre de ma chambre. Le soleil est trop haut et la fenêtre trop petite pour qu'il atteigne le sol, mais en me dressant sur la pointe des pieds près de la porte, je peux sentir sa chaleur sur mon visage. Je reste comme ça un moment, jusqu'à ce que la lumière se décale. Je pourrais sans doute grimper sur ma chaise pour continuer à en profiter, mais ça serait un peu exagéré.

Au lieu de ça, je m'assieds à mon bureau devant une nouvelle feuille de papier et j'attrape un gros crayon bleu.

Deuxième Proclamation de la Sainte Église de la Légion du Seigneur, fidèlement transmise par Son plus humble messager, le père John Parson

Lorsque viendra la Fin des Temps et que le Seigneur Appellera ses Fidèles à Le rejoindre, une Bataille telle que le royaume des hommes n'en a jamais connue éclatera. Les Servants du Serpent se révéleront au grand jour, et les hommes et les femmes de Foi qui arpentent la Voie Juste seront Appelés à servir la Gloire du Seigneur.

CEUX QUI SONT JUSTES, CEUX QUI SE DRESSENT FACE AU DÉMON LES BRAS TENDUS VERS LE SEIGNEUR FERONT LEUR ASCENSION ET IRONT S'ASSEOIR À SA DROITE POUR TOUTE L'ÉTERNITÉ, ils parcourront les Cieux dans le sillage étincelant des comètes et baigneront à tout jamais dans la Bienveillance glorieuse du Seigneur.

CEUX QUI SONT FAUX, CEUX DONT LA FOI EST UN MENSONGE SERONT JETÉS DANS LES GOUFFRES DE L'ENFER ET RAMPERONT DANS LES FLAMMES SANS RÉPIT, car les Hérétiques ne sont pas dignes de la grâce du Seigneur. Nous ne devrons plus jamais reparler d'eux ni les autoriser à s'insinuer dans nos esprits. Ils seront Bannis et personne ne les regrettera.

LE JOUR GLORIEUX DU JUGEMENT DERNIER, LA VÉRITÉ TOUT ENTIÈRE SERA RÉVÉLÉE, ET CHAQUE HOMME ET CHAQUE FEMME POURRA PROUVER L'ÉTENDUE DE SA FOI. En ce jour glorieux, les Justes quitteront ce royaume de ténèbres pour faire leur Ascension vers la lumière. Et en ce jour glorieux, ceux qui arpentent la Voie Juste se réjouiront.

Le Seigneur est Bon.

APRÈS

L'infirmière Harrow m'apporte mon petit déjeuner à 9 heures précises. Ce matin, ce sont des flocons d'avoine avec du sirop d'érable et des morceaux de banane. Il y a aussi un gobelet de jus de pamplemousse rose. Elle m'annonce que ma séance avec le Dr Hernandez a été repoussée, et, quand je lui demande pourquoi, elle est incapable de me répondre. Elle ne sait pas non plus jusqu'à quand. Elle viendra me chercher le moment venu.

Elle ne sourit pas en sortant. Normalement, elle sourit *toujours*.

Je mange plus lentement que d'habitude, puis je fais les cent pas dans ma chambre, un peu perdue. Le Dr Hernandez insiste tellement sur l'importance de la routine qu'il doit s'être produit quelque chose de grave pour qu'il bouleverse ainsi notre programme.

Peut-être que les séances des autres sont maintenues. Il n'y a peut-être que la tienne qui a été annulée.

L'angoisse m'étreint la poitrine malgré mes efforts pour dédramatiser. Quoi qu'il se passe, ça n'a sûrement aucun rapport avec moi.

Ou peut-être que si. Va savoir.

Je continue à marcher en grimaçant. Je pars de la porte, je contourne le bureau jusqu'au rideau des toilettes, puis je longe le mur de la fenêtre, je dépasse mon lit et je reviens à la porte sans cesser de compter dans ma tête. Il me faut douze secondes pour faire le tour complet de la pièce.

Je regarde l'horloge.

9:48.

Je m'assieds pour dessiner, mais rien ne me vient. Même pas l'image habituelle, celle que j'esquisse normalement sans réfléchir. Je remplis deux feuilles de gribouillis multicolores dignes d'un bébé, avant de me lever et de recommencer mes allées et venues. J'essaie de me perdre dans les tours, je m'interdis de les compter. Au bout de ce qui me paraît durer des heures, je me tourne à nouveau vers l'horloge.

10:03.

Il y a quelques jours, je ne sais plus combien, j'ai demandé à l'infirmière si je pouvais avoir la télé pour occuper mes longs après-midi après l'ISS. Elle a promis de se renseigner mais ne m'en a plus jamais reparlé. J'imagine que ça veut dire non. En général, quand j'ai envie de prendre l'air, elle vient me chercher à une heure précise et monte la garde pendant que je tourne en rond dans une petite cour bitumée. Il n'y a pas de barbelés en haut des murs, sans doute pour éviter que ça ressemble trop à une prison. Mais ils sont quand même très haut et très lisses. La cour est complètement vide, à l'exception d'un petit banc. Le plus souvent, je préfère de toute façon rester dans ma chambre, à dessiner, écrire ou réfléchir en marchant.

Mais aujourd'hui, c'est différent, parce que je ne devrais pas être là à cette heure-ci. Je devrais être occupée. Ça me perturbe, comme si le monde avait dévié de son axe.

Je m'allonge sur mon lit dans l'espoir de me rendormir, car je suis constamment fatiguée. Pourtant, alors que mes membres sont lourds et que mon cerveau tourne au ralenti, je ne trouve aucun répit en fermant les paupières.

Je vois simplement défiler des images que je n'ai aucune envie de voir.

Jacob Reynolds à genoux, le jean trempé.

Luke, une scie à métaux à la main et une dévotion terrible dans les yeux.

Nate, ma mère, le père John.

Je regarde l'heure.

10 : 11.

Je la regarde encore.

10 : 11.

Et encore.

10 : 12.

Je contemple l'horloge depuis quatre-vingt-sept minutes lorsque la clé tourne enfin dans la serrure.

L'infirmière Harrow ne sourit toujours pas.

— Ils t'attendent, Moonbeam. Si tu es prête.

Je saute de mon lit.

— Bien sûr. Allons-y.

Nous empruntons l'itinéraire habituel jusqu'à la salle de consultation 1. Elle frappe avant d'ouvrir, ce qui me surprend. En général, j'arrive avant le Dr Hernandez et l'Agent Carlyle. Mais cette fois, ils sont déjà assis à leur place.

Je comprends aussitôt que quelque chose ne va pas. Si le sourire de l'Agent du FBI est presque convaincant, le psychiatre a les yeux rouges et cernés, comme s'il n'avait pas dormi. Il est aussi très pâle.

— Qu'est-ce qu'il y a ?

— Entre, Moonbeam. Assieds-toi.

Je ne bouge pas.

— Assieds-toi.

Il paraît au bord des larmes. L'angoisse me tord le ventre.

D'un pas lent, je me dirige vers le canapé.

— Qu'est-ce qui s'est passé ?

Les deux hommes échangent un regard.

— Dites-moi, je supplie d'une voix tremblante. S'il vous plaît.

Pas elle. S'il vous plaît, faites qu'il ne lui soit rien arrivé.

— Il y a une chose qu'il faut que tu saches. Ça va être pénible à entendre, et je...

— C'est ma mère ?

— Non, ce n'est pas ta mère. Nous n'avons toujours aucune nouvelle d'elle. C'est la vérité.

Je me détends un peu.

— Alors quoi ?

— Comme je le disais, cela ne va pas être facile. Mes collègues et moi en avons discuté. Nous estimons que tu es assez forte pour encaisser le choc. Qu'en penses-tu ?

Je ne réponds pas. Que répondre à une question pareille ?

— Je vais prendre cela pour un oui. Bien. Moonbeam, j'aimerais que tu inspires profondément et que tu m'écoutes avec attention...

— Luke est mort, le coupe l'Agent Carlyle. La nuit dernière. Je suis désolé.

Le docteur le fusille du regard, mais il ne bronche pas et reste tourné vers moi. Je me concentre sur son visage en attendant que mon cerveau parvienne à former une pensée cohérente.

— Je ne... quoi ?

— Il s'est suicidé, m'explique le Dr Hernandez. Dans sa chambre.

— Comment ?

— Les détails ne sont pas…

— Je veux savoir.

— Il s'est ouvert les veines avec les dents, me confie l'Agent d'une voix lente et posée. On l'a conduit à l'infirmerie, mais il avait déjà perdu beaucoup de sang. On n'a pas pu le réanimer.

Je le regarde, envahie par le vertige, la nausée et une sensation de picotements douloureux.

Seigneur.

Hier encore, je leur affirmais que rien ne pourrait sauver Luke. J'espérais vraiment me tromper.

Même si je savais que j'avais raison.

Brisé. C'est le mot que tu as employé. Il était brisé.

J'ai une grosse boule dans la gorge. Luke me faisait peur, je le détestais depuis des années, mais jamais, *jamais* je ne lui aurais souhaité une fin pareille. Loin de là. Sous le choc, mon esprit se le représente dans l'obscurité de sa chambre, en larmes, les dents plantées dans les poignets et les joues barbouillées de sang.

— Je peux avoir un verre d'eau ?

L'Agent Carlyle me tend un gobelet en plastique que je vide d'une traite, les mains tremblantes.

— C'est terrible, je sais, reprend le psychiatre. Mais tu dois… qu'y a-t-il ?

L'expression de l'Agent a changé. Une grimace déforme sa bouche et ses yeux brillent d'un éclat sombre.

— Il y a quelque chose que vous ne me dites pas. N'est-ce pas ?

— Je ne crois pas que…

— Qu'est-ce que c'est ?

— Tu ne devrais pas…

— Luke a écrit sur le sol avant de perdre connaissance, avoue l'Agent Carlyle. Avec son propre sang.

— Il a écrit quoi ?

— « Ascension ». Il a écrit « Ascension ».

Le silence retombe entre nous. Les deux hommes me contemplent avec inquiétude, parce que je suis soudain projetée très loin de là.

Il y a une odeur d'embruns, de peinture fraîche et d'herbe coupée. Un vent tiède me caresse le visage. Une femme m'appelle par mon nom.

Reste avec moi, me chuchote ma voix intérieure. *Reviens. Tu peux y arriver.*

Je me force à croiser le regard du Dr Hernandez.

— Vous l'avez dit à mes Frères et Sœurs ?

— Oui. Nous avons dû décaler pas mal de séances, mais ils sont tous au courant. Je suis désolé que tu…

— Comment ont-ils réagi ?

— De diverses façons.

— C'est-à-dire ?

— Certains étaient choqués, d'autres bouleversés, d'autres tristes, d'autres résignés.

— Et d'autres heureux ?

— Un ou deux, oui. Cela ne te surprend pas ?

Je secoue la tête.

— Pourquoi ?

— Parce que beaucoup le détestaient. Ou avaient peur de lui. Ou les deux. Et aussi…

— Oui ?

— Parce qu'il est libre.

— Il est *mort*, souligne l'Agent.

— Non, il a fait son Ascension. Essayez de voir ça de leur point de vue. Tout ce que le père John nous avait prédit s'est réalisé. La Fin des Temps, la Bataille Finale contre les Agents, le feu, le sang, la mort. Tout. Et maintenant, ils sont retenus prisonniers par l'ennemi contre lequel on nous a si souvent mis en garde. Luke l'était lui aussi, mais il s'est évadé. Certains le considéreront comme un héros.

— Conneries, grommelle l'Agent.

J'aimerais bien.

— Si vous le dites.

— Ils ne connaissent pas les détails de sa mort, précise le Dr Hernandez. J'ai jugé que ce serait trop perturbant pour eux. En toute franchise, je me posais la même question à ton sujet.

— Pas moi. Je savais que tu étais capable de l'entendre, affirme l'Agent du FBI.

— Cela étant, reprend le docteur, je te demanderai de faire très attention à ce que tu dis devant les autres. On n'est jamais trop prudent dans ce genre de situation.

Amen.

— Vous allez encore annuler l'ISS cet après-midi ?

— *A priori*, oui.

— Ne le faites pas.

— Ce n'est pas une bonne idée selon toi ?

— Non. Si vous les enfermez dans leur chambre, si vous les empêchez de discuter de ce qui est arrivé à Luke, vous ne ferez que renforcer leur méfiance envers les Étrangers. Vous jouerez le jeu du père John.

— Nous y avons songé, oui. Je voulais d'ailleurs t'en parler. C'est en partie pour cette raison que nous avons décidé de t'annoncer la nouvelle en dernier.

— OK.

— Tu es désormais le membre le plus âgé de la Légion du Seigneur. Et, j'ignore si tu en as conscience, mais tes frères et sœurs ont beaucoup de respect pour toi. Ils te font confiance.

— Ils ont dit ça ?

— Ça te surprend ?

— Oui. À la fin, les gens m'évitaient de plus en plus. Ces enfants n'ont pas dû entendre que des jolies choses sur mon compte.

— À cause de ton amitié avec Nate ? demande l'Agent Carlyle.

— De ça et de ce qui s'est passé avec ma mère. Je n'étais pas franchement la fille la plus populaire de la Légion.

— Ça n'a pas dû être facile, reconnaît le docteur. Toutefois, j'y vois un lien direct avec ce dont nous sommes en train de parler. Il est possible que l'isolement que tu as ressenti au cours des derniers mois, la sensation d'être devenue une paria et le fait de ne pouvoir te confier à personne t'aient permis de poser un regard plus objectif sur ce qui se passait. En particulier par rapport aux plus jeunes.

— Vous voulez dire que je comprenais plus de choses que les autres ?

— En un sens, oui.

— Mais je ne savais pas qu'il y aurait un incendie.

— Bien sûr. Il n'empêche que tu avais commencé à envisager la possibilité d'une vie loin de la base et de la Légion. Tu en étais venue à remettre en question tout ce que le père

John disait et incarnait, même si tu avais l'intelligence de ne pas le faire à haute voix. Et j'irais même plus loin : je crois qu'il le savait.

— Quoi ?

— Je crois que le père John te considérait comme une menace. Tu as dit toi-même que le départ de ta mère et ton amitié avec Nate t'avaient mise sur la sellette. Et que le combat contre Lucy lors de l'entraînement était une façon de tester ta loyauté. Exactement comme lorsqu'il a demandé à Nate de devenir centurion.

— Il n'a jamais rien fait contre moi. Si je représentais un tel danger, pourquoi n'a-t-il pas agi en conséquence ?

— Il en avait peut-être l'intention. Il n'en a simplement pas eu le temps.

— À cause de l'incendie…

Il hoche la tête.

— Mais je n'étais personne. Juste un membre ordinaire de la Légion. Je n'ai rien de spécial.

— Je ne suis pas d'accord. Bien au contraire. Tu as traversé une épreuve dont la plupart des gens ne se seraient jamais remis. Il t'a fallu beaucoup de force, et c'est sans doute toujours le cas. Mais tu as fait preuve d'une résilience et d'un courage incroyables. Tu peux me croire lorsque je te dis que tes frères et sœurs comptent sur toi pour les protéger. Rainbow a affirmé à l'une de mes collègues que tu ne laisserais jamais rien de mal lui arriver.

Mon cœur se gonfle de fierté tandis que les larmes me montent aux yeux.

— Elle a dit ça ?

— Oui, confirme l'Agent Carlyle. J'ai vu la vidéo.

Assise sur le canapé rouge, je tente de sourire malgré les émotions qui me remuent le ventre. Le résultat est une espèce de grimace qui doit faire peur à voir.

— C'est… c'est une bonne nouvelle. Une très bonne nouvelle.

— Ils savent qu'ils peuvent te faire confiance.

— J'ai toujours essayé de…

— Crois-moi. Ils le savent.

Je suis à court de mots. J'ai toujours veillé de mon mieux sur mes petits Frères et Sœurs, j'ai toujours fait en sorte de leur témoigner un peu de gentillesse et d'amour, sans y attacher de conditions comme le faisait le père John. Mais je n'étais pas sûre qu'ils l'avaient remarqué.

Je suis heureuse de découvrir que si.

— J'aimerais te demander une chose, Moonbeam. Mais que ce soit bien clair : notre but n'est pas de vous manipuler, toi et les autres survivants. Et encore moins de vous dire quoi penser ou ressentir.

— D'autres s'en sont chargés pendant bien trop longtemps, ajoute l'Agent Carlyle.

— Qu'est-ce que vous voulez que je fasse ?

— Que tu prennes soin de tes frères et sœurs. Simplement en restant toi-même, cette personne qu'ils connaissent et en qui ils ont confiance. Pour les aider à surmonter tout ça, les aider à *survivre*. T'en sens-tu capable ?

Oui, chuchote la voix. *Tu en es capable. Et tu dois le faire. C'est trop tard pour Luke, mais les autres méritent bien ça.*

— Je vais essayer.

— Merci. En temps normal, je ne devrais pas te confier une telle responsabilité à ce stade du processus. Mais la mort de Luke a prouvé que vous étiez encore extrêmement fragiles. Je ne crois pas que les autres présentent le même niveau de risque, mais…

— On n'est jamais trop prudent.

Il acquiesce.

— Et maintenant, qu'est-ce qu'on fait ? Je retourne dans ma chambre en attendant l'ISS ?

— À toi d'en décider. As-tu envie de discuter ce matin ? Je comprendrais tout à fait que ce ne soit pas le cas, mais si tu le souhaites, nous sommes prêts à t'écouter.

Je réfléchis. À mon arrivée, j'aurais sauté sur la moindre occasion de regagner ma chambre sans avoir à parler de moi, de la Légion ou de quoi que ce soit d'autre. Mais je ne pense plus de la même façon.

Il n'y a pas eu de grande révélation, du moins pas à ma connaissance. Les peurs et les doutes qui m'étranglaient, me terrassaient et me faisaient faire des cauchemars terrifiants ne se sont pas soudainement envolés. Ils sont encore là. Mais si on me posait la question, je serais forcée d'admettre que raconter ma vie d'avant au Dr Hernandez et à l'Agent Carlyle m'a fait du bien. Peut-être juste un tout petit peu, et certains jours moins que d'autres – mais ça m'a fait du bien. Et ça n'est pas rien.

— On en est restés où hier ? Honnêtement, je ne m'en souviens plus.

— À Nate, m'informe l'Agent du FBI. À sa disparition.

— Ah, oui. Alors la suite va surtout concerner Luke.

— Ça ne fait rien, me rassure le docteur. Tu n'es pas obligée de…

— C'est bon. C'est ma dernière histoire à propos de lui. Ça tombe plutôt bien.

Enfin, l'avant-dernière. Mais je n'ai pas encore décidé si je vous raconterai l'autre ou pas.

— Tu es sûre ? Comme d'habitude, tu peux t'arrêter à tout moment.

— Non, je ne suis pas sûre. Mais je vais essayer.

AVANT

Deux jours se sont écoulés depuis la fuite de Nate. Ce dimanche, le sermon du père John est très, *très* hargneux.

Il parle toujours de la Fin des Temps, de la Bataille Finale, des épreuves et des sacrifices que nous devrons supporter pour vaincre les Servants du Serpent. Mais aujourd'hui, c'est particulièrement sanglant. Il nous assure que les Agents entretiennent leurs pouvoirs sataniques en arrachant les bébés du ventre des Fidèles pour les manger. Qu'ils utilisent l'alcool et la drogue pour détourner les gens de la Voie Juste, puis les enferment dans des caves et leur injectent de l'essence dans l'estomac jusqu'à ce qu'ils éclatent. Que toutes ces choses, et bien d'autres, nous arriveront si nous ne redoutons pas suffisamment la colère du Seigneur et si nous ne nous dévouons pas corps et âme à Sa Gloire.

Lorsqu'il termine enfin, la plupart de mes Frères et Sœurs sont tout pâles et les enfants pleurent en silence. Le père John nous annonce alors que le Seigneur l'a informé d'une nouvelle réjouissante : Nate Childress, l'Hérétique, l'espion Étranger, le misérable Servant du Serpent, est mort. Des cris de surprise résonnent dans la Chapelle, suivis de quelques applaudissements et d'exclamations de gratitude. Le Prophète nous sourit d'un air bienveillant depuis son pupitre.

Il *sourit*.

Et je jurerais que c'est moi qu'il regarde.

Sans broncher, je soutiens ce regard dont j'avais si peur autrefois, lorsque je croyais qu'il était braqué sur la Voie Juste.

Mais je n'y crois plus.

Je ne crois pas non plus une seconde que Nate soit mort. Je *sais* qu'il s'en est sorti, qu'il s'est échappé de la Base et qu'il a rejoint le monde du Dehors. Chose que le père John ne pourra jamais admettre.

— Maintenant que les rangs de notre Légion ont été purifiés et que nous avons retrouvé la Voie Juste, sachez que le Seigneur a jugé bon de révéler l'identité de Son nouveau Centurion. Il s'agit d'un homme à la Foi et à la dévotion incontestables, qui le servira avec loyauté et justice. C'est non sans plaisir que je nomme Jacob Reynolds Quatrième Centurion de la Sainte Église de la Légion du Seigneur. Le Seigneur est Bon.

— Le Seigneur est Bon, répètent mes Frères et Sœurs dans les applaudissements et les vivats.

Jacob se lève, ses joues rouges inondées de larmes, et incline la tête en direction du père John.

— Merci, mon père. Je servirai la Légion jusqu'à mon dernier souffle.

— Ne me remercie pas. Remercie le Seigneur Tout-Puissant, car c'est Lui qui t'a Appelé à Son service. Il ne commet pas d'erreur.

Les mains jointes et les yeux fermés, Jacob attend que nos Frères et Sœurs défilent entre les bancs pour le serrer dans leurs bras, lui taper dans le dos et le féliciter.

Je ne ressens rien.

Rien du tout.

Cet après-midi-là, je travaille dans le potager. Je creuse des sillons peu profonds dans le sol desséché pour que Joe Nelson y sème des graines. Les dimanches après-midi sont théoriquement des moments de repos, mais la Légion est encore punie pour ne pas avoir démasqué Nate avant qu'il soit trop tard.

En face de moi, Alice arrose les rangées qui ont été plantées hier. Elle me jette un coup d'œil toutes les trois minutes avec une expression que je choisis d'interpréter comme de l'inquiétude, mais qui pourrait parfaitement être du reproche. Par précaution, je garde la tête baissée.

Sous le soleil de plomb, les heures s'écoulent comme elles le font toujours. Je bois une bouteille d'eau, je la remplis au robinet situé derrière la Maison et je la vide à nouveau, à la fois pour me rafraîchir et pour apaiser les grondements affamés de mon estomac. J'ai mangé l'une de mes deux tranches de pain au petit déjeuner mais je garde l'autre pour le dîner, qui pourrait aussi bien avoir lieu la semaine prochaine tant il me semble loin.

Je me perds dans la monotonie de ma tâche, dans le rythme régulier de la lame frappant le sol. Finalement, mon cerveau se met sur pause. Pour la première fois depuis des jours, je ne pense plus ni à Nate, ni à ma mère, ni à Luke, ni au père John.

Je ne pense plus à rien.

Quand la cloche de la Chapelle signale la fin de la journée de travail, j'emporte ma houe jusqu'au robinet. Si, en temps normal, remiser des outils sales est passible de punition, avec l'atmosphère empoisonnée qui règne en ce moment sur la Base, je risquerais de passer une nuit ou deux dans un coffre.

Je me dirige ensuite vers la rangée de cabanes afin de remettre la houe à sa place. Alice me suit de loin, les bras chargés d'un sac de graines à moitié plein. Elle ne fait pas le moindre effort pour me rattraper. J'aimerais me dire qu'elle est trop fatiguée, ou plongée dans ses pensées, mais je sais bien que ce n'est pas le cas. Elle m'évite. Presque tout le monde m'évite, parce que j'étais trop proche de Nate, qui s'est révélé être un Hérétique. Comme ma mère.

J'ai envie de me retourner et de lui hurler que c'est injuste de me reprocher les actions des autres, que personne ne devrait faire ça, surtout pas le père John. Mais je me retiens.

Évidemment.

Un coup sourd résonne sur la Base, assez fort pour faire vibrer les murs et les toits des bâtiments branlants. Puis il y a un cri étranglé qui s'interrompt brusquement, comme si on venait de couper la langue de celui qui le poussait. Aussitôt, Alice, moi et tous les autres courons vers les cabanes dans un nuage de poussière. Arrivés devant le hangar à tracteur, nous nous arrêtons net.

Jacob Reynolds est à genoux sur le sol, les yeux écarquillés de terreur et l'entrejambe trempé. Debout derrière lui, Luke presse une scie à métaux contre la peau grasse de son cou. Je le reconnais à peine : écarlate, il remue les lèvres en silence comme s'il se parlait à lui-même ou priait. Son regard fou lance des éclairs. Lorsqu'il nous voit arriver, il recule d'un pas et enfonce un peu plus la lame dans la chair de Jacob, qui hoquète comme un homme en train de se noyer. Luke a l'air d'un animal acculé.

— N'approchez pas ! Sinon je vous jure que je lui tranche la gorge !

— Tout va bien, Luke, prononce Alice d'une voix douce. Pose cette scie.

Je me retiens d'éclater de rire, parce qu'il suffit de voir l'expression de Luke pour comprendre que les appels à la raison ne serviront à rien. En cet instant, il a complètement perdu l'esprit.

— La ferme. La ferme, la ferme, la ferme, LA FERME ! C'est injuste, vous m'entendez ? C'EST INJUSTE !

Alice tend les mains vers lui.

— D'accord, Luke. Dis-moi. Qu'est-ce qui est injuste ? Je t'écoute.

Il se décompose et fond en larmes.

— C'est moi qui aurais dû être le Quatrième Centurion, chuchote-t-il. Ça aurait dû être *moi*. Je suis plus Fidèle à la Légion que n'importe qui, plus dévoué au Seigneur que n'importe qui. Mais est-ce que le Prophète s'en rend compte ? Non. Il me regarde sans me voir, et il a choisi ce gros lard puant à ma place.

Jacob gémit. Je le supplie intérieurement de se taire, car j'ai beau chercher sur le visage de Luke la preuve que tout ceci n'est qu'une mise en scène, je n'y lis que de la détermination.

Je n'y lis que de la *Foi*.

— Ce n'est pas le père John qui a nommé Jacob, lui rappelle Alice. Le Seigneur l'a Appelé à Son service. À moins que tu n'y croies pas ?

— Ne doute pas de moi ! Comment oses-tu ? Tu sais très bien ce que je veux dire !

— *Moi*, je ne sais pas.

Le père John vient de faire son entrée, sa voix secouant les murs comme un tremblement de terre. Tout le monde se tait.

— Vas-y, explique-moi, insiste-t-il. Remets-tu en question la volonté du Seigneur ou le fait que je sois Son messager ? Car c'est soit l'un, soit l'autre.

Luke pâlit, mais la scie ne bouge pas.

— Mon père… comment avez-vous pu faire ça ? Comment avez-vous pu m'oublier ?

Le Prophète s'avance d'un pas lent au milieu du groupe, ses longs cheveux flottant dans son dos.

— Tu es le seul responsable. Tu as fait passer ton ambition avant la volonté du Seigneur, et c'est pourquoi, dans Sa grande sagesse, il n'a pas fait de toi le prochain Centurion de sa Légion. La déception est une faiblesse humaine, mon Frère, tout comme la jalousie. Et nous sommes tous humains, toi, moi et tout le monde ici. Rien de plus, rien de moins. Bien que tes sentiments soient compréhensibles, et même pardonnables, ce n'est pas la bonne réaction. Ce n'est pas conforme à la justice du Seigneur, ce n'est pas conforme à la Voie Juste. Si tu fouilles dans ton cœur avec *honnêteté*, tu verras que je dis la vérité.

Luke contemple le père John, les yeux pleins de larmes, avant de laisser échapper un horrible sanglot. Il écarte la scie du cou de Jacob, recule en titubant et tombe à genoux, la tête basse.

Jacob rampe sur le sol jusqu'aux pieds du Prophète.

— Merci, mon père. Oh, merci ! Le Seigneur est Bon.

Il y a une lueur de dégoût dans le regard du père John.

— Tout va bien, mon Frère. C'est fini.

— Je veux qu'il soit jeté dans un coffre, crache Jacob, tout rouge. Je veux qu'on l'enferme jusqu'à ce qu'il oublie à quoi ressemble la lumière du jour.

Le Prophète se fige.

— Tu « veux » ? Toi qui viens de te pisser dessus alors que tu es Centurion de la Légion du Seigneur ? Tu oses avoir des exigences ? Hors de ma vue, et va prier pour que le Seigneur t'accorde Sa miséricorde. Prie avec plus de ferveur que jamais pour qu'Il te pardonne ce terrible échec.

Jacob redresse la tête, sous le choc.

— Mon père, je…

— SORS D'ICI ! TOUT DE SUITE ! TANT QUE TU PEUX ENCORE MARCHER !

Jacob se relève tant bien que mal et sort du hangar en chancelant. Certains de mes Frères et Sœurs se retournent sur son passage, mais pas moi. Je garde les yeux rivés sur le père John, sur son visage d'orage, sombre et menaçant.

— Debout, Luke. Regarde-moi.

Le garçon obéit, les joues couvertes d'un mélange de larmes et de morve. La scie lui échappe des mains. Il demeure la tête baissée.

— Le Seigneur est Bon. Va te laver, puis attends-moi dans la Chapelle. Nous allons discuter un peu.

L'adoration qui se peint alors sur les traits de Luke me donne envie de vomir.

— Merci, mon père, souffle-t-il. Le Seigneur est Bon.

APRÈS

L'Agent Carlyle et le Dr Hernandez me contemplent en silence.

— Luke est resté deux jours dans la Chapelle. Le père John a passé presque tout ce temps avec lui. Quand ils sont enfin ressortis, les choses sont plus ou moins revenues à la normale. Mais pas complètement. Et pas pour longtemps.

— Pauvre garçon, soupire le psychiatre.

— Et Jacob Reynolds ? s'enquiert l'Agent.

— Il s'est comporté comme si de rien n'était. Il jouait les Centurions, patrouillait sur la Base, donnait des ordres, distribuait des punitions. Mais tout le monde savait ce que Luke lui avait fait. Personne n'a jamais oublié.

— Crois-tu que c'est pour cette raison qu'il a voulu t'infliger une leçon lors du dernier entraînement ? me demande le docteur. Pour essayer de regagner le respect qu'il avait perdu ?

— Possible. Mais il était déjà comme ça avant que Luke s'en prenne à lui.

— C'est-à-dire ?

— C'était une brute. Un salaud.

Le Dr Hernandez fronce les sourcils, mais l'Agent Carlyle sourit. Ce n'est pas mon genre d'insulter les autres. Pas à voix haute, en tout cas.

— Appelons un chat un chat, s'amuse l'Agent.

Je lui souris.

— Donc, le père John a pris le parti de Luke, continue le médecin. Et il a humilié Jacob, tout en le laissant conserver son poste de centurion. Pourquoi, à ton avis ?

— Il avait nommé Nate et ça s'était mal terminé. Il ne pouvait pas se permettre que ça recommence. Il était obligé de garder Jacob, même si je suis sûre qu'il regrettait déjà son choix.

— Donc, c'était bien le choix du père John ? Pas celui du Seigneur ?

— Oui, c'était le choix du père John.

— Tu en es certaine ?

— Oui.

L'air satisfait, il note quelques mots dans l'un de ses carnets.

— Tu disais qu'ensuite, tout était revenu à la normale ? enchaîne l'Agent.

— Plus ou moins. Ce n'était plus pareil.

— Dans quel sens ?

— Il y avait une espèce de tension, de malaise. Personne ne disait rien, mais on le sentait en se promenant sur la Base. Comme si tout le monde regardait sans cesse par-dessus son épaule. Comme si les gens avaient peur.

— De quoi ?

— De tout. Les horaires de travail doublés et le rationnement ont été prolongés d'un mois, alors que la Légion était censée avoir retrouvé la Voie Juste. Les Centurions étaient sur les dents. Ils nous passaient des savons pour des choses qu'ils auraient à peine remarquées avant. Et les punitions ont empiré. Presque tous les jours, quelqu'un était battu ou fouetté sans vraiment de raison.

— Où se trouvait John Parson pendant ce temps ?

— Il restait assis sous le porche de la Maison. Il nous observait. Personne n'osait croiser son regard, pas même Amos.

— Et Luke ? s'enquiert le Dr Hernandez.

— Il passait presque tout son temps dans la Chapelle.

— Était-ce inhabituel ?

— On ne savait pas trop quoi en penser. Il refusait de parler à qui que soit d'autre qu'au père John. Quand on essayait, il ne réagissait pas, comme si on était invisibles. Il ne travaillait plus, malgré les consignes, mais les Centurions le laissaient tranquille.

— Parce qu'ils avaient peur de lui ? À cause de ce qu'il avait fait à Jacob ?

— Peut-être. Ou alors, ils n'étaient pas trop sûrs de ce que dirait le père John. En tout cas, il s'enfermait dans la Chapelle pour prier pendant des heures et, au bout d'un moment, plus personne ne s'est soucié de lui.

— Penses-tu que ce soit l'explication des comportements que nous avons observés en ISS ? me demande le psychiatre. Luke se considérait-il comme l'héritier du père John ?

— Ne pas être nommé Centurion l'a beaucoup blessé. Sa loyauté envers la Légion était aussi sincère que son amour pour le père John. Mais s'il n'y avait pas eu l'incendie, je ne sais pas ce qui se serait passé. Je ne sais pas comment il imaginait son avenir.

— Est-ce qu'il...

— Il est l'heure, le coupe l'Agent Carlyle en tapotant sa montre. Si on veut maintenir l'ISS, il faut laisser à Moonbeam le temps de manger.

Je regarde l'horloge. Elle affiche 12 : 56.

— En effet. Moonbeam, es-tu...

Je n'ai pas besoin qu'il termine sa phrase.

— Je vais bien. Ne vous inquiétez pas.

J'ai mal au ventre parce que j'ai mangé trop vite, mais ce n'est pas pour cette raison que je suis la dernière à arriver.

J'ai demandé à l'infirmière Harrow de patienter un peu dans le couloir avant d'entrer. Elle a voulu savoir si tout allait bien, alors je lui ai avoué que non, parce que je ne voulais pas lui mentir. Elle a proposé d'aller me chercher quelque chose, mais j'ai refusé. J'avais juste besoin d'un instant pour faire le tri dans mes pensées et me préparer à mon nouveau rôle.

Je sais ce qui va se passer en salle de thérapie de groupe. Je sais de quoi Jeremiah, Rainbow et les autres vont vouloir parler. Avant d'y aller, avant de faire ce que l'Agent Carlyle et le Dr Hernandez attendent de moi, je m'accorde une seconde pour penser à Luke. Ce n'est pas le moment de céder au chagrin ; il faut que je reste forte pour les autres. Mais ce qui lui est arrivé est injuste. Il n'avait que dix-sept ans.

Il ne méritait pas de mourir comme ça.

Comme Alice, chuchote la voix dans ma tête. *Et Agavé, et Joe Nelson et tous les autres. Ils sont tous morts.*

L'infirmière Harrow fronce les sourcils.

Moi, je suis toujours en vie, je réponds intérieurement. *Comme Honey, Lucy, Rainbow... Et je ferai tout pour que ça dure.*

Le fait que l'Agent Carlyle et le Dr Hernandez m'aient demandé mon aide est une immense preuve de confiance. Ils n'auraient jamais pris cette décision à la légère. J'en suis heureuse, parce que ça signifie que je fais des progrès, que le fameux processus suit son cours. Le psychiatre me complimente souvent, il dit que je m'en sors très bien. Mais j'ignore s'il le pense vraiment ou si c'est juste pour m'encourager à parler.

Alors que là, c'est plus tangible. Plus réel.

Et ça me fait aussi un peu peur.

On m'offre une chance de me racheter. Car c'est à cause de moi si mes Frères et Sœurs sont dans cette salle et pas sur la Base avec leurs familles. Je ferais donc n'importe quoi pour qu'ils se sentent mieux. N'importe quoi. Mais ce n'est pas ce qui me fait peur. Ce qui me fait peur, c'est de ne pas y arriver, de me rendre compte que je suis aussi impuissante que les autres. Que plus personne ne peut les aider, par ma faute.

D'un signe de tête, j'indique à l'infirmière Harrow que je suis prête. Lorsque je fais enfin mon entrée, dix-sept paires d'yeux se tournent vers moi.

Je prie pour paraître calme malgré mon trouble.

— Salut, tout le monde. Comment ça va ?

— Luke a fait son Ascension, m'informe Jeremiah avec les yeux brillants et un grand sourire. Le Prophète l'a Appelé à rejoindre le Seigneur. Et, bientôt, ce sera notre tour.

Mon ventre se noue.

— D'accord. Tu veux qu'on en parle ?

Il acquiesce vigoureusement, comme la plupart de nos Frères et Sœurs. Honey, Rainbow et quelques autres se tiennent à l'écart, l'air écœuré.

— Luke était le meilleur d'entre nous, affirme Jeremiah. Le plus Juste. C'est pour ça qu'il est parti le premier.

Je m'assieds en tailleur sur le sol. Tous approchent sans se faire prier, même Honey et Rainbow, et forment un cercle autour de moi. Certains se prennent la main par habitude.

— Vous le pensez tous ? je demande.

La plupart acquiescent, très sérieux. Quelques-uns ne réagissent pas, et une demi-douzaine à peine font non de la tête. Parmi ces derniers, seule Aurora a le courage de prendre la parole.

— Luke n'était pas le meilleur d'entre nous. Il était méchant et ça m'étonnerait qu'il ait fait son Ascension. Je crois plutôt qu'il est en Enfer.

Un frisson me parcourt le dos. Elle est pâle mais déterminée, ce qui me fait chaud au cœur.

— N'importe quoi ! s'emporte Jeremiah. Tais-toi, idiote !

— Du calme. Chacun son avis.

— Mais ce n'est pas un *avis*. C'est de l'Hérésie ! Luke, notre Frère, a été Appelé par le père John. Elle ne peut pas dire qu'il est en Enfer. Elle n'a pas le droit.

Brisé, souffle la voix.

Jeremiah est né sur la Base. Son grand frère, son frère *biologique*, est mort dans l'incendie. Je ne dois pas oublier qu'il est en plein deuil. Ce n'est qu'un petit garçon dont le monde vient de s'écrouler. Je dois me montrer patiente.

Avec eux tous.

— C'est important pour toi que Luke ait fait son Ascension ?

Il a l'air de trouver ma question stupide.

— Évidemment !

— Pourquoi ?

— Parce qu'il est allé s'asseoir à la droite du Seigneur. Comme le père John l'avait promis.

Et parce que si c'est vrai pour Luke, ça l'est aussi pour tes parents et ton frère.

— Et maintenant, qu'est-ce qu'il fait, d'après toi ?

— Il nous observe. Ils nous observent tous de là-haut.

— Qu'est-ce qu'ils voient ?

— Ils voient qu'on a hâte de les rejoindre. (Des larmes perlent au coin de ses yeux.) Qu'on ne veut pas rester ici tout seuls. Qu'on voudrait être avec eux.

— Luke n'est allé nulle part, Jeremiah, intervient Honey d'une voix grave. Pas plus que le père John ni qui que ce soit d'autre. Ils sont juste morts.

Jeremiah se tourne vers elle, rouge de colère.

— Menteuse ! Retire ça tout de suite !

— Non.

Il bondit sur ses pieds, les poings serrés.

— Si ! Je vais t'y obliger ! Je vais…

— Tu ne feras rien du tout, j'interviens. Calme-toi.

Il me jette un regard outré.

— Tu as entendu ce qu'elle vient de dire sur le Prophète ?

— J'ai entendu. Et je comprends que ça te perturbe. Mais la violence n'est pas une solution.

— Si les Centurions étaient là, ils…

— Ils feraient quoi ?

— Ils la frapperaient. Ils l'enfermeraient dans un coffre jusqu'à ce qu'elle arrête avec ses Hérésies.

La fureur que je lis dans ses yeux me fait peur.

— Ça te paraîtrait *Juste* ?

— Bien sûr.

— Pourquoi ?

— Parce que c'est la volonté du Seigneur.

— Comment peux-tu connaître Sa volonté ? l'interroge Honey, m'ôtant les mots de la bouche.

— *Parce qu'Il l'a dit au père John. Et que le père John nous l'a dit.*

Il articule chaque mot très lentement, comme s'il s'adressait à des demeurées.

— Comment sais-tu que le Seigneur a parlé au père John ?

— Parce qu'il...

— Parce qu'il nous l'a dit. OK. Mais s'il avait menti ?

— Pourquoi il aurait fait ça ? On était sa Famille. Pourquoi il aurait menti ?

Son petit visage est illuminé d'une Foi si innocente que j'ai envie de remonter le temps pour refaire exactement ce que j'ai fait dans la Maison pendant l'incendie.

— Parce que les gens mentent, réplique Honey très doucement. Je suis désolée, Jeremiah. Je ne voulais pas te faire de peine. Mais c'est comme ça.

Il y a un long silence durant lequel je me demande si Jeremiah va se jeter sur Honey ou fondre en larmes. Nos Frères et Sœurs me fixent comme s'ils attendaient que j'intervienne. Je voudrais leur expliquer que je ne peux pas, que nous avons besoin de ce genre de conversations pour pouvoir tourner la page. Mais je ne sais pas par où commencer, alors je me tais.

— Moi, je ne mens jamais, déclare Rainbow. Je trouve ça très vilain.

Je laisse échapper un gloussement que je regrette aussitôt. Son ton sentencieux m'a tellement prise de court que mon corps n'a pas su réagir autrement.

Elle me regarde de l'air frustré des enfants qui pensent qu'on ne les prend pas au sérieux. Je lève une main en signe d'excuse, mais voilà que Honey se met à pouffer à son tour, bientôt suivie de Winter. Je sens quelque chose se libérer en moi. Finalement, qu'y a-t-il de mieux que le rire quand le monde est réduit en cendres mais qu'on est toujours vivant, qu'on respire, qu'on a un avenir, aussi fragile et incertain soit-il ?

Trois personnes qui rient, c'est plus qu'assez pour contaminer les autres. Tout le monde finit par nous imiter. Ils se tiennent les côtes, une main plaquée sur la bouche, le visage rose et les yeux remplis d'une joie encore inimaginable dix secondes plus tôt. Rainbow fronce les sourcils, pas encore tout à fait sûre qu'on ne se moque pas d'elle. Même Jeremiah se déride, bien que ce soit sans doute davantage lié aux excuses de Honey qu'à autre chose.

Mais ça ne fait rien.

C'est déjà ça.

Pendant un bref instant, une pensée me vient à l'esprit pour la première fois depuis l'incendie : peut-être que, finalement, les choses pourraient bien se terminer pour certains d'entre eux.

Peut-être.

APRÈS

La maison bleue. La cheminée qui fume. L'herbe verte. La falaise. L'étendue d'eau. Les deux silhouettes.

Dès que j'ai fini mon dessin, je prends une nouvelle feuille et je recommence. Le crayon court tout seul, ce qui n'est pas plus mal, car mon esprit est accaparé par Luke.

De toutes les choses affreuses causées par le père John, de toute cette longue liste d'horreurs, aujourd'hui, à mes yeux, la mort de ce garçon est la pire. Mes Frères et Sœurs adultes avaient *choisi* de suivre le Prophète, de lui faire confiance, de croire en lui et de lui consacrer leur vie. Ils avaient chacun leurs raisons : une Foi sincère, le désespoir ou peut-être le désir de faire partie d'un tout, de se dire que l'existence ne se résumait pas à ce qu'ils pouvaient voir et toucher.

Mais Luke ?

Il n'a jamais eu le choix. On a décidé pour lui avant même sa naissance.

Un souvenir refait surface dans ma mémoire. C'est environ dix-huit mois après l'arrivée du père John sur la Base. Luke a dix ou onze ans, il est dégingandé, maladroit et encore en pleine croissance. Assis à l'extrémité sud de la cour, il écrit sur le bitume avec un morceau de craie, comme s'il traçait une marelle. En m'approchant derrière son épaule, je constate que ce sont des chiffres.

21 : 1

19 : 11

21 : 8
12 : 9
20 : 10
1 : 5

Il me sourit avant de poursuivre son œuvre. Je mets un long moment à comprendre de quoi il s'agit.

Ce sont des versets de la Bible.

Des extraits du Livre des Révélations.

Les yeux humides, je prends une nouvelle feuille de papier. Je laisse couler mes larmes parce que Luke les mérite. Autant que les autres.

Quelles chances avait-il dans la vie ? Sans parents pour veiller sur lui, avec le père John comme substitut paternel, qui lui chuchotait constamment des horreurs sur la fin du monde ?

Horizon m'a expliqué une fois que si on battait un chien dès sa naissance, il devenait peureux, soumis et gémissant. Et puis qu'un beau jour, sans qu'on l'ait vu venir, ce chien finissait par mordre. Parce qu'on ne lui avait jamais donné de raison de ne pas le faire.

Je termine un nouveau dessin. Ils sont de moins en moins détaillés : la maison n'est plus qu'un carré marqué d'une croix avec un triangle pour le toit, l'herbe quelques traits de crayon vert et l'eau des zigzags bleus.

Je pense à Luke, à Honey, à Rainbow et aux autres. Au Dr Hernandez, à l'Agent Carlyle. Je me répète que je veux seulement aider, seulement arranger les choses.

Menteuse. La voix dans ma tête n'est pas agressive. Elle est même plutôt douce.

Mes larmes reprennent de plus belle. Elle a raison : je me mens à moi-même. Si je voulais vraiment aider, j'aurais tout raconté au psychiatre dès notre première séance, sans me soucier des conséquences. Mais je ne l'ai pas fait, je ne l'ai *toujours* pas fait, parce que j'ignore ce qui m'arrivera et que j'ai peur de le découvrir.

Mais si...

Si l'une des choses que je n'ai pas dites avait pu sauver Luke ? Si un petit détail avait incité le Dr Hernandez et ses collègues à le surveiller de plus près ? S'ils l'avaient placé dans un endroit où il ne pouvait pas se faire de mal ?

Non. Non non non non non.

Je ne peux pas penser de cette façon.

Personne ne saura jamais exactement pourquoi Luke a fait ce qu'il a fait, parce que personne ne pourra lui poser la question. À moins que le père John ait dit vrai depuis le début...

Je frissonne, car c'est une perspective que je refuse d'envisager ne serait-ce qu'une seconde.

Je recommence à dessiner en me forçant à prendre mon temps, à être plus soigneuse, à représenter la scène de manière réaliste. Puis je repense à ce que le Dr Hernandez et l'Agent Carlyle m'ont demandé.

Je leur suis reconnaissante de compter sur moi.

Vraiment.

Depuis que je me suis réveillée dans cet endroit grisâtre, je pars du principe que l'on ne me dit pas tout. Il est possible que leur requête soit une stratégie, qu'ils aient déjà compris comment mon cerveau fonctionne et qu'ils anticipent mes réactions afin de me donner l'*illusion* du libre arbitre.

Mais ça m'étonnerait.

Le regard du psychiatre semblait sincère lorsqu'il m'a expliqué ce qu'il attendait de moi. Soit il était réellement affecté par la mort de Luke et par ses éventuelles conséquences sur les autres, soit c'est un excellent acteur.

Je n'ai aucun moyen de vérifier laquelle de ces deux explications est la bonne. Tant pis. Il ne s'agit désormais plus de moi, de ce que je sais, de ce que j'ai fait et de ce que je risque si quelqu'un l'apprend.

L'important, ce sont mes Frères et Sœurs.

Car ils comptent plus que tout.

APRÈS

Les deux hommes sourient lorsque je leur rapporte les paroles de Rainbow, même si je sais qu'au moins l'un d'eux a assisté à la scène.

— Tu t'en es bien sorti, me félicite le Dr Hernandez. Tu es restée calme, tu as encouragé la discussion et tu n'as pas fait taire Jeremiah quand il s'est énervé. C'était exactement ce que nous espérions.

— Tant mieux. Mais je ne l'ai fait ni pour vous ni pour moi. Je l'ai fait pour eux.

— Bien sûr. Peux-tu m'expliquer pourquoi ?

— Parce qu'un jour, ils finiront par sortir d'ici. Et par découvrir, de leurs propres yeux, que tout ce qu'on leur a dit était un mensonge. Ceux qui sont nés après la Purge ignorent tout du monde extérieur.

— Nous ne les abandonnerons pas. Ils seront accompagnés et soutenus à chaque étape.

— Je vous crois. Mais, pour l'instant, quand des gens qu'ils ne connaissent pas démontent tout ce qu'on leur a appris, ils ont juste l'impression que le père John avait raison. Que les Étrangers sont mauvais.

— Il vaut donc mieux que cela vienne de toi ?

— Ce n'est pas ce que j'ai dit. Ils ont déjà fait beaucoup de progrès et certains ont confiance en vous. Est-ce que ça va les aider d'entendre la même chose de ma bouche ou de celle de Honey ? Je pense que oui. Mais je ne sais pas si ça sera suffisant. Leurs blessures sont profondes.

— Tu as le mérite d'essayer. Tu ne peux pas faire plus.

Il a raison. Et ça compte. Ça n'est pas rien.

— Est-ce à cause des enfants que tu as commencé à douter de la Légion ? m'interroge l'Agent Carlyle. À cause de l'incident entre Luke et Honey, ou de ce que Jacob Reynolds a fait à Lucy ?

— L'histoire avec Honey a clairement joué un rôle. Mais l'entraînement dont vous parlez a eu lieu un jour ou deux avant l'incendie. J'avais déjà perdu la Foi depuis longtemps.

— Te souviens-tu du moment précis où c'est arrivé ? Quand ta mère a été bannie, peut-être ?

Je confirme d'un hochement de tête.

— Es-tu prête à nous en parler ? s'enquiert le psychiatre.

— Non.

— Mais tu vas le faire quand même ?

— Oui.

Il sourit.

— Pourquoi ?

— Parce que j'en ai besoin.

AVANT

Bear et Horizon m'escortent jusqu'à la Maison sous un ciel bas et gris.

Les jambes tremblantes, je gravis les marches du porche. Bear frappe à la porte. Pour la cinquantième fois en moins de deux minutes, je leur demande ce qui se passe, mais ils ne me répondent pas. Ils ne me regardent même pas.

– S'il vous plaît ! Expliquez-moi. S'il vous plaît.

Rien.

– Tu dois venir avec nous, m'a simplement annoncé Bear tout à l'heure alors que je travaillais dans le potager – en réalité, je rêvassais en faisant semblant de travailler et j'ai cru qu'ils s'en étaient aperçus. Ta mère a été convoquée par le père John pour répondre de ses péchés.

– Quoi ? Quels péchés ?

– Ses Hérésies.

Tout mon être s'est liquéfié.

Bella nous ouvre enfin. À peine entrée, je découvre ma mère plantée au milieu du salon. Je l'appelle, parce que j'ai peur et que personne ne veut me dire ce qui se passe. Elle se tourne vers moi avec un regard que je connais bien, celui qu'elle avait lorsque je me suis cassé le bras en tombant de la voiture. Un regard qui m'exhorte à être courageuse. Paniquée, je veux me jeter à son cou, mais Horizon me rattrape d'une seule enjambée et me soulève du sol. Je me débats, je hurle, en vain. Il me plaque fermement les bras le long du corps.

— N'aggrave pas les choses, me souffle-t-il. Le Seigneur est Bon.

Il me repose. Ses mains restent sur mes épaules, même si c'est désormais inutile. Je suis figée sur place par la fureur que je lis sur le visage de ma mère, par ses joues rouges et par ses yeux qui lancent des éclairs en direction du père John. Celui-ci est assis dans un gros fauteuil devant la fenêtre, entouré d'Angel et de Lonestar. Bella, Star et Agavé se pressent dans l'escalier, pâles et crispées.

Tout le monde à part moi est du côté du père John. Personne n'est ici pour ma mère. Je suis le seul témoin de la scène qui va se jouer.

Ses traits n'expriment aucune peur. Les lèvres pincées, elle fixe le père John sans ciller. Mon cœur s'emballe dans ma poitrine. J'ai les intestins tellement contractés qu'ils ne doivent pas être plus gros qu'une noix, et je tremble de peur. Je n'y comprends rien. Je me suis réveillée ce matin, j'ai pris mon petit déjeuner, je suis sortie travailler comme d'habitude. Et voilà que le monde semble sur le point de s'écrouler.

— Nies-tu les charges qui sont retenues contre toi ? demande le Prophète d'une voix grave et menaçante.

Ma mère ne répond pas. Elle ne bouge pas. Elle se contente de le regarder.

Au bout d'un long moment, il lui sourit.

— Permets-moi de te les rappeler afin que les choses soient bien claires et que la justice du Seigneur puisse s'exercer sans entrave. Le premier chef d'accusation est l'apostasie. Que plaides-tu ?

« Plaider » ? « Chef d'accusation » ? On est au tribunal ou quoi ?

— Non coupable.

— Nous avons trouvé ton journal.

Il se tourne vers Lonestar, qui tient un carnet relié de cuir que je n'avais encore jamais vu.

— Confirmes-tu qu'il t'appartient ?

Ma mère hoche presque imperceptiblement la tête.

— Excellent. Il décrit, avec beaucoup de détails, la manière dont tu t'es écartée de la Voie Juste. Je ne lirai pas les passages en question car cela reviendrait à propager la parole du Serpent. Mais je peux affirmer qu'ils constituent une monstrueuse trahison du Seigneur Tout-Puissant. Ton écriture t'incrimine sans le moindre doute, aussi vais-je te donner une dernière chance d'admettre ta culpabilité. Que réponds-tu à cela ?

Ma mère plisse les yeux.

— Vous m'avez mal comprise. Je ne peux pas être coupable d'apostasie, puisqu'il m'est impossible de renier une Foi que je n'ai jamais eue.

Bella étouffe un cri scandalisé. Agavé pose une main sur son genou pour la réconforter.

— Tu admets donc être Fausse ?

— Je n'ai aucune Foi en *vous*. Je n'en ai jamais eu. Je l'admets avec joie.

Le Prophète sourit.

— Enfin, la vérité éclate. Nous…

— Le père Patrick était un imbécile, un rêveur inoffensif qui faisait son possible pour servir son Dieu. Mais vous ? Vous n'êtes qu'un charlatan. Un vautour qui se repaît des faibles et des désespérés. Vous n'êtes *rien*.

J'en reste bouche bée. Je n'avais encore jamais entendu personne parler au père John de cette façon, pas même les Hérétiques au moment de la Purge.

Le sourire du Prophète s'efface.

— Centurion ?

Angel me jette un coup d'œil.

— Moonbeam devrait peut-être...

— Fais ce que je te demande, Centurion.

— Oui, mon père.

Il avance d'un pas et frappe ma mère du revers de la main. C'est plus une gifle qu'un coup – loué soit le Seigneur. Mais ça suffit à la faire tomber. En voyant sa tête heurter le sol, je me mets à crier et tente de m'élancer vers elle. Les doigts d'Horizon s'enfoncent douloureusement dans mes épaules tandis que le regard de ma mère m'envoie exactement le même message que ce qu'il m'a chuchoté tout à l'heure : *N'aggrave pas les choses.*

— Relève-la, ordonne le père John.

Angel s'exécute. La moitié du visage de ma mère est d'un blanc cadavérique. Un filet de sang coule de sa bouche. Je suis soudain emplie de la haine la plus pure que j'aie jamais ressentie, brûlante et glacée à la fois, assez coupante pour trancher la gorge d'Angel et lacérer le visage souriant du Prophète. Elle me fait trembler de la tête aux pieds tandis que le mot *Hérésie* résonne à mes oreilles.

— Je te déclare donc coupable d'apostasie. Passons maintenant au deuxième chef d'accusation, celui de corruption d'un Juste de la Légion du Seigneur. Que plaides-tu ?

Ma mère se contente de cracher du sang sur le sol. Mon accès de haine cède peu à peu la place à de la peur, une peur immense et aveuglante.

J'ignorais complètement qu'elle tenait un journal, et encore plus qu'il prouvait son Hérésie et son « apostasie ». Je n'arrive toujours pas à croire ce que je viens d'entendre. Bon nombre de Légionnaires se sont écartés de la Voie Juste. C'est toujours triste, parce que nous savons que leurs âmes sont condamnées à la seconde où ils franchissent le Grand Portail pour rejoindre le monde du Dehors.

Mais ma mère ? C'est ridicule. *Ridicule.*

Elle est membre de la Légion depuis treize ans. À la mort de mon père, lorsqu'elle s'est retrouvée seule avec moi, personne ne lui en aurait voulu si elle avait perdu la Foi. Et pourtant, elle est restée. Non seulement elle m'a élevée dans le respect de la Voie Juste, mais elle a même encouragé le père John à me choisir comme future Épouse, un des témoignages d'engagement les plus sérieux qui soient. Et maintenant, elle dit qu'elle ne croit plus, et même pire, qu'elle n'a *jamais* cru en lui ?

Ça ne tient pas debout.

— Examinons les preuves dont nous disposons, propose le Prophète. Je ne laisserai personne dire que la Justice du Seigneur n'est pas minutieuse, ou que les accusés ne sont pas traités équitablement. Dans ce journal, tu rapportes tes tentatives répétées pour convaincre Shanti, un Servant du Serpent notoire, de vous emmener, ta fille et toi, quand il a abandonné la Voie Juste et déserté la Légion du Seigneur. Tu décris aussi la façon dont tu as envisagé d'entrer dans la Maison, de voler le téléphone d'urgence et de contacter les Agents du gouvernement, avec l'intention manifeste de leur raconter des mensonges sur notre Famille pour les inciter à nous attaquer. Enfin, tu détailles ton plan consistant à agresser Frère Amos juste avant sa tournée de ravitaillement pour t'enfuir à bord du véhicule de la communauté, sans doute en entraînant Moonbeam contre son gré. Aussi, je te le redemande : plaides-tu coupable de corruption d'un Juste de la Légion du Seigneur ?

J'ai la tête qui tourne.

Elle voulait partir ? Elle voulait qu'on parte toutes les deux ? Pourquoi ?

À nouveau, ma mère crache du sang par terre.

— Allez en Enfer.

— Tu confonds ton sort et le mien. C'est donc sans le moindre plaisir que je te déclare coupable de ce deuxième chef d'accusation. Au vu de la gravité de tes crimes et de l'étendue de ta traîtrise, je n'ai pas d'autre choix que de te Bannir de la Sainte Église de la Légion du Seigneur pour toute l'éternité. Le Seigneur est Bon.

— Le Seigneur est Bon, répètent les Centurions et les Épouses du Prophète.

Ma mère ne le dit pas. Et pour la première fois de ma vie, moi non plus.

— Tu as une demi-heure pour rassembler tes affaires. Après quoi, Amos te conduira en ville et nous serons enfin débarrassés de ton Hérésie. Tu n'es pas autorisée à parler, ni à communiquer par quelque moyen que ce soit avec tes anciens Frères et Sœurs. Est-ce clair ? Tu n'es plus la bienvenue ici.

— Si vous croyez que je vais accepter de partir sans ma fille, vous êtes encore plus cinglé que je pensais.

Quoi ?

Bella étouffe un nouveau cri.

— Mon père, j'interviens d'une voix tremblante. Qu'est-ce que…

Le Prophète me sourit.

— Frère Horizon, va attendre dehors avec Moonbeam. Les autres Centurions restent ici avec moi. Quant à vous, montez à l'étage.

Bella, Agavé et Star grimpent l'escalier sans se retourner. Je croise encore une fois le regard de ma mère. Il est toujours brillant de colère, mais j'y distingue désormais autre chose. Quelque chose qui me donne la nausée.

De l'incertitude. De la *peur*.

Tandis que ce dernier sentiment envahit son visage ensanglanté, je comprends tout à coup.

Elle était prête. Elle savait que ça allait arriver. Mais ça ne s'est pas passé comme prévu.

— Viens, ordonne Horizon en me poussant vers la porte.

J'essaie de lui résister – autant empêcher la Terre de tourner. Ma mère me suit des yeux et je me mets à pleurer. Je m'en veux de me montrer aussi faible, mais c'est plus fort que moi.

— Maman ! Dis-lui que tu n'as rien fait ! Dis-lui !

Elle se décompose.

— Maman ! Mon père, s'il vous plaît ! Ne faites pas ça ! Maman !

Horizon me fait sortir de force. La porte se referme en claquant. Il m'assied sur l'un des bancs du porche. Je hurle, je pleure, je lui donne des coups de poing et des coups de pied, mais il n'a même pas l'air de s'en apercevoir. Il me serre fermement dans ses bras tout en me murmurant à l'oreille :

— Chut. Chut, petite. Il n'y a rien que tu puisses faire. Le Seigneur ne commet pas d'erreur, tu le sais. Le Seigneur est Bon.

Je sors de mon corps. Ça peut paraître bizarre, mais je ne vois pas de meilleure manière de décrire ce qui m'arrive. Je suis toujours sur le banc, maintenue par les énormes bras d'Horizon, mais je suis aussi ailleurs. Je cours dans le désert autour de la Base, les cheveux au vent. Je flotte dans le ciel d'un bleu pur où tout est calme et immobile. Je suis allongée dans mon lit, il fait nuit, je suis en sécurité et rien ne peut m'arriver. Rien ne pourra *jamais* m'arriver.

Lorsque la porte de la Maison se rouvre enfin, mes pleurs se sont taris et Horizon a desserré son étreinte. Angel sort en traînant ma mère par le bras. Je voudrais l'appeler, mais les mots s'étranglent dans ma gorge.

Ce n'est pas la même femme que celle qui faisait front au père John tout à l'heure, celle qui a avoué son Hérésie et renié sa Foi. On dirait qu'elle a rétréci, qu'elle s'est ratatinée sur elle-même. Les yeux creusés et pleins de larmes, elle a du mal à me regarder en face. Ses épaules sont si voûtées que, sans le soutien d'Angel, elle ne tiendrait sans doute même pas debout.

— Maman ? Qu'est-ce qui t'arrive ?

Ma voix n'est plus qu'un croassement. Son visage se contorsionne en une grimace horrible. Elle paraît sur le point de dire quelque chose que je ne suis pas sûre d'avoir envie d'entendre. Mais Angel lui fait descendre sans ménagement les marches du porche et l'entraîne vers le Bâtiment Neuf. Une sensation de froid m'envahit, comme si ma colonne vertébrale avait été remplacée par des glaçons.

Qu'est-ce qui s'est passé là-dedans ? Qu'est-ce qu'ils lui ont fait ?

— Horizon, amène-moi Moonbeam, réclame alors le père John depuis le salon. Je voudrais lui parler.

— Tu peux marcher ? Si tu préfères que je te porte, ça ne me dérange pas.

Je me lève. Je ne veux pas de l'aide d'Horizon, je ne veux pas qu'il me touche, mais mes jambes se dérobent sous moi. Il passe un bras autour de mes épaules et me raccompagne doucement à l'intérieur. Le père John est toujours assis dans son fauteuil, entre Bear et Lonestar. Bella, Agavé et Star se tiennent au pied de l'escalier. Il a dû leur ordonner de redescendre car elles ne l'auraient jamais fait sans son autorisation. Il me sourit.

— Je suis sincèrement désolé que tu aies dû assister à cela, Moonbeam. C'est difficile de voir quelqu'un s'éloigner de la Voie Juste. Difficile pour nous tous. Cela signifie que nous avons échoué, moi le premier. Si ta mère était venue me voir lorsque le poison du Serpent a commencé à se répandre dans ses veines, comme j'aurais souhaité de tout cœur qu'elle le fasse, j'aurais remué Ciel et Terre pour l'aider. J'aurais chassé le Serpent, je me serais battu jusqu'à mon dernier souffle pour son âme éternelle, ainsi que je le ferais pour n'importe lequel de mes Frères et Sœurs, et ainsi qu'eux le feraient pour moi. Mais il est trop tard, même si cela me brise le cœur de l'admettre. Nous ne pouvons tolérer la présence d'Hérétiques parmi nous, pas une fois qu'ils ont activement entamé le travail du Serpent. Tu le sais, Moonbeam, car tu es une fille intelligente. Une fille bien.

Je reste plantée au milieu de la pièce. Horizon se tient derrière moi, assez près pour me rattraper si je m'effondre. J'ai à peine conscience de sa présence. Les yeux rivés sur le père John, je suis prise de vertige. Tout ce qu'il dit est logique, tout ce qu'il dit est Juste, mais ce n'est pas du père Patrick ni de n'importe quel Hérétique qu'il parle.

Il parle de *ma mère*.

— Tu es une fille bien, n'est-ce pas ?

Je crois.

Je hoche la tête.

— Alors dis-moi que tu comprends pourquoi c'était nécessaire.

— Je comprends.

— Je n'en ai jamais douté. Pas une seconde. Les Hérétiques sont des créatures insidieuses, des êtres vils qui corrompent et souillent tout ce qu'ils touchent. La seule solution, c'est de s'en débarrasser avant qu'ils ne causent trop de dégâts. Ils ne sont pas dignes de la grâce divine. Ils ne sont pas dignes d'amour.

Je le fixe droit dans les yeux. J'ai l'impression qu'il attend que je réponde quelque chose, mais je ne sais pas quoi. Et même si je le savais, je ne suis pas certaine de pouvoir articuler les mots.

— N'es-tu pas d'accord, Moonbeam ?

J'acquiesce en silence.

— Évidemment que tu es d'accord. Alors dis-le.

Les larmes me montent aux yeux.

— Que je dise quoi, mon père ?

— Dis que tu n'aimes plus ta mère. Dis-le maintenant, avec le Seigneur pour témoin. Montre-moi que ta Foi est Juste.

Non. Par pitié, pas ça.

Les larmes roulent sur mes joues. Je me tourne vers Horizon dans l'espoir qu'il me donne une raison de ne pas le faire, une raison de me sentir moins seule. Mais tout ce que lis sur son visage, c'est le sens du devoir.

– Moonbeam, insiste le père John d'une voix soudain coupante. Regarde-moi.

Je lui obéis à contrecœur.

– Je sais que c'est difficile pour toi. Tu as toute ma sympathie. Mais si tu ne renonces pas à l'Hérésie, ici et maintenant, le Seigneur risque de se poser des questions.

– Je renonce à l'Hérésie.

– Bien. Et ta mère ?

– S'il vous plaît, mon père. Ne m'obligez pas à le dire. S'il vous plaît.

Il plisse les yeux.

– Dis-le.

– S'il vous plaît…

– Dis-le tout de suite, Moonbeam.

– Mon père…

Il se lève d'un bond.

– DIS-LE ! rugit-il, le visage rouge de colère. DIS-LE MAINTENANT OU TU PASSERAS LE RESTE DE TA VIE DANS UN COFFRE ! DIS-LE ! DIS-LE !

La tête me tourne, ma vue se brouille et j'ai l'impression que je vais vomir. Horizon fait un pas vers moi, les mains tendues pour me rattraper. Je me concentre sur le père John, sur la haine et la cruauté que je lis sur ses traits. Puis je ferme les yeux.

– Je ne l'aime plus, je souffle.

– Qui ça ?

— Ma mère. Je n'aime plus ma mère.

Horizon m'étreint l'épaule. Tête basse, j'éclate en sanglots, les yeux toujours fermés. Puis je sens des mains caresser mon visage et me prendre par la taille. Bella me chuchote à l'oreille :

— Ne pleure pas. Tout va bien, Moonbeam. Tout est pour le mieux. Le Seigneur est Bon.

Je cligne des paupières. Agavé et elles sont à genoux devant moi, l'air inquiet. Soudain, je ne les reconnais plus. C'est comme si je ne les avais jamais vues. Comme si elles étaient de parfaites inconnues.

— Qu'elle pleure si elle le souhaite, déclare le père John.

Il a repris place dans son fauteuil, un sourire bienveillant sur les lèvres. Sa colère est retombée aussi brusquement qu'elle avait éclaté. Il poursuit :

— Sa mère vient d'avouer être Fausse. Il y a là de quoi perturber n'importe quel enfant, aussi forte que soit sa Foi. Tu peux pleurer, Moonbeam. Je t'accorde un jour et une nuit pour faire le deuil de ton Hérétique de mère.

— Merci, mon père.

Ces mots me brûlent la bouche comme de l'acide.

— Après quoi, tu ne reparleras plus jamais d'elle. Tu ne penseras même plus à elle. Est-ce bien clair ?

Ses paroles me font l'effet d'un coup de poing dans le ventre. Luttant contre la nausée qui m'envahit une nouvelle fois, je parviens à hocher la tête.

— Oui, mon père. Très clair. J'ai compris.

— Je n'en doutais pas. Tu resteras ici jusqu'à ce qu'il soit temps pour l'Hérétique de partir. Le Seigneur est Bon.

— Le Seigneur est Bon.

Pourtant, la petite voix dans ma tête me hurle le contraire.

Assise par terre dans la Maison, j'attends que ma mère ait fini d'emballer ses affaires. La demi-heure s'écoule en un clin d'œil.

Le père John est monté dans son bureau afin de demander au Seigneur de nous donner la force de surmonter cette épreuve. Les trois Centurions, Bella, Star et Agavé sont avec moi dans le salon. Aucun d'eux ne dit mot. Malgré leurs efforts pour être discrets, je sens leurs regards sur moi. Horizon est planté près de la porte, sans doute pour m'empêcher de sortir en courant et de supplier ma mère de m'emmener. De toute façon, ça ne servirait à rien. Amos ne me laisserait jamais monter dans le pick-up. J'aurais beau hurler dans la cour pour que quelqu'un m'aide, personne ne viendrait.

Je le sais.

Alors je reste là en essayant de faire abstraction de ce qui se passe. C'est lâche de ma part. Les membres de la Légion du Seigneur sont censés affronter l'adversité, se montrer intraitables et Justes. Mais en cet instant, je m'en fiche complètement.

Je n'arrive pas à imaginer l'avenir sans ma mère. La séparation me paraît d'autant plus inconcevable qu'elle doit se produire dans quelques minutes. Je ne supporte pas l'idée de la savoir Dehors, parmi les Hérétiques, les Agents et les Servants du Serpents. Je ne veux pas qu'elle s'en aille, je ne veux pas qu'elle me laisse. Et en même temps, je ne me suis jamais sentie aussi coupable de ma vie, parce que je n'ai pas envie de partir avec elle. Je n'ai pas envie de quitter ma maison et ma Famille pour me lancer dans l'inconnu.

Je veux qu'elle reste. Je veux que tout demeure comme avant.

Je veux que le père John revienne sur sa décision. Qu'il lui donne une seconde chance, une dernière chance, quitte à l'enfermer un mois dans un coffre pour la punir de son Hérésie.

Mais il ne le fera pas.

Le Seigneur ne commet pas d'erreur.

Un tourbillon d'émotions incontrôlables se déchaîne en moi, aussi chaotique qu'une tempête de poussière. Les yeux rivés au sol, je refuse de regarder Horizon, Bella ou les autres. Je pleure encore un peu, parce que je suis bouleversée, mais surtout choquée par ce que ma mère a fait, et *furieuse* qu'elle ait été assez stupide pour se laisser prendre.

Même si aucun ne l'admettra jamais, tous les membres de la Légion du Seigneur, à l'exception peut-être du Prophète, ont leurs moments de faiblesse et de doute, des moments où leurs pensées les trahissent et où ils ont du mal à ne pas dévier de la Voie Juste. Comme nous le répète le père John dans ses sermons, aucun être humain n'est infaillible. Mais de là à écrire ses pensées noir sur blanc avec des projets de rébellion et d'Hérésie… C'est du suicide. Elle n'a même pas imploré son pardon quand il l'a démasquée. Elle a reconnu ses crimes comme si elle en était fière, avant de maudire le Prophète et de renier sa Foi.

Pourquoi ? Pourquoi elle a dit ça ? Même si elle le pensait, pourquoi le dire à voix haute ?

J'ai mal à la tête.

Mon cerveau a du mal à fonctionner normalement.

Pourquoi ne m'en a-t-elle pas parlé ? Parce qu'elle avait peur que je trahisse son secret ? Ou parce qu'elle ne m'aimait pas assez pour se confier à moi ?

Une nouvelle bouffée de culpabilité m'envahit. Elle a peut-être cru que j'irais tout raconter au premier Centurion venu. Car c'est ce qu'on m'a appris à faire. Et puis-je affirmer que je ne l'aurais pas fait ?

Puis-je *honnêtement* l'affirmer ?

J'ai tellement de questions... Trop de questions. La plupart d'entre elles concernent ma mère, et je commence à comprendre qu'on ne me laissera pas les lui poser. J'ignore comment continuer à vivre après son Départ, ce que je suis censée penser, comment espérer m'en remettre un jour. Je fuis le regard des autres jusqu'à ce que la porte se rouvre sur Angel, qui nous annonce que le moment est venu.

Le père John apparaît au sommet de l'escalier.

— Fort bien. A-t-elle créé des problèmes ?

Angel secoue la tête.

— Elle a été aussi discrète qu'une souris.

— As-tu informé notre Famille du verdict et de la sentence qui en découle ?

— Oui, mon père. Ils vous attendent dans la cour.

Le Prophète me rejoint et me tend la main.

— Viens avec moi, Moonbeam.

Le contact de sa peau me donne la chair de poule. Il m'entraîne vers la porte, suivi des Centurions, de Bella, d'Agavé et du reste de ses Épouses.

La Légion est rassemblée devant la Chapelle. Ma mère se tient au milieu, à côté du pick-up rouge dont le moteur tourne déjà. Amos est assis au volant, une expression solennelle sur le visage. Personne ne parle. Lorsque les pas du père John résonnent sous le porche en bois, tous se tournent vers lui.

Et vers *moi*.

Je me laisse guider avec la sensation que tout ça arrive à quelqu'un d'autre. Je ne peux plus réfléchir, plus respirer. Je ne peux que fixer ma mère.

Les mains crispées sur le sac poubelle noir qui contient toute sa vie, elle m'adresse une version nettement moins assurée du regard auquel j'ai eu droit en entrant dans la Maison, il y a me semble-t-il un million d'années.

Ne pleure pas. Sois courageuse.

La foule s'écarte pour nous laisser passer, puis se referme derrière nous. Le Prophète me lâche la main et fait face à sa Légion.

— Le Seigneur est dur, déclare-t-il. Mais Il est toujours Juste. Il n'accorde pas de seconde chance. Il ne commet pas d'erreur. Il ne connaît que le bien et le mal, Il ne connaît que la Vérité. Le Seigneur est Bon.

— Le Seigneur est Bon, répète la foule.

Je ne dis pas un mot. Mon corps est agité de violents tremblements, ma peau me brûle et j'ai encore une fois l'impression que je vais vomir. Ma mère n'est plus que l'ombre d'elle-même, mais elle paraît moins accablée que lorsque Angel l'a escortée hors de la Maison. Son expression a retrouvé un peu de vivacité, ses joues un peu de couleur.

Le père John la dévisage.

— As-tu quelque chose à dire avant que la sentence soit exécutée ?

— Puis-je embrasser ma fille ? S'il vous plaît ?

Il hésite un instant avant d'accepter.

— Fais vite. La justice du Seigneur n'attend pas.

Lâchant son sac, elle s'approche de moi d'un pas lent. Je la contemple, l'esprit vide, les pieds collés au sol. Il y a trop de choses que je voudrais dire, des choses que je regretterai sûrement de ne pas avoir dites quand elle sera partie et que tout deviendra réel. Mais, tandis que son ombre s'étend sur moi, je ne trouve pas les mots.

Elle m'attire doucement à elle, comme si elle craignait de me briser. Pendant de longues secondes, je reste immobile, aussi raide qu'une tige de métal. Puis mes larmes recommencent à couler. Je referme mes bras autour d'elle, j'enfouis mon visage contre son épaule et je la serre si fort qu'elle ne pourra jamais partir.

Elle ne pourra jamais m'abandonner.

— Tout va bien, ma petite Moon, murmure-t-elle d'une voix étranglée. Tout va bien se passer. Sois sage, d'accord ? Je compte sur toi.

Elle me rend mon étreinte. Puis sa bouche frôle mon oreille et elle chuchote trois mots que je suis la seule à entendre :

— *Sous ton oreiller.*

Je m'écarte, les sourcils froncés. Mais avant que j'aie le temps de lui demander davantage de précisions, elle se redresse et grimpe à l'arrière du pick-up avec son sac en plastique. Je me retrouve seule au monde, même au milieu de tous ces gens que je connais.

La tête baissée et les yeux fermés, le père John récite une prière. Enfin, il fait signe à Amos.

Le pick-up recule en arc de cercle vers la Chapelle. Submergée par un sentiment d'impuissance, je l'observe tandis qu'il quitte le bitume lisse de la cour pour s'engager dans l'allée, faisant crisser les graviers sous ses roues. Il accélère en direction du Grand Portail, au-delà duquel s'étend le désert.

Ma mère a les yeux rivés sur tous les hommes et les femmes qu'elle a appelés sa Famille pendant plus de dix ans. Au dernier moment, son regard croise le mien.

Puis le pick-up rejoint la route de terre et disparaît au détour d'un virage.

APRÈS

— Qu'y avait-il sous ton oreiller? me demande le Dr Hernandez.

— Rien.

L'Agent Carlyle et lui m'observent, très pâles. Je suis tellement habituée à leurs expressions choquées que je n'y prête quasiment plus attention.

— Je n'ose pas imaginer ce que tu as dû ressentir. Je suis vraiment désolé pour toi.

— Merci.

— Personne ne l'a défendue ? s'étonne l'Agent. Personne n'a pris son parti ?

— Le père John avait décrété que c'était une Hérétique. Ça ne se discute pas. Et je ne leur en veux pas ; moi non plus, je n'ai rien fait. J'ai assisté à tout ça sans réagir.

— Tu n'étais qu'une enfant, me rappelle le psychiatre. Tu n'aurais rien pu faire.

Je hausse les épaules.

Peut-être. Ou peut-être pas.

— Penses-tu que ta mère était une hérétique ? continue l'Agent.

— Ça dépend de ce qu'on entend par là. D'après les règles de la Légion, celles que le père John attribuait au Seigneur, elle l'était. Je n'ai pas lu le fameux journal, mais elle a reconnu que c'était le sien et n'a pas contesté son contenu. Il faut comprendre que dans la Légion, même avant la Purge, on nous apprenait à ne jamais réfléchir par nous-mêmes. La hiérarchie était claire : il y avait le Seigneur, la Légion, puis le reste. Les besoins de chaque individu ne comptaient pas ; ce qu'on voulait ou non ne comptait pas. Alors, même si j'avais le cœur brisé en la voyant partir, même si j'étais incapable d'imaginer ma vie sans elle, je ne me suis pas demandé si c'était vrai. Son Hérésie restait de l'Hérésie, qu'elle soit ma mère ou pas. Ce n'est pas parce que je l'aimais que c'était moins grave. Vous comprenez ?

— Malheureusement, oui, acquiesce le docteur. J'ai vu ça des dizaines de fois, bien que rarement dans des conditions aussi extrêmes. C'est une méthode de contrôle assez classique.

— Comment ça ?

— On crée volontairement une situation dans laquelle les gens accordent plus de valeur à une certaine chose qu'à leur propre bien-être. Ils acceptent d'être maltraités, voire de se maltraiter eux-mêmes, parce qu'on les a conditionnés à croire que cette chose passe avant eux. Il suffit alors de contrôler cette chose – dans votre cas précis, la parole de Dieu – pour les contrôler. Le père John régnait sur la Légion du Seigneur comme un dictateur, distribuant ses faveurs et ses reproches. Vous étiez programmés pour ne jamais protester ni résister en aucune manière.

— Même si vous l'aviez fait, enchaîne l'Agent Carlyle, les centurions étaient armés. Et nous savons tous vers qui allait leur loyauté.

J'essaie de me convaincre que je ne reconnais pas le monde qu'ils me décrivent. Mais la voix proteste dans ma tête, plus coupante que jamais.

Arrête. Tu as parcouru trop de chemin pour continuer à te mentir. Oui, ça fait mal à entendre, oui, tu te sens bête, oui, tu as honte d'avoir participé à ça pendant si longtemps. Mais il a raison. Regarde la vérité en face.

— Ta mère a dit au père John qu'elle n'était pas coupable d'apostasie car elle n'avait aucune foi à renier, me rappelle le docteur. Est-ce que cela correspond à l'image de la femme auprès de qui tu as grandi ?

Je secoue la tête, autant en signe de désaccord que pour me clarifier les idées.

— Je n'avais jamais douté d'elle. Sans être une fanatique comme Jacob, Amos ou Luke, elle m'avait toujours paru Juste. Je vous l'ai dit, elle ne semblait pas heureuse, mais je mettais ça sur le compte de la mort de mon père ou de son tempérament. Sincèrement, je n'ai jamais remis en cause ni sa Foi ni sa loyauté envers la Légion. Elle a persuadé le père John de me choisir comme future Épouse. Comment aurais-je pu deviner qu'elle prévoyait de s'enfuir ?

— C'était peut-être le but, souligne l'Agent.

— Je ne comprends pas.

— Elle s'est peut-être dit que proposer sa fille en mariage à John Parson prouverait sa loyauté. Que personne n'oserait la soupçonner après ça.

— Mais qu'est-ce qu'elle aurait fait à mes dix-huit ans ? Quand j'aurais dû l'épouser ?

— Elle comptait sans doute partir bien avant, soupire le psychiatre. Avec toi. C'était visiblement son intention depuis le début.

— C'était quand même un sacré coup de poker.

— En effet.

— Vous croyez qu'elle voulait partir depuis longtemps ? Depuis le jour de notre arrivée ?

— Et toi ?

— Je ne sais pas trop, même si j'y ai pas mal réfléchi quand ils l'ont Bannie. Peut-être pas depuis toujours, mais depuis un moment, oui. Elle cherchait un moyen de s'enfuir avec moi. Et je n'ai rien soupçonné.

— Tu étais très jeune. Tu vivais dans un environnement extrêmement contrôlé, où personne n'osait dire à voix haute ce qu'il pensait ou ressentait. Tu ne pouvais pas savoir.

— Elle aurait pu me le dire.

— Non, intervient l'Agent Carlyle, elle ne pouvait pas. Imagine, si tu avais tout rapporté à un centurion ?

C'est exactement ce que tu aurais fait. Reconnais-le.

Je les dévisage.

— Rien de tout cela n'est certain, reprend d'une voix calme le Dr Hernandez. Nous ne prétendons pas savoir ce qui s'est passé. Mais il y a une chose à laquelle j'aimerais que tu réfléchisses.

— Laquelle ?

— Je comprends que tu aies interprété la tristesse de ta mère et sa distance envers toi comme des conséquences du décès de ton père. Et ta perception était forcément teintée par un sentiment de déception parentale typique de l'adolescence. N'y vois là aucun jugement de ma part. Mais ne crois-tu pas que son mal-être était aussi lié au fait qu'elle n'avait jamais voulu venir au Texas ? Le jour où vous en avez parlé, elle t'a raconté que vous ne deviez rester qu'un week-end, mais qu'elle avait finalement eu une révélation.

Elle a dit qu'elle avait intégré la Légion parce que ton père savait se montrer très persuasif. Essaie de te mettre à sa place, ne serait-ce qu'un instant. Tu es contrainte de renoncer à ta vie, de t'installer dans un endroit où tu ne voulais pas aller, de rejoindre les rangs d'un mouvement qui ne te convainc pas. Et puis la personne pour qui tu l'as fait meurt, et tu te retrouves coincée dans cet endroit avec ta fille. Comment le vivrais-tu ?

— Je crois que je serais en colère. (Une étincelle de cette même émotion s'allume justement en moi.) Plus que ça, en fait. Je serais *furieuse*.

Le Dr Hernandez hoche la tête.

— Était-elle plus heureuse avant la purge ?

— J'ai l'impression, oui.

— Alors peut-être que la situation lui convenait, qu'elle se sentait en sécurité avec toi dans la Légion. Et peut-être que les choses ont changé après le départ du père Patrick. Lorsqu'elle a réfuté l'accusation d'apostasie, elle a dit au père John qu'elle n'avait jamais cru en lui. Elle n'a parlé ni du Seigneur ni de la Légion, mais de *lui*.

Je l'entends encore cracher ces mots comme du poison.

— Mais le temps qu'elle le comprenne, il était peut-être déjà trop tard, poursuit le psychiatre. Tu as dit toi-même que la sécurité a été renforcée après la purge, que les centurions se sont mis à vous enfermer la nuit et à porter des armes. Peut-être qu'elle s'est rendu compte qu'elle avait laissé passer sa chance, et que c'est pour ça qu'elle était si malheureuse.

— Pourquoi ne pas m'avoir emmenée avant que le père John prenne le pouvoir ?

— Aucune idée. Il est possible qu'elle ait eu peur d'affronter le monde réel, surtout seule avec toi. Encore une fois, ce ne sont là que des suppositions.

Il a raison. Tu n'as jamais essayé de voir les choses de son point de vue à elle. Tu ne t'intéressais qu'à ce que ses actes signifiaient pour toi. À ce que toi, tu ressentais.

— C'est injuste, je murmure.

— Moonbeam ?

Je ne réponds pas, parce que je suis à nouveau propulsée en arrière. Je tente d'imaginer ce que ma mère a pu éprouver lorsque le père John a pris la place du père Patrick. Elle a dû se sentir tellement piégée, tellement impuissante… Toutes ces semaines, ces mois, ces années à venir… Tout ce temps passé dans une prison qui ne lui semblait pas en être une jusqu'à ce qu'il soit trop tard.

— Tout va bien ? s'inquiète le docteur. Veux-tu qu'on arrête ?

Oui.

Je fais non de la tête.

— Donc, c'est à ce moment-là, enchaîne l'Agent, que ta foi a commencé à faiblir ?

— Je crois. Enfin, il n'y a pas vraiment eu de déclic, pas d'ampoule qui s'est allumée au-dessus de ma tête ou je ne sais quoi. Je n'ai pris conscience du changement que bien plus tard. Mais avec le recul, oui, c'est là que je me suis mise à penser différemment.

— Parce que tu t'es aperçue que les choses dégénéraient ?

— Je savais que le Départ de ma mère me compliquerait la vie. Mais je ne me doutais pas encore que ça allait « dégénérer », comme vous dites, pour tout le monde.

— Quand l'as-tu compris ?

— Quand Nate est parti. Quand Luke n'a pas été nommé Centurion. Et quand…

Quand ils ont distribué les armes. Quand le père John a choisi sa dernière femme.

— Moonbeam ?

Je suis à bout de forces. Ma main ne m'avait pas fait aussi mal depuis des jours et j'ai la tête qui tourne.

— On peut arrêter là, s'il vous plaît ?

— Je vois bien que c'est difficile, assure l'Agent. Et je ne veux pas te mettre la pression. Mais il y a des choses…

— Que vous avez besoin de savoir. Je suis au courant. Ce n'est pas pour vous embêter, je vous jure, mais je n'en peux vraiment plus. Vous ne m'en voulez pas trop ?

Il me sourit, puis échange un regard avec le psychiatre.

— Bien sûr que non. Tout va bien. Nous poursuivrons demain.

J'attends le déclic signalant que ma porte est verrouillée pour m'allonger sur mon lit.

J'ai les jambes qui tremblent et des palpitations. J'ai dû faire appel à toute ma volonté pour atteindre le bout du couloir sans éclater en sanglots ou m'effondrer dans les bras de l'infirmière Harrow.

La tête sur les genoux, j'inspire profondément, encore et encore. Ignorant mon vertige, je me concentre sur mon souffle – inspire, expire, inspire, expire. Peu à peu, le poids qui m'oppressait la poitrine disparaît et je parviens à rouvrir les yeux.

D'un pas hésitant, je vais m'asseoir à mon bureau. Des vagues bleues et blanches se forment sur le papier. J'essaie de faire le vide dans mon esprit, de le laisser vagabonder à sa guise, même si je suis presque sûre que le résultat ne va pas me plaire.

Le visage de ma mère m'apparaît, la bouche pincée, avec cet air de déception perpétuelle que je détestais tant. Je ne comprenais pas pourquoi je ne suffisais pas à son bonheur, pourquoi sa fille bien en vie ne suffisait pas à éclipser le souvenir de son mari mort.

Seigneur.

Je prends conscience – trop tard, beaucoup trop tard – de ce qu'elle a dû endurer.

Comme elle a dû être écœurée de me voir sautiller dans la cour, chanter des cantiques, tenir la main de mes Frères et Sœurs à la Chapelle et contempler le père John avec une dévotion aveugle.

Comme elle a dû souffrir de ne pas pouvoir me dire la vérité, de crainte que je prenne le parti de la Famille ou que je gâche tout en en parlant à la mauvaise personne.

Seigneur.

J'ai toujours cru qu'elle avait insisté pour que le père John me choisisse comme future Épouse parce qu'elle était pressée que quelqu'un d'autre s'occupe de moi et *m'aime* à sa place.

Seigneur.

Alors que c'était sans doute une façon de se protéger des soupçons pendant qu'elle réfléchissait à un moyen de fuir. La perspective de ce mariage devait l'horrifier autant que moi, sinon, elle n'aurait pas tout fait pour nous tirer de là avant la date fatidique.

Seigneur.

Mais je n'étais qu'une petite fille. Comment aurais-je pu deviner ? Elle a toujours porté ce fardeau seule, sans en souffler mot à quiconque. Elle se faisait passer pour une Juste obéissante et loyale ; et pendant tout ce temps, elle mijotait son coup dans son coin. Personne ne s'est douté qu'elle n'était pas celle qu'elle prétendait être.

Moi y compris.

Parce que tu es stupide. Cette fois, la voix n'est ni douce, ni gentille, ni compatissante. Elle est en colère. *Tu es stupide, faible et ingrate. Tu n'as pensé qu'à toi.*

— La ferme.

Ta mère essayait de vous sauver toutes les deux. Et tout ce que tu as réussi à faire, c'est lui en vouloir.

— La ferme.

Ma main va et vient furieusement, gravant les lignes brunes de la falaise sur le papier.

Elle n'était pas dupe de la Légion du Seigneur. Mais toi, tu gobais tout ce qu'on te racontait. Tu n'as pas su voir ce qu'il aurait fallu que tu voies. Si tu avais été moins aveugle, elle t'aurait dit la vérité avant qu'il soit trop tard.

Le crayon déchire la feuille avant de se briser en deux.

C'est ta faute si elle est dehors, toute seule. Ta faute si vous êtes seules toutes les deux.

— LA FERME !

Je balaie le bureau d'un revers du bras, envoyant valser papier, crayons et feutres. Puis je tape dessus des deux poings. Une vague de douleur explose dans ma main gauche, brûlante, éblouissante, atroce. Je l'accueille avec joie parce que je la mérite.

— LA FERME, LA FERME, LA FERME, LA FERME !

La clé tourne dans la serrure mais je ne vois pas la porte s'ouvrir. Derrière mes paupières closes, tout n'est que rouge sombre et noir. Des bras entourent mes épaules et l'infirmière Harrow me chuchote que ça va, que ce n'est rien, que *tout va bien se passer*. Je me laisse aller contre sa poitrine, envahie par un torrent de colère et de frustration. Des années et des années de sentiments refoulés, enfouis profondément, bouillonnent en moi et s'évaporent, me laissant épuisée et amorphe. Je pleure sans m'arrêter tandis qu'elle me berce comme un bébé. La voix recommence à parler dans ma tête, beaucoup plus douce qu'avant.

Demain. Demain, tu leur diras tout.

Comme tu l'as promis.

Plus de secrets.

AVANT

— Tiens, me dit Amos. Essaie de ne pas te tirer dans le pied.

Je lui prends l'arme des mains en me retenant de lever les yeux au ciel. C'est un AR-15 noir, étonnamment léger pour un fusil aussi puissant. Amos passe ensuite à la personne suivante dans la longue file de mes Frères et Sœurs. Jacob Reynolds se plante devant moi avec un lot de chargeurs vides et un sac en plastique rempli de balles.

— Remplis-les, vérifie-les et assure-toi que tout reste propre.

Je récupère les munitions sans un mot.

On est mardi matin. Lorsque les Centurions ont ouvert nos portes à l'aube, ils nous ont ordonné de nous rassembler devant la Chapelle. Le père John est sorti du grand bâtiment angulaire en nous annonçant que le Seigneur lui avait parlé. Désormais, le temps était compté. Il n'était plus prudent de ranger les armes sous clé dans le sous-sol de la Maison ; mieux valait les garder sous la main au cas où les Servants du Serpent se décideraient à attaquer les Justes.

Il nous a fait aligner dans la cour en nous promettant davantage de précisions dès que nous serions armés contre nos ennemis. Puis il est reparti vers la Maison.

J'inspecte mon fusil, les sourcils froncés. Il y a des rayures et des traces de lime autour du récepteur inférieur et de la fenêtre d'éjection. Des plaques de métal mat ont été vissées sur le plastique de chaque côté, au-dessus du pontet. Il ne ressemble pas à ceux que nous utilisons à l'entraînement, ceux qu'Amos compte, recompte et entretient si méticuleusement. On dirait qu'il a été cassé en deux puis réparé.

Après l'avoir épaulé, je vise le long du canon. Comme souvent, la puissance mortelle de l'objet que j'ai entre les mains suscite chez moi des pensées folles. Un peu comme quand on se tient au bord d'un précipice et qu'une partie de notre cerveau nous incite à sauter. Je pourrais me retourner, appuyer sur la détente encore et encore et encore, et la plupart de mes Frères et Sœurs se retrouveraient à terre, en sang, avant même d'avoir pu crier.

Bien sûr, je ne le fais pas.

Tu pourrais, me chuchote la voix. *Tu en as envie, avoue.*

Mais je ne le fais pas.

Et c'est tout ce qui compte.

— Mes Frères et Sœurs !

La voix du père John résonne au-dessus de la cour. Tout le monde pivote vers le porche de la Maison d'où il nous sourit avec bienveillance.

— Approchez, ma Famille. Approchez pour entendre la bonne nouvelle que le Seigneur a partagée avec moi.

J'emboîte le pas aux autres, éblouie par le soleil qui s'élève dans le ciel clair du matin. Une fois le silence revenu, le Prophète ouvre les bras.

— Ce matin même, le Seigneur m'a fait profiter de Sa sagesse. Le Seigneur est Bon.

— Le Seigneur est Bon, répète la congrégation.

— Une célébration nous attend. Un moment de grand bonheur et de réjouissance, car le Seigneur aime ses Fidèles Serviteurs. Il aime tous les hommes et les femmes qui arpentent la Voie Juste. Il m'a fait comprendre que l'heure était venue pour Son humble messager de prendre une nouvelle femme, afin de perpétuer la lignée de Sa Sainte Légion. Il m'a donné un nom. Or, il ne me revient pas plus qu'aux autres mortels de remettre Sa décision en question.

Un murmure se propage dans la foule. Sous le porche, derrière leur mari, Agavé, Bella et les autres Épouses hochent la tête d'un air ravi. Autour de moi, mes Sœurs échangent des regards. Elles se demandent toutes qui va s'installer dans la Maison.

— Celles d'entre vous qui m'avaient été promises ne le sont désormais plus. (Mon cœur se serre dans ma poitrine.) Vous, les Sœurs Justes de la Légion du Seigneur, n'y voyez aucune insulte, aucune punition. Mais nous manquons de temps, et le Seigneur a jugé nécessaire de me communiquer de nouveaux plans. Il ne commet pas d'erreur.

Je fixe le Prophète. Ma première réaction – irrationnelle, *ridicule* – est un sentiment amer de rejet. J'ai toujours redouté le moment, de plus en plus proche, où j'allais devoir l'épouser. Mais maintenant que je suis libérée de cette obligation, j'éprouve quelque chose qui ressemble étrangement à du chagrin.

Pourquoi ne veut-il plus de moi ? Je ne suis pas assez jolie ? Je ne lui ferais pas des enfants assez forts ?

Heureusement, la réalité reprend vite le dessus, chassant les questions honteuses dont me bombarde mon cerveau paniqué.

Je n'aurai pas à me marier avec lui. Jamais. C'est fini.

Aussitôt, le sentiment de rejet s'évanouit, balayé par un raz-de-marée de soulagement absolu. Je me contrefiche que le père John ait changé d'avis, même si je sais que c'est *sa* décision, et pas celle du Seigneur. Je me contrefiche de ce que les gens vont penser de moi. Une seule phrase tourne en boucle dans ma tête.

Je suis libre.

— Le Seigneur a fait Son choix, continue le père John. Il a exprimé Sa volonté, qui ne tolère aucune contestation. Je peux d'ores et déjà vous annoncer que Honey sera unie à Son humble messager par les liens sacrés du mariage.

Mon bonheur aura été de courte durée. Le ventre noué, je me tourne lentement vers Honey. Elle se tient à trois mètres de moi, aussi immobile qu'une statue. Sa mère, Astrid, rayonne de fierté, comme si son plus beau rêve venait de se réaliser. Mais Honey ne sourit pas. Elle fixe le père John, si pâle que sa peau paraît presque translucide.

S'il vous plaît, non. Pas Honey. Oh non, pas elle, s'il vous plaît.

— Cela se fera sans délai, poursuit le Prophète. Le Seigneur a clairement souligné qu'il n'y avait pas de temps à perdre. Le mariage aura lieu ce soir. Le Seigneur est Bon.

Pendant une ou deux secondes, personne ne réagit. Le silence plane sur la foule tandis que chacun essaie de digérer la nouvelle, de se faire à cet énième glissement de terrain sous nos pieds. Et durant ce bref instant, je vois passer dans le regard du père John la même lueur que le jour où Nate a refusé de devenir Centurion.

La même *peur*.

Puis Jacob Reynolds hurle « Le Seigneur est Bon ! » et le charme est rompu. Tout le monde l'imite, les gens applaudissent, poussent des cris de joie. Ils entourent Honey en lui disant qu'elle a beaucoup de chance, que le Seigneur a fait preuve d'une grande sagesse et d'une merveilleuse clairvoyance en la choisissant. Sous le porche, le père John sourit à ses femmes qui se mêlent au concert de félicitations. Mais je n'ai d'yeux que pour Honey, toujours clouée sur place. Elle n'a que quatorze ans. Le père John n'avait encore jamais épousé quelqu'un d'aussi jeune.

Jamais.

– Honey ! clame-t-il, et aussitôt, le silence revient. Veux-tu venir à mes côtés ?

Je sens monter en moi une bouffée de colère. Il présente ça comme une vraie question alors que ça n'en est pas une. Le libre arbitre n'est qu'une illusion dont il est le seul à profiter. J'en ai la chair de poule.

Tout le monde dévisage Honey, qui contemple son nouveau fiancé avec un regard vide. Elle n'a pas bougé d'un centimètre. Enfin, ses traits se crispent, sa bouche s'ouvre, et ma courageuse petite Sœur, qui a toujours fait preuve d'une incroyable maîtrise d'elle-même, laisse échapper un sanglot déchirant.

– Non ! hurle-t-elle. Non, je ne veux pas ! Ne m'y obligez pas !

La foule retient son souffle. Astrid tombe à genoux devant sa fille. Elle la sermonne à voix basse, d'un ton pressant et paniqué, pendant que certains secouent la tête et commencent à parler d'Hérésie. Les quelques mots que je distingue – « c'est un immense honneur, c'est la volonté du Seigneur » – suffisent à me donner envie de fracasser le front de cette femme, la propre mère de Honey, sur le bitume.

– Je m'en fiche ! s'écrie Honey entre deux sanglots. Je ne veux pas ! Pitié !

Mon regard se pose sur le père John. La peur que j'ai aperçue il y a un instant, celle qui l'a fait reculer face à Nate, a cédé la place à une fureur froide et terrifiante. J'entends clairement ce qu'il pense, et ça me fait suffoquer : « Pas question que ça recommence. »

Je m'élance avec l'intention de prendre Honey dans mes bras et de m'enfuir avec elle. Mais la voix tonitruante du Prophète me pétrifie une fois de plus.

— SILENCE ! rugit-il. Est-ce là la fille que tu as élevée, Astrid ? Une Hérétique qui s'oppose à la volonté du Seigneur ?

Terrorisée, Astrid se tourne vers lui.

— Pardonnez-la, mon père. Ce n'est qu'une enfant. Elle ne se rend pas compte.

— L'enfance justifie-t-elle l'Hérésie ? Est-ce ce que tu es en train de me dire ?

Sa voix est lourde et menaçante.

— Non, mon père, je...

— RIEN NE JUSTIFIE L'HÉRÉSIE ! Tu le sais aussi bien que moi ! À moins que tu ne sois encore plus stupide que tu en as l'air ? *Rien* ne l'a jamais justifiée, car nos règles ont été établies par le Seigneur en personne, et nos principes ne sont pas négociables ! Maintenant, écarte-toi, que je la voie.

Au bord de l'évanouissement, Astrid fait un pas en arrière, révélant le visage rouge et zébré de larmes de Honey. J'ai envie de hurler. Je n'arrive pas à concevoir que la vue de sa fille bouleversée ne suffise pas à lui redonner un semblant de courage.

— Honey, reprend le père John d'un ton plus doux où la colère couve toujours. Le Seigneur a exprimé Sa volonté et tu sais comme moi qu'Il ne commet pas d'erreur. Alors, réfléchis, mon enfant. Réfléchis bien.

Honey ouvre de grands yeux, la lèvre inférieure toute tremblante.

— Comptes-tu vraiment Le défier ? Ou accepteras-tu que nous soyons unis par les liens sacrés du mariage, comme Il l'a ordonné ? J'attends ta réponse.

Honey ne réagit pas. Autour d'elle, nos Sœurs plus âgées regardent leurs pieds.

Faites quelque chose, je les supplie en silence. *Que l'une d'entre vous fasse quelque chose, n'importe quoi. Arrêtez ça.*

— Non, chuchote Honey en se tournant vers sa mère, l'air suppliant. Maman... s'il te plaît...

Horrifiée, Astrid s'éloigne un peu plus de son unique enfant.

— C'est... regrettable, conclut le père John. Vraiment regrettable. Centurions ?

J'ai déjà compris ce qui va se passer. J'ouvre la bouche pour crier à Honey de fuir, de courir sans se retourner, mais mon corps ne me répond plus. Je ne peux qu'assister à la scène, impuissante.

— Enfermez-la dans un coffre jusqu'à ce qu'elle comprenne qu'elle doit l'humilité au Seigneur.

Des cris indignés s'élèvent. Astrid tend enfin la main vers sa fille.

— S'il vous plaît, mon père ! Pas ça !

Honey s'accroche de toutes ses forces à sa mère pendant que les Centurions fendent la foule. Retrouvant enfin l'usage de mes membres, je me jette sur Lonestar pour le retenir, pour le supplier de ne pas faire ça. Mes doigts ne font qu'effleurer le tissu de son tee-shirt. Il ne ralentit même pas.

Jacob est le premier à atteindre Astrid, qui lui tourne le dos pour protéger sa fille. Il les sépare brutalement et saisit Honey par le poignet. Celle-ci se met à hurler pendant que sa mère tente de la retenir. En larmes, je me fraie un chemin vers elles entre mes Frères et Sœurs. Je les ai presque rejointes quand Luke surgit dans le dos d'Astrid et la tire en arrière avec un sourire mauvais. Les autres supplient le Prophète, resté sous le porche, de se montrer miséricordieux. Honey n'est qu'une enfant qui ne sait pas ce qu'elle fait, et on n'enferme pas les enfants dans les coffres. *On n'enferme jamais les enfants dans les coffres.*

Le père John ne leur accorde pas un regard. Il garde les yeux rivés sur Jacob, qui a soulevé Honey dans ses bras malgré les cris, les pleurs et les coups de pied. Jacob qui traverse la cour en direction des containers dont les parois de métal luisent sous le soleil brûlant du Texas.

APRÈS

Au déjeuner, il y a des saucisses avec des frites, une petite coupelle de haricots au goût de savon et un gobelet de lait chocolaté.

Je mange rapidement, puis je dessine la maison, la falaise, l'eau et les deux silhouettes en attendant que l'infirmière Harrow me conduise à l'ISS. Mes dessins sont très basiques, à peine mieux que des gribouillages d'enfant. Mais ce n'est pas sur eux que je suis concentrée. Je ne cesse de revoir les visages de l'Agent Carlyle et du Dr Hernandez quand j'ai fini de leur raconter la grande annonce du père John.

Ils étaient pâles comme la mort.

Le psychiatre tremblait. Garder son calme lui demandait visiblement un véritable effort physique. Des cernes rouge vif étaient apparus autour des yeux de l'Agent, se détachant comme du sang sur sa peau blafarde. Pourtant, je ne crois pas qu'il avait pleuré ; je m'en serais aperçue. Il pensait sans doute à sa fille et à la façon dont il réagirait si quelqu'un osait lui faire ce que le père John a fait à Honey.

Depuis le temps qu'ils font ce métier, ils ont dû voir beaucoup de cas difficiles, entendre une infinité d'histoires horribles, rencontrer quantité d'hommes, de femmes et d'enfants traumatisés. Bizarrement, c'est rassurant de constater que ça ne les a pas rendus insensibles, qu'ils n'ont pas perdu leur capacité à être choqués et bouleversés. Et ça ne les empêche pas de continuer, de se lever chaque matin et de recommencer. Ça me rappelle qu'eux aussi sont humains. Ça m'aide à croire que j'ai encore un avenir.

Je n'ai pas la moindre idée de ce qu'il sera, mais ça n'est pas le plus important.

Après m'avoir posé beaucoup de questions – sur le coffre, sur les femmes du Prophète, sur les protestations de mes Frères et Sœurs –, l'Agent Carlyle m'a avoué qu'il était content que le père John soit mort. Le Dr Hernandez lui a signalé que ce n'était pas très constructif. Il ne veut sans doute pas que je pense pouvoir résoudre tous les problèmes par la violence. L'Agent a répliqué qu'il s'en fichait.

— Je suis content qu'il soit mort, a-t-il répété.

Je suis restée muette. Que répondre à ça ?

Le docteur aurait été déçu si j'avais acquiescé, et inquiet si j'avais protesté. Or, quand quelque chose l'inquiète, il veut toujours en parler. Un souvenir m'est revenu en mémoire, celui d'une flaque rouge sombre qui s'étalait sur le sol de la Maison. Mais je n'ai pas dit un mot.

La séance touchant à sa fin, je leur ai promis de leur raconter la suite demain. Je le ferai, même si ça implique d'aborder l'une des deux choses que je m'étais juré de ne jamais révéler.

Sois courageuse, me chuchote la voix.

Je vais essayer. Je vais faire de mon mieux. Mais je suis terrifiée, et je ne peux pas prétendre le contraire.

Je vais devoir leur avouer ce que j'ai fait. J'ai peur, parce que j'ignore quelles seront les conséquences. Mais je n'ai pas le choix. Et une partie de moi, d'où il me semble parfois que provient la voix, est prête à en finir.

Une partie de moi a *envie* de le leur dire.

Parce que, après leur avoir raconté ce que le père John a fait à Honey, après m'être projetée dans la cour, sous le soleil du désert, entourée par les voix de ceux que j'appelais autrefois mes Frères et Sœurs, j'ai senti le poids que je porte sur mes épaules depuis une éternité s'alléger un peu.

On frappe à la porte. L'infirmière Harrow m'annonce qu'il est l'heure. Je lui rends son sourire avant de la suivre dans le couloir.

Une atmosphère très différente règne dans la salle de thérapie de groupe aujourd'hui.

L'absence de Luke se fait encore sentir, et j'entends plusieurs fois le mot « Ascension » dans la bouche de mes Frères et Sœurs penchés sur des coloriages ou des jouets. Mais ils paraissent aussi plus détendus. Comme s'ils n'avaient plus besoin de regarder constamment par-dessus leur épaule ou de peser chacun de leurs mots. C'est même presque étonnant qu'ils aient tourné la page aussi vite, quelques jours à peine après la mort de ce garçon qu'ils connaissaient depuis toujours. Je ne fais aucun commentaire, et Honey non plus. Nous sommes juste heureuses de les voir s'amuser.

Assises devant une table en plastique dans un coin de la pièce, nous regardons Jeremiah et Aurora se courir après pendant que les autres comptent à rebours en partant de quinze, leurs voix montant dans les aigus au fur et à mesure qu'ils approchent de zéro. Je ne comprends strictement rien aux règles de leur jeu, mais ça n'a aucune importance.

— Certains vont s'en sortir, murmure Honey, comme si mes réflexions transparaissaient sur mon visage. Pas tous, et peut-être même pas la majorité. Mais certains, oui.

— Toute leur famille et leurs amis sont morts.

— Les jeunes enfants sont forts. Ils garderont toujours en eux le souvenir de ce qui s'est passé, mais ça ne les empêchera pas d'avancer. Ça paraît dingue aujourd'hui, mais je t'assure qu'ils finiront par ne plus y penser, ou presque plus.

— Leurs têtes sont encore farcies des leçons du père John.

— Ils en apprendront d'autres.

J'ai envie de la croire, de me dire que le Dr Hernandez et ses collègues sauront arracher les mensonges de leurs esprits et les remplacer par d'autres choses, des choses utiles, des choses vraies. Qu'ils sauront réparer leurs fêlures et que tout ira bien. Mais quand je regarde Jeremiah, Aurora, Rainbow et tous les autres, je vois aussi des cauchemars qui ne disparaîtront jamais et des blessures qui ne cicatriseront jamais complètement.

Une longue route les attend.

— Quand est-ce que tu as arrêté de croire, Honey ? À la Légion et au père John ? Quand est-ce que tu as ouvert les yeux ?

— Je n'y ai jamais cru ! Dès que j'ai eu l'âge de réfléchir par moi-même, j'ai compris que c'étaient des conneries. Comme toi.

Je rougis, gênée.

— Quoi, ce n'est pas ton cas ? s'étonne-t-elle.

— Non. J'ai commencé à perdre la Foi quand ils ont Banni ma mère. Avant ça, j'étais une vraie Fidèle. Je pensais que tu le savais.

— Pas du tout. J'ai toujours cru qu'on était pareilles.

— Désolée.

— Ne t'excuse pas ! Tu as fini par admettre la vérité. C'est déjà mieux que la plupart des gens.

— Comment ça se fait que tu n'aies jamais été dupe ?

— Je ne sais pas. J'ai toujours eu l'impression que le seul à vraiment profiter de la Légion, c'était le père John.

Mon cerveau tourne à toute vitesse.

Ça paraît si simple, dit comme ça. Si évident. Pourquoi m'a-t-il fallu si longtemps pour y voir clair ? Pourquoi ne suis-je pas aussi intelligente qu'elle ?

— Qu'est-ce que tu aurais fait, s'il n'y avait pas eu l'incendie ? je lui demande.

— Je serais partie. Dès que j'aurais été assez grande pour ne pas être renvoyée chez ma mère. Toi aussi, non ?

— Oui, je crois. Jusqu'à la toute fin, j'étais encore fiancée au père John. J'avais prévu de filer avant qu'on m'oblige à l'épouser.

— Pour retrouver ta mère ?

— Oui. Enfin, si elle est toujours en vie.

— Elle l'est.

— Comment tu le sais ?

— J'ai la Foi.

Nous échangeons un sourire.

— Et ta mère à toi ?

Un voile de chagrin passe sur son visage. C'est presque imperceptible, mais je m'en aperçois.

— Quoi, ma mère ?

— Elle ne serait jamais partie avec toi, si ?

— Aucune chance. C'était une Légionnaire dans l'âme. Elle n'aurait pas su vivre autrement.

— Elle te manque ?

Elle réfléchit une seconde avant de me répondre.

— Bien sûr. Mais elle n'aurait sans doute pas tenu longtemps hors de la Base. Alors, au fond de moi, je me dis que c'est pour le mieux. Tu te souviens qu'elle était malade ?

J'acquiesce. Les problèmes de santé d'Astrid, que certains mauvais esprits accusaient d'empirer chaque fois qu'on lui assignait une tâche, étaient bien connus dans la Légion.

— Elle pensait faire son Ascension. Elle l'espérait de tout son cœur. Au bout du compte, on peut considérer qu'elle a eu ce qu'elle désirait. Si elle avait survécu à l'incendie, elle aurait dû s'asseoir dans une petite pièce avec des Agents qui auraient démonté systématiquement tout ce en quoi elle croyait. Ça l'aurait détruite. Vraiment, c'est mieux comme ça.

Je ne sais pas quoi lui dire.

— Et puis, qui sait ? reprend Honey. Peut-être que tout était vrai. Peut-être qu'elle est au Paradis en ce moment même, assise à la droite du Seigneur.

— Peut-être…

Au milieu de la salle, le décompte atteint une nouvelle fois zéro. Jeremiah nous gratifie d'une petite danse en agitant frénétiquement bras et jambes comme s'il se faisait électrocuter, avant de se jeter à plat ventre sur le sol. Aussitôt, Aurora et Rainbow lui grimpent sur le dos. Tout le monde pousse des cris ravis. Honey sourit.

— Pourquoi tu as fait ça ? je l'interroge. Pourquoi tu as refusé de l'épouser ?

Elle garde les yeux tournés vers nos Frères et Sœurs.

— Quelle autre solution j'avais ?

— Ça aurait été plus simple d'accepter.

— C'est vrai. Ça aurait été plus simple.

Nous restons silencieuses un instant face aux enfants qui jouent.

— Tu crois vraiment qu'ils vont s'en sortir ?

— On verra. J'espère. Mais je suis sûre d'une chose, Moonbeam : malgré tout ce qui s'est passé, malgré le feu et les morts, ils ont plus de chances d'être heureux maintenant. Beaucoup plus.

Mes Frères et Sœurs courent et crient, le visage rayonnant du seul plaisir d'être en vie, entourés d'amis. Les paroles de Honey, sa croyance en la capacité de résilience de l'être humain, devraient m'aider à me sentir mieux, puisque je suis responsable de leur présence ici.

Mais c'est tout le contraire.

AVANT

Je me dirige vers le Bâtiment Neuf, obsédée par l'expression de Honey quand ils ont refermé le coffre sur elle.

Je ne me suis jamais sentie aussi en colère de ma vie. Quand ils ont Banni ma mère, ça m'a littéralement brisé le cœur. Mais là, c'est différent. J'ai envie de hurler, de tout brûler, puis de piétiner les cendres et de recouvrir la terre de sel pour que plus rien n'y pousse.

Amos émerge de l'ombre de la Chapelle devant moi.

— Elle a eu ce qu'elle méritait. Tu comprends, n'est-ce pas ?

Je le dévisage en me forçant à rester calme malgré les flammes qui rugissent sous mon crâne et la glace qui coule dans mes veines. Je ne pourrai pas aider Honey si je me retrouve enfermée dans le coffre voisin du sien.

Je prends une grande inspiration avant de hocher la tête.

— Je veux t'entendre le dire. Tu comprends ?

— Je comprends.

Ma voix ressemble au grondement d'un animal.

— Tant mieux. Parce que ce n'est pas le moment de t'en mêler. Honey va vite se faire une raison et sortir de là. Oublie tout ça. Le Seigneur est Bon.

Amos ne peut pas avoir deviné ce que je m'apprête à faire, mais il est plus malin qu'il n'en a l'air. Beaucoup plus malin. Il faut que je fasse attention.

— Tu m'as entendu ?

— Oui.

— Et ?

— Le Seigneur est Bon.

Il plisse les yeux. Il a forcément perçu la colère qui couve dans ma voix. Je soutiens son regard en respirant lentement, profondément. Au bout de ce qui me paraît durer des heures mais qui ne doit pas dépasser quelques secondes, il fait un pas de côté. Je traverse la cour sans me retourner.

Une fois dans ma chambre, je m'allonge sur mon lit. Si Amos pense que je représente un danger, il va courir prévenir le père John. Auquel cas, il me reste une minute, deux maximum, avant qu'un Centurion se présente à ma porte. Alors je patiente.

Cinq minutes. Juste pour être sûre.

Je contemple le battant, prête à ce que Jacob Reynolds l'ouvre pour m'annoncer que le Prophète veut me parler. J'essaie de me contrôler, de rester rationnelle, posée, prudente. Mais je ne cesse de revoir le visage de Honey et d'entendre ma mère traiter le père John de charlatan, d'imposteur et de menteur.

Du calme. Reste calme.

Je n'y arrive pas. J'ai l'impression qu'un courant électrique me parcourt les entrailles. Derrière la colère, il y a néanmoins une petite pointe d'excitation. Lorsqu'il arrive quelque chose de cruel ou d'injuste à l'un de mes Frères et Sœurs, je ne ressens d'habitude que de l'impuissance. Mais pas cette fois.

Nate a été très clair : je ne dois utiliser le téléphone portable qu'en cas de « gros, gros problème ». Il voulait sûrement parler d'un problème me concernant, mais il me pardonnerait ce que je m'apprête à faire. Parce que si enfermer une gamine de quatorze ans dans un coffre en métal, sans eau ni nourriture, en plein été texan, n'est pas un « gros problème », je ne vois pas ce qui peut l'être.

Je regarde le réveil posé sur ma table de nuit. Déjà trois minutes que je suis là. Je n'entends rien d'inhabituel dehors, pas de cri, pas de bruit de pas. Je me force quand même à attendre un peu plus longtemps.

Encore deux minutes. Pour plus de sécurité.

Je me retiens d'éclater de rire, parce que la réalité écrasante de cet endroit que je considère comme chez moi, cette réalité dont j'aurais dû prendre conscience il y a bien longtemps, c'est que *personne* n'est en sécurité ici. À part le père John et, peut-être – et encore – ses quatre Centurions. On nous a répété je ne sais combien de fois, sermon après sermon, Proclamation après Proclamation, que nous ne craignions rien dans l'enceinte de la Base, que les monstres étaient tous Dehors. Mais c'est le contraire : le grillage nous sépare du monde réel, tandis que les monstres évoluent parmi nous.

Quatre minutes.

J'attends que la grande aiguille termine son tour du cadran, la suppliant en silence de se dépêcher. Lorsqu'elle atteint enfin le douze, je m'agenouille devant mon lit en surveillant la porte du coin de l'œil. Du bout des doigts, je soulève la latte dont je connais l'emplacement par cœur.

Je la pose doucement à côté de moi. Dans le trou du plancher, il y a les affaires de mon père et les deux objets que Nate m'a donnés avant de partir. Laissant les souvenirs et le passe-partout à leur place, je sors le téléphone.

J'ai l'impression qu'il irradie des ondes dangereuses. Si on me surprend avec ça, la punition de Honey ressemblera à une gentille tape sur la main en comparaison de la mienne.

Le boîtier de plastique noir est doté d'un petit écran et de quinze boutons ovales. Après avoir inspiré profondément pour tenter de calmer les battements de mon cœur, j'appuie avec mon pouce sur le premier en haut à gauche, sur lequel est imprimé un petit symbole vert.

Rien.

Ma poitrine se serre.

Peut-être qu'il n'y a plus de batterie ? Peut-être qu'il est cassé ? Ou peut-être qu'il n'a jamais fonctionné, que tout ça n'était qu'une plaisanterie cruelle, que Nate est là, Dehors, à rire comme un fou en repensant à la gamine idiote qui a vraiment cru qu'il...

L'écran s'illumine tout à coup. Je manque de lâcher le téléphone.

Le mot « Recherche... » clignote au milieu, avant d'être remplacé par des lettres et des symboles, un petit rond noir et quatre cercles vides.

Je ne m'attendais pas à ce que la lumière soit aussi forte. Terrifiée à l'idée que quelqu'un l'aperçoive à travers les murs, je fourre l'appareil dans la poche de mon short. Il forme une bosse tellement énorme qu'aucun membre de la Base ne pourrait l'ignorer. Mais je n'ai pas d'autre endroit où le mettre. Je vais donc devoir faire en sorte de ne croiser personne, parce que je n'oserai jamais passer mon appel depuis la chambre. Pour le moment, tout est calme, mais n'importe qui pourrait débarquer d'une minute à l'autre. Et le temps que je réagisse, il serait trop tard.

Je me plante derrière la porte. Aucun bruit. Je l'entrouvre de deux centimètres pour jeter un œil dans le couloir.

Rien. Juste le bois clair des murs, la croix lumineuse tout au bout et les cinq portes closes. Je me faufile vers la sortie, plaquant mon oreille contre le battant avant de l'ouvrir. Il n'y a aucune trace d'Amos, du père John ou des Centurions. De l'autre côté de la cour déserte, les silhouettes floues de mes Frères et Sœurs vaquent à leurs occupations.

Je pousse un gros soupir de soulagement. Il n'est que 10 heures du matin, mais il fait déjà une chaleur terrible, le genre de chaleur qui donne l'impression de bouillir de l'intérieur. Je pense à Honey, assise par terre entre des parois de métal de plus en plus brûlantes, mais je m'empresse de chasser cette image. Je dois garder les idées claires pour mener ma mission à bien. Ce n'est pas le moment de me laisser aveugler par la rage.

Après avoir contourné le bitume surchauffé, je me dirige vers les cabanes à outils à l'est de la Base. Il ne faut pas seulement que je m'éloigne des oreilles indiscrètes – sinon, il me suffirait d'aller me poster à n'importe quel coin du grillage. Mais le risque serait trop grand qu'on me voie en train de parler toute seule, un objet étrange à la main. Autant passer mon coup de fil au beau milieu de la Maison.

Je dois donc trouver un endroit où je serai également soustraite aux regards. Les cabanes où j'ai empêché Luke de s'en prendre à Honey, et où il a plus tard agressé Jacob Reynolds, me paraissent être la meilleure solution.

La matinée de travail étant bien entamée, tous mes Frères et Sœurs ont déjà dû récupérer leurs outils. Ils viendront les ranger lorsque la cloche de la Chapelle sonnera, soit pas avant deux bonnes heures – si le déjeuner n'est pas annulé. Les repas sont généralement la première chose qui saute lorsque le père John est contrarié. Et vu son expression quand les Centurions ont emmené Honey, c'est le moins qu'on puisse dire aujourd'hui. Bien sûr, quelqu'un pourrait avoir oublié quelque chose, ou l'un des Centurions pourrait s'apercevoir de mon absence et venir me chercher. Mais c'est peu probable et, de toute façon, je ne pourrais rien y faire.

Bien que la rangée de cabanes ait l'air déserte, je prends le temps de faire le tour pour m'en assurer. Faux, fourches et pelles sont suspendues au-dessus des sacs de graines, de fertilisant, de désherbant et d'insecticide. Le tracteur, grosse masse de métal vert rouillé qui laisse toujours un épais nuage de fumée dans son sillage, est garé dans son hangar au niveau d'une petite flaque d'huile.

Je ne vois rien. Je n'entends rien.

Il n'y a pas un chat.

Je vérifie une seconde fois pour être tout à fait sûre avant de m'installer à l'ombre de la plus grande cabane. Si quelqu'un arrive, je l'entendrai forcément approcher. Pendant un long moment, je fixe le téléphone en me demandant ce qui va se passer. Je m'apprête à faire un saut dans l'inconnu. Nate m'a dit qu'il n'y avait qu'un numéro en mémoire, mais il n'a pas précisé lequel. Étant donné les instructions qu'il m'a laissées, je vais partir du principe que ce contact pourra m'aider. Tout à coup, je me rends compte d'une chose : il y a près de dix ans que je n'ai pas parlé à quelqu'un en dehors de la Légion. Pas depuis que la Première Proclamation a interdit à tout le monde, sauf à Amos, d'aller en ville.

Près de dix ans en huis clos avec les mêmes personnes. Près de dix ans passés derrière un grillage.

Les yeux fermés, j'appuie sur le bouton marqué du chiffre 1. Un bip s'élève, horriblement fort. Aussitôt, je jette un coup d'œil au coin de la cabane, persuadée que je vais voir arriver en courant un Centurion qui réduira le téléphone en miettes et m'enfermera dans un coffre pour le restant de mes jours.

Mais il ne se passe rien. La Base est toujours paisible.

Le mot « Numérotation » apparaît à l'écran au-dessus d'une série de chiffres. Puis « Connecté ». Une voix métallique me répond :

— Département du shérif du comté de Layton.

Je me fige. Pendant plusieurs secondes, je contemple le téléphone, incapable de prononcer un mot.

— Allô ? fait la voix.

Je repense à Honey, à sa peau qui doit rougir dans le coffre, à sa langue pendante comme celle d'un chien, à ses yeux révulsés. Un grand frisson me secoue de la tête aux pieds, me tirant de ma paralysie.

— Allô, j'articule à mon tour.

— Département du shérif du comté de Layton. En quoi puis-je vous aider ?

— Je ne sais pas trop... Je... je crois que j'ai besoin d'aide.

Ma réponse doit paraître ridicule, mais c'est la vérité.

— D'accord. Essayez de rester calme, madame. Expliquez-moi ce qui se passe.

C'est une voix de femme, douce et posée, qui me donne brusquement envie de fondre en larmes.

— Je suis membre de la Légion du Seigneur. Notre Église se trouve au bout d'une route qui donne sur la nationale 158, pas très loin de Layfield. Vous voyez ?

— Bien sûr. La Légion du Seigneur. D'accord.

Toute sa douceur a disparu, remplacée par de l'agacement.

— Je m'appelle…

Je m'interromps. Je ne peux pas donner mon nom à cette femme. Si elle envoie de l'aide et si le père John apprend que je suis derrière tout ça, il me tuera.

— Je vous écoute, madame. Comment vous appelez-vous ?

Je commence à paniquer. J'ai beau ignorer comment cette conversation est censée se passer, je sens que je fais tout de travers.

— Je ne peux pas vous le dire. C'est mon ami Nate Childress qui m'a donné ce numéro. Vous le connaissez ?

— Malheureusement, non, je ne connais aucun Nate Childress.

— Vous êtes sûre ?

Elle doit se tromper.

— Tout à fait sûre. Et sachez que, dans l'État du Texas, faire un faux signalement aux forces de l'ordre est considéré comme un crime. Donc, à moins que vous ayez réellement quelque chose à me dire, je vais devoir raccrocher.

— Non ! S'il vous plaît, ne raccrochez pas. Je ne sais pas quoi faire d'autre. Je suis désolée.

— Vous allez bien, madame ? Avez-vous besoin que je vous envoie quelqu'un ?

Sa voix a retrouvé un peu de chaleur.

— Oui… Ils ont enfermé Honey dans un coffre en métal et il fait très très chaud et elle n'a que quatorze ans… Pourtant elle n'a rien fait, rien du tout…

Je me mets à pleurer. Parce que ce qu'ils font subir à Honey n'est pas normal, ce n'est pas *Juste*, et tous ceux qui pensent le contraire peuvent brûler en Enfer.

— Pouvez-vous répéter, madame ? Vous avez bien dit que quelqu'un était enfermé dans un coffre ?

Je hoche la tête avant de m'apercevoir que ça ne sert à rien.

— Oui. Mon amie. Elle s'appelle Honey.

— Qui l'a enfermée ?

— Le père John. Il a annoncé qu'elle devait l'épouser, mais elle n'a pas voulu. Elle n'a que quatorze ans.

— D'accord. Et vous, madame ? Êtes-vous en sécurité ?

Son débit s'est accéléré, son ton est soudain devenu très professionnel.

— *Non*. Je ne suis *pas* en sécurité. Je pensais l'être, mais c'est faux.

Les larmes jaillissent de mes yeux, inondant mon visage.

— Redonnez-moi votre adresse.

— La Sainte Église de la Légion du Seigneur. Il faut prendre la route qui part de la nationale 158 après Layfield. Je ne connais pas l'adresse exacte.

— Pas de problème. Restez en ligne pendant que je…

C'est alors que j'entends une branche craquer au loin et que mes nerfs finissent par lâcher.

— Je ne peux pas. S'il vous plaît, aidez-moi. Je suis désolée.

Les mains tremblantes, j'appuie sur le bouton vert jusqu'à ce que l'écran s'éteigne. Puis je fourre le téléphone dans ma poche, je m'accorde deux secondes pour reprendre mes esprits et je repars vers la cour, le cœur tambourinant comme un fou contre mes côtes.

J'essaie de marcher normalement, ni trop vite ni trop lentement. Je me force à sourire pour que, si quelqu'un m'aperçoit, il pense que tout va bien.

Comme si je n'avais pas le moindre souci en tête.

APRÈS

J'ai fondu en larmes en racontant la scène à l'Agent Carlyle et au Dr Hernandez. Je ne voulais pas, je ne voulais *surtout pas* pleurer, mais c'était plus fort que moi.

Heureusement, ça ne m'a pas empêchée de parler. Une fois lancée, une fois décidée à leur dire toute la vérité, qu'importent les conséquences, je n'avais plus qu'une envie : aller jusqu'au bout.

Les larmes sèchent sur mes joues tandis que j'attends leur verdict. J'ai beau chercher au fond de moi la culpabilité qui ne m'avait plus quittée depuis l'apparition du tank, je n'éprouve que de l'épuisement et un soulagement d'une douceur écœurante.

— Je sais que cet aveu t'a beaucoup coûté, Moonbeam, déclare le psychiatre. Je voudrais donc te remercier d'avoir trouvé la force et le courage de le faire.

Je me concentre pour ne pas recommencer à pleurer.

— Il faut que nous te disions une chose, enchaîne l'Agent. Car il ne nous était pas venu à l'esprit que tu puisses l'ignorer.

— Quoi donc ?

— Nous savions que tu avais appelé le département du shérif.

— Hein ?

— Nous étions au courant de ce coup de fil. Nous avons entendu l'enregistrement.

Non. C'est impossible.

Je n'arrive pas à y croire.

S'ils savaient ce que j'ai fait, depuis le début, pourquoi ont-ils été si gentils avec moi ? Pourquoi ne m'ont-ils pas traitée de meurtrière et enfermée pour toujours ?

D'un autre côté, objecte la voix, *s'ils ne savaient pas, pourquoi prétendre le contraire ? Ce serait cruel et inutile.*

— Je vais reprendre lentement pour être sûr de bien comprendre, continue l'Agent Carlyle. Tu as cru qu'un assaut conjoint du FBI et de l'ATF mobilisant plus de deux cents agents et une douzaine de véhicules avait été lancé sur la Légion du Seigneur suite à ton coup de fil au département du shérif ?

Je hoche la tête.

Évidemment.

— Et tu regrettes maintenant de l'avoir passé, parce que tu n'imaginais pas ce qui arriverait ? Tu ne pensais pas que le père John ordonnerait à tes frères et sœurs d'ouvrir le feu sur les autorités ?

Nouveau hochement de tête.

— Pour toi, tu les as appelés, ils sont venus, et l'enfer a commencé, résume l'Agent.

Je le dévisage sans répondre.

— Tu penses donc que tes frères et sœurs sont morts à cause de toi ?

Mon ventre se noue.

— Et tu portes ce secret depuis tout ce temps ? Tu es persuadée que ce qui est arrivé à la Légion du Seigneur est de ta faute ?

Sa voix tremble comme s'il était au bord des larmes.

— C'est le cas. C'est de ma faute.

Il m'adresse le sourire le plus doux que j'ai jamais vu.

— Non. Pas du tout, Moonbeam. Tu n'y es absolument pour rien. Rien de ce qui s'est passé n'est de ta faute.

Tout mon corps est paralysé. Même mon esprit tourne au ralenti.

Écoute, me presse la voix. *Écoute-le bien.*

— Comment ça ?

— La Sainte Église de la Légion du Seigneur faisait l'objet d'une enquête de trois agences fédérales depuis plus de deux ans. Celle-ci a été ouverte quand un livreur UPS de Lubbock a intercepté un colis contenant des kits de conversion d'armes à feu et des détonateurs. Un colis adressé à une boîte postale à Layfield, au nom de James Carmel.

— Un colis contenant *quoi* ?

— Des kits de conversion d'armes à feu. C'est ce qui permet de transformer une arme semi-automatique en arme automatique. J'imagine que tu saisis la différence ?

Oh que oui.

— Les armes automatiques, bien que légales au Texas, doivent être enregistrées à l'achat dans une base de données. Par contre, il suffit de présenter une pièce d'identité valide pour se procurer un fusil semi-automatique dans n'importe quel supermarché. Il est interdit de les transformer soi-même, car on se retrouverait alors avec un arsenal d'armes automatiques non répertoriées. Cela te rappelle quelque chose ?

L'odeur de la fumée et le bruit des tirs en rafale envahissent mon esprit. Malgré ma nausée, je parviens à hocher la tête.

— Je m'en doutais. Quant aux détonateurs, je pense que tu connais. Ils servent à déclencher des explosifs.

— Pour fabriquer des bombes.

— Voilà. Avant même l'interception du colis à Lubbock, la Légion du Seigneur était sous surveillance pour risque terroriste potentiel. Les différentes agences rassemblaient des preuves depuis un moment contre John Parson et ses plus proches associés. L'émission du mandat de perquisition qui a déclenché les hostilités était prévue depuis plus d'un mois. Le fait que cela se soit produit le lendemain de ton appel n'est qu'une coïncidence. Dès que le département du shérif de Layton a entré les informations que tu venais de leur communiquer dans le serveur, le FBI les a contactés. On leur a interdit d'intervenir à cause de l'enquête en cours. C'est pourquoi *rien* de ce qui s'est passé le lendemain n'est de ta faute, Moonbeam. Tu m'entends ?

Je ne comprends pas pourquoi il me mentirait après tout ce temps. Mais il ment forcément, parce que si le docteur et lui savaient tout, pourquoi ne pas me l'avoir dit plus tôt ? Pourquoi m'avoir laissée croire que j'étais responsable ?

Parce que tu ne leur as jamais avoué que tu pensais l'être. Tu ne leur faisais pas assez confiance.

— Nous étions au courant de ce coup de téléphone, confirme le Dr Hernandez. Je ne voulais pas te pousser à en parler trop vite, parce que je savais que ce serait un moment difficile. Je préférais attendre que ça vienne de toi. Mais si j'avais su que tu te sentais coupable, je t'aurais dit la vérité dès le premier jour !

— Je vous crois.

Et je me rends compte que je le pense vraiment.

Mais je n'ai pas le temps de m'appesantir sur la surprise que ça m'inspire, car mon soulagement est en train de prendre des proportions écrasantes. Même si je ne devrais pas me réjouir, étant donné que tant de monde est mort, je ne songe plus qu'à une chose : *Ils ne sont pas morts à cause de moi*. J'ai du mal à ne pas pleurer de joie.

— Je n'en reviens pas que tu aies laissé tout ça te ronger pendant si longtemps, soupire l'Agent. Tu aurais dû nous le dire.

— J'en avais envie. J'y ai souvent pensé, mais je n'y arrivais pas. Même aujourd'hui, je n'étais pas sûre de pouvoir aller jusqu'au bout. Vous savez, chaque fois que j'allais en ISS, je voyais un groupe d'enfants devenus orphelins à cause de moi. *À cause de ce que j'avais fait.*

— J'en suis terriblement désolé, s'excuse le psychiatre.

— Donc, je n'y suis vraiment pour rien ?

J'ai besoin de l'entendre encore une fois.

— Non, Moonbeam, m'assure-t-il en souriant. Tu n'y es pour rien.

Je ferme les yeux. La vague de soulagement m'envahit de la tête aux pieds, puis se brise et reflue. Alors que mes idées s'éclaircissent, un doute me vient soudain. Je me tourne vers l'Agent du FBI.

— Comment vous faisiez pour nous surveiller ?

— Pardon ?

— Vous avez dit que la Légion était sous surveillance depuis longtemps. Comment ?

— De plusieurs façons. Tout le courrier sortant et entrant était intercepté. Nous avions aussi des micros longue portée qui nous permettaient d'entendre ce qui se disait dans le camp, ainsi que des caméras.

Quoi ?

— Alors… vous avez vu ce que les Centurions ont fait à Honey ? Vous avez vu Lucy se faire casser la figure par un homme dix fois plus gros qu'elle ? Et vous n'êtes pas intervenus ?

— Je n'étais pas membre de l'équipe à l'époque. Je ne l'ai rejointe qu'après l'incendie. Mais je sais qu'ils n'ont pas tout vu ni tout entendu, loin de là.

— Donc, ils n'étaient pas au courant de ce qui se passait sur la Base ? Les caméras et les micros ont raté tout ça ?

Je connais déjà la réponse, mais je veux l'entendre de sa bouche.

— Il faut que tu comprennes le fonctionnement d'une opération de cette envergure. La priorité, c'était de rassembler suffisamment d'éléments pour prouver la détention d'armes prohibées et l'association de malfaiteurs. Plus d'une dizaine d'accusations étaient en jeu, dont l'emprisonnement illégal et l'agression. Mais c'étaient les armes automatiques et les détonateurs qui allaient permettre d'envoyer John Parson sous les verrous jusqu'à la fin de sa vie.

— Alors, en attendant leurs preuves, ils regardaient les gens souffrir ? Sans réagir ?

Il soutient courageusement mon regard.

— Oui. Je suis désolé. Ça doit te paraître horriblement cruel. Mais ces choses-là prennent du temps, et il ne fallait surtout pas que John Parson se doute qu'il était surveillé. Alors ils ont observé et écouté jusqu'à ce que le moment soit venu d'intervenir.

Oh non.

Une pensée terrible vient de m'effleurer l'esprit.

— Tout ce que je vous ai raconté… vous le saviez déjà ?

— Absolument pas ! proteste le Dr Hernandez. Ne va surtout pas croire cela. Tu nous as été d'une aide inestimable.

Il n'y a pas d'hypocrisie dans ses yeux, juste de l'inquiétude face à cette séance qui ne se déroule pas comme prévu.

— Le Dr Hernandez dit la vérité, confirme l'Agent Carlyle. Quand on m'a demandé d'assister à ces entretiens, ma mission consistait à rassembler un maximum d'informations sur la vie au sein de la Légion du Seigneur. Des informations qui viendraient confirmer nos soupçons, mais que nous n'avions pas jusqu'alors. Je te le jure.

— D'accord. Je vous crois.

— Merci.

— Je ne comprends toujours pas comment ils ont pu rester insensibles à ce qui se passait sous leurs yeux.

— Si ça peut te rassurer, sache qu'ils disposaient d'un moyen d'action au sein de la base. Au cas où les choses deviendraient vraiment…

— Agent Carlyle ! le coupe le médecin d'un ton sec.

Je les regarde, les sourcils froncés. Et tout à coup, les pièces du puzzle s'assemblent dans ma tête. Le père John avait au moins raison sur un point.

— Nate. Vous parlez de Nate.

Après un long silence, l'Agent Carlyle hoche la tête.

AVANT

Nate et moi longeons le périmètre est de la base.

Le grillage soutenu par d'épais poteaux mesure plus de trois mètres de haut. Des barbelés sont placés au sommet, leurs dents acérées pointant dans toutes les directions. L'entretien de la clôture, qui a été renforcée et surélevée après la Purge, constitue l'une de nos corvées les plus vitales. Entre les tunnels creusés par les animaux et les trous percés par des branches, il faut la réparer tous les jours.

Le soleil descend rapidement à l'horizon, éclairant le ciel d'une lueur pourpre et irréelle. J'ai passé l'après-midi à quatre pattes dans le potager à arracher des mauvaises herbes. J'ai chaud, je suis fatiguée, mon front est couvert d'un mélange de sueur et de poussière, mes cheveux me collent à la nuque. Et, bien sûr, c'est le moment qu'a choisi Nate pour me proposer d'aller faire un tour quand la cloche de la Chapelle a sonné.

Avant, on se promenait souvent ensemble. Mais ces derniers temps, ce n'est plus pareil. L'agression d'Amos remonte à un mois, mais nos Frères et Sœurs sont encore méfiants, comme si c'était le signe qu'autre chose se prépare. Et même d'ici, aussi loin qu'on puisse l'être du cœur de la Base, j'entends Horizon tousser.

Tout le monde attend désormais qu'il fasse son Ascension, car, malgré nos prières, il n'a plus aucune chance de s'en sortir. Et même si personne n'ose le dire à voix haute, beaucoup seront soulagés lorsque ce moment viendra.

Je peux les comprendre. Écouter quelqu'un mourir, c'est dur. Surtout quelqu'un qu'on aime.

Nate tambourine contre l'un des poteaux, l'air soucieux et distant.

— À quoi tu penses ? je lui demande.

Il me sourit.

— À rien de très intéressant.

— Ça va ? Je te trouve bien silencieux.

— Oui, oui. Et toi ?

— Ça va.

— Ta mère ne te manque pas ?

J'en reste littéralement bouche bée. Sa question, dangereuse et inattendue, m'oblige à me creuser les méninges.

Il est strictement interdit ne serait-ce que de mentionner les Frères et Sœurs Bannis de la Légion. On est censés faire comme s'ils n'avaient jamais existé. Avec n'importe qui d'autre que Nate, j'aurais tout de suite soupçonné le piège : si je répondais oui, je serais dénoncée aux Centurions.

Mais Nate n'est pas comme ça. Je pars donc du principe que sa question est sincère, ce qui m'oblige à penser à ma mère. Je ne m'y risque pas souvent. Pas parce que c'est interdit – je me soucie de moins en moins de ça –, mais parce que c'est un sujet trop douloureux. Je commence à me résoudre à l'idée que la blessure ne cicatrisera jamais vraiment.

— Tu es direct, dis donc.

— Excuse-moi. Tu n'es pas forcée de me répondre.

— Ça ne me dérange pas. Bien sûr qu'elle me manque.

— Je regrette de ne pas l'avoir connue. On se serait sûrement bien entendus.

Je lui souris, parce qu'il essaie d'être gentil et que je ne veux pas le contrarier. Mais moi, je n'en suis pas convaincue. Les gens n'avaient pas de très bons rapports avec ma mère.

Y compris toi. Enfin, par moments.

En silence, j'ordonne à la petite voix de se taire.

— Elle a été Bannie l'été juste avant que j'arrive, n'est-ce pas ?

Je lui confirme que oui.

— Donc ça fait presque trois ans.

Seigneur, déjà ?

— À peu près.

— Tu crois toutes ces choses qu'on raconte sur elle ? Que c'était une Hérétique ?

J'hésite. L'Hérésie est le domaine réservé du père John. Le simple fait d'en discuter, le moindre mot de travers, peut constituer une Hérésie. Mais j'ai confiance en Nate et *envie* de parler de ma mère. Ça fait longtemps que je n'en ai pas eu l'occasion.

— Ils ont trouvé son journal. Il était rempli d'Hérésies. Impossible de prétendre le contraire.

— Et donc ?

— Donc, oui, c'était bien une Hérétique. Selon la définition du père John, en tout cas.

— Et selon la tienne ?

— Ma quoi ?

— Ta définition de l'Hérésie.

— Je n'en ai pas.

C'est un mensonge, mais j'ai beau avoir confiance, il y a des limites à ne pas dépasser.

— D'accord. Je comprends. On devrait peut-être changer de sujet.

Déçu, il reprend sa promenade. Au bout de quelques pas, il se retourne vers moi.

— Tu ne viens pas ?

— Repose-moi la question.

— Quelle question ?

— Sur ce qu'elle était.

Il revient en arrière.

— OK. Ta mère était-elle une Hérétique ?

— Oui. Je crois que si elle a un jour eu la Foi, elle l'a perdue bien avant d'être Bannie. Peut-être après la Purge, ou quand mon père est mort. À moins qu'elle ne l'ait jamais eue.

Nate me contemple de ses grands yeux verts. Je continue, parce que lorsqu'on enfonce certaines portes qui sont censées rester fermées, il faut aller jusqu'au bout. Tant pis pour les conséquences.

— En théorie, je n'ai pas le droit de penser à elle. Et d'après le règlement, elle méritait en effet d'être Bannie. *Mais pour moi, elle n'avait rien fait de mal.* Je n'y crois plus. C'est mal ?

Je suis au bord des larmes. Des larmes de panique : si Nate n'est pas celui que je crois, je viens de lui donner une raison de me faire enfermer dans un coffre jusqu'à la Fin des Temps. Mais aussi – et c'est le plus important – des larmes de soulagement. Je mourais d'envie de prononcer ces mots depuis très longtemps, si longtemps qu'ils commençaient à peser comme une pierre pendue à mon cou.

— Non, répond-il d'une voix grave en s'approchant d'un pas. Tu ne fais rien de mal. Bien au contraire. Mais promets-moi de ne jamais répéter ça à personne, d'accord ?

— Promis.

— Bien. Tu ne peux pas te fier à tes Frères et Sœurs. Tu ne peux te fier à personne d'autre que moi.

Ces mots et l'horrible vérité qu'ils recouvrent sont aussi douloureux qu'un coup de scalpel. Mes larmes menacent une fois de plus de couler.

Il s'en aperçoit et me sourit.

— Ne pleure pas. Tout va bien se passer.

— Comment ? Comment veux-tu que ça se passe bien ?

— Le Seigneur est Bon.

— Je n'y crois plus vraiment.

Hérésie, souffle la voix dans ma tête, mais sans colère et presque avec fierté.

Il me montre les barbelés qui surmontent le grillage.

— À quoi ça sert ?

— À empêcher nos ennemis d'entrer.

— Voilà une belle réponse de Légionnaire. Mais, en réalité, à quoi ça sert ?

— Je ne sais pas.

C'est faux. Je le sais. Je veux simplement que ce soit lui qui le dise, parce que j'ai trop peur.

— À nous empêcher de sortir. Toi, moi et tous les autres.

Je secoue la tête. Certes, j'ai abouti à la même conclusion depuis que ma mère a été Bannie. Mais les certitudes que l'on m'a inculquées de force ont la peau dure.

— On peut partir quand on veut. Personne n'est prisonnier.

— Seul Amos est autorisé à aller à Layfield. Les autres n'ont pas le droit de quitter la Base. À quand remontent les derniers départs volontaires ?

— À la Purge.

— C'étaient donc des fidèles du père Patrick. Tu penses que le père John était triste de s'en séparer ?

— Beaucoup de gens sont partis après la Troisième Proclamation, aussi.

— Parce qu'ils refusaient d'obéir aux nouvelles règles et qu'ils auraient créé des problèmes. S'ils n'avaient pas pris cette décision d'eux-mêmes, le père John les aurait Bannis en moins d'un mois. J'en mettrais ma main à couper.

— Ma mère…

— Ta mère était une Hérétique. Elle a été déclarée coupable d'apostasie. Mais ce n'était pas son vrai crime. Tu t'en doutes, n'est-ce pas ?

— Comment ça ?

— Bannir quelqu'un pour apostasie, c'est grave, parce que ça revient à admettre que la Foi n'est pas éternelle. Si le père John avait estimé pouvoir la ramener dans le droit chemin, il l'aurait fait.

— Alors pourquoi il n'a pas essayé ? À cause de ce qu'elle lui a dit ?

— Qu'est-ce qu'elle lui a dit ?

Je me rends compte que je n'ai jamais parlé de ce que j'ai vu dans la Maison ce jour-là. Très peu de personnes connaissent la vérité : le Prophète, les Centurions, Bella, Agavé, Star et moi.

C'est tout. Pas une de plus.

À part ma mère, bien sûr. Où qu'elle soit.

— Elle a déclaré au père John qu'elle n'avait jamais cru en lui. Elle l'a traité de charlatan. Et elle l'a accusé de profiter des plus faibles.

Nate paraît impressionné.

— Waouh, siffle-t-il. Pas étonnant qu'il se soit débarrassé d'elle en vitesse !

— Il a demandé à Angel de la surveiller pendant qu'elle rassemblait ses affaires. Pour qu'elle ne parle à personne.

— Normal. Ce qui confirme ma théorie. Du point de vue du père John, elle représentait un danger. C'était plus sûr pour lui de la laisser partir.

— Un danger ? Elle n'avait jamais causé le moindre problème !

— Un danger pour toi, Moonbeam.

Hein ?

— Je ne...

— Ta mère ne cherchait pas seulement à quitter la Légion du Seigneur. Si j'ai bien compris, elle mentionnait clairement dans son journal son intention de t'emmener. Alors que tu es promise au père John, que le Seigneur t'a choisie pour devenir l'une de ses Épouses. De quoi aurait-il eu l'air si ta mère avait réussi ? Pour quoi serait-il passé aux yeux de nos Frères et Sœurs ?

— Mais elle *voulait* que je l'épouse. C'est elle qui le lui a suggéré, je ne sais combien de fois. Quand il a annoncé la nouvelle, on a fait la fête. Pourquoi se donner autant de mal si elle comptait s'enfuir avec moi ?

— Ça, je ne sais pas.

Tu mens. Tu ne me dis pas tout.

— Je ne te crois pas.

— C'est la vérité, Moonbeam. Il y a beaucoup de choses que, pour ta sécurité, il vaut mieux que tu ignores. Mais si j'avais la moindre info sur ta mère, je te le dirais. Je te le jure.

— Quelles choses ? Et pourquoi tu me parles de ma sécurité ?

Il ne répond pas, les yeux tournés vers le désert de l'autre côté du grillage.

— Nate ? Quelles choses ?

— Pourquoi le père John a-t-il aussi peur de ce qu'il y a Dehors, à ton avis ?

— Parce que c'est dangereux.

— D'après qui ?

— D'après lui.

Il éclate de rire.

— Évidemment. Et pourquoi est-ce dangereux ?

— Toujours d'après lui ?

— Oui.

— Parce que c'est là que vivent nos ennemis.

— Ennemis qui sauteraient sur la moindre occasion de nous torturer, de nous enlever et de nous assassiner. Mais as-tu déjà vu qui que ce soit par ici ? À part ces imbéciles d'étudiants ?

— Non. Et je devine où tu veux en venir. Mais peut-être qu'ils se cachent.

— Possible. Sauf qu'à entendre le père John, les Servants du Serpent ont des tanks, des bombes et des hélicoptères capables de nous arroser d'essence. Si c'était le cas, tu crois vraiment qu'un peu de grillage à poules suffirait à les arrêter ?

Il secoue la clôture.

— Probablement pas. Donc, tu en conclus quoi ? Que nos ennemis n'existent pas ?

— Ce n'est pas ce que j'ai dit. Je ne vais pas prétendre que personne ne nous déteste Dehors et que c'est le paradis. Mais le père John prépare la Légion à une bataille qu'il prétend inévitable. Or, ce genre de raisonnement a tendance à s'autoréaliser.

— Je ne comprends pas.

Nate me dévisage longuement.

— Pardon. Je parle trop. On ferait mieux de rentrer.

— Mais non, ne t'inquiète pas.

Je n'ai pas envie qu'il se taise, pas envie de rejoindre notre Famille. Je préférerais rester ici où je n'ai pas besoin de peser chacun de mes mots et où personne ne me regarde comme « la fille de l'Hérétique ».

— C'est difficile, Moonbeam. Beaucoup de choses m'inquiètent. Mais puisqu'on est ici tous les deux, je vais te confier un dernier secret.

— D'accord.

— Il y a une pièce au sous-sol de la Maison. Derrière une porte toujours fermée à clé.

— Oui, je sais. C'est là qu'Amos range les armes.

— Elle contient bien plus que des armes.

— Quoi ?

Il ne me répond pas, attendant visiblement que je dise ou fasse quelque chose.

— Comme quoi ? Je t'écoute.

— Je crois que ça suffit pour aujourd'hui.

Une bouffée de colère enfle dans ma poitrine.

— Arrête, Nate. Je ne suis plus une gamine. Ce n'est pas à toi de décider ce que je suis capable d'entendre.

Un grand sourire, gai et sincère, illumine son visage.

— Je ne disais pas ça pour toi. Allez, je vais rentrer en passant par le potager. Tu viens ?

Je voudrais qu'il me parle de cette pièce fermée à clé, et je suis toujours contrariée par son « ça suffit pour aujourd'hui ». Même s'il prétend le contraire, je sais qu'il disait ça pour moi. Mais je vois bien qu'il n'a pas l'intention de continuer. Et je suis incapable de rester fâchée contre mon seul ami.

— D'accord. Je te suis.

L'un derrière l'autre, nous longeons le grillage en direction du nord.

Il me parlera de la pièce au sous-sol plus tard. J'en suis sûre. Ce n'est pas comme si l'un de nous d'eux risquait de s'en aller.

APRÈS

— Je ne savais pas qui était Nate, me garantit l'Agent Carlyle. Quand tu m'as interrogé à son sujet la première fois, je t'ai dit la vérité.

— Je suis bien obligée de vous croire.

— J'espère que tu y arriveras.

— Alors, il travaillait pour qui ? Les mêmes gens que vous ?

— Non, il était de l'ATF. Tu sais ce que c'est, n'est-ce pas ?

C'était l'une des Agences diaboliques de la liste du père John.

— Ils s'occupent du contrôle de l'alcool, du tabac et des armes à feu.

— C'est ça. Ils ont envoyé Nate lorsque le fameux colis a été intercepté à Lubbock. Seules cinq personnes étaient au courant de sa présence sur la base.

— Dont le père John ?

— Le dossier de Nate est confidentiel, mais j'ai parlé à l'un des responsables de son service. Ils pensent que non. John Parson lui a sans doute proposé de bonne foi le poste de centurion, avant de l'accuser d'être un espion pour sauver les apparences. S'il s'était douté de sa véritable identité, il ne lui aurait sûrement pas laissé la nuit pour réfléchir.

— Bien vu. Mais alors, je ne l'ai jamais vraiment connu. Je n'ai jamais su qui il était. Je le prenais pour mon ami, mais ce n'était qu'un mensonge.

— Pas du tout, assure l'Agent Carlyle. Les agents infiltrés ont pour consigne de s'écarter le moins possible de leur personnalité. C'est beaucoup plus facile de paraître convaincant quand on ne fait pas semblant d'être un autre. L'homme que tu as connu est bien le vrai Nate.

— Il s'appelle réellement Nate Childress ?

— Oui.

— Je n'ai pas le droit de le voir, j'imagine ?

Le Dr Hernandez tressaille.

— À ce stade, je ne pense pas que ce soit...

— OK, laissez tomber. Agent Carlyle, si vous reparlez à votre collègue, demandez-lui de remercier Nate pour tout ce qu'il a fait pour moi. Je lui suis très reconnaissante.

— Je n'y manquerai pas.

— Merci.

— Pourquoi penses-tu qu'il t'a confié tout cela ? reprend le psychiatre. À propos des ennemis de la Légion et de la porte au sous-sol ?

— J'y ai beaucoup réfléchi, surtout après sa fuite. Peut-être que la situation lui pesait trop, qu'il ne pouvait plus se taire. Et que j'étais la seule en qui il avait assez confiance. Mais c'est difficile à dire.

— Il a pris un sacré risque, commente l'Agent du FBI.

— Il savait que je ne le trahirais pas. En tout cas, je l'espère. J'aurais eu des problèmes moi aussi.

— Autant que lui ?

— Non. Mais ça ne se serait bien passé pour personne.

— Est-il possible qu'il ait senti que tu avais des doutes ? me demande le médecin.

— Ça pourrait être une explication.

Il note quelques mots dans un carnet.

— Comment te sens-tu ? Veux-tu qu'on arrête là ?

— Non, je voudrais en finir.

— Parfait, se réjouit l'Agent Carlyle. Peux-tu nous raconter ce qui s'est passé le lendemain de ton coup de fil au département du shérif ? Le 17 ?

Du calme, souffle la voix. *Tout va bien. Tu es en sécurité. Ça va aller.*

— Le jour de l'incendie ?

Ils hochent la tête d'un même mouvement.

Ça va aller.

Les yeux fermés, je replonge en arrière pour retrouver la chaleur, les coups de feu, l'odeur de sang et de poussière.

Ça va aller.

Je prends une grande inspiration. Je rouvre les yeux.

Et je me lance.

AVANT

Je suis dans la cour quand j'entends un bruit.

Pendant que les autres terminaient leur petit déjeuner dans la Salle des Légionnaires, je suis allée voir Honey, pour lui dire que je pense à elle, que je ne l'oublie pas. Mais j'avais à peine prononcé trois mots qu'Amos a surgi derrière moi et m'a entraînée à l'écart, le visage sombre. J'ai juste entendu Honey répondre « bonjour » avant que sa main s'abatte sur mon épaule. Au moins, elle est toujours en vie, même si sa voix était aussi faible et rauque que si elle avait avalé du papier de verre.

— Qu'est-ce qui te prend, espèce d'idiote ? a grondé Amos. Tu veux encore aggraver son cas ?

— Aucune règle ne m'interdit de parler à ma Sœur.

— Ta Sœur est punie pour son Hérésie ! Tu lui parleras quand elle aura réglé ses comptes avec le Seigneur. Pas avant.

— Et tu trouves ça normal ? me suis-je écriée, hors de moi. Ça ne te dérange pas ?

— Le Seigneur est Bon. Maintenant, dégage, et réjouis-toi que je ne juge pas utile de déranger le Prophète pour si peu.

Je l'ai fixé pendant plusieurs secondes, folle de rage, avant de tourner les talons.

C'est là que le bruit a commencé, sourd et distant.

La route de terre qui relie le Grand Portail à la nationale fait presque deux kilomètres. Mais quand le vent souffle dans la bonne direction, on distingue parfois le grondement lointain des moteurs. On ne voit jamais les véhicules eux-mêmes, à cause des deux collines qui bloquent la vue au sud. Je joue souvent à deviner à quoi ils ressemblent. Il y a les gros camions qui se traînaient devant nous à l'époque où on allait encore en ville ; les bus jaunes remplis d'enfants ; les familles dans leurs voitures avec leurs mobil-homes, qui chantent à tue-tête en écoutant la radio.

C'est d'abord ce que je crois entendre aujourd'hui.

Plantée au milieu de la cour, je tends l'oreille. Le grondement sourd est bien celui d'un moteur, pourtant je perçois un détail inhabituel.

Il est de plus en plus fort.

Plusieurs de mes Frères et Sœurs se sont figés autour de moi. Personne ne dit rien, personne n'a l'air vraiment inquiet, mais tout le monde écoute. Sous le porche de la Maison, Bella berce l'un de ses enfants. Jacob Reynolds se tient près de la Chapelle, les yeux tournés vers le sud.

Au bout d'un moment, le sol se met à vibrer sous nos pieds. Il arrive parfois, bien que très rarement, que des habitants du coin conduisent jusqu'au Grand Portail pour observer les « cinglés » de la Légion. Mais, cette fois, ça ne ressemble pas à une voiture ou à un pick-up.

Ça a l'air plus gros.

Beaucoup plus gros.

Mes poils se dressent sur mes bras et j'ai une sensation de vide au creux du ventre, comme si je n'avais pas mangé depuis des jours. Mon regard reste rivé sur le premier virage, à une centaine de mètres environ du Portail.

L'air matinal est tiède et parfaitement immobile. On dirait que le monde entier s'est mis sur pause. Puis un énorme engin noir apparaît sur la route, et tout le monde détale en criant.

Il est identique aux tanks que j'ai vus à la télévision avant la Purge, quand on pouvait encore regarder des films. Six roues gigantesques soutenant une boîte de métal rectangulaire, surmontée d'une tourelle munie d'un long canon. Il avance lentement, entouré d'un nuage de fumée. Son approche a quelque chose d'horriblement inéluctable.

Jacob traverse la cour en hurlant à pleins poumons pendant que les autres s'éparpillent dans toutes les directions. La porte de la Maison s'ouvre à la volée sur le père John, qui paraît extrêmement contrarié. Il ouvre de grands yeux avant de retourner à l'intérieur. Sa voix résonne au-dessus de nos têtes, nous intimant de prendre les armes.

J'ai la chair de poule.

Prendre les armes.

Je repense à l'AR-15 qu'Amos m'a donné. Il est posé sur ma table de nuit, chargé, prêt à tirer.

Le tank s'arrête devant le Grand Portail. Derrière lui, une longue file de véhicules s'étire sur la route. Il y a des fourgons noirs marqués des lettres ATF, des ambulances rouge et jaune, des jeeps vert foncé et une demi-douzaine de voitures noir et blanc. L'une d'elles se range sur le côté, ce qui me permet de lire l'inscription sur la portière. Mon cœur cesse de battre.

DÉPARTEMENT DU SHÉRIF DU COMTÉ DE LAYTON.

Je ne peux plus bouger. Je ne peux plus respirer.

Je contemple ces mots, l'esprit empli d'une pensée effroyable.

C'est moi qui ai causé ça.

Autour de moi, les gens continuent à courir. J'entends des cris confus, des cris d'enfants je crois. Lorsque je me retourne pour voir d'où ils proviennent, je vois Luke jaillir du Bâtiment Douze, un AK47 dans les mains. L'expression extatique que je lis sur son visage me tire de ma paralysie.

Je me précipite en lui criant de poser son arme. Au même instant, une silhouette sombre – un Agent – émerge de la tourelle du tank. Il tient un mégaphone. Je suis encore loin de Luke lorsque sa voix amplifiée s'élève au-dessus de la Base.

– À tous les membres de la Sainte Église de la Légion du Seigneur : nous détenons un mandat d'arrêt fédéral au nom de John Parson, ainsi qu'un mandat de perquisition pour l'ensemble de ce camp. Tous deux sont conformes à la réglementation fédérale en matière de procédure criminelle et signés par le juge Warren Hartford du comté de Layton. Merci de vous rassembler dans la cour, les mains en l'air, afin que nous puissions exécuter les consignes.

Luke s'arrête brusquement et épaule son AK47. Quelqu'un hurle : « Il est armé ! » Je le supplie d'arrêter, parce que je sais qui sont ces gens et pourquoi ils sont là. Ce n'est pas ce que je voulais, oh, Seigneur, *ce n'est pas du tout ce que je voulais.*

Un éclair jaillit du canon de l'arme. Les coups de feu, assourdissants, résonnent dans l'air immobile avec un écho métallique. Une courte rafale leur répond depuis le Portail, les balles soulevant la poussière là où se tenait Luke. Mais il est déjà parti se réfugier dans la Chapelle. Pendant que des hurlements de peur et de rage me vrillent les tympans, je fixe le sol déchiqueté. De nouveaux tirs éclatent dans toutes les directions, comme si le monde entier avait décidé de faire feu.

Je me jette à terre, les bras au-dessus de la tête. Les balles ricochent sur le bitume autour de moi. Au loin, si loin que cela pourrait être dans un autre comté ou un autre État, la voix amplifiée de l'Agent ne cesse de répéter :

— Cessez le feu ! Cessez le feu !

Mais le crépitement ne diminue pas pour autant.

Je me relève, paniquée. Certains de mes Frères et Sœurs s'abritent derrière des bâtiments, des arbres ou des machines. Un ou deux semblent pétrifiés et ferment les yeux, l'air horrifié. Mais la plupart mitraillent le Grand Portail. Dans le fracas des coups de feu, je ne parviens pas à distinguer les cris de douleur des cris d'euphorie – car la Bataille Finale a enfin commencé.

Je repars, courbée en deux. En atteignant le coin du Bâtiment Huit, je jette un coup d'œil vers le sud. Quatre Agents sont en train de faire passer une forme sombre et inerte par un trou du grillage, en agitant frénétiquement la main en direction d'une ambulance. L'Agent de la tourelle hurle toujours dans son mégaphone, mais personne ne l'écoute. C'est le chaos. Je contourne le bâtiment en m'attendant à être touchée dans le dos d'un instant à l'autre, et à voir mon propre sang se répandre dans la poussière.

Franchissant d'un bond l'espace qui me sépare du Bâtiment Neuf, j'ouvre la porte du couloir et me rue vers ma chambre tandis que les balles crépitent sur les murs. Sans un regard pour l'arme posée sur ma table de nuit, je rampe jusqu'à mon lit. Je récupère le passe-partout caché sous la latte de parquet, et je repars comme je suis venue. Mais lorsque je veux sortir, une volée de balles vient s'encastrer dans le cadre de la porte. Je recule en criant et me roule en boule sur le sol.

Une pluie d'éclats de bois retombe sur ma tête. À l'extérieur, l'air est envahi de fumée et de l'odeur âcre de la poudre. Le bruit est incessant – fracas des explosions, impact sec des balles. Accroupie, je rassemble tout mon courage avant de m'élancer. À la seconde où mes pieds touchent le sol, je file vers le nord et la rangée de coffres métalliques qui se dresse près du grillage.

Je suis responsable de tout ce qui est en train de se passer. C'est moi qui ai déclenché ce cauchemar, et je me doute déjà qu'il n'y a aucun moyen de l'arrêter. Mais il y a tout de même une chose que je *peux* faire.

Je peux m'assurer que Honey ne meure pas comme une bête en cage.

J'ai parcouru la moitié du chemin, en me baissant régulièrement et en longeant la cour bitumée, quand la porte de la Maison se rouvre. Le père John, rouge d'une colère enfin justifiée, brandit un fusil M4.

– CENTURIONS, AVEC MOI ! LES ENFANTS, AVEC AGAVÉ ! BATTEZ-VOUS, MES FRÈRES ET SŒURS ! BATTEZ-VOUS JUSQU'AU BOUT ! L'HEURE DE LA BATAILLE FINALE A SONNÉ !

Un rugissement collectif parcourt la Base alors que les rafales s'intensifient encore. L'air est comme saturé de balles. J'ai l'impression d'avoir le cerveau comprimé dans un étau. Une unique pensée parvient à se détacher du vacarme, emplissant mon esprit d'une certitude aussi glaciale qu'une tempête de neige.

On est morts.

Tu nous as tous tués.

APRÈS

— J'ai écouté les enregistrements audio de cette matinée, déclare l'Agent Carlyle. On y entend clairement John Parson ordonner à tout le monde de se battre jusqu'au bout.

J'ai mal à la gorge, mais je parviens à hocher la tête tout en me servant un verre d'eau.

— Te sens-tu capable de continuer ? s'inquiète le Dr Hernandez. Nous pouvons faire une pause.

— Non, je ne veux pas faire de pause. Je veux finir mon histoire.

Il me dévisage longuement.

— D'accord. Prends ton temps. Tu t'en sors très bien.

AVANT

Je me prépare à franchir l'espace dégagé qui me sépare des coffres quand Jacob Reynolds surgit devant moi, armé jusqu'aux dents et le regard fou.

Je dérape sur le côté dans un nuage de poussière orange et continue ma route. Arrivée au coin de la Chapelle, je me jette une nouvelle fois à terre pour échapper aux balles qui mitraillent le mur blanc. J'atterris sur la hanche. Une violente douleur m'irradie la jambe droite, qui cède sous mon poids lorsque j'essaie de me relever. Je tape des deux poings sur ma cuisse engourdie dans l'espoir de la réveiller, ce qui me donne l'impression d'être dévorée par des fourmis de feu. Je suis à deux doigts de vomir. Mais cette fois, je parviens à me mettre debout.

Alors que j'avance en titubant derrière la Chapelle, sous la rangée de fenêtres en ogive, un mouvement à l'intérieur attire mon attention. Luke est en train d'arroser les bancs et le sol avec le contenu d'un bidon en plastique rouge. Quand il atteint la porte donnant sur la cour, il jette le récipient vide et dégaine une boîte d'allumettes.

Comprenant soudain ce qu'il s'apprête à faire, je tambourine sur la vitre en hurlant son nom. Il gratte une allumette, met le feu au reste de la boîte, puis tourne les yeux vers moi. Le sourire qui se peint sur son visage est la pire chose que j'ai jamais vue.

— LE SEIGNEUR EST BON ! clame-t-il avant de lâcher la boîte enflammée et de s'élancer vers la porte.

Une lueur jaune engloutit le monde.

Un millier de coups de tonnerre éclatent tandis que mes pieds quittent le sol et que les fenêtres en miettes laissent échapper une boule de feu. La chaleur est inconcevable. Je m'enroule sur le sol, persuadée que mon corps est en train de brûler.

Les cris prennent le pas sur le bruit des armes. Au moment où je me redresse, les oreilles bourdonnantes et les poils des bras roussis, le toit de la Chapelle s'ouvre en deux. Des flammes en jaillissent, propulsant une colonne de fumée noire vers le ciel. Des morceaux de bois incandescents atterrissent sur les autres bâtiments. Avant même que j'aie pu reprendre mon souffle, la moitié de la Base est en feu.

Je m'éloigne de la fournaise en toussant et en essayant de retrouver mes esprits. Quelqu'un m'attrape par les épaules. Je suis sûre que c'est Luke, qu'il va m'abattre avec son AK47 et que personne ne le saura jamais. Mais c'est Star. Elle me contemple avec des yeux exorbités, les mains serrées sur un M16 presque aussi gros qu'elle.

— Pourquoi tu ne te bats pas ? On y est, Moonbeam ! C'est la Bataille Finale !

— Où sont tes filles ? Où sont les petites, Star ?

— Agavé a emmené les enfants dans les baraques ouest. Ils y seront en sécurité jusqu'à ce qu'on remporte la victoire. Viens avec moi. Allons nous battre ensemble pour le Seigneur !

Je recule d'un pas. Elle me regarde avec une incompréhension totale, puis braque son M16 sur ma poitrine.

Tout se fige.

La chaleur de l'incendie s'efface, le bruit des coups de feu passe en sourdine, même la fumée reste suspendue en l'air. Mon cœur n'est plus qu'un bloc gelé dans ma poitrine. Dans les yeux de Star, je ne retrouve aucune trace de la femme qui s'est toujours montrée gentille avec moi, qui adorait ses enfants et qui aimait sincèrement ses Frères et Sœurs. Je ne vois plus qu'un animal traqué.

Quelqu'un que je ne reconnais pas.

— Star, ne fais pas ça... s'il te plaît...

Elle ne baisse pas son arme. Je m'attends à voir défiler ma vie devant mes yeux, comme c'est censé se produire lorsqu'on va mourir. Mais il ne se passe rien et, pour finir, Star jette son fusil et disparaît dans la fumée sans un mot. Je reste là, immobile, jusqu'à ce que mon cerveau fasse apparaître une image de Honey, étendue sans vie dans son coffre. La voix hurle dans ma tête pour me réveiller. Alors je respire profondément et je repars en courant.

Ma jambe me fait toujours atrocement mal, mais elle me soutient encore, et c'est tout ce qui compte. La rangée de coffres en métal se dessine au loin. En les rejoignant, je jette un regard par-dessus mon épaule.

Le feu se propage comme de l'eau sur le sol desséché, embrasant tout ce qu'il touche. La fumée est devenue tellement épaisse qu'on ne voit plus grand-chose. Les silhouettes sombres des Agents s'agitent près du grillage, mais je suis incapable de dire s'ils ont pénétré dans la Base ou pas. Les armes automatiques continuent leur concert assourdissant.

Enfin, j'atteins le seul coffre occupé. Je déchire le sac en plastique contenant le passe-partout, je crie à Honey que tout va bien, que je suis là. Après une milliseconde d'attente angoissée, la clé tourne dans le cadenas et la porte s'ouvre. Je contemple l'obscurité qui règne à l'intérieur du coffre.

Il est vide.

Je me retourne en plissant les yeux pour essayer de distinguer quelque chose. Autour du brasier ardent de la Chapelle, les ombres floues de mes Frères et Sœurs vont et viennent, tirant sur des cibles invisibles.

Aucune trace de Honey.

Lorsque j'entends des pas approcher, je prends conscience que je dois être la seule personne non armée à des kilomètres à la ronde, à l'exception des enfants rassemblés dans les cabanes. Bella se dresse devant moi, un pistolet noir à la main.

— Qu'est-ce que tu fais, Moonbeam ? Pourquoi tu ne…

— Où est Honey ?

— Ça ne te regarde pas ! s'énerve-t-elle. Tu devrais être en train de te battre avec ta Famille ! Où est ton…

— Dis-moi où elle est, Bella ! Dis-le-moi tout de suite !

Choquée, elle lève son pistolet. Mais j'ai déjà été menacée une fois ces cinq dernières minutes, et ça m'a suffi.

D'un bond en avant, j'abats le tranchant de ma main sur son poignet. L'impact se répercute jusque dans mon épaule. Bella pousse un cri de douleur et lâche son arme sur le sol. Je la bouscule alors violemment ; elle titube, se prend les pieds dans un obstacle et s'étale sur le dos. Les poings serrés, je me penche sur elle, parce que j'ai peur, que je suis dopée à l'adrénaline et que je n'ai jamais été aussi en colère, aussi *outrée* de ma vie. Je ramasse son pistolet pour le pointer sur elle.

— Où elle est, Bella ? C'est la dernière fois que je te le demande.

— Amos l'a laissée sortir, répond-elle, paniquée. Je crois qu'elle est avec les autres.

— Dans les baraques ouest ?

Elle hoche la tête. Sans perdre davantage de temps, je l'abandonne pour repartir dans la direction d'où je viens.

Je traverse la cour à toute vitesse, les yeux pleins de larmes, le cœur battant à cent à l'heure.

Le bruit des coups de feu est assourdissant, j'entends littéralement les balles siffler à mes oreilles, j'entends leur bourdonnement d'insecte, mais je ne ralentis pas, je ne dévie pas de ma course pour autant. La Chapelle est ravagée par les flammes, son toit n'est plus qu'un immense brasier d'où s'élève une épaisse colonne de fumée noire. La voix amplifiée de l'Agent résonne au-dessus du camp, hurlant ses ordres en boucle :

— POSEZ VOS ARMES ET AVANCEZ LENTEMENT, LES MAINS EN L'AIR !

Personne ne l'écoute. Ni les autres Agents ni aucun de mes Frères et Sœurs.

Au loin, près du Grand Portail, le tank écrase les piètres grillages sous ses chenilles et retourne la terre du désert. Quelque part, derrière le grondement des moteurs et le fracas incessant des armes à feu, je distingue des cris de douleur et des appels à l'aide. Je me force à les ignorer, les yeux rivés sur les cabanes en bois situées à l'extrémité ouest de la Base.

Je trébuche sur quelque chose.

Un violent élancement m'irradie l'épaule lorsque je heurte le bitume fissuré de la cour, mais je me relève en serrant les dents. Puis je me retourne pour voir ce qui m'a fait tomber.

Alice gît sur le dos, les mains crispées sur son ventre.

Son tee-shirt est teinté de rouge. La flaque de sang qui s'étale autour d'elle paraît beaucoup trop grande pour provenir d'une seule personne. Elle est toujours en vie. Son regard vitreux cherche le mien, un regard impossible à décrire. J'y lis de la souffrance, beaucoup de souffrance, mais aussi de la surprise, et de la peur. Et quelque chose qui ressemble à de la confusion, comme si elle ne comprenait pas comment on en est arrivés là.

Je voudrais rester auprès d'elle, lui dire que tout va bien, qu'elle va s'en tirer, mais ce serait faux. Rien ne va bien. Je ne m'y connais pas vraiment en blessures par balle, mais je ne suis pas du tout certaine qu'elle s'en sorte.

Je suis même presque sûre qu'elle va mourir.

Je la dévisage, perdant de précieuses secondes, jusqu'à ce que la partie de mon cerveau qui fonctionne encore me hurle de me dépêcher. Je repars vers les cabanes. Lorsque je me détourne d'elle, les yeux d'Alice s'écarquillent, mais ils n'expriment pas de colère. Je crois qu'elle comprend.

En tout cas, c'est ce que je me dis.

Une silhouette émerge d'un nuage de fumée. Je m'arrête net, les mains levées. Heureusement, ce n'est pas un Agent avec casque noir, masque et fusil. C'est Amos. Il a les yeux rouges et bouffis, un bras qui pend sur le côté, inerte, et l'autre main serrée sur un pistolet.

— Où est le père John ? me demande-t-il d'une voix rauque. Tu l'as vu ?

Je secoue la tête et tente de le contourner, mais il m'en empêche.

— Où est-il ? Où est le Prophète ?

— Je n'en sais rien !

Je dois crier pour me faire entendre, car le tank vient d'entrer dans la cour et les rafales redoublent d'intensité. L'incendie se propage de bâtiment en bâtiment, plus vite que mes yeux ne peuvent le suivre.

Je repousse Amos de toutes mes forces, ce qui le fait tituber. Le temps qu'il braque son arme sur moi, je suis déjà repartie. Les détonations claquent dans mon dos sans qu'aucune des balles n'atteigne sa cible. Puis je plonge dans la fumée.

C'est presque impossible de respirer. J'ai beau plaquer ma main sur ma bouche et mon nez, le nuage âcre s'infiltre entre mes doigts et me fait tousser. Je zigzague entre les corps des Frères et Sœurs tombés autour de moi. Quelques-uns remuent encore, se traînent sur le sol, convulsent comme en pleine crise d'épilepsie.

Mais la plupart sont immobiles.

Les baraques ouest surgissent devant moi, leurs murs et leurs toits plats enveloppés de volutes sombres. Le rythme des coups de feu ne faiblit pas. Avec toutes ces balles qui fusent, ce n'est plus qu'une question de temps avant que l'inévitable se produise. Mais tant que je parviens à ouvrir les baraques avant, je m'en fiche.

Complètement.

La fumée se dissipe un peu lorsque j'approche de la première cabane et je sors mon passe-partout de ma poche. Au moment où je m'empare du cadenas fixé à la poignée, il y a comme un grésillement. Je mets une fraction de seconde à comprendre ce qui se passe, jusqu'à l'explosion de douleur. Je lâche aussitôt le cadenas incandescent, mais une bonne partie de ma paume reste collée sur le métal. Je tombe à genoux, pressant ce qui reste de ma main gauche contre mon ventre, pendant qu'un cri inhumain jaillit de mes lèvres.

La souffrance me submerge.

J'ai l'impression que ma main est plongée dans un bocal d'acide. Tandis que mon cerveau tente de surmonter cette torture, tout le reste disparaît : l'odeur de la fumée, la chaleur de l'incendie, les coups de feu. Ma vue se brouille, tous mes sens s'affaiblissent. Puis quelqu'un me pousse violemment dans le dos et la réalité reprend ses droits en même temps que je m'étale à plat ventre.

Un Agent se tient devant moi, le visage dissimulé par son masque, son arme pointée entre mes deux yeux.

— Les mains en l'air ! (C'est une voix d'homme.) J'ai dit les mains en l'air !

Je m'exécute en tremblant.

— S'il vous plaît. Les enfants. Il y a des enfants dans ces baraques. S'il vous plaît.

— La ferme ! Pas un mot de plus !

— S'il vous plaît. Dans les baraques. Il faut les sauver.

L'Agent jette un coup d'œil vers les bâtiments. J'ai le vertige, envie de vomir et l'impression que je vais tomber dans les pommes. Mais je me l'interdis. Je me concentre sur sa silhouette sombre.

— Les cadenas, je marmonne en lui tendant le passe-partout. S'il vous plaît...

Mes forces m'abandonnent. Les yeux de l'Agent se posent sur la baraque la plus proche. Puis sur moi. Puis sur la baraque.

— Et merde ! s'écrie-t-il en m'arrachant le passe.

Je le vois saisir le cadenas de sa main gantée, glisser la clé à l'intérieur. Durant un bref instant de cauchemar, je me demande si tout cela n'était qu'une perte de temps, s'il existe des serrures impossibles à forcer. Enfin, l'Agent ouvre la porte. Mes Frères et Sœurs se précipitent à l'extérieur en toussant, les yeux rouges et pleins de larmes.

— Allez au Grand Portail, je leur lance. Restez ensemble. Levez les mains…

À l'arrière du groupe, je reconnais Honey. Une sensation indescriptible m'envahit la poitrine, me faisant oublier la douleur de ma main. Elle a les paupières gonflées, le teint pâle, mais les lèvres et la mâchoire crispées par la détermination. Et surtout, elle respire.

Je n'étais pas sûre que ce serait le cas.

Elle aide les derniers enfants paniqués à sortir avant de les guider vers le Grand Portail au sud. L'Agent court à la deuxième baraque en réclamant des renforts dans sa radio. Quelque chose se libère en moi, une vague de soulagement si intense que je la ressens physiquement. Elle insuffle un regain d'énergie dans mes muscles épuisés. Je parviens à m'asseoir.

Les enfants traversent la cour, leurs petites mains tendues au-dessus de leur tête. Le nuage de fumée crache un groupe d'Agents qui les prennent dans leurs bras pour les faire sortir par les trous béants du grillage. Je les entends crier, appeler leurs parents. Mon cœur se brise, mais ils sont vivants, ils sont toujours vivants. Et c'est tout ce qui compte maintenant que le monde est en feu.

Un hurlement suraigu s'élève soudain au milieu des rafales et du grondement de l'incendie. Je tourne la tête dans sa direction. Près des ruines fumantes de la Chapelle, deux Agents tiennent Luke par les bras et les jambes. Il se débat comme un diable en exigeant qu'ils le lâchent, qu'ils le laissent partir avec les autres, qu'ils le laissent faire son Ascension.

Sa voix emplie de fureur, de ferveur, de désespoir et d'affolement est la dernière chose que j'entends avant de sombrer dans le noir.

APRÈS

Le silence s'éternise après que j'ai fini de parler. Je me sens vidée, comme si je n'avais plus rien à donner. Ce n'est pas désagréable, juste un peu déroutant. J'ignore ce que je suis censée faire maintenant, mais c'est sans doute à ça que ressemble la liberté.

— J'imagine à peine ce que tu as dû éprouver, déclare finalement le Dr Hernandez en me fixant avec une intensité qui me met mal à l'aise. Tu es une jeune femme remarquable, Moonbeam. Ce que tu viens de faire, ce que tu viens de nous raconter, témoigne d'un courage qui me laisse presque sans voix.

— Seulement « presque » ? je plaisante pour le faire sourire.

L'Agent Carlyle, lui, garde son sérieux.

— Ton courage n'est plus à prouver, confirme-t-il. Mais nous allons devoir revenir sur un sujet que nous avons évoqué il y a un moment. Si je n'ai pas insisté à l'époque, cette fois, je n'ai plus le choix. Pourquoi continues-tu à prétendre ne pas avoir mis les pieds dans la maison pendant l'incendie ?

— Je ne prétends rien. C'est la vérité.

Ce n'est pas de la colère mais de la déception que je vois passer dans ses yeux.

— D'accord. On va reprendre depuis le début. Savais-tu qu'environ deux cents heures de vidéo ont été tournées dans la matinée du 17 ?

— Non.

— Les agents portaient des caméras miniatures pendant l'intervention, et tous les véhicules en étaient également équipés. Les images ont ensuite été analysées et assemblées afin de reconstituer une vue d'ensemble des événements, depuis une dizaine d'angles différents. C'est pourquoi je peux affirmer avec certitude que Honey n'est pas sortie des baraquements ouest lorsque l'agent Jefferies a utilisé ton passe pour ouvrir les cadenas. Elle avait franchi le portail quatre minutes plus tôt et était déjà prise en charge par les ambulanciers quand les autres enfants sont arrivés.

— Je l'ai vue sortir.

— Non, Moonbeam. Elle n'était pas avec eux.

— *Je l'ai vue de mes yeux.*

J'ai l'impression d'être une gamine têtue qui s'accroche à son mensonge alors qu'elle a été démasquée. Mais c'est plus fort que moi. Je leur ai déjà dit tout le reste, alors que je ne voulais pas et que ça me faisait peur.

Il n'y a plus qu'une chose que je refuse d'avouer.

Que je ne *peux pas* avouer.

L'Agent Carlyle attend.

— Je l'ai vue, je répète. Si vous ne me croyez pas, tant pis.

— Bien, intervient le Dr Hernandez. Essayons de garder notre calme. Il n'y a aucune raison que cette conversation tourne au pugilat.

— Je suis calme.

— Moi aussi, assure l'Agent. Pour ton information, une caméra t'a filmée en train de pointer une arme sur Bella.

— Je vous en ai parlé.

— Oui. Tu as dit que tu l'avais laissée allongée sur le sol pour aller libérer les enfants enfermés dans les baraques ouest.

— C'est ça.

— Ce n'est pourtant pas ce que tu as fait. Tu es bien allée aux baraques, mais plus tard. On te voit clairement entrer dans la maison après avoir quitté Bella. Tu y es restée près de six minutes.

— N'importe quoi ! Je vais devoir le répéter combien de fois ?

Je sens que ma voix est partie dans les aigus.

— Je comprends ton désir de te protéger, intercède le docteur. Mais il me semblait que nous avions établi un rapport de confiance.

Le rouge me monte aux joues. J'espère qu'ils ne voient pas mes mains trembler.

— Je vous dis la vérité ! Et vous, vous essayez de me culpabiliser. Merci.

Une expression embarrassée se peint sur son visage.

— Je peux aller chercher un écran pour te montrer la vidéo, propose l'Agent Carlyle. Tu crois que ça te rafraîchirait la mémoire ?

— Je n'ai pas besoin de voir votre film.

— Alors, pourquoi ne nous racontes-tu pas ce qui s'est passé dans la maison ?

Reste calme, murmure la voix. *Tout va bien. S'ils savaient ce que tu as fait, ils n'insisteraient pas autant. Ils le diraient eux-mêmes.*

— Je ne sais pas ce qui s'est passé. Parce que je n'y étais pas.

— Moi, je crois que si. J'en suis même sûr. Ce qui m'intrigue, c'est la raison pour laquelle tu refuses de nous en parler.

Je hausse les épaules car je ne vois pas quoi répondre à ça.

— Nous devrions arrêter là, déclare le psychiatre. Nous savons combien tout cela est pénible pour toi, Moonbeam. Ne va surtout pas croire que nous n'apprécions pas ton honnêteté et ton courage à leur juste valeur. Une bonne nuit de repos et un peu de temps pour réfléchir nous feront du bien à tous.

— Vous avez raison, acquiesce l'Agent. Nous reprendrons demain matin. Peut-être que d'ici-là, on y verra un peu plus clair.

— Comme vous voulez.

Je ne vois pas l'intérêt. Je réfléchis à tout ça depuis bien plus longtemps qu'eux, et ce ne sont pas quelques heures qui vont changer quoi que ce soit.

Le Dr Hernandez rassemble ses affaires, puis les deux hommes se dirigent vers la porte. Le regard que l'Agent Carlyle me jette par-dessus son épaule avant de sortir me frappe en plein cœur. Il n'exprime aucune colère, aucune déception. C'est un regard de pure compassion.

Il est désolé pour moi.

Après leur départ, je contemple le mur, attendant que les battements de mon cœur se calment.

Ils ne savent pas. Tout va bien. Ils ne savent pas, et ils ne sauront jamais, à moins que tu le leur dises. Tiens bon.

Parce que, cette fois, ça n'a rien à voir avec mon coup de fil au département du shérif, au sujet duquel il s'avère que je m'étais trompée. S'ils découvrent ce que j'ai fait dans la Maison, je ne sortirai jamais d'ici.

Jamais.

Assise à mon bureau, je me force à dessiner autre chose que la falaise, l'eau et la maison bleue. J'essaie de représenter Nate tel que je me souviens de lui.

Il ne s'est pas écoulé tellement de temps depuis la nuit où il m'a réveillée pour me donner le téléphone et la clé. La nuit où il est parti. Mais je dois avoir un problème, parce que j'ai oublié à quoi il ressemblait.

J'étais tellement persuadée de ne jamais le revoir que mon subconscient a dû décider d'effacer ce souvenir trop douloureux. Je promène mon crayon sur la feuille dans l'espoir d'en voir surgir son visage comme par magie : ses traits délicats, ses yeux verts, sa bouche large étirée en un grand sourire qui me faisait fondre.

Ma première tentative est un échec complet. Je froisse la feuille, et je recommence. La deuxième et la troisième ne sont pas mieux. La frustration enfle peu à peu en moi. À la quatrième, je parviens enfin à saisir *quelque chose*.

Ce n'est rien de plus qu'un gribouillis, mais au centre, en penchant la tête selon un certain angle, je reconnais l'arrondi de son menton et les angles de sa mâchoire. Je continue, priant pour voir apparaître son regard chaleureux. Mais mon cerveau me trahit. Il me hurle que c'était un menteur, un menteur *professionnel* qui n'en avait rien à faire de moi. Aussitôt, mon dessin perd le peu d'authenticité qu'il avait réussi à capturer.

La feuille roulée en boule rebondit contre le mur avant d'atterrir près des autres. Affalée sur ma chaise, je tente de mettre de l'ordre dans mes idées.

Comment peut-on se faire passer pour quelqu'un qu'on n'est pas ? Quel genre de personne faut-il être pour y parvenir pendant si longtemps ?

Tu devrais le savoir. Pendant combien d'années, après qu'ils ont Banni ta mère, as-tu joué les Légionnaires Fidèles ? Trois ? Jusqu'à la fin ?

Je grimace. Ça n'a rien à voir. Je n'ai peut-être pas prévenu mes Frères et Sœurs que ma Foi commençait à vaciller, mais j'étais toujours la même personne. J'étais toujours *moi*. Alors que Nate a vécu dans la Base pendant plus de deux ans sans jamais être réellement lui-même. Les gens lui faisaient confiance, l'appréciaient, l'ont accueilli au sein de leur Famille. Et lui, depuis le début, il observait, il écoutait, il mentait et il complotait.

Tu n'en sais rien. Tu ne peux pas savoir s'il était celui que tu pensais ou quelqu'un d'autre. Tout ce que tu sais, c'est que sa Foi en le père John et en la Légion n'était pas sincère. Il faisait semblant, comme toi.

Je fais taire la voix sans ménagement. Je *veux* être en colère contre Nate et je ne suis pas d'humeur à ce qu'elle me dise comment réagir. Même si Nate n'a pas menti sur l'homme qu'il était, il a menti sur les raisons de sa présence. Et il a menti chaque fois qu'il a appelé quelqu'un « Frère » ou « Sœur », parce qu'on n'espionne pas les membres de sa Famille.

Est-ce qu'il rédigeait des rapports sur nous ? Sûrement. Sinon ça n'aurait pas servi à grand-chose de l'infiltrer dans la Base.

Est-ce qu'il en a écrit sur moi ? Sur la petite idiote qui le suivait comme un chien et qui recherchait si désespérément son attention qu'elle ne s'est jamais rendu compte de rien ?

Cette pensée me fait l'effet d'un coup de poignard.

Tu ne peux pas croire ça. D'après l'Agent Carlyle, il était aussi honnête que possible. À quoi ça lui aurait servi de te mentir ? Ne remet pas son amitié en question.

Je repense à tout le temps que j'ai passé avec Nate. Ces moments autrefois heureux me paraissent désormais froids et vides, comme si le ciel s'était voilé au-dessus d'eux. La couleur et la lumière ont cédé la place à un gris uniforme. C'est impressionnant, cette capacité qu'a mon cerveau de déformer mes souvenirs pour réécrire l'histoire. De manier la vérité sur Nate comme une arme pour saper les fondements déjà fragiles de ma personne.

Je ne dois pas douter qu'il était mon ami.

Je m'allonge sur mon lit.

L'infirmière Harrow va m'apporter mon déjeuner dans quelques minutes, puis ce sera l'heure de l'ISS – si elle n'est pas encore annulée. Ensuite, la soirée s'étirera devant moi, longue et harassante, jusqu'à la tombée de la nuit. Peut-être que mon sommeil sera paisible, ou peut-être pas. Au matin, je retournerai m'asseoir dans la salle de consultation 1, où on me posera les mêmes questions qu'aujourd'hui. Encore et encore et encore.

Ils n'arrêteront jamais, parce que ce qui s'est passé dans la Maison est la seule chose que je leur cache. Je comprends. Je ne leur en veux pas. Mais je ne leur dirai quand même rien.

Parce que j'ai peur des conséquences.

Mais aussi parce que c'est la dernière chose qui n'appartient qu'à moi.

APRÈS

Le Dr Hernandez entre dans la salle de consultation 1 et referme la porte derrière lui.

Je gratte le bandage que l'infirmière a refait en m'apportant mon petit déjeuner. Au-dessous, ma peau est encore un peu brillante mais presque cicatrisée. Ça me démange atrocement.

— Où est l'Agent Carlyle ?

— Il a dû se rendre à Dallas pour la journée. Il reviendra demain.

Tu parles.

— Si vous le dites.

— C'est la vérité, Moonbeam.

— Je vous crois. Mais comment être sûrs qu'on vous a dit la vérité à *vous* ?

— Pardon ?

— L'Agent Carlyle a assisté à toutes nos séances, à part les premières. Hier, vous concluez tous les deux que je mens à propos de l'incendie. Et aussitôt, on le rappelle à Dallas ? Sans prévenir ?

— Je ne suis évidemment pas au courant de tout. Je n'appartiens pas aux forces de l'ordre ; il est normal qu'on me cache un certain nombre de choses. Tout ce que je peux te dire, c'est que l'agent Carlyle est monté dans sa voiture ce matin en m'annonçant qu'il serait de retour demain.

— Alors vous êtes bien obligé de le croire. Et moi de vous faire confiance.

— Cela te pose un problème ?

— Je ne sais pas. Au début, oui, et puis de moins en moins. Mais là, tout de suite, je suis un peu perdue.

— Je vais être tout à fait sincère avec toi : je suis *heureux* que l'agent Carlyle se soit absenté. Nous avons fait des progrès significatifs ces derniers jours, mais les impératifs de l'enquête nous ont obligés à procéder d'une manière différente de ce que j'aurais souhaité. J'ai hâte de pouvoir en revenir à *toi* et à ce que tu ressens.

— Je me sens bien.

— C'est un peu court.

— Mais c'est vrai.

Pendant qu'il écrit dans l'un de ses carnets, je prends soudain conscience de deux choses. La première, c'est que mon interrogatoire – *car c'est bien de ça qu'il s'agissait* – est terminé et qu'on va pouvoir reprendre le « processus » du Dr Hernandez. La seconde, c'est que l'Agent Carlyle pense avoir tiré tout ce qu'il y avait à tirer de moi. Or, je suis toujours là.

Je ne sortirai jamais d'ici.

— Il se trompait, je lance.

C'est idiot de ma part de revenir sur le sujet d'hier, mais je ne peux pas m'empêcher d'insister, de vouloir les *convaincre* de croire à mes mensonges envers et contre tout.

— Quand l'Agent Carlyle a dit que j'étais entrée dans la Maison. Il se trompait.

Le psychiatre repose son stylo.

— Intéressant.

— Pourquoi ?

— J'ai vu la vidéo dont il parlait. Je t'ai vue entrer dans la maison et en ressortir six minutes plus tard. Je sais donc que tu nous caches quelque chose. Mais ça ne fait rien, Moonbeam. Les détails de ce qui s'est passé ce matin-là comptent surtout pour l'agent Carlyle et ses collègues. Moi, je ne suis pas enquêteur. Ce qui m'intéresse, ce sont les raisons pour lesquelles tu ne souhaites pas aborder ce sujet.

— Alors, vous aussi, vous me traitez de menteuse.

— Nous savons tous les deux que tu ne dis pas toute la vérité. Je ne pense pas que tu te voiles la face ni que tu souffres de trous de mémoire. C'est donc un choix délibéré de ta part. Si tu as envie que nous réfléchissions ensemble à ce qui t'y a amenée, tu peux compter sur mon aide. Mais si tu préfères parler d'autre chose, cela me convient aussi.

— Alors parlons d'autre chose.

Assise avec Honey dans la salle de thérapie de groupe, je regarde nos Frères et Sœurs jouer.

Jeremiah, qui avait les yeux rouges à mon arrivée, a formellement démenti avoir pleuré. Aurora et lui sont maintenant penchés sur des Lego. Il a l'air d'aller mieux, bien que ce soit difficile de deviner ce qui se passe dans sa tête.

— Rainbow fait des cauchemars, m'informe Honey d'une voix douce. Sur l'incendie. Elle me l'a dit.

— Ça n'a rien d'étonnant.

— Elle a rêvé qu'elle était coincée dans sa chambre, dans le Bâtiment Douze. Le feu approchait et elle était allongée sur son lit, incapable de bouger. Elle appelait à l'aide mais personne ne venait.

Je les revois, les enfants et elle, alors qu'ils traversaient la cour en direction du Grand Portail, les mains levées au-dessus de la tête. Les flammes rugissaient autour d'eux, les balles fusaient, des silhouettes sombres se mouvaient dans la fumée et les hommes et les femmes qu'ils connaissaient depuis toujours – leurs Frères, leurs Sœurs, leurs *parents* – se vidaient de leur sang sur le sol. C'est presque un miracle qu'ils ne soient pas tous catatoniques. Mais je ne crois plus aux miracles.

La culpabilité qui me rongeait jusque-là quand je les regardais a disparu. C'est un soulagement. Mais je ne suis pas sereine pour autant. Pendant qu'ils s'amusent, discutent et rient, je me sens même de plus en plus mal. D'une certaine façon, c'est encore plus difficile qu'avant d'accepter mon impuissance.

Ce n'est pas à toi d'arranger les choses. Ne l'oublie pas.

Certes, je ne suis pas responsable de l'incendie. Ce n'est pas à cause de moi que mes Frères et Sœurs se retrouvent ici, tout seuls. Ce n'est pas moi qui ai empli leur cœur de chagrin.

Mais…

Une partie de moi, de plus en plus importante et optimiste, en était venue à croire que si je parvenais à faire assez confiance à l'Agent Carlyle et au Dr Hernandez pour leur parler du coup de téléphone, je serais libre. Et le fait est que je n'ai pas simplement posé mon fardeau ; je l'ai vu se dissoudre complètement.

Pourtant, quand je regarde mes Frères et Sœurs, je comprends que je ne suis pas libre.

Loin de là.

Comme eux, je suis prise au piège.

APRÈS

Cela fait maintenant quatre jours que l'Agent Carlyle est absent.

Le Dr Hernandez ne cherche même plus à se justifier. Il a dû comprendre que ça ne servait à rien, puisque j'avais vu juste dès le premier jour et le prétendu appel de Dallas. Maintenant qu'il a obtenu tout ce qu'il pouvait de moi, il ne reviendra pas.

Le pire, c'est qu'il me manque.

Une fois ma colère et ma déception retombées, il me manque.

J'aimais bien lui parler, finalement. Je m'étais habituée à sa présence, à ses clins d'œil, à son gros rire, à la façon dont ses émotions affleuraient toujours à la surface, prêtes à prendre le pas sur sa raison. Je lui ai avoué des choses que je m'étais juré de ne jamais dire à personne. Et je ne le regrette pas.

Je sais qu'il a une mission à mener, une mission dans laquelle j'ai joué malgré moi un rôle clé. Et je n'ai jamais été jusqu'à imaginer qu'on était amis ou qu'il allait m'adopter, que sa fille et moi deviendrions sœurs, que nous vivrions heureux tous ensemble. Je ne suis pas bête à ce point-là.

J'aurais juste aimé ne pas me sentir jetée comme un vieux mouchoir.

Il y aurait bien un moyen pour le faire revenir. Il te suffirait de promettre de parler d'un certain sujet. Il rappliquerait en courant.

Si je m'écoutais, c'est ce que je ferais. Car ce qui est arrivé dans la Maison commence à me peser, à m'entraîner vers le fond. Je n'ai qu'une envie, m'en débarrasser, quel que soit le prix à payer.

Alors, vas-y. Mets un terme à tout ça une bonne fois pour toutes.

Je ne peux pas, je réponds à la voix. *Tu le sais bien. Il ne s'agit ni de l'Agent Carlyle, ni du Dr Hernandez, ni même de moi. Il s'agit de mes Frères et Sœurs. Des gens que je considérais comme ma Famille. Je ne peux pas les trahir.*

D'accord. Tant pis. Mais il y a peut-être quelqu'un d'autre à qui tu pourrais te confier ?

Mon cœur cesse de battre.

Je me répète ces mots en boucle, en me demandant pourquoi j'ai mis si longtemps à y penser. Bien sûr qu'il y a quelqu'un d'autre.

Soudain, je sais exactement quoi faire.

— Comment vas-tu, ce matin, Moonbeam ? me demande le psychiatre.

— Bien. Il faut que je vous dise quelque chose.

— Je t'écoute.

Je prends mon courage à deux mains.

— Je suis entrée dans la Maison. (Ma poitrine se serre lorsque je prononce enfin cette phrase à voix haute.) Pendant l'incendie. J'y suis entrée.

— D'accord.

— Pardon d'avoir menti. C'est juste que… j'avais l'impression qu'il le fallait.

— Saurais-tu m'expliquer pourquoi ?

Je secoue la tête. En réalité, je pourrais, et il serait peut-être même capable de me comprendre. Mais ça prendrait longtemps et je ne suis pas certaine que ce soit très utile.

— Pas de problème. Quoi qu'il se soit passé dans la maison, quoi que tu aies vu ou fait, je te promets que tout ira bien. Tu ne risques rien.

La voix du père John résonne dans ma tête pour la première fois depuis longtemps. *TU BRÛLERAS EN ENFER ! LE SEIGNEUR SAIT CE QUE TU AS FAIT ET SA JUSTICE EST IMPITOYABLE ! TU PASSERAS L'ÉTERNITÉ DANS UN LAC DE FEU ! TRAÎNÉE ! ASS…*

Je piétine ce timbre nasillard de toutes mes forces, jusqu'à ce qu'il se taise, ne laissant derrière lui que l'écho de ses paroles haineuses.

Il est possible qu'il ait raison, que le Seigneur sache ce que j'ai fait. Mais je ne pense pas que quelqu'un d'autre soit au courant. L'Agent Carlyle a sans doute des soupçons qui se rapprochent de la vérité. Quant au Dr Hernandez, il essaie surtout de me rassurer, comme à son habitude.

— Ce n'est pas ce qui m'inquiète. (Même si, au fond, je redoute toujours un peu ce qui m'attend.) Le problème, c'est que tout ça est intimement lié à des choses qui n'ont rien à voir avec vous ou l'Agent Carlyle. Voilà pourquoi je ne pouvais pas vous en parler. Et pourquoi je ne peux toujours pas.

— D'accord. Quelles choses ?

— Moi. La Légion du Seigneur. Le père John.

Il me dévisage, probablement pour évaluer la sincérité de mes propos. Je soutiens son regard.

— Très bien, conclut-il. Tu ne peux pas m'en parler, tu ne peux pas en parler à l'agent Carlyle, mais tu es prête à en parler à *quelqu'un*. C'est ça ?

Je confirme d'un hochement de tête.

— Je t'écoute. Explique-moi ce que tu as en tête.

Merci.

— Faites venir Nate. Je lui raconterai ce qui s'est passé dans la Maison. Après, il pourra vous le dire, à vous, à l'Agent Carlyle et à tous ceux que ça intéresse. Ça n'aura plus d'importance.

APRÈS

J'ai des papillons dans le ventre quand l'infirmière Harrow ouvre la porte de la salle de consultation 1.

Je n'ai quasiment pas fermé l'œil de la nuit, curieuse de savoir ce que je ressentirais lorsque je reverrais Nate. Je lui en veux toujours de ne pas m'avoir dit qui il était, même à la fin, quand les ténèbres se refermaient sur nous. Mais je suis surtout impatiente de pouvoir parler à quelqu'un qui comprend *vraiment* le contexte dans lequel j'ai grandi et la vie qu'on m'a forcée à mener. Quelqu'un à qui je n'aurais rien besoin d'expliquer.

Je m'assieds sur le canapé rouge. Quand le Dr Hernandez me rejoint une minute plus tard, je comprends immédiatement que Nate ne viendra pas. Son sourire est trop large, trop factice.

— Bonjour, Moonbeam. Comment vas-t…

— Il n'est pas là, c'est ça ?

Le sourire disparaît.

— Malheureusement, non. J'ai soumis ta demande au responsable de l'enquête hier matin, dès la fin de notre séance. Il m'a répondu qu'il me recontacterait.

— Vous le croyez ?

— Oui.

— Tant mieux pour vous.

APRÈS

Pour la cinquième nuit d'affilée, j'ai très mal dormi. Je ne me souviens plus de quoi j'ai rêvé, mais ce n'est sans doute pas plus mal. Je me suis réveillée couverte de sueur et le cœur lourd.

Le Dr Hernandez entre dans la salle de consultation 1 à 10 heures précises. Avant même qu'il ait refermé la porte, je lui pose la même question que tous les matins.

— Des nouvelles ?

Il me sourit tristement en faisant non de la tête.

APRÈS

L'Agent Carlyle est de retour.

Il entre derrière le Dr Hernandez, l'air enjoué. Je devrais lui en vouloir de m'avoir laissée tomber dès que je n'ai plus rien eu à lui raconter. Mais une bouffée de joie m'envahit pendant qu'ils s'installent à leurs places habituelles. Les choses reviennent enfin à la normale, ou à ce qui s'en rapproche le plus pour moi.

Je ne m'attendais pas à être si contente. Je m'étais plus ou moins résignée à ne voir plus que le Dr Hernandez, l'infirmière Harrow et mes Frères et Sœurs jusqu'à ce que je puisse enfin sortir d'ici.

Si ça arrive un jour.

D'après Honey, ils seront obligés de me libérer à mes dix-huit ans. Je ne sais pas d'où elle tient cette idée ni si c'est vrai. De toute façon, ça ne sera pas avant plusieurs mois. Et je reste persuadée qu'ils peuvent me garder enfermée aussi longtemps qu'ils le voudront, du moment que le Dr Hernandez décrète que c'est la meilleure solution. Personne ne risque de prendre mon parti.

J'ignore pourquoi Nate n'est pas venu. Peut-être que ce qui s'est passé dans la Maison n'intéressait aucun collègue de l'Agent Carlyle et que j'ai eu tort de croire le contraire. Peut-être qu'il n'est pas joignable parce qu'on l'a envoyé espionner d'autres gens. Ou peut-être que le Dr Hernandez est la seule personne en dehors de mes Frères et Sœurs à ne pas m'avoir oubliée. C'était ce qui me semblait le plus probable, jusqu'à il y a cinq secondes.

— Bonjour, Moonbeam, lance l'Agent. Ça faisait longtemps...

À qui la faute ?

— Moi je n'ai pas bougé d'ici.

— Non, bien sûr.

— Pourquoi êtes-vous revenu ?

Mal à l'aise, il se tourne vers le Dr Hernandez. Un frisson me parcourt la colonne vertébrale.

Quoi, encore ?

— Je crains que l'agent Carlyle ait de mauvaises nouvelles à t'annoncer.

Je me retiens de rire. Y a-t-il d'autre type de nouvelles ?

— Nous en discuterons aussi longtemps que nécessaire, continue le docteur, mais je veux que tu nous préviennes immédiatement si tu as besoin d'une pause. D'accord ?

Mon sang se fige dans mes veines.

— C'est ma mère ?

— Non. Ce n'est pas ta mère.

Je respire.

— D'accord. Alors qu'est-ce qui se passe ?

L'Agent Carlyle prend une profonde inspiration.

— Nate Childress est malheureusement décédé. Je suis vraiment navré.

Je le regarde fixement. Ma première réaction est de croire à une sorte de test ou d'horrible plaisanterie. Mais la compassion que je lis dans ses yeux n'est pas feinte.

— Qu'est-ce que... Je ne....

— On a retrouvé son corps il y a une semaine. Il était enterré dans un trou peu profond à huit cents mètres du camp de la Légion. Une enquête pour meurtre a été ouverte, mais le dossier est resté confidentiel jusqu'à hier soir. Je n'ai eu accès pour l'instant qu'aux conclusions préliminaires. L'état de la dépouille suggère que sa mort remonte à plusieurs mois. On pense qu'il a été assassiné…

— … la nuit où il s'est enfui, je termine dans un murmure.

L'Agent Carlyle fait la grimace. Il ne me quitte pas des yeux.

— Moonbeam ? m'interpelle le psychiatre. Ça va aller ?

Je me tourne vers lui. Que veut-il que je lui dise ?

— Moonbeam, parle-moi.

Refoulant mes larmes, je déglutis pour chasser la grosse boule qui m'obstrue la gorge.

— Il est mort comment ?

— Étranglé, me répond l'Agent. Je suis tellement…

— Par le père John ?

— On ne sait pas. Mais tu ne seras pas étonnée d'apprendre que les principaux suspects sont effectivement John Parson et les trois hommes qui étaient centurions au moment des faits.

Lonestar. Bear. Angel. Mes Frères.

J'ai la chair de poule. Je me concentre sur ces milliers de petites bosses apparues sur ma peau, parce que tout le reste est trop énorme et trop douloureux.

— Il n'est pas impossible que l'autopsie révèle de nouveaux éléments, continue l'Agent. Mais c'est peu probable.

Je me force à réfléchir, à analyser ce qu'il vient de m'annoncer. Mon cerveau tourne au ralenti. Tout mon corps est comme engourdi.

— Alors il n'a pas réussi. Ils l'ont tué.

— Les enquêteurs supposent qu'ils l'ont rattrapé alors qu'il tentait de s'enfuir.

Réfléchis. Calme-toi et réfléchis.

— Si c'est ça, pourquoi le père John était-il en colère le lendemain matin ?

— À toi de nous le dire. Comment auraient réagi les membres de la Légion s'il avait déclaré que ses centurions et lui venaient de commettre un meurtre ?

Je tourne et retourne cette question dans ma tête. Certains de mes Frères et Sœurs n'auraient vu aucun problème dans le fait d'assassiner un Servant du Serpent. Ils auraient considéré que la justice du Seigneur avait été rendue. Mais la plupart des autres, en particulier ceux qui avaient rejoint la Légion avant la Purge, auraient eu beaucoup de mal à l'accepter.

Et ce qui est certain, c'est qu'une telle annonce aurait provoqué la panique au sein de la Base. On se serait attendus à voir les Agents débarquer en quête de leur espion.

— Pourquoi personne n'est venu ? je m'étonne. Nate a disparu près de deux mois avant l'incendie. Personne ne s'en est aperçu ?

— Il n'avait pas de contacts réguliers avec l'extérieur. Le règlement appliqué au sein de la Légion ne le permettait pas. Il était apparemment fréquent qu'il reste plusieurs mois sans donner de nouvelles. Ses responsables ne se sont inquiétés qu'une fois l'enquête préliminaire sur l'incendie achevée. L'ATF s'attendait à ce qu'il fasse partie des survivants. Comme ce n'était pas le cas, ils ont pensé que son corps serait retrouvé parmi ceux des victimes.

Une sensation de froid m'envahit. J'ai conscience que ce que l'on me rapporte est horrible, et je me doute vaguement de ce que ça implique. Mais, pour le moment, j'essaie juste de ressentir quelque chose pour Nate. Or, je ne ressens rien. Rien que de l'épuisement.

Je suis tellement, tellement fatiguée.

—Y a-t-il autre chose que tu aimerais savoir? me demande l'Agent Carlyle. Les informations dont je dispose sont plutôt limitées, mais je ferai de mon mieux pour répondre à tes questions.

Quand j'ouvre la bouche, ma voix n'est plus qu'un croassement.

— Est-ce qu'il avait une famille ? Des gens qui l'attendaient Dehors ?

— Ses parents et sa sœur vivent en Arizona. Ils ont été prévenus. Il n'était pas marié et n'avait pas d'enfant.

Je hoche la tête, à court de mots. Encore des deuils, de la souffrance, des vies brisées.

Encore de la tristesse.

—Je suis vraiment, vraiment désolé, Moonbeam. Rien ne m'aurait fait plus plaisir que venir ici un matin pour t'annoncer une bonne nouvelle. Nous avons hésité à te mettre au courant pour Nate ; après discussion, nous avons jugé qu'il ne serait pas correct de te cacher la vérité. J'espère que nous avons fait le bon choix.

Non. Oui. Je ne sais pas.

— Nous allons arrêter là pour aujourd'hui, m'informe le Dr Hernandez. Je voudrais te laisser le temps et l'espace nécessaires pour digérer tout ça. Mais je serai ici toute la journée, comme d'habitude. En cas de besoin, demande à l'une des infirmières de me prévenir. Je viendrai au plus vite.

— Merci.

Assise sur mon lit, j'attends que l'infirmière Harrow referme la porte. Dès que j'entends la clé tourner dans la serrure, les larmes jaillissent de mes yeux avec une telle force que je crains de ne jamais pouvoir les arrêter.

J'essaie de me représenter le Nate que j'ai connu, l'homme gentil et honnête qui ne m'a jamais traitée comme une petite fille et qui a supporté mon béguin pour lui sans jamais en profiter. Mais la seule image que mon cerveau toxique et traître est capable de produire, c'est celle de deux mains anonymes serrées autour de son cou, de son visage virant au violet, de ses beaux yeux verts exorbités se voilant peu à peu. Je vois la tombe creusée dans le désert, les coyotes et les vautours attendant patiemment de se disputer ses entrailles.

Je me relève d'un bond, l'estomac retourné, et je cours au lavabo. Mais malgré les haut-le-cœur qui me font trembler de la tête aux pieds, je ne réussis pas à vomir. Mes larmes coulent sur le bord du lavabo en laissant un goût de sel sur mes lèvres. Ma peau est brûlante. J'évite de me regarder dans la plaque de métal poli qui tient lieu de miroir, parce que je ne veux pas voir à quoi je ressemble.

Lorsque la nausée diminue enfin, je retourne en titubant à mon bureau. La mine du crayon trace de profonds sillons sur la feuille, des lignes noires, des contours fragmentés. Je tente de donner forme à la colère et au chagrin qui me rongent, de les faire *sortir de moi* pour les emprisonner sur le papier.

Je croyais que Nate s'en était sorti.

Je le croyais de tout mon cœur.

Même durant ces terribles derniers jours où je doutais de tout et où je n'avais plus confiance en personne, je pensais qu'il était quelque part, là, Dehors. Comme ma mère. Mais si Nate est…

Arrête. Ne t'engage pas sur ce chemin. Il n'y a rien de bon au bout.

C'est pourtant plus fort que moi.

Qu'ai-je vu, finalement, le jour où ils l'ont Bannie ? Amos l'a emmenée dans le pick-up, puis il est revenu seul. Le père John lui avait demandé de la déposer à Layfield. Mais s'il avait changé d'avis ? Si Amos l'avait conduite dans le désert pour…

Ne t'inflige pas ça. S'il te plaît.

Les paupières closes, j'inspire par le nez et expire par la bouche, encore et encore, jusqu'à ce que mes idées s'éclaircissent. Lorsque je rouvre les yeux, la pensée a disparu. Mais ses racines sont toujours là, noueuses, dures et incontournables.

Ma mère est partie.

Nate est mort.

Ce qui ne laisse plus que mes Frères et Sœurs, l'Agent Carlyle et le Dr Hernandez.

Je n'ai plus qu'eux au monde.

APRÈS

L'infirmière Harrow pose le plateau du petit déjeuner sur mon bureau. Elle m'annonce que ma séance de ce matin est annulée mais que le Dr Hernandez se tient à ma disposition en cas de besoin.

J'ai été dispensée d'ISS hier après-midi. Je n'avais envie de parler à personne et je n'aurais sans doute pas eu une influence très positive sur les plus jeunes. À la place, j'ai dessiné, j'ai fait les cent pas dans ma chambre et je suis restée allongée sur mon lit. Au bout d'un moment, le petit carré de ciel que j'aperçois par la fenêtre s'est assombri et je me suis assoupie.

Je ne me souviens pas de mes rêves, si j'en ai fait. C'est un répit bienvenu.

Au menu, ce matin, il y a un yaourt, des fruits, du bacon, quelques pancakes et du jus d'orange dans un gobelet en plastique. Tout a l'air délicieux, mais je n'ai pas faim. Je me sens complètement vide, un vide qui n'a rien de physique.

Il faut quand même que je mange. J'engloutis donc la moitié des pancakes et deux morceaux de fruits, bien que le contact des aliments dans ma gorge me renvoie une fois de plus l'image du visage congestionné de Nate. J'ai beau la repousser, elle ne fait que gagner en précision, comme si mon esprit était résolu à en mémoriser les pires détails : ses yeux injectés de sang, les petits vaisseaux qui éclatent sous sa peau, la bave et l'écume à ses lèvres.

Saisie d'une nouvelle envie de vomir, je me précipite sur le bouton « Appel » installé près de la porte. L'infirmière

Harrow apparaît comme par magie et me demande si tout va bien.

— Non.

Ça ne sert à rien de lui mentir.

— Tu es malade ? Tu veux que j'aille chercher un médecin ?

— Vous pouvez appeler l'Agent Carlyle ?

Elle fronce les sourcils.

— Il va me falloir l'autorisation du Dr Hernandez.

— OK. Mais dites-lui qu'il n'a pas besoin de venir. Je veux juste voir l'Agent Carlyle.

— D'accord, Moonbeam. Je lui dirai.

— Merci.

Elle m'adresse un sourire qui manque de conviction avant de s'éloigner dans le couloir.

En attendant que l'infirmière revienne avec la réponse du Dr Hernandez, j'essaie de dessiner. Comme le résultat est affreux, je froisse le papier et je vais m'allonger, les yeux rivés au plafond, jusqu'à ce que j'entende le bruit familier de la clé dans la serrure. Je m'assieds, pensant découvrir le visage doux de l'infirmière Harrow – mais c'est l'Agent Carlyle qui entre à sa place.

— Alors, c'est ici qu'ils te cachent, lance-t-il en souriant. Quel luxe.

Je lui rends son sourire.

— Croyez-le ou non, c'est un sacré progrès par rapport à là où je vivais avant.

— Oh, je te crois.

— Merci d'être venu. Je n'étais pas sûre qu'on vous y autorise ou que vous soyez d'accord.

— Le Dr Hernandez m'a rattrapé sur le parking. Je suis censé être en route pour Odessa.

— Vous allez avoir des problèmes ?

— Bah, ils se débrouilleront sans moi.

Il désigne la porte.

— Il faut que je laisse ouvert. Ça ne te dérange pas ?

— Pourquoi ?

— Les interactions non supervisées doivent obéir à certaines règles. C'est une question de sécurité.

— Pour que je puisse appeler à l'aide si vous m'agressez ?

— Voilà.

Les mots « non supervisées » m'ont fait tiquer.

— Ça veut dire qu'il n'y a pas de caméras ici ?

— Pas que je sache. Alors, Moonbeam, que puis-je faire pour toi ?

Je m'adosse contre le mur, les genoux repliés contre la poitrine.

— Vous avez trouvé ça dur, pas vrai ? De m'écouter parler de la Légion.

Il acquiesce sans hésiter.

— En effet. Je suis désolé de ne pas l'avoir mieux caché, mais… oui. C'était dur. Très dur, même, par moments.

— Pourquoi ?

Son regard se trouble légèrement.

— J'aime à penser qu'il existe une justice en ce monde. Ça peut paraître naïf, d'autant que j'ai vu des tas de preuves horribles du contraire au cours de ma carrière. Mais je dors mieux la nuit si je parviens à me convaincre qu'un jour ou l'autre, chacun écope de ce qu'il mérite. Tu vois ce que je veux dire ?

— Je crois, oui.

— Je ne doute pas une seconde que de nombreux membres de la Légion, voire la majorité, menaient la vie qu'ils pensaient la plus à même de satisfaire le Seigneur. Je le sais grâce à ce que tu m'as raconté sur eux. C'étaient probablement des gens bien, qui ne voulaient faire de mal à personne, mais qui ont quand même fini par mourir l'arme à la main. Tout ça parce que John Parson les a manipulés, terrorisés et nourris de mensonges. J'ai vu leur photo, à tous ces hommes et ces femmes qui ont payé de leur vie le fait d'avoir placé leur foi dans la mauvaise personne. Quand je les regarde, ils ne me paraissent ni stupides, ni cruels, ni faibles. Je pense juste qu'ils se sont égarés et que ce qui leur est arrivé pourrait arriver à n'importe qui. Y compris à des gens que je connais. Des gens que j'aime. Alors j'essaie d'imaginer ce que je ressentirais, mais je n'y arrive pas. Je ne sais même pas par où commencer.

Je crois bien que c'est la première fois que je l'entends parler autant. Il est plus pâle qu'à son entrée dans ma chambre, mais il ne baisse pas les yeux.

— Au fond de moi, j'espère encore un peu que le père John disait vrai. Parce que ça signifierait que mes Frères et Sœurs sont maintenant assis auprès du Seigneur, comme il le leur avait promis.

— Mais tu n'y crois pas… Personne ne s'est dressé contre lui ? Quand il vous a ordonné de vous battre jusqu'au bout, personne n'a refusé ?

Les souvenirs de cette fameuse matinée, jamais bien loin de la surface, envahissent mon esprit : les flammes, la fumée, le sang.

— Certains ont tenté de se cacher. Mais ça n'a pas suffi à les sauver.

— En effet.

— Ce n'est pas à eux que vous pensez, n'est-ce pas ?

Il fait non de la tête.

— Vous êtes déjà au courant ?

Il me sourit gentiment.

— Pourquoi ne me racontes-tu pas ce qui s'est passé quand tu es entrée dans la maison ?

Je le dévisage.

Allez, me souffle la voix. *Dis-lui. Libère-toi de tout ça.*

AVANT

Choquée, Bella lève son pistolet. Mais j'ai déjà été menacée une fois ces cinq dernières minutes, et ça m'a suffi.

D'un bond en avant, j'abats le tranchant de ma main sur son poignet. L'impact se répercute jusque dans mon épaule. Bella pousse un cri de douleur et lâche son arme sur le sol. Je la bouscule alors violemment ; elle titube, se prend les pieds dans un obstacle et s'étale sur le dos. Les poings serrés, je me penche sur elle, parce que j'ai peur, que je suis dopée à l'adrénaline et que je n'ai jamais été aussi en colère, aussi *outrée* de ma vie. Je ramasse son pistolet pour le pointer sur elle.

— Où elle est, Bella ? C'est la dernière fois que je te le demande.

— Je ne sais pas.

— Je ne te crois pas.

Je pointe le pistolet entre ses deux yeux.

— Dis-moi où elle est. Tout de suite.

— Elle va bien. Elle est avec le Prophète.

— Où ça ? Dans la Maison ?

Elle hoche la tête. Sans perdre davantage de temps, je l'abandonne pour repartir dans la direction d'où je viens.

Des flammes orange lèchent déjà le toit de la Maison. Toussant et larmoyant à cause de la fumée, je gravis les marches du porche. Au même instant, quatre coups de feu retentissent à l'intérieur, assourdissants et presque simultanés. Je me jette à plat ventre sur le sol, terrifiée.

Pas Honey. Oh non, s'il vous plaît, pas Honey.

La joue pressée contre les planches de bois brûlant, le cœur battant, je tends l'oreille. Aucun bruit. Derrière moi, dans la cour, les cris semblent faiblir un peu. Je préfère ne pas réfléchir à ce que ça peut signifier. À la place, je me relève d'un bond et enfonce la porte d'un coup de pied, le pistolet de Bella toujours à la main.

La première chose que je sens, c'est l'odeur de la poudre.

La première chose que je vois, c'est du sang.

Il y en a *partout*, des murs jusqu'au sol où il se répand en ruisseaux luisants. D'horribles relents métalliques se fraient un chemin jusqu'à mes narines et me donnent des haut-le-cœur. Je respire profondément une dizaine de fois, ferme les yeux pour un merveilleux mais trop bref instant de répit, puis me force à regarder autour de moi. On se croirait dans un abattoir.

Quatre cadavres gisent en cercle devant la cheminée. L'arrière de leur crâne est béant, mais je les reconnais tous.

Bear. Lonestar. Jacob. Angel.

Les Centurions du père John.

Trois d'entre eux ont encore les doigts crispés sur leur arme, et celle du quatrième repose à côté de lui. Des volutes de fumée grise s'échappent paresseusement des canons. Les hommes ont les yeux clos, les jambes pliées, les genoux serrés. Une nouvelle vague de nausée m'assaille lorsque je comprends ce qui vient de se passer.

Ils étaient à genoux. Quand ils se sont donné la mort, ils étaient à genoux.

Un bruit à mi-chemin entre le sanglot et le hoquet remonte de ma gorge. Tout ça est insensé, complètement in…

Quelque chose remue sur ma gauche.

Je me retourne, le pistolet tremblant dans ma main, juste à temps pour voir le père John émerger de l'escalier du sous-sol. Il se fige, les yeux plissés.

— Moonbeam, dit-il de sa voix de tonnerre. Pourquoi n'es-tu pas en train de te battre avec tes Frères et Sœurs ? Tu n'as pas entendu mes ordres ?

— Si, je les ai entendus. Et vous, mon Père, pourquoi vous ne vous battez pas ? Pourquoi vous vous cachez ici ?

— Surveille tes paroles, gronde-t-il. Le Seigneur a des projets différents pour chacun de nous. Il ne commet pas d'erreur.

— Ah non ? Et les Centurions ? Qu'est-ce qui leur est arrivé ?

Il fronce les sourcils comme si je venais de poser une question idiote.

— Ils ont fait leur Ascension.

— C'est vous qui le leur avez demandé ?

Je connais déjà la réponse, mais je veux l'entendre de sa bouche.

— Je leur ai expliqué ce que le Seigneur attendait d'eux. Ce n'est pas moi qui ai placé les armes dans leurs mains. Je ne suis que Son messager.

— Vous êtes un meurtrier. Ils vous faisaient confiance, ils croyaient en vous, et maintenant ils sont morts, comme la moitié des autres, là, dehors. C'est vous qui les avez tués. *Vous*.

— Tes Frères et Sœurs se battent courageusement contre les Servants du Serpent. Contrairement à toi, ils comprennent ce qui est en jeu. Et si le Seigneur choisit de les Appeler auprès de Lui aujourd'hui, ils feront leur Ascension dans la Gloire.

— Alors pourquoi vous n'avez pas fait la vôtre avec les Centurions ?

— Le Seigneur n'en a pas fini avec moi. Ma mission sur cette Terre n'est pas encore terminée.

Une pensée me vient à l'esprit. Elle est *horrible*, mais je sais immédiatement qu'elle est vraie. Je le ressens dans chaque parcelle de mon corps.

— Vous leur avez dit que vous le feriez. N'est-ce pas ? *Vous leur avez dit que vous alliez mourir avec eux.*

— Comment pourrais-je savoir ce qu'ils avaient en tête dans leurs derniers instants ? Ils ont fait leur Ascension le sourire aux lèvres et le cœur empli de la Gloire du Seigneur. Alors quelle importance ?

Je lève mon arme presque sans m'en rendre compte et je la pointe vers sa poitrine. Le père John s'immobilise.

— Ne sois pas ridicule, Moonbeam. Donne-moi ce pistolet.

Je secoue la tête.

— Où est Honey ?

— Je n'en ai pas la moindre idée.

Elle ne compte pas pour lui. Aucun de nous ne compte pour lui.

— Bella m'a dit qu'elle était ici.

— En effet, elle est venue. Mais je l'ai laissée rejoindre ses Frères et Sœurs.

Un grand froid me saisit, comme si mon corps était plongé dans de l'eau glacée.

— Elle a quatorze ans. Et vous l'avez envoyée au milieu d'un champ de bataille ?

— C'est elle qui a demandé à y aller. Elle voulait se battre aux côtés de sa Famille. Comment aurais-je pu le lui refuser ?

— C'est aussi ce qui s'est passé pour Bella ? Et pour Star, et pour toutes les femmes qui vous considéraient comme leur époux ? Elles sont dans la cour, armées jusqu'aux dents, pendant que vous vous cachez ici. Comment pouvez-vous faire ça à ceux que vous prétendez aimer ?

— Le Seigneur accorde la sagesse à ceux qui en sont dignes. Il ne commet pas d'erreur. Maintenant, donne-moi ton pistolet. Je ne me répéterai pas.

Ma main tremble de plus en plus tandis qu'il fait un pas vers moi.

— Donne-le-moi, répète-t-il d'une voix grave. Tu as raison, j'aurais dû mener la charge moi-même. J'aurais dû me tenir auprès de nos Frères et Sœurs. Mais je ne suis qu'un être humain. Nous sommes tous imparfaits par nature, et le Seigneur comprend nos faiblesses. Nous pouvons faire notre Ascension ensemble, toi et moi. Nous pouvons Le rejoindre, dès maintenant, et nous asseoir à côté de Lui pour l'éternité. Donne-moi le pistolet.

Je recule.

— N'approchez pas !

— Tu ne me tireras pas dessus. Tu es une fille bien, tu n'as jamais dévié de la Voie Juste. Tu ne tireras pas sur ton Prophète.

— Vous n'êtes pas mon Prophète. Vous êtes un lâche et un imposteur. Ma mère avait raison.

La fureur contracte ses traits.

— Et toi, tu n'es rien d'autre qu'une Hérétique et une *traînée* ! crache-t-il. Comme la chienne impie qui t'a engen...

Le coup de feu résonne dans la pièce.

Tout s'arrête. Pendant un bref instant, il règne un silence absolu, comme si l'univers entier s'était mis sur pause. Puis le père John fait un pas en arrière, les yeux écarquillés, les mains crispées sur son torse.

Le sang jaillit entre ses doigts, détrempant sa chemise. De la fumée sort du canon de mon pistolet. Lentement, il tombe à la renverse, le regard éteint, les membres inertes.

L'arme m'échappe des mains. J'ai la poitrine oppressée et envie de hurler, mais je n'y arrive pas. Je me contente de fixer la silhouette tordue qui gît devant moi au milieu d'une flaque de sang. Il ne bouge plus, et je n'ai pas besoin de contrôler son pouls pour savoir qu'il est mort.

Il est mort.

Parce que je lui ai tiré dessus.

Je l'ai tué.

Je parviens à inspirer un mince filet d'air avant de me plier en deux, l'estomac retourné. Je ferme les yeux. Peut-être que lorsque je les rouvrirai, il n'y aura plus de sang, que personne ne sera mort et que je me réveillerai de cet affreux cauchemar dans ma chambre du Bâtiment Neuf. Mais ce n'est pas ce qui se passe. Rien n'a changé. L'odeur du sang agresse toujours mes narines, le pistolet est toujours à mes pieds, le père John est toujours mort.

La voix revient dans ma tête, dure et impatiente. Elle m'ordonne de reprendre mes esprits. Il n'y a plus rien à faire ici à part mourir avec les autres. Je sais qu'elle a raison, mais ça ne suffit pas à me faire bouger. Je suis pétrifiée, submergée par l'horreur qui m'entoure.

Par ce que j'ai fait.

Secoue-toi ! crie la voix. *Pars, tant qu'il est encore temps !*

Mes yeux se posent sur la porte de l'escalier du sous-sol. Je sens le poids du passe-partout dans ma poche et j'entends la voix de Nate me disant qu'en bas, il y a bien plus que des armes.

Je fais un premier pas hésitant dans cette direction, puis un autre, puis encore un autre. Bientôt, je me tiens devant l'ouverture par où le père John est sorti à peine une minute plus tôt – *juste avant que tu le tues*. La lumière est allumée. Je commence à descendre, la main agrippée à la rambarde car je ne suis pas certaine que mes jambes me soutiennent jusqu'au bout.

Arrivée en bas, je chancelle, mais je parviens finalement à retrouver mon équilibre. La porte de métal dont Nate m'a parlé se trouve devant moi, luisant dans l'obscurité. Après avoir glissé le passe dans la serrure, je le fais tourner vers la gauche. Le mécanisme s'enclenche souplement, puis la porte s'écarte de son cadre avec un bruit sourd. Enfin, je découvre l'un des rares endroits de la Base où je n'avais encore jamais mis les pieds.

Mon cœur bondit dans ma poitrine lorsque le néon s'allume en clignotant au-dessus de ma tête. Mais, sous sa lumière crue, je constate qu'il n'y a personne. Rassurée, je fais lentement le tour de la pièce.

Deux des murs sont recouverts du sol au plafond de râteliers métalliques. Et bien que mes Frères et Sœurs manient en ce moment même des dizaines d'armes, ces râteliers sont encore pleins.

Il y en a tellement...

Fusils, carabines et pistolets bien huilés, étagères débordant de toutes sortes de munitions. Ma première réaction est de me demander d'où viennent ces armes. Amos ne les a quand même pas toutes rapportées de ses virées en ville ?

Puis je songe aux années qui se sont écoulées depuis la création de la Légion, au nombre d'allers et retours que le pick-up rouge a faits à Layfield, aux heures que le père John a passées à nous parler de la Fin des Temps. Je comprends enfin ce que Nate essayait de me dire, le jour de notre promenade près du grillage est. Ce qui se passe aujourd'hui était prévu dans les moindres détails.

Le Prophète *voulait* que la Bataille Finale survienne.

Même s'il savait que des gens mourraient. Il s'en fichait, puisqu'il n'avait aucune intention de se battre.

Je n'essaie même pas de refouler la bouffée de colère qui m'embrase la poitrine. Au contraire, je l'accueille avec joie. Elle me clarifie l'esprit, elle redonne de la force à mon corps affaibli. Alors je la laisse m'envahir tout en regardant autour de moi.

Au milieu, sur une grande table, il y a des armes démontées, des boîtes en plastique remplies de vis et des cartons UPS vides. Au centre du mur opposé trône un meuble de classement gris.

Je m'en approche, le passe à la main, avant de m'apercevoir que je n'en aurai pas besoin. Le tiroir du haut est ouvert.

Il contient toute une série de dossiers suspendus à des rails. Ils ne sont pas étiquetés mais, dès que j'en soulève un, ma colère cède la place à un sentiment de malaise affreusement familier. Des permis de conduire.

Des dizaines et des dizaines de permis.

J'en inspecte quelques-uns. Je reconnais les visages, mais pas les noms. Sur la photo du premier, Horizon doit avoir vingt ans. S'il porte déjà sa grosse barbe, les rides d'expression ne sont pas encore apparues autour de ses yeux. Michael Brantley, originaire de Sioux Falls, dans le Dakota du Sud. Sur le deuxième, il me semble identifier quelqu'un que j'ai connu étant petite. Peut-être l'un de ceux qui sont partis après la Purge. Je n'ai jamais vu le titulaire du troisième, ce qui est bizarre.

Le quatrième me fait pousser un cri.

Bella, qui est peut-être déjà morte, là, dans la cour, paraît à peine plus âgée que moi sur la photo. Ses longs cheveux blonds sont séparés par une raie au milieu. La petite carte en plastique m'indique qu'elle s'appelle Megan Joiner et qu'elle vivait à Burlington, dans le Vermont.

Je passe en revue le reste des permis. Les hommes et les femmes que mes Frères et Sœurs étaient autrefois me contemplent, figés dans le temps. J'en ai la chair de poule. Je remets le dossier à sa place pour en sortir un autre, rempli de lettres et de certificats que je n'ai pas le temps de lire. Mais je reconnais certains en-têtes.

Chase Manhattan. CitiBank. Wells Fargo. Que des banques.

Le deuxième tiroir ne recèle qu'un seul dossier. Je l'ouvre avec une grosse boule dans la gorge. Il renferme une épaisse liasse de papiers maintenus par un élastique. En haut de la première page, il est écrit : « Testament ».

Je pose le paquet sur le placard et retire l'élastique afin de lire ce qui suit.

« Je soussigné, Amos Nathaniel Andrews, sain de corps et d'esprit, exprime par la présente ma volonté de léguer à ma mort tous mes biens matériels à John Parson, du comté de Layton, au Texas, ou à ses descendants. Je m'y engage de mon plein gré, avec le Seigneur pour témoin. »

Le deuxième document est quasiment identique. Seul le nom change.

Pareil pour le suivant.

Et le suivant. Et le suivant.

Sur les cinquante ou soixante pages, je lis la même chose : des hommes et des femmes cèdent, en toute conscience et de leur plein gré, l'ensemble de leurs biens à John Parson.

Au père John.

En toute conscience et de leur plein gré. Tu parles.

Une autre bribe de ma conversation avec Nate me revient en mémoire. Il a dit que la clôture n'était pas là pour empêcher nos ennemis d'entrer, mais pour nous empêcher de sortir. Sur le moment, je n'ai pas compris. En réalité, ce n'est pas le grillage qui empêche les gens de sortir, et ça ne l'a jamais été. Ils restent parce que le père John a fait en sorte qu'ils n'aient pas d'autre choix.

Les Étrangers peuvent sûrement faire refaire leur permis en cas de besoin, car j'imagine que les pertes sont fréquentes. Mais comment espérer rebâtir sa vie quand on a confié le contrôle de ses comptes à un homme qui doit en plus hériter de tout ce qu'on possède ? Que faire ? Forcer le Grand Portail en voiture et courir voir la police ? Engager un avocat ? Placer sa Foi dans le gouvernement et demander de l'aide à ses Agents ?

Pourquoi pas…

Mais si le père John avait raison, si, après être allé voir la police, on se retrouvait ligoté à une table dans un sous-sol et arrosé d'essence ? Comment être sûr que ça n'arrivera pas ? Comment prendre un tel risque ?

La paranoïa. La peur. Encore et toujours, c'est sur elles que tout repose.

Car qui dit peur dit contrôle.

Je referme ce dossier qui me fait froid dans le dos, puis j'ouvre le dernier tiroir. Il est rempli à ras bord de dizaines d'objets que je n'ai jamais vus, mais que j'identifie aussitôt.

Portefeuilles, trousseaux de clés, photos d'hommes et de femmes souriants, briquets en argent, colliers de perles multicolores, anneaux en métaux précieux, petites voitures, cartes de joueurs de baseball, petits carnets de cuir. Et au moins une vingtaine de téléphones portables.

Des objets autrefois chers à mes Frères et Sœurs, pour des raisons probablement impossibles à expliquer, désormais rangés dans un tiroir derrière une porte fermée à clé.

Les souvenirs de ceux et celles qu'ils ont été.

Les échos de leur vie d'avant.

Les larmes me montent aux yeux en pensant aux canifs de mon père, à l'extrait de son journal et à la photo de mes grands-parents. Je ne peux même pas imaginer ce que je ressentirais si je devais m'en séparer pour toujours. Et puis, soudain, j'aperçois une enveloppe blanche au fond du tiroir. Lorsque je la retourne, je manque de m'évanouir.

Elle ne porte qu'un mot, huit lettres rédigées d'une écriture que je reconnaîtrais entre mille.

L'écriture de ma mère.

Et ce mot, c'est « Moonbeam ».

J'ignore combien de temps je reste là, à la contempler. Sans doute pas plus d'une seconde ou deux. J'ai la tête qui tourne, le souffle court, et j'ai l'impression qu'il s'écoule des heures, des jours, des semaines, des mois, toute une éternité condensée dans un clignement d'œil. Les coups de feu résonnent toujours à l'extérieur, mais je ne les entends plus. Il fait de plus en plus chaud, mais je ne ressens plus rien.

Je n'entends plus rien, je ne sens plus rien, parce que je suis partie. Ailleurs.

Je me tiens sur l'herbe verte au bord d'une falaise, tournée vers une étendue d'eau si étincelante qu'elle me fait mal aux yeux. Je n'ai pas besoin de me retourner pour savoir qu'il y a une maison derrière moi, une maison aux murs bleus et à la barrière blanche, dont la cheminée laisse échapper un panache de fumée. Je perçois un bruit de pas, et je sais que c'est ma mère, qu'elle sourit et que d'une seconde à l'autre, elle va poser ses mains sur mes épaules et m'annoncer que le dîner est…

Un grincement atroce s'élève dans le sous-sol, m'arrachant à mon refuge mental. Les mains sur les oreilles pour me protéger de ce bruit insoutenable, je rejoins la porte en chancelant.

Moins d'une seconde plus tard, le plafond s'écroule, réduisant la table en miettes et faisant disparaître le sol sous un monceau de bois fumant et de verre brisé. Je distingue des chaises, des lattes de parquet et même un cadre de lit au milieu des débris. Un fragment de ciel bleu se dessine au-dessus du tourbillon de poussière et de cendres. À moitié étouffée, je prends conscience de ce qui vient de se passer.

Le toit a cédé.

La voix revient, plus pressante que jamais. *Il faut que tu t'en ailles. Tout de suite.*

Alors que je me retourne, prête à lui obéir, la panique me submerge. Comme au ralenti, je baisse les yeux vers la lettre que je tiens toujours à la main. Enfin, je recommence à respirer à peu près normalement et je risque un coup d'œil vers le haut de l'escalier. De là où je suis, je ne vois rien, mais ça ne veut pas dire grand-chose. Si tout le toit s'est écroulé, la porte a de fortes chances d'être bloquée, ce qui m'obligerait à sortir par le trou béant derrière moi.

Un regard par-dessus mon épaule me révèle une demi-douzaine de départs d'incendie. Pétrifiée, je me souviens tout à coup des boîtes de munitions ensevelies sous les poutres, les plaques de plâtre et les tapis enflammés. Aussitôt, je grimpe l'escalier quatre à quatre, crachant, toussant et trébuchant à chaque pas. Une fois en haut des marches, je pousse le battant de toutes mes forces.

Il s'ouvre à la volée sur le salon. Toute la Maison grince et craque. Malgré le plafond en ruines, elle tient encore debout pour le moment.

Tout en fourrant l'enveloppe dans ma poche, je contourne les corps du père John et des Centurions, ainsi que les flaques de sang qui se sont réunies pour former une mare écarlate. La fumée m'irrite la gorge et les yeux. Il ne me reste plus qu'à traverser le porche, à rejoindre la cour et à filer aussi vite que possible vers les baraques ouest.

APRÈS

L'Agent Carlyle me dévisage en silence.

— C'est la vérité, je souffle. Vous savez tout.

Il est très pâle et affiche une expression indéchiffrable.

— Dites quelque chose. S'il vous plaît.

Lorsqu'il se lève et s'approche de moi, je me sens étrangement soulagée. Le moment que je redoutais tant est enfin venu : il va me passer les menottes et m'annoncer que je suis en état d'arrestation pour meurtre. Mais ce n'est pas du tout ce qu'il fait. Il me prend doucement par les épaules, m'écarte du mur et referme ses bras autour de moi.

Je me mets à pleurer, avec de gros sanglots qui me font hoqueter. Il me répète que tout va bien. Je voudrais lui expliquer que je ne pleure pas parce que je suis triste, ni même à cause de ce que j'ai fait. Mais je suis incapable de prononcer le moindre mot.

Je pleure parce que la dernière porte en moi s'est ouverte. Je pleure parce que j'avais oublié ce que c'était de ne pas sentir son cœur déborder de secrets, de ne pas avoir constamment peur. Je pleure parce que j'ignore ce qui va m'arriver et que ça ne fait rien. Ne pas savoir me donne la sensation d'être libre.

— Tant de morts, murmure-t-il, la bouche tout contre mon oreille. Tant de vies détruites. Et tout ça pour quoi ? Pour qu'un seul petit homme puisse régner sur un coin de désert peuplé d'hommes et de femmes qui voulaient désespérément croire en quelque chose.

Lorsqu'il recule enfin, je reste assise au bord du lit. Nous échangeons un regard. Je ne sais absolument pas quoi faire.

Je n'ai plus rien à lui dire. Il ne me reste rien.

Je suis vide.

Il va s'appuyer contre mon bureau.

— Et la suite, c'était vrai ? Tout s'est passé comme tu nous l'as raconté la première fois ?

— Oui. Je suis allée jusqu'aux baraques ouest. Je me suis brûlé la main sur un cadenas, puis un Agent s'est servi de mon passe pour faire sortir les enfants.

— Et Honey ?

— Elle n'était pas avec eux. C'est Rainbow qui a pris la tête du groupe. La dernière chose dont je me souviens, c'est de Luke qu'on traînait vers le Grand Portail.

— Elle a dit qu'elle était partie à ta recherche, m'explique-t-il. Honey. Elle n'est sortie qu'après avoir vu le toit de la maison s'écrouler.

— Elle n'aurait pas dû perdre autant de temps. Mais elle s'en est tirée. C'est tout ce qui compte.

— Tu as aussi croisé Amos Andrews ?

— Oui. Je crois qu'il m'a tiré dessus, mais je n'en suis pas sûre.

— Pourquoi, selon toi, n'a-t-il pas été convoqué avec les centurions ? C'était le plus vieux compagnon de John Parson.

— Je ne sais pas. Et au final, ça n'a pas changé grand-chose pour lui.

— Malheureusement, non.

Demande-lui. Vas-y. Tu as le droit.

— Est-ce que je vais avoir des problèmes ? À cause de ce que j'ai fait ?

— À John Parson, tu veux dire ?

Je hoche la tête.

— Aucun risque. Je t'ai déjà assuré que ce serait le cas de légitime défense le plus facile qu'un avocat ait jamais eu à plaider. Mais de toute façon, ça n'ira pas jusque-là. L'enquête criminelle est désormais entièrement centrée sur John Parson et les membres les plus anciens de la Légion du Seigneur. Aucune autre charge ne sera retenue.

— Ils ne savent pas ce que j'ai fait. Vos collègues. Ils changeront peut-être d'avis en l'apprenant.

— Ça m'étonnerait. Ils ont déjà conclu qu'un centurion l'avait abattu avant de se donner la mort. Mais si tu y tiens, je peux leur révéler la vérité.

— Oui, s'il vous plaît. Plus de secrets. Je ne veux plus rien avoir à porter quand je partirai d'ici.

— Tu en es sûre ?

— Certaine.

— Sache toutefois que je ne peux pas garantir leur réaction. Il serait sans doute moins risqué de leur dire que tu as découvert le cadavre de Parson en entrant dans la maison.

— En effet, ce serait moins risqué. Mais je veux que vous leur disiez la vérité. J'en ai marre des mensonges.

— D'accord. Je vais tout leur raconter. Il leur faudra peut-être un moment pour vérifier les faits et prendre une décision.

— Je tiendrai le coup.

Il me sourit.

— Je sais, Moonbeam. Tu tiens toujours le coup.

Si seulement c'était vrai.

— Merci.

Ses yeux se posent sur le mur derrière moi. J'ai l'impression qu'il a besoin de réfléchir, alors j'attends patiemment. Au bout de deux minutes, il se lève et sort un petit dossier orange de la poche intérieure de sa veste.

— Qu'est-ce que c'est ? je demande.

— Quelque chose qui t'appartient.

Lorsque j'ouvre le dossier, mon cœur cesse de battre. Il contient l'enveloppe que j'ai récupérée dans le meuble de classement, au sous-sol de la Maison. Elle est sale, froissée et a visiblement été ouverte, mais mon nom est toujours lisible dessus.

— Vous l'avez lue ?

Mon regard est rivé à ces huit lettres manuscrites. Je n'avais pas l'intention de lui poser cette question, mais elle est sortie toute seule quand j'ai ouvert la bouche.

— Oui, je l'ai lue.

— Et elle s'est retrouvée comme par hasard dans votre poche ?

— Elle était sous scellés avec les autres pièces à conviction jusqu'à hier après-midi. Le Dr Hernandez te l'aurait rendue ce matin si votre séance n'avait pas été annulée. Il m'a proposé de te l'apporter quand tu as demandé à me voir.

Je contemple l'enveloppe. Une partie de moi, celle qui ne voulait rien dire à personne, s'interroge : l'Agent Carlyle me l'aurait-il donnée sans mon dernier aveu ? Mais ça ne sert à rien de penser de cette façon. Alors je déplie les deux feuilles qu'elle contient d'une main tremblante.

Moonbeam, ma chérie,

Mon journal a disparu, ce qui signifie que ce n'est qu'une question de temps avant qu'on me conduise devant le père

John pour répondre de son contenu. J'ignore ce qui se passera ensuite, alors je t'écris cette lettre au cas où cela se finirait mal. Je ne pense pas qu'il va me tuer – même si j'aimerais pouvoir l'affirmer avec certitude. Mais s'il me Bannit, il y a des choses qu'il faut que tu saches. Parce qu'il ne me laissera jamais t'emmener. Je le sais.

La première de ces choses, c'est que LA LÉGION DU SEIGNEUR EST UN MENSONGE. Un mensonge. Je ne pardonnerai jamais à ton père de nous avoir amenées ici, pas plus que je ne me pardonnerai de l'avoir laissé faire. Je suis tellement désolée…

La deuxième chose, c'est que le père John est beaucoup plus dangereux qu'il n'en a l'air. Il est persuadé que la Bataille Finale est pour bientôt. Il y croit de tout son cœur corrompu et IL A HÂTE. Si elle ne vient pas assez vite, il fera en sorte de la provoquer, et des gens seront blessés, ou pire. Je ne vois aucune autre issue possible. Mon seul espoir, c'est que nous ne soyons plus là pour y assister.

Mais je crois que tu as déjà compris tout cela. Ou du moins, que tu le soupçonnes. Tu es beaucoup plus maligne que moi, Moonbeam. Tu l'as toujours été. Ouvre les yeux et fie-toi à ton instinct. Sache que JE T'AIME et que j'ai toujours fait de mon mieux pour te protéger. Fais attention à toi. SOIS PRUDENTE.

S'ils me Bannissent, tu vas entendre des choses terribles sur mon compte. J'ignore lesquelles précisément, car la majorité seront des mensonges concoctés par le père John. Mais il y en aura au moins une de vraie : depuis TRÈS LONGTEMPS, je cherche un moyen de m'échapper de cet endroit avec toi.

J'ai demandé à Shanti de nous cacher dans sa voiture à son Départ, mais il avait trop peur. Je ne peux pas lui en vouloir. J'ai aussi essayé de partir après la Troisième Proclamation, mais le père John m'en a empêchée. Bien qu'il se moque pas mal de moi, il tient énormément à TOI. Il te surveille de près.

J'aurais dû m'enfuir après la Purge. C'était la meilleure solution, je m'en rends compte aujourd'hui. Mais j'avais peur. Peur du monde qui m'attendait Dehors, peur de t'élever seule. Le temps que je comprenne ce qui se passait, c'était trop tard. Je regrette de ne pas avoir été plus forte et de t'avoir laissée tomber.

Alors, quoi qu'ils racontent sur moi quand ils m'auront Bannie, quels que soient les noms dont ils m'affubleront – Hérétique, Servante du Serpent et Dieu sait quoi d'autre –, n'oublie pas que je cherchais une échappatoire et que JE VAIS CONTINUER À CHERCHER. JE N'ARRÊTERAI JAMAIS.

Je sais que tu m'en veux d'avoir persuadé le père John de te choisir comme future Épouse. Je comprends. Je t'assure. Mais je l'ai fait dans l'espoir de te protéger de certaines réalités de la Légion, des réalités auxquelles je refusais de te voir confrontée.

La Troisième Proclamation n'est qu'un leurre. C'EST UN MENSONGE, COMME TOUT LE RESTE.

La plupart des enfants nés depuis qu'elle a été rédigée ne sont PAS ceux du père John, même si tout le monde prétend le contraire. Leurs vrais pères sont des hommes qui se faufilent dans les chambres ouvertes par les Centurions, dans le lit de jeunes filles qui n'ont jamais eu le DROIT de savoir que c'est mal. Dans le monde réel, de l'autre côté du grillage, ces hommes passeraient des années en prison. Au sein de la Légion, c'est tout à fait normal.

Personne n'en parle, et on interdit aux filles de dire la vérité à quiconque. Les seules dont les portes restent fermées la nuit, LES SEULES QUI SONT INTOUCHABLES, ce sont les fiancées du père John. COMME TOI, MOONBEAM.

Je ne sais pas si tu me pardonneras un jour de t'avoir poussée dans ses bras, mais essaie de comprendre que je n'avais pas d'autre moyen de te protéger. Certains Frères ont commencé à te regarder alors que tu n'étais encore qu'une petite fille. Ça me terrifiait, parce que je ne pouvais pas toujours être là. Je ne pouvais pas passer mes nuits assise à côté de ton lit. Te promettre au père John était une façon de te garder en sécurité en attendant de fuir. Je ne me suis rendu compte que trop tard que cela compliquait en réalité notre fuite.

Je n'avais pas compris qu'il ne laisserait personne t'arracher à lui. Qu'il ne te laisserait jamais partir.

Je me croyais si maligne...

Je suis DÉSOLÉE, ma petite Moon. PLUS DÉSOLÉE QUE TU NE LE SAURAS JAMAIS. J'aurais escaladé le grillage en te portant sur mon dos si je n'avais pas été certaine qu'ils nous rattraperaient avant même que nous ayons atteint la nationale. Mais c'est ce qui se serait passé, et notre châtiment aurait été terrible. Je me moque de ce qui peut bien m'arriver, mais je refuse de te mettre en danger. J'en suis incapable. Tu es la seule chose qui compte encore à mes yeux.

Alors, voilà ce que tu dois faire. S'ils me Bannissent – et ils le feront, parce le père John ne courra pas le risque de me garder après avoir lu mon journal –, je veux que tu dises à TOUT LE MONDE que je l'ai bien mérité. Et je veux que tu le penses sincèrement. SOIS CONVAINCANTE. Reste proche du père John, ne cesse JAMAIS de vouloir fuir, et prends soin de toi en attendant que je revienne te chercher.

PARCE QUE JE REVIENDRAI. JE REVIENDRAI POUR T'EMMENER LOIN DE CET HORRIBLE ENDROIT, ET NOUS NE REGARDERONS JAMAIS EN ARRIÈRE. JE TE LE PROMETS.

Voici l'adresse de tes grands-parents. Si tu parviens à t'échapper toute seule, CONTACTE-LES. Ils t'aideront et ils sauront où me trouver.

Michael et Anne Dalton
364 Green Harbor Lane
St James, WA
78046

Je t'aime plus que tu ne le sauras jamais, ma petite Moon. Si j'ai été dure avec toi, si je t'ai paru froide, c'est parce que j'avais TROP PEUR d'attirer l'attention sur nous, trop peur qu'on soupçonne ce que j'essayais de faire.

Tu as sûrement dû croire par moments que je ne t'aimais pas. JE NE T'EN VEUX PAS, et je suis désolée de t'avoir donné des raisons de douter de mon amour. Mais les sentiments sont dangereux au sein de la Légion. Le père John exige une obéissance et une dévotion totales, parce qu'il est aussi jaloux que cruel.

Ce qui est sûr, c'est que TU ES LA PLUS BELLE CHOSE QUI ME SOIT ARRIVÉE. Je consacrerai le reste de ma vie à essayer de réparer ce que ton père et moi t'avons fait.

Sois prudente. Prends soin de toi. Et ne cesse jamais de chercher un moyen de t'enfuir. JAMAIS.

JE T'AIME.

Maman

Je relève la tête vers l'Agent Carlyle, mais je ferme aussitôt les yeux. La compassion qui irradie de ses traits est trop difficile à supporter.

Je tente de digérer lentement la lettre de ma mère, en commençant par les contours pour progresser lentement vers le noyau. C'est trop énorme. Mon cerveau, mon cœur ne semblent plus fonctionner. Je dresse la liste des questions que j'ai toujours voulu lui poser, que j'ai toujours gardées dans un coin de ma tête. Et je m'aperçois, avec ce qui ressemble étrangement à de la tristesse, que la plupart ont trouvé une réponse.

Elle m'aimait. *Vraiment.*

Elle m'aimait, elle a essayé de m'emmener, de quitter le père John et la Légion du Seigneur. Elle a essayé de toutes ses forces, en sachant ce qu'elle risquait si jamais quelqu'un l'apprenait.

Quant à la froideur que je lui reprochais et qui me faisait douter de son affection… Si j'en crois sa lettre – et je dois la croire, car c'est tout ce qui me reste d'elle –, c'était en réalité une posture. Elle se montrait distante pour éviter de se faire remarquer. Même la décision de me promettre au père John, que je ne lui ai effectivement jamais pardonnée, était motivée par des raisons qui m'échappaient à l'époque. Elle voulait tenir sa fille le plus loin possible du côté sombre de la Légion du Seigneur.

Elle voulait me protéger. Gagner du temps.

Pour nous deux.

Je rouvre les yeux et contemple les noms et l'adresse qu'elle m'a donnés. Ceux de ses parents. Ma *vraie* famille, que je n'ai jamais connue.

— Nous avons essayé de les contacter, m'informe l'Agent Carlyle. Ton grand-père est mort il y a sept ans, et ta grand-mère dix-huit mois plus tard. Je suis désolé.

Ce ne sont que deux morts de plus dans une longue liste. Je ne ressens rien. Je ne suis même pas sûre de pouvoir encore ressentir quelque chose. Je suis peut-être devenue insensible.

— Ça veut dire qu'ils sont morts avant que ma mère soit Bannie. Quand elle était encore sur la Base.

— Nous avons envoyé une équipe là où ils vivaient, au cas où elle y serait passée après son départ de la Légion. Aucun des voisins ne se rappelle l'avoir vue, et le tribunal du comté n'a aucune trace d'une procédure de réclamation d'héritage.

— Alors, elle a juste… disparu ?

— Nous n'avons pas trouvé de certificat de décès à son nom. Mais nous n'en savons malheureusement pas plus.

Quelque chose se ratatine en moi, puis s'évanouit complètement. Je mets une seconde à comprendre de quoi il s'agit et, quand j'y parviens, j'ai l'impression de recevoir un coup de poing dans le ventre.

Ma dernière étincelle d'espoir vient de s'éteindre.

— Elle n'est pas revenue me chercher. Dans sa lettre, elle disait qu'elle ne cesserait jamais d'essayer, mais elle est partie depuis trois ans. Elle n'est jamais revenue. Vous croyez qu'elle m'a oubliée ?

Il me contemple avec un regard profondément navré, puis il secoue la tête avec véhémence.

— Non, je n'y crois pas une seconde. Et tu ne le devrais pas non plus.

— Vous croyez qu'elle est morte ?

— Moonbeam…

— Soyez honnête. Vous croyez qu'elle est morte ?

— Je ne sais pas.

Ses yeux me disent pourtant le contraire.

— OK.

— Je suis désolé. Sincèrement désolé.

Je ne ressens rien. Je suis insensible.

— Ça va.

— Nous continuons à la chercher. Si elle est en vie, quelque part, nous finirons par la trouver.

Je n'y crois pas. Mais vous n'y êtes pour rien.

— Je vous crois.

— J'ai sélectionné moi-même les membres de l'équipe. Ils font tout leur possible. Ne perds pas espoir.

De toute évidence, il veut me convaincre qu'il y a encore une chance.

Trop tard.

— D'accord. Et maintenant, qu'est-ce qui va se passer ? Où est-ce qu'on va vous envoyer ?

— Nulle part. Je vais rester ici, au cas où tu aurais besoin de moi. Tu n'as qu'à prononcer mon nom.

Mon sourire est figé. Je voudrais vraiment le croire, mais je n'ai plus une once de Foi.

J'ai tout utilisé.

APRÈS

Nous sommes de moins en moins nombreux.

Plus d'un mois s'est écoulé depuis l'incendie, depuis que mes Frères et Sœurs survivants ont fui en toussant, crachant et titubant la seule vie qu'ils avaient jamais connue. Notre routine quotidienne n'a pas changé : je vois le Dr Hernandez chaque matin, et parfois, l'Agent Carlyle passe la tête en salle de consultation 1 pour me saluer. C'est agréable que quelqu'un prenne la peine de venir me voir alors que je n'ai rien à lui apporter.

Ça prouve qu'il est sincère.

Rainbow a été la première à partir. Le Dr Hernandez m'a dit que ses grands-parents harcelaient le gouvernement depuis des années pour la récupérer. Maintenant que ses deux parents sont morts, le juge n'a pas hésité à leur confier sa garde. Je l'ai croisée juste avant qu'ils viennent la chercher. Elle semblait partagée entre l'excitation et la peur. Elle était encore auréolée d'un nuage de tristesse – je crois que nous mettrons tous longtemps à nous en débarrasser, si nous y parvenons un jour. Mais la perspective de quitter les couloirs gris du centre municipal George W. Bush, même avec deux inconnus, la remplissait de joie. Ça faisait plaisir à voir. Mon cœur s'est serré lorsqu'elle m'a embrassée en me disant qu'elle m'aimait.

Depuis, Aurora et Winter sont allées rejoindre leur oncle et leur tante à Hawaï, et Lucy est partie pour la ferme de sa grand-mère dans l'Iowa. À chaque départ, nous organisons une petite fête en salle de thérapie de groupe avec des chips, des bonbons et des pichets de jus d'orange. On se fait nos adieux, on pleure un peu, on promet d'être prudents. Un ou deux des plus jeunes continuent à marmonner « Le Seigneur est Bon » sans grande conviction. C'est plutôt de l'ordre du réflexe, comme s'ils oubliaient parfois qu'ils ne sont plus obligés de le répéter.

Honey est encore là, ainsi que Jeremiah et dix autres. Certains iront bientôt vivre chez des proches que l'Agent Carlyle et ses collègues ont localisés. Mais d'autres, dont je fais partie, n'ont plus de famille – ou, même si personne n'ose le dire à haute voix, plus personne qui veuille d'eux. J'ai demandé au Dr Hernandez ce qu'ils allaient devenir. Apparemment, ils finiront en famille d'accueil, chez des gens qui acceptent de s'occuper des enfants des autres.

Pour moi, l'existence de ces gens est une meilleure preuve de la Bonté du Seigneur que tout ce que le père John a pu nous raconter.

APRÈS

— J'aimerais que nous parlions de la colère, m'annonce le Dr Hernandez. Tu es d'accord ?

Je souris.

— Je pensais qu'on l'avait déjà fait plusieurs fois !

— Oui, pardon, je me suis mal exprimé. Pour être plus précis, j'aimerais que nous parlions des moyens qui te permettront de *dépasser* cette colère.

— Très bien. Allons-y.

Il s'installe confortablement sur sa chaise. Maintenant qu'il n'y a plus de magnétophone, il est beaucoup plus détendu que lors de nos premières séances. Au début, il pesait chacun de ses mots, comme s'il avait peur qu'une remarque maladroite me brise en mille morceaux. Puis, quand l'Agent Carlyle a commencé à mener les interrogatoires, j'ai eu l'impression de devenir pour le psychiatre une énigme à résoudre, une espèce de défi mettant à l'épreuve ses compétences et son expérience professionnelles. Aujourd'hui, il se comporte davantage comme si nous étions amis. Bien sûr, ce n'est pas le cas – je nous vois mal passer du temps ensemble lorsque je quitterai enfin cet endroit –, mais c'est bien plus agréable.

— Tu as tout à fait le droit d'être en colère à cause de ce que tu as vécu, m'explique-t-il. En toute franchise, je trouverais même inquiétant que tu ne le sois pas. Nous avons énormément progressé ensemble, mais je veux m'assurer que tu saches gérer cette colère et la garder sous contrôle. Il ne faudrait pas qu'elle te consume.

— Ça n'arrivera pas.
— Es-tu en colère, Moonbeam ?
— Oui.
Je ne lui mens plus, désormais.
— Contre qui ?
— Contre le père John.
Il prend une note dans l'un de ses carnets. Cela fait un moment que ce geste ne me gêne plus.
— Pas contre ta mère ?
— Non, je ne suis pas en colère contre elle.
— Et contre Amos Andrews ? Jacob Reynolds ?
— Non. Et non.
— Luke ?
J'hésite un instant avant de secouer la tête.
— Tu en es sûre ? Sinon, tu peux me le dire.
— Je ne suis plus en colère contre eux. Je l'ai été, oui. Pendant très longtemps, j'ai eu peur de Luke, j'en ai voulu à ma mère et j'ai détesté Amos et Jacob. Je ne dis pas qu'ils ne le méritaient pas, bien au contraire. Mais, au fond, ils n'étaient pas vraiment responsables.
— Alors qui l'était ?
— Vous voulez vraiment m'obliger à prononcer son nom une seconde fois ?
— Non, ce n'est pas nécessaire. Mais je vais le faire à ta place, si cela ne te dérange pas.
— Si ça vous amuse.
Il lève les yeux au ciel sans se départir de son sourire.
— Qu'en est-il du père John ? Penses-tu qu'un jour, tu ne ressentiras plus de colère à son égard ?
— Je ne sais pas. J'espère.
— Penses-tu pouvoir lui pardonner ce qu'il a fait ?

Ma réponse fuse instantanément.

— Non.

— Tu en es…

— Oui, j'en suis sûre.

APRÈS

— Il vit dans une ville qui s'appelle Londres, m'explique Honey. C'est à dix heures d'avion d'ici.

— Tout va bien se passer, tu verras.

— Au téléphone, il m'a dit qu'il resterait assis à côté de moi et qu'il me tiendrait la main pendant tout le trajet. Je lui ai demandé quel âge il croyait que j'avais. Il était tout gêné. Je sens qu'on va bien s'entendre.

— C'est le frère de ta mère, c'est ça ?

— Oui. Apparemment, je l'ai déjà rencontré. Il est venu me voir à l'hôpital juste après ma naissance. Mais elle ne m'avait jamais parlé de lui.

— Pas étonnant.

Nous sommes installées dans la salle de thérapie de groupe. Je fais de mon mieux pour que mon sourire paraisse convaincant, parce que je suis ravie pour Honey, si ravie que mon cœur menace d'éclater. Mais elle va aussi beaucoup me manquer.

— Je t'écrirai, me promet-elle. Il y a des questions que je voudrais te poser, loin des oreilles indiscrètes.

Je repense à ce que je lui ai murmuré lors de notre première ISS. Nous échangeons un sourire entendu.

— Et tu pourras me rendre visite dès qu'ils te laisseront partir.

— Avec plaisir. Si ton oncle est d'accord, bien sûr.

— Il le sera. Il m'a envoyé une photo de sa maison. Elle est *énorme*.

— Il doit avoir un bon travail.

— En tout cas, il a l'air riche. Je n'ai pas trop compris ce qu'il faisait, un truc en rapport avec les marchés, je crois. Mais visiblement, ça paye bien.

— C'est génial. Tu vas être heureuse, là-bas.

Son sourire s'efface.

— Toi aussi, tu sais. Quand tu sortiras, tu pourras aller où tu voudras. Faire ce que tu voudras.

J'acquiesce.

— On a survécu, Moonbeam. N'oublie jamais de t'en réjouir.

— Quelle sagesse !

— Je ne plaisante pas. Promets-moi de ne pas l'oublier.

— C'est promis.

Elle me serre très fort dans ses bras, et je lui rends son étreinte. Elle a raison. On a survécu, envers et contre tout.

Une part de nous – de nous tous – a disparu dans l'incendie, mais on s'en est tirés.

On est toujours là.

APRÈS

La porte de la salle de consultation 1 s'ouvre sur l'Agent Carlyle et le Dr Hernandez, qui s'asseyent à leurs places habituelles en souriant. L'Agent pose un épais dossier sur la table.

— Bonjour, Moonbeam. Tu vas bien ?

— Je dirais que oui, à soixante-dix pour cent.

— C'est déjà pas mal. Comment va ta main ?

On m'a enfin retiré mes bandages hier après-midi. Mes doigts sont striés de crêtes lisses, j'ai de grosses cicatrices blanches sur la paume et la peau qui s'est reformée est aussi rose que celle d'un bébé. L'infirmière Harrow a eu l'air satisfaite. Apparemment, ça aurait pu être bien, bien pire.

Elle sait sans doute de quoi elle parle.

— Ça va. J'ai encore l'impression que ma peau est trop tendue, mais c'est supportable.

— Heureux de l'entendre, déclare l'Agent Carlyle. Alors, on m'a autorisé à te communiquer certaines informations, mais seulement si tu le souhaites. Tu peux tout à fait refuser.

Un frisson glacé me parcourt. C'est une sensation qui me rend presque nostalgique.

— Ça concerne ma mère ?

Le Dr Hernandez secoue la tête.

— Malheureusement, non. Ça concerne le père John.

Je grimace malgré moi. C'est fou comme la simple mention de ce nom provoque encore chez moi une réaction épidermique. Il doit bien y avoir deux ou trois jours que je n'ai pas pensé à lui, peut-être même une semaine. Mais j'ai beau tout faire pour le chasser de mon esprit, son ombre a plané si longtemps sur les vies de ceux que je considérais comme ma Famille que je ne serai jamais complètement débarrassée de lui. Seule sa voix, qui semblait vouloir me tourmenter éternellement, a fini par s'éteindre.

— Je vous écoute.

— Comme je te l'ai déjà dit, reprend l'Agent, il était sous surveillance depuis bien avant l'incendie du camp. L'enquête est toujours en cours et il faudra attendre au moins un an pour que les conclusions soient présentées au département de la Justice. En attendant, mon chef de section m'a autorisé à t'en communiquer une première version résumée.

— Qu'est-ce que ça raconte ?

— Tu connais déjà la majorité des informations, mais il y a aussi quelques éléments sur qui il était et ce qu'il faisait avant de s'installer dans le comté de Layton. Puisqu'il vous était interdit de spéculer sur cette période de sa vie, j'ai pensé que ça t'intéresserait.

— En effet.

Il ouvre son dossier.

— « John Parson, né le 23 mars 1971 à Modesto, en Californie, de Charles et Laurie Parson. Après le divorce de ses parents en 1974, sa mère l'aurait élevé quasiment seule. Enfance ordinaire, scolarité moyenne, quelques signalements pour consommation d'alcool avant l'âge légal et conduite en état d'ivresse. Aucune trace d'un passage à l'université. En 1990, sa signature apparaît sur le bail d'un appartement en colocation dans la banlieue d'Echo Park, à l'est de Los Angeles. L'absence de déclarations de revenus associées à son numéro de sécurité sociale ne permet pas de déterminer comment il gagnait sa vie. Plusieurs de ses connaissances de l'époque ont évoqué des cachets de musicien occasionnel dans les bars. D'après leurs témoignages, c'est également vers cette période qu'il a commencé à consommer et vendre de l'héroïne. » Sais-tu ce que…

— Oui, je sais ce qu'est l'héroïne.

— Si je me souviens bien, les dangers de l'addiction étaient l'un de ses sujets de sermon préférés, intervient le Dr Hernandez.

Je confirme d'un hochement de tête.

— Il était même contre les médicaments, qu'il considérait comme des instruments du « Serpent », n'est-ce pas ?

— Tout à fait.

Il me sourit avant de noter quelque chose dans un carnet.

— Parson a été arrêté par la police de Los Angeles durant l'été 1992, continue l'Agent. Après avoir plaidé coupable pour possession de drogue avec intention de revente, il a écopé de trois ans de prison, dont deux avec sursis. Il est sorti au bout de trois mois.

— Pourquoi ?

— Surpopulation carcérale. Les criminels non-violents sont souvent libérés plus tôt pour faire de la place. Mais il n'a pas mis longtemps à se retrouver de nouveau à l'ombre. Au mois de mai suivant, il a ouvert la tête d'un voisin avec une batte de baseball et a été condamné pour agression avec une arme létale. Il a purgé huit ans à Kern Valley, a enfreint les termes de sa conditionnelle dix jours après sa sortie, et y est retourné pour neuf mois. Son dossier indique que c'est durant cette dernière incarcération qu'il s'est mis à étudier la Bible en prétendant avoir retrouvé la foi. J'ai parlé au gardien responsable de son bloc, qui n'y a jamais cru. Il a qualifié ça, je cite, de « gros enfumage ».

— Mais pourquoi avoir fait semblant ?

— Les juges ont tendance à se montrer plus cléments envers les criminels qui disent avoir trouvé Dieu et tiré les leçons de leurs erreurs. Ça ne fonctionne pas pour tous, évidemment, mais c'est assez fréquent. Et lorsqu'on en est à sa deuxième condamnation, avec des antécédents de rupture de conditionnelle, tout est bon à prendre.

— Les gens désespérés font des choses désespérées, confirme le Dr Hernandez. Tu es bien placée pour le savoir.

Sans blague.

— Nous ne saurons jamais si sa conversion était sincère ou pas. Quoi qu'il en soit, Parson a décidé de persévérer dans cette voie. En 2002, il a rejoint un groupe dissident de l'Église Adventiste du Septième Jour : les Agneaux de Dieu. Il a passé deux ans dans leur camp du Nevada avant d'être contraint de partir. D'anciens membres nous ont rapporté qu'il avait accusé leur leader d'être un suppôt du Diable pour essayer de prendre sa place.

— Cela te rappelle quelque chose ? me demande le psychiatre.

Je lui adresse un regard amusé.

— Amos Andrews aurait quitté le Nevada en même temps que lui, continue l'Agent. Après ça, leur trace se perd jusqu'à leur arrivée dans la Légion du Seigneur. Quant à la suite, je pense que je n'ai pas besoin de te la raconter.

— Non, ça va aller.

Il me sourit.

— Alors ma mère avait raison, je murmure. C'était un charlatan.

— Oui, elle avait vu clair dans son jeu.

— Dommage qu'elle ait été la seule.

Ils ne répondent rien. Je ne leur en veux pas, car il n'y a rien à ajouter. Au bout d'un moment, je comprends que c'est à moi de briser le silence.

— Merci de m'avoir tenue au courant.

— De rien.

— Veux-tu arrêter là ? me propose le psychiatre. Tu peux regagner ta chambre si tu as besoin de temps pour réfléchir à ce que tu viens d'entendre.

— Non, ce n'est pas la peine. (J'ai déjà passé bien trop de temps dans cette chambre.) Parlez-moi plutôt de la vie Dehors.

L'Agent Carlyle nous confie alors qu'il a été convoqué par le lycée de sa fille, parce qu'elle est menacée de renvoi pour avoir répondu à l'un de ses professeurs. Je l'écoute en hochant la tête et en souriant aux moments adéquats, mais j'ai l'esprit ailleurs.

Je pense au père John, à tous ces gens morts trop tôt parce qu'ils avaient placé leur Foi dans un homme qui était tout le contraire d'un saint. Et bien que je sois assez fière de ne pas m'être laissé avoir, je me dis que tout ça a été un énorme gâchis.

Un gâchis terrible et complètement inutile.

APRÈS

Je suis la dernière. Il ne reste plus que moi.

Un couple de Houston est venu chercher Jeremiah ce matin. Ils attendaient dans le hall quand l'infirmière Harrow m'a escortée en salle de consultation 1. Plantés près de l'accueil, ils tripotaient nerveusement un sac rempli de jouets, le regard plein d'espoir. Ils ont déjà rendu visite à Jeremiah cinq ou six fois depuis quinze jours, mais je ne les avais encore jamais croisés. Ils ont l'air gentils.

Le Dr Hernandez m'a autorisée à m'éclipser cinq minutes pour dire au revoir au petit garçon. Après l'avoir serré dans mes bras, je lui ai conseillé d'être sage. Il m'a promis d'essayer, ce à quoi j'ai répondu que ce serait déjà pas mal. Il a éclaté de rire et m'a sauté au cou. Il a toujours une drôle de lueur dans les yeux, comme un écho de ce qu'on lui a fait, un hématome invisible. Mais en le regardant prendre la main de l'infirmière pour aller rejoindre ses nouveaux parents, j'ai presque réussi à me convaincre qu'il finirait par s'en sortir.

Je le lui souhaite, à lui et à tous les autres.

Y compris à moi.

Dans vingt-trois jours, je fêterai mes dix-huit ans et deviendrai officiellement une adulte. À compter de cette date, je serai légalement responsable de moi-même. Ça ne me fait plus aussi peur qu'autrefois.

Comme l'a prédit l'Agent Carlyle, l'enquête sur la Légion du Seigneur ne débouchera sur aucune mise en accusation de ses plus jeunes membres. Ce que j'ai fait dans la

Maison a été consigné et archivé, mais ça n'aura aucune conséquence. J'ignore s'ils ont décidé de me croire, s'ils y ont vu de la légitime défense ou s'ils manquaient simplement de preuves ; quoi qu'il en soit, tout ça est maintenant derrière moi.

C'est fini.

L'Agent n'a pas pu me l'annoncer lui-même car les conclusions ont été publiées alors qu'il était à Dallas. C'est le Dr Hernandez qui m'a appris la nouvelle.

J'ai pleuré pendant une demi-heure. Pas de tristesse, ni même de joie, mais de soulagement. J'ai eu l'impression qu'un chapitre de ma vie se refermait et que j'allais enfin – peut-être – pouvoir me tourner vers l'avenir, au lieu de regarder constamment par-dessus mon épaule. Car ce qui m'attend occupe de plus en plus mes pensées, ces derniers temps.

Il y a environ une semaine, le psychiatre m'a informée que je pourrais quitter le centre municipal George W. Bush le jour de mon anniversaire. À condition, bien sûr, que je le désire. Je vais devoir assister à un tas de réunions sur la gestion de l'argent, le loyer, les démarches administratives, etc. Je devrai aussi continuer à le consulter une fois par semaine à son cabinet d'Austin. À part ça, une fois dehors, je serai libre de faire ce que je veux.

Je n'ai pas la moindre idée de ce que je veux, mais je finirai bien par le découvrir.

Je n'aurai pas le choix.

APRÈS

Plus que trois jours avant mon anniversaire.

Je ne vois plus le Dr Hernandez qu'un matin sur deux, et il n'y a plus d'ISS puisque je suis seule. Mais il me suffit de dire à l'infirmière que je voudrais parler au psychiatre pour qu'il frappe à ma porte dans l'heure qui suit, ou qu'il me téléphone s'il est à Austin. J'essaie cependant de ne pas en abuser. Après s'être tellement investi pour nous aider, mes Frères et Sœurs et moi, après nous avoir consacré tellement de temps, il a le droit de reprendre le cours de sa vie.

L'Agent Carlyle est parti. Son patron lui a donné trois mois de congé, ce qui m'a semblé être la moindre des choses. Il a dû beaucoup manquer à sa famille durant les semaines noires qui ont suivi l'incendie, quand il passait quasiment toutes ses journées ici ou sur les ruines fumantes de la Base. À sa fille, surtout, qui n'a que quatre mois de moins que moi. Il m'a souvent dit qu'on s'entendrait bien, elle et moi. Il m'a donné sa carte, m'a serrée dans ses bras et m'a fait promettre de l'appeler en cas de besoin. Je l'ai remercié, même si je ne pense pas que ça arrivera. Il a déjà fait plus que sa part.

Comme le Dr Hernandez.

Désormais, ma porte reste ouverte la plupart du temps. Je ne peux pas quitter le service et on m'enferme encore la nuit mais, pendant la journée, je peux aller et venir à ma guise. Je vais parfois m'asseoir dans la bibliothèque près de la salle de thérapie de groupe. Je me promène aussi dans le jardin. Cependant, je passe encore le plus clair de mon temps dans ma chambre.

J'ai arrêté de dessiner. La maison, la falaise et l'eau m'ont servi de refuge dans les moments critiques, quand j'avais besoin d'un endroit rien qu'à moi. Aujourd'hui, je n'en suis plus là. Le Dr Hernandez m'a proposé de tenir un journal. J'ai essayé pendant une semaine, mais ce n'est pas mon truc.

Je n'ai pas besoin d'écrire ce qui m'est arrivé, ce que j'ai vu. Toutes ces choses sont gravées en moi, marquées au fer rouge, telles des cicatrices qui refusent de s'effacer.

APRÈS

– Joyeux anniversaire ! lance l'infirmière Harrow en ouvrant ma porte juste avant 10 heures.

Elle ne m'a rien dit tout à l'heure en m'apportant mon petit déjeuner, quelqu'un a dû la prévenir entre-temps. C'est très gentil de sa part, alors je ne fais aucun commentaire.

Une fois dans le couloir, je prends automatiquement à gauche vers la salle de consultation 1. Mais elle s'en va de l'autre côté, vers le hall, la cantine et la salle de thérapie de groupe. On ne va pourtant plus jamais par-là depuis que Jeremiah est parti.

Lorsque je lui demande ce qui se passe, elle ne répond pas. C'est bizarre. Depuis mon arrivée, elle a toujours été adorable avec moi. Je ne comprends pas pourquoi elle se mettrait soudain à m'ignorer. Je la suis en silence, d'un pas un peu plus lourd que d'habitude. Mes chaussures résonnent sur les dalles en plastique. Elle s'en rend forcément compte, mais elle ne prononce pas un mot.

Au détour d'un couloir, je découvre le Dr Hernandez planté devant la salle de thérapie de groupe. Il me sourit et attend que je le rejoigne tandis que l'infirmière fait demi-tour. Il se tient très droit et parle d'une voix étonnamment solennelle :

– Bonjour, Moonbeam. Bon anniversaire.

– Merci. Tout va bien ?

– Absolument. Je suis désolé pour ce petit changement de programme, mais j'ai quelque chose à te montrer.

— D'accord. Qu'est-ce que c'est ?

— Attends à l'intérieur, dit-il en désignant la porte. Profites-en pour réfléchir à la signification de cette journée, et promets-moi de garder l'esprit ouvert. Je serai juste ici si tu as besoin de moi.

— Qu'est-ce qui se passe ?

— Je serai juste ici, répète-t-il.

J'entre dans la salle en me préparant au pire. Elle est presque vide, très différente de ce que j'ai connu ces derniers mois. Les tables et les canapés ont disparu, ainsi que les coffres de jouets, les blocs de papier et les pots à crayons. Il ne reste plus que deux chaises en plastique qui se font face.

Les sourcils froncés, je me retourne pour demander des explications au psychiatre, mais il a déjà refermé la porte.

Je suis seule.

Je me dirige lentement vers l'une des chaises. Est-ce que tout ça fait partie de son fameux processus ? Est-ce une sorte de test final visant à déterminer si je suis apte à sortir ? Lorsque la porte se rouvre, je lance avec une pointe d'agacement dans la voix :

— Je ne comprends pas ce que vous voulez que…

Tout se fige.

Mon corps devient aussi dur que du béton, aussi lourd que du plomb. Les aiguilles de l'horloge cessent d'avancer, le monde interrompt sa course dans l'espace. Ma mère se tient sur le seuil.

Elle porte une main à sa bouche, les yeux pleins de larmes. Je ne peux ni bouger ni même réfléchir, parce que c'est *ma mère*, c'est vraiment elle, j'en suis sûre, et que la première pensée qui me vient à l'esprit, c'est que je dois être en train de rêver. Ce n'est pas possible autrement.

Elle paraît beaucoup plus âgée que la dernière fois que je l'ai vue, comme si elle avait vieilli en accéléré depuis qu'elle a été Bannie, il y a trois ans. Ses cheveux sont striés de gris, son teint pâle, son cou et son front marqués de rides. Mais ses yeux – *ses yeux* – n'ont pas changé.

Nous nous regardons, séparées par une distance aussi vaste qu'un océan. Mes souvenirs et mes émotions s'entrechoquent, un mélange de souffrance, de soulagement, de colère, de chagrin et de joie m'envahit en un torrent incontrôlable. Tout ce dont je suis capable, c'est de me forcer à respirer et espérer que je vais survivre.

Quand elle fait un pas vers moi, je suis persuadée que je vais m'évanouir. La voix dans ma tête me crie que je suis bien plus forte que ça, que je n'ai pas traversé autant d'épreuves pour m'effondrer à la dernière minute. Elle a raison. Je lui réponds par un hurlement silencieux qui se répercute à l'intérieur de mon crâne. Mes idées s'éclaircissent, je recommence à sentir mes jambes, mais je reste immobile tandis que ma mère approche, aussi lentement et avec autant de précautions que si elle avait affaire à un animal sauvage.

Lorsqu'elle arrive à portée de main, elle s'arrête. Le visage inondé de larmes et le poing toujours pressé sur la bouche, elle me contemple comme si je n'étais pas réelle, comme si elle ne parvenait pas à croire que je suis là, devant elle.

— Ma petite Moon, chuchote-t-elle.

Le son de sa voix me transperce tel un couteau acéré qui révélerait mes entrailles au monde entier.

Je me mets à pleurer, parce que je n'aurais jamais cru la réentendre un jour. Je m'étais habituée à cette terrible réalité, j'avais fait mon deuil, j'avais pleuré, sangloté, maudit la Terre entière. Le soulagement de constater que je me suis trompée est presque insupportable.

— Ne pleure pas. S'il te plaît, Moonbeam, ne pleure pas. Tout va bien.

Je fais non de la tête. Tout ne va pas bien, au contraire. Des tas de gens sont morts, mes Frères et Sœurs orphelins traîneront des blessures qui ne cicatriseront jamais, et ce n'est pas normal que ma mère à moi me revienne alors que leurs parents pourrissent dans leurs tombes.

Ce n'est pas *juste*.

Mais je ne peux pas le lui dire. Je ne *veux* pas le lui dire. Je n'ai qu'une envie, la serrer contre moi, m'accrocher à elle de toutes mes forces et ne plus jamais la lâcher.

— Dis quelque chose, supplie-t-elle d'une voix tremblante. S'il te plaît, parle-moi.

J'ouvre la bouche, mais rien ne sort. Alors elle s'avance, me plaque contre elle et murmure trois mots à mon oreille, encore et encore.

— Je suis désolée. Je suis désolée. Je suis désolée.

APRÈS

J'ignore combien de temps nous restons comme ça, agrippées l'une à l'autre au milieu de la salle vide.

Je dirais une éternité.

Lorsque nous nous séparons enfin, je vais chercher le Dr Hernandez. Ma mère semble un peu perdue, stressée, comme si elle avait peur que je la fasse renvoyer. Mais ce n'est pas mon intention. Je veux simplement qu'il soit à mes côtés quand je lui poserai la seule question qui ait encore de l'importance.

Où étais-tu passée ?

Il entre avec un petit sourire crispé qui signifie clairement : « Est-ce que ça va ? »

Je le rassure d'un hochement de tête, puis je pose ma question.

Ma mère m'explique qu'après son départ, le jour où on l'a Bannie, le père John lui a dit deux choses.

La première, c'était qu'il connaissait des gens Dehors, des fidèles de la Légion qui surveilleraient ses moindres mouvements pour le restant de sa vie afin de s'assurer qu'elle ne prévenait pas les autorités.

La seconde, c'était que si la police ou n'importe quel Agent du gouvernement se présentait un jour à la Base, il partirait du principe qu'elle était responsable. Et il demanderait à Jacob Reynolds de m'emmener dans le désert, de m'éventrer et de me laisser en pâture aux coyotes.

Elle n'a jamais su si la première affirmation était vraie, mais elle n'a pas douté un seul instant de la seconde.

— Il était sérieux. Oh, Seigneur, il l'était *vraiment*, conclut-elle d'une voix qui se brise.

Le Dr Hernandez se rapproche de moi, très pâle. Je crois que c'est pour me rattraper si je perds connaissance. Ça me semble peu probable, mais j'apprécie sa sollicitude.

Ma mère a ensuite contacté une ancienne amie de Santa Cruz qui avait tenté de les dissuader, mon père et elle, de venir au Texas. Cette femme lui a envoyé assez d'argent pour qu'elle loue un appartement à Odessa, d'où elle comptait organiser mon évasion de la Légion. Mais l'endroit a été cambriolé trois fois en trois mois, et elle avait sans cesse l'impression que des gens l'observaient, dans le hall d'entrée ou à l'épicerie. Persuadée que son téléphone était sur écoute, elle sortait de moins en moins. Puis elle s'est mise à boire. Beaucoup.

Elle s'interrompt en disant que je n'ai sûrement pas envie d'entendre ça, ou du moins pas tout de suite. Le Dr Hernandez lui rappelle que c'est à moi de prendre cette décision. Envahie d'une soudaine bouffée d'affection pour lui, je réponds que je veux tout savoir, aussi pénible que ce soit.

Sois courageuse, me presse la voix.

C'est en pleurant qu'elle me raconte la fin de l'histoire. Comment elle a fini par quitter l'appartement d'Odessa et prendre l'avion pour Dallas, comment elle voyait des sbires du père John à tous les coins de rue, dans tous les restaurants, dans tous les bars, chez tous les inconnus qui lui souriaient dans la rue. Elle buvait de plus en plus, jusqu'à ne plus faire que ça.

Et pendant très longtemps, elle est restée perdue.

Il a fallu qu'une ambulance la conduise aux urgences, plus de deux ans plus tard, pour qu'elle se réveille enfin. Elle avait atterri à Seattle sans savoir comment. Un jour, elle s'est effondrée devant une boutique au sud de la ville. Son cœur a cessé de battre deux fois sur le trajet de l'hôpital. J'ai la nausée en apprenant qu'elle a été officiellement considérée comme morte durant six minutes. Quand ils l'ont laissée sortir au bout d'un mois, avec l'adresse d'un foyer d'hébergement, elle a enfin décidé de reprendre sa vie en main.

Elle était dans l'Oregon, au beau milieu d'un programme de désintoxication de six mois, quand l'incendie de la Base a eu lieu. L'accès aux informations était très restreint afin de ne pas entraver le processus de guérison – je jette un coup d'œil complice au Dr Hernandez en entendant ce mot. Personne au centre ne connaissait ses liens avec la Légion du Seigneur. Voilà pourquoi elle n'a découvert ce qui s'était passé qu'il y a deux jours, à la fin du programme.

Aussitôt, elle a passé des coups de téléphone pour savoir ce que j'étais devenue. Trois heures plus tard, elle prenait l'avion pour le Texas. Elle est arrivée à Odessa hier soir, et ce matin – le jour de mon anniversaire –, le Dr Hernandez lui a annoncé la bonne nouvelle, à laquelle elle n'osait plus croire.

Je m'en étais sortie. Indemne.

Une fois son récit terminé, elle lève les yeux vers moi. Mon cœur se serre pour elle quand je pense à tout ce qu'elle a traversé. Je me demande si les dégâts causés par le père John finiront par s'estomper, ou si leur ombre planera éternellement sur nous, provoquant souffrance et malheur dans son sillage.

Lorsque le Dr Hernandez s'inquiète de savoir si je vais bien, je lui réponds que j'aimerais retourner dans ma chambre. Ma mère, à nouveau au bord des larmes, dit qu'elle ne m'en veut pas si je la déteste. Elle n'a pas été à la hauteur ; elle m'a laissée tomber.

Je la détrompe. Je ne la déteste pas, je l'aime.

Cette fois, elle pleure pour de bon. Elle me jure qu'elle m'aime aussi et qu'elle ne cessera jamais de m'aimer.

Je vais essayer de la croire.

APRÈS

J'ai dix-huit ans depuis tout juste un mois.

Je suis une adulte, maintenant. Je pourrais choisir d'aller n'importe où dans le monde, mais, pour le moment, c'est ici que je veux être.

Je suis assise dans le jardin de la petite maison que je partage avec ma mère dans la banlieue de Portland, dans l'Oregon. Elle est allée en ville pour un rendez-vous avec son parrain des Alcooliques Anonymes. Au retour, elle passera acheter de quoi dîner. Il lui faut toujours une dizaine de minutes avant de démarrer la voiture, pour se convaincre que je saurai vraiment me débrouiller seule pendant deux heures.

Une tasse de café est posée devant moi sur la table. Je n'en avais jamais bu avant d'arriver ici. Je ne suis toujours pas sûre d'aimer ça, mais j'ai l'impression que les gens normaux boivent du café, et je veux être comme eux. Je veux être absolument comme tout le monde, pour l'instant.

Je sirote une gorgée en contemplant ce que ma mère ne cesse d'appeler mon nouveau chez-moi. Il n'y a pas de falaise au bout du jardin, pas d'étendue d'eau qui se perd à l'horizon. Il n'y a pas de cheminée, et les murs ne sont pas bleus.

Mais ça me va.

C'est un bon début.

NOTE DE L'AUTEUR

Par le feu est une œuvre de fiction.

La Sainte Église de la Légion du Seigneur, le centre municipal George W. Bush, la ville de Layfield et les personnages qui y évoluent sont tous le fruit de mon imagination. Et, comme j'espère que cela se ressent dans le texte, mon intention n'était pas d'attaquer une religion ou une autre. Le système de croyances de la Légion du Seigneur est volontairement très éloigné du christianisme pratiqué par deux milliards et demi de personnes dans le monde. Ce roman traite du pouvoir et de la corruption, de la manière dont des figures charismatiques tentent de détourner la foi dans leur propre intérêt. Et c'est avant tout une histoire de survie, celle d'une jeune fille qui doit surmonter la fin du monde qu'elle a toujours connu.

Comme la plupart des auteurs de ma connaissance, je n'ai pas besoin de chercher des idées. Les bonnes, celles qui valent la peine d'être creusées et qui peuvent finir par donner une histoire, surgissent généralement de nulle part. Parfois (bien que rarement dans mon cas), elles sont déjà structurées, avec un début, un milieu et une fin. Parfois, elles sont très vagues : une scène d'action, un bref instant, un embryon de personnage. Et parfois, elles sont directement provoquées par quelque chose que j'ai lu, vu ou entendu.

Ce roman m'a été inspiré par un fait réel dont je me souviens encore comme si c'était hier, mais que la majorité des lecteurs ne connaissent sans doute pas. Les événements de l'Histoire, y compris ceux qui ont choqué le monde, ont tendance à s'estomper avec le temps.

Le 19 avril 1993, quatre-vingt-deux membres de la secte des Davidiens et quatre agents du gouvernement américain ont trouvé la mort à l'issue d'une confrontation de près de deux mois qui s'est conclue par un terrible incendie. La tragédie a été surnommée ensuite le « siège de Waco », du nom de la ville voisine. À l'époque, j'étais trop jeune pour comprendre dans le détail comment on avait abouti à un tel carnage, et bien trop jeune pour concevoir l'existence d'hommes comme le leader messianique de la secte, David Koresh. Il ne s'agissait pourtant que du dernier en date d'une longue série d'hommes (car ce sont presque toujours des hommes) ayant manipulé les peurs et les croyances d'autres personnes pour assouvir leur soif de pouvoir.

Je me rappelle encore très bien le choc que j'ai ressenti en voyant les images de l'incendie au journal télévisé. Je me rappelle avoir songé, face aux bâtiments en flammes, combien ça devait être terrifiant de se trouver là-bas, au milieu du chaos. J'avais l'impression de découvrir une autre réalité.

Des années plus tard, ma petite amie et moi avons passé des vacances à Washington. Nous avons visité le Lincoln Memorial, la Smithsonian Institution, le Washington Monument et, la veille de notre départ, un lieu appelé le Newseum. Il s'agit d'un musée fantastique qui retrace l'histoire du journalisme américain, de ses débuts à nos jours. L'une des expositions était consacrée aux relations entre le FBI et la presse. Elle revenait sur l'affaire Bonnie and Clyde, sur la lutte contre la mafia italienne à New York et sur la chasse aux terroristes du 11 Septembre. Et puis, dans un coin, il y avait tout un mur traitant du siège de Waco.

Je n'y avais pas repensé depuis très longtemps. J'avais conservé une certaine fascination pour les sectes et les organisations comme l'Église de la scientologie, qui refusent cette étiquette. Mais Waco, les Davidiens et David Koresh ne m'avaient plus traversé l'esprit depuis des années.

J'ai regardé les photos et les films montrant les véhicules blindés, les agents vêtus de noir avec leurs armes automatiques, les bâtiments en feu, le désert tout autour. J'ai écouté les enregistrements des négociations entre Koresh et les autorités. Sa voix, parfaitement calme et posée alors qu'il discutait de la fin du monde, m'a donné des frissons. Cette fois, j'envisageais Waco du point de vue d'un adulte, avec vingt ans d'expérience supplémentaires sur les horreurs que les êtres humains sont capables de s'infliger les uns aux autres. Et je me suis posé cette question évidente : comment une telle chose a-t-elle pu arriver ? Comment David Koresh a-t-il persuadé ces gens de s'ôter la vie ? Comment a-t-il retourné leur foi et leurs convictions au point qu'une mort violente soit devenue la seule issue possible ? Comment en sont-ils arrivés à croire ce que racontait un charlatan aux motivations si clairement égoïstes ? Étaient-ils si désespérés, si vulnérables, ou les deux ? À quoi ressemblait leur vie dans ce camp, rythmée par la certitude que le monde extérieur représentait un danger mortel ? Quelles sont les conséquences psychologiques d'une peur aussi constante ? Et, enfin, comment ont réagi les survivants en découvrant que leur existence entière était fondée sur un mensonge ?

Sur le chemin de l'hôtel, je me suis acheté un carnet et, à peine rentré dans notre chambre, j'ai commencé à rédiger un début de portrait. Celui d'une jeune fille qui aurait survécu à la fin du monde mais serait encore loin d'être tirée d'affaire. Une jeune fille dont la foi aurait commencé à vaciller alors qu'elle était encore entourée de fidèles. Une jeune fille qui aurait fini par comprendre la vérité, mais bien trop tard. Une jeune fille protégeant farouchement ses secrets.

Et je connaissais déjà son nom :

Moonbeam.

Dès le début, j'ai été confronté à un problème de taille. Pour des raisons assez évidentes, je ne voulais pas raconter une version romancée du siège de Waco. Ça aurait été un manque de respect envers les Davidiens survivants que de transformer la pire tragédie de leur vie en divertissement.

Alors j'ai entamé des recherches. Plus je lisais, plus l'histoire de Moonbeam prenait forme dans mon esprit. J'ai lu le Danforth Report, le rapport d'enquête du gouvernement américain sur les actions des agents fédéraux durant le siège de Waco. J'ai lu la remarquable analyse de Malcolm Gladwell sur les négociations entre les forces de l'ordre et Koresh (*Sacred and Profane*, publiée dans le *New Yorker*). Et j'ai découvert le travail du Dr Bruce Perry.

Durant les premiers jours du siège, Koresh a laissé sortir vingt et un enfants, probablement dans le but de prouver sa bonne volonté aux autorités. Un acte qu'il faut remettre en perspective, puisqu'une vingtaine d'autres enfants, issus pour la plupart de ses relations avec diverses femmes de la secte, n'ont pas eu cette chance et sont morts à ses côtés.

Mais vingt et un enfants ont survécu. Ils étaient brisés, abattus, mal en point, mais vivants. À partir de là, quelle chance avaient-ils, réellement, de surmonter ce qu'ils avaient traversé ?

En 1993, Perry dirigeait le service de psychiatrie de l'hôpital pour enfants du Texas. Il avait monté une unité « d'urgence » d'évaluation des traumatismes, destinée à prendre en charge les victimes d'accidents de la route, de fusillades ou de catastrophes naturelles. Lorsque les Davidiens ont laissé sortir ces jeunes (dont l'âge allait de cinq mois à douze ans), il a immédiatement proposé son aide et s'est rendu à Waco.

Il y a trouvé des enfants dont le cœur battait deux fois plus vite que la normale, un symptôme de l'état de stress intense dans lequel ils avaient vécu et vivaient encore. Des enfants qui se croyaient désormais aux mains des « Babyloniens », les étrangers contre qui Koresh les avait mis en garde, et qui se considéraient non pas comme des patients, mais comme des otages. Des garçons et filles qui refusaient de s'asseoir ensemble parce que cela allait à l'encontre des règles. Des enfants qu'on avait forcés à se battre les uns contre les autres pour les « entraîner » à l'apocalypse, et à qui on avait enseigné plusieurs façons de se suicider dans l'hypothèse où ils seraient capturés par leurs « ennemis ». Des enfants qui avaient été soumis à une terreur quasi constante.

Perry et son équipe ont travaillé avec eux dans l'espoir de les aider à tourner la page. Pendant ce temps, le siège se terminait dans les flammes et les fusillades, et l'horrible fin du monde dont on leur avait rebattu les oreilles devenait une réalité pour leurs amis, leurs parents, leurs frères et leurs sœurs.

Il m'a semblé devoir à ces enfants, ainsi qu'à tous les survivants de maltraitances, une certaine honnêteté et une sensibilité dans la façon dont je traiterais l'histoire de Moonbeam. Sans minimiser les atrocités qu'elle avait vécues, je ne voulais pas non plus en faire un roman à sensation. Tout ce que je peux dire, c'est que les éventuelles erreurs de ce livre relatives au processus psychiatrique sont dues aux limites de ma compréhension plutôt qu'à un manque de recherches.

Quand je me suis attelé à l'écriture du premier jet durant l'été 2015, avec tous ces éléments à l'esprit, Moonbeam était devenue la survivante forte, vulnérable, complexe, sarcastique et brillante à laquelle j'espère avoir rendu justice dans les pages que vous venez de lire. Aussi pénibles qu'aient été certaines descriptions, je n'ai jamais cessé de vouloir raconter son histoire.

Jusqu'à la fin ou presque, j'ignorais sincèrement que mon roman se terminerait (plutôt) bien. Mais, au bout du compte, je suis heureux de la façon dont les ultimes rebondissements se sont enchaînés. J'aime à imaginer Moonbeam et sa mère dans leur petit jardin, essayant de recoller les morceaux de leurs vies brisées pour continuer à avancer.

Et survivre, quoi qu'il en coûte.

Will Hill
Londres, janvier 2017

À PROPOS DE L'AUTEUR

Will Hill a grandi dans le Nord-Est de l'Angleterre. Il a travaillé comme barman, comme libraire et dans l'édition avant de quitter son poste pour se consacrer à l'écriture à plein temps. Will vit aujourd'hui à l'est de Londres.

@WillHillauthor
www.willhillauthor.com

REMERCIEMENTS

Tout mon amour et ma gratitude, comme toujours, à Sarah. Ma plus grande et ma plus fidèle supportrice, ma première et ma plus indéfectible lectrice. Ma partenaire en tout, qui tolère le fait que je passe autant de temps avec des gens qui n'existent que dans ma tête.

À mon agent Charlie Campbell, pour tout ce que tu fais et pour ne jamais avoir perdu la foi.

À mon éditrice Rebecca Hill, pour avoir donné sa chance à ce roman et l'avoir tant amélioré.

À Becky Walker, Amy Dobson, Stevie Hopwood, Alesha Bonser et toute l'équipe formidable de chez Usborne, qui ne cessent jamais de m'impressionner par leur créativité et leur passion.

À mes trois familles. Celle qui m'a élevé (maman, Peter, Sue, Ken, Mavis, Roger, Claire), celle qui m'a accueilli (Kay, Tony, Kevin, Jo, Tom, Pika, Ruby, Lola, Bill, Angela) et celle que je me suis choisie (James, Joe, Mick, Jared, Patrick, Kim, Tom, Lou).

Enfin, à tous ceux qui ont lu ce roman. Merci.

Composition et mise en pages
Nord Compo à Villeneuve-d'Ascq